Silberschwingen
Erbin des Lichts

EMILY BOLD

SILBER SCHWINGEN

ERBIN DES LICHTS

PROLOG

LONDON

Wie nachtschwarzer Samt schillerte die Oberfläche des Seerosenteichs vor mir. Die Sterne spiegelten sich in den sanften Wogen wie flüssiges Gold. Es war eine Nacht gemacht für Magie, doch der Schmerz, der mich zu zerreißen drohte, hatte nichts Magisches an sich. Er war real. So real, dass es fast schon wieder unwirklich war. Es kam mir vor, als wären Stunden vergangen, seit ich in dem verwunschenen Pavillon Zuflucht gesucht hatte. Marmorne Säulen, verziert mit engelsgleichen Wesen, deren mächtige Schwingen sich über mir erstreckten, deren Augen mir folgten. Ich krallte meine Finger in das von Tauperlen benetzte Gras. Und wieder löste sich ein Schrei wie der eines verwundeten Tieres aus meiner Kehle. Ich kauerte mich zitternd auf den Boden, zu schwach, um zu stehen, zu schwach, um zu gehen. Der Duft der Erde umgab mich, als würde ich aus ihr geboren. Und irgendwie war es auch so. Ich spürte das Blut, das mir warm über den Rücken lief, spürte den Druck, der mein Rückgrat zu brechen drohte, und die Todesangst, die mein Herz wie eine eisige Klaue zusammenpresste und mir den Atem nahm.

Ich hatte geglaubt, hier in Sicherheit zu sein, doch ich sah den Schatten über mir, noch ehe sich die Atmosphäre veränderte. Ich war nicht länger allein.

Ein quälend heißer Blitz zuckte durch meinen Körper. Ich bäumte mich auf, wollte fliehen, nur fort von dem, was mir bevorstand, doch ich hatte keine Kontrolle mehr über meinen Körper.

»Hab keine Angst, Thorn.« Die geflüsterten Worte drangen kaum in meinen schmerzumnebelten Verstand. »Ich bin bei dir.« Die Stimme, entschlossen, doch sanft für eine Männerstimme, umhüllte mich wärmend wie eine Decke. Der Schmerz war noch immer der Gleiche, und doch beruhigte mich seine Nähe auf unerklärliche Weise. Ich wusste, wie trügerisch das war, doch ich war zu schwach, um zu kämpfen. Ich war verloren.

»Ich bin hier, wenn du mich brauchst, Thorn«, wisperte es nah an meinem Ohr. Sein Atem strich über meine Wange, und seine Wärme übertrug sich auf mich.

Der silbergraue Glanz in seinen Augen lud mich ein, ihm zu vertrauen, doch wie sollte ich das? Er war mein Feind.

KAPITEL 1

LONDON, EIN MONAT ZUVOR

Der Regen hatte sich verzogen, und tatsächlich schaffte es die Sonne, stellenweise durch die graue Wolkendecke zu brechen. Die Aschebahn dampfte, und die Schritte der Staffelläufer platschten auf dem nassen Belag.

Ich musste wirklich aufpassen, nicht auszurutschen, wenn ich gleich den Staffelstab übernehmen und meinen Lauf beginnen würde. Konzentriert suchte ich mit den Füßen den besten Halt auf der Bahn. Der Blick über meine Schulter zeigte, dass es gleich so weit war. Ich atmete tief ein, spreizte meine Finger, um fest zugreifen zu können, und ging leicht in die Knie, damit ich mehr Kraft in den ersten Schritt legen konnte. Ich hörte Anhs Atem, als sie näher kam. Unsere Blicke trafen sich, und ich schenkte ihr ein kurzes Lächeln, als ich anlief, um im Schwung den Staffelstab zu übernehmen.

Wie ein Zauberstab verlieh mir schon die erste Berührung mit dem Stab zusätzliche Kräfte. Anh war schnell gewesen, trotzdem war unser Vorsprung noch nicht weit genug ausgebaut, als dass wir schon gewonnen hätten. Meine Muskeln brannten, als ich aus der Kurve auf die Gerade sprintete. Im Gegensatz zu den anderen Mädchen in meiner Stafette mochte ich die Langstaffeln mit vierhundert Metern recht gerne. Ich war zwar auch im kurzen Sprint eine der Schnellsten, aber erst auf der Langstrecke konnte ich mich deutlich von meinen Mitschülerinnen abheben. Manchmal hatte ich das Gefühl, je weiter ich rennen würde, umso schneller könnte ich werden. Mein Atem pumpte in meine Lunge, das Herz hämmerte mir wie Donnerschläge in der Brust, und der Schweiß auf meiner Haut wirkte im Luftzug beinahe kalt. Ich fühlte mich lebendig und voll in meinem Element. Ich bog in die letzte Kurve und mobilisierte für den Endspurt noch einmal meine Kräfte. Immer schneller schritt ich aus, sah den Jubel meiner Mannschaft, als ich auf die Zielgerade zurannte. Und auch ohne einen Blick nach hinten zu werfen, wusste ich, dass die Konkurrenz abgeschlagen hinter uns lag.

»Thorn! Thorn! Thorn!«, feuerten sie mich an, und ich riss lachend die Arme in die Höhe, als ich als Erste die Ziellinie überquerte.

»Was für ein Rennen!«, jubelte auch unser Lehrer Mr Wright und kam mir in der Bahn entgegen, noch ehe ich meinen Schwung ausgelaufen hatte. Ich stützte die Hände in die Seiten, um zu Atem zu kommen, und massierte mir die pulsierenden Oberschenkelmuskeln. Weil mir die Luft fehlte, ihm zu antworten, nickte ich schlicht, während er winkend die Mannschaft um uns herum versammelte. »Guter Lauf!« Er klopfte uns lobend der Reihe nach auf die Schulter. »Wenn wir diese Qualität halten, können wir den Meisterschaftslauf gewinnen!«

Anh neben mir grinste mich breit an, löste ihre blau gefärbten Haare aus dem strengen Zopf und stupste mich in die Seite.

»Mit dir als Joker können wir nicht verlieren.«

»Das ist doch Unsinn! Das war ein Mannschaftssieg. Wir sind alle top in Form«, flüsterte ich verlegen. Ich mochte es nicht, im Mittelpunkt zu stehen.

»Na schön, Mädels. Das war's für heute. Ab in die Umkleide

mit euch und nicht vergessen: außerplanmäßiges Training am Freitag, damit wir unser Level bis zur Meisterschaft halten.«

»Na toll!«, murrte Cassie neben mir und rümpfte die Nase, sodass ihre Sommersprossen tanzten. »Am Freitag wollten wir doch ins Kino.«

»Das holen wir nach«, vertröstete ich sie. »Aber stell dir nur mal vor, wie cool es wäre, zum Schuljahresende die Meisterschaft zu gewinnen. Mich stört das Zusatztraining nicht so sehr.«

Auch Anh grinste unter ihren blauen Haarsträhnen hervor. »Wir sind einfach nicht so ehrgeizig wie du, Thorn. Und der neue Film mit Jennifer Lawrence läuft ja nur noch diese Woche.«

Wir machten uns auf den Weg von der Sportanlage zu den Umkleiden in der Schulturnhalle. Mein Blick glitt über die Tribüne, wo wie so oft die Underdogs der Jahrgangsstufe herumlungerten.

»Die Shades haben wohl auch nichts Besseres zu tun, als uns beim Training zuzuschauen!«, brummte Anh und neigte den Kopf in Richtung Tribüne.

Selbst in ihrer Schuluniform schafften die vier Jungs, die sich selbst die Shades nannten, es noch, irgendwie draufgängerisch auszusehen. Es war die Art, wie sie ihr Haar länger, als es gerade modern war, trugen, oder wie sie die Ärmel ihrer Schuluniform hochkrempelten, sobald der Unterricht vorüber war. Obwohl jeder von ihnen eine dunkle Sonnenbrille aufhatte, spürte ich, wie mir der Anführer aus dem Schutz seiner Kumpels heraus mit den Augen folgte.

»Ist doch klar, wenn Riley zum Sportplatz geht, folgen ihm die anderen wie Schatten.«

»Und was soll das überhaupt mit ihrem komischen Namen. Shades! Als wäre das irgendwie geheimnisvoll!«

Anh war selbstbewusst genug, den zwielichtigen Jungs die Zunge herauszustrecken, ehe wir an ihnen vorbei waren. Das lag vermutlich an ihrer asiatischen Abstammung – und dem Kampfsport, den sie seit ihrer frühesten Kindheit betrieb. Wenn ihr einer blöd kam, konnte sie ihn mit Leichtigkeit durch die Luft schleudern. Nicht dass sie das je tun würde!

»Na, so richtig geheuer sind mir die vier nicht. Überleg mal, wir sind seit fast zwei Jahren mit denen in der gleichen Jahrgangsstufe, haben aber noch nie groß mit ihnen geredet.« Ich zuckte mit den Schultern und löste meinen Haargummi. »Ich finde das schon etwas unheimlich.«

Anh rollte mit den mandelförmigen Augen.

»Wenn du mich fragst, sind sie einfach langweilig und haben in der ganzen Zeit nie irgendetwas gemacht, über das es sich zu reden gelohnt hätte.«

Kichernd spähte ich noch mal zu ihnen, um Anhs Vermutung zu überprüfen. Langweilig sahen die vier eigentlich nicht aus. Riley wirkte meistens sehr ernst. Seine ihm ständig folgenden Schatten, Conrad, Sam und Garret, wirkten dagegen einfach nur unnahbar, besonders wenn sie wie jetzt auf ihren Skateboards das Weite suchten.

»Sie gehen«, stellte ich fest und öffnete Anh die Tür zur Turnhalle.

»Vermutlich kriechen sie jetzt zurück in die dunklen Löcher, aus denen sie stammen.«

»Du bist heute aber auch wieder böse«, foppte ich Anh und trat in die Umkleide. Wie immer war die Luft hier drinnen muffig, und es roch nach verschwitzten Socken. Vor der rostroten Spindwand standen meine Teamkolleginnen und Mitschülerinnen zusammen und wechselten ihre verschwitzten Schultrikots gegen ihre Freizeitkleidung.

»Was planst du denn zu deinem Geburtstag?«, fragte mich Cassie und kämmte sich dabei ihre rotblonden Locken aus.

Ich hatte befürchtet, dass diese Frage kommen würde. Um einer

10

Antwort auszuweichen, öffnete ich erst mal meinen Spind und streifte mir das Laufshirt über den Kopf.

»Hmm«, brummte ich durch den Stoff hindurch. »Keine Ahnung. Ich wollte eigentlich keine große Sache daraus machen.« Cassie zog wie immer, wenn ihr etwas nicht gefiel, die Nase kraus. Sie betrachtete besorgt ihre geröteten Wangen im Spiegel. Obwohl es noch nicht mal richtig Sommer war, hatte sie schon einen leichten Sonnenbrand abgekriegt.

»Na komm schon, Thorn! Man wird nur einmal sechzehn!«, mischte sich Anh ins Gespräch ein.

Ich kniff die Lippen zusammen. Dass gerade sie in dieser Sache eine andere Meinung vertrat, störte mich. Schließlich kannte Anh mich seit dem Kindergarten und wusste ganz genau, dass ich nicht der Typ für so was war. Ich war nicht gerade schüchtern, aber doch weit von einem Partylöwen entfernt.

»Planst du keine Party?« Auch Cassie sah ungläubig aus.

Ich schlüpfte in mein graues Lieblingsshirt und stopfte die weiße Bluse meiner Schuluniform, die ich vor dem Training im Unterricht noch getragen hatte, achtlos in meinen Rucksack.

»Ich weiß noch nicht. Meine Eltern sind ja nicht so die Partyfans.« Ich zog eine Grimasse, die Anh zum Lachen brachte. »Ich glaube, mehr als drei Freundinnen waren noch nie zur gleichen Zeit bei mir zu Hause.«

»Du wirst sechzehn, Thorn! Da muss man auch mal rebellieren!« Eine weitere Mitschülerin schloss sich Anhs und Cassies Meinung an, und ich fühlte mich so langsam etwas bedrängt.

Mit weniger Sorgfalt als normalerweise flocht ich meine schulterlangen Haare zu einem losen Zopf und schlüpfte in den dunkelblauen Schulblazer.

»Ich werde schon irgendwas machen, aber ich hab darüber echt noch nicht nachgedacht. Ist ja noch ein bisschen hin.«

»Es sind kaum noch drei Wochen!«, widersprach Anh. »Ich finde ja, wir sollten was richtig Großes planen. Dein Geburtstag fällt schließlich genau auf den ersten Ferientag. Dann haben wir das Schuljahr geschafft, die Meisterschaft gewonnen und …«

»Na, du bist ja zuversichtlich. Gerade wolltest du nicht mal zum Zusatztraining gehen und jetzt feierst du schon unseren Sieg?«, erinnerte ich sie und hoffte, damit zugleich das Thema zu wechseln.

Dieser Geburtstag nervte mich jetzt schon.

»Wir sind die Favoriten. Da müsste schon echt was schieflaufen, damit wir diesen Sieg noch verspielen.« Cassie war optimistisch und band ihren Schuh. Dann stand sie auf und griff sich ihre Tasche. »Ich muss los, aber wenn du Hilfe bei der Partyplanung brauchst, Thorn, dann sag Bescheid.«

Ich brauchte keine Hilfe! Und schon gar keine Party! Nur wollte das offenbar niemand wahrhaben.

»Klar, Cassie«, murmelte ich deshalb ergeben. »Danke für das Angebot.«

»Und du musst unbedingt ein paar coole Jungs einladen!«

Auf dem Nachhauseweg überlegte ich, ob mit mir vielleicht etwas nicht stimmte. Schließlich stand jeder auf Partys. Nur ich nicht. Und so toll würde die Party ohne coole Jungs auch sicher nicht werden. Ich kannte nämlich nicht gerade viele von ihnen. Ich wusste auch gar nicht, wann ich dafür noch Zeit finden sollte. Meine Tage waren vollkommen durchgeplant. Schule, dann die Staffel, und gelegentlich gab ich dem Nachbarskind noch Nachhilfeunterricht in Mathe. Wenn ich dazwischen irgendwann mal nichts zu tun hatte, wollte ich eigentlich nur ein schönes Buch lesen oder mit Anh und Cassie um die Häuser ziehen. Eine Party klang dagegen richtig

12

stressig. Auch wenn es mich natürlich freute, dass ich offenbar so beliebt war, dass alle mit mir feiern wollten.

Ich bog um die Ecke und schlenderte die von hübschen Reihenhäusern gesäumte Straße entlang. Die Wolken hatten sich inzwischen verzogen, und der Himmel zeigte sich in sommerlichem Blau. Trotzdem war es kühl für Mitte Juni, und obwohl mein Shirt langärmlig war, fröstelte ich. Ich rieb mir die Arme und beschleunigte meinen Schritt. Mir war seit Tagen kalt, und ich fragte mich langsam, ob ich nicht eine Erkältung ausbrütete. »Ich darf vor dem Wettkampf echt nicht noch krank werden!«, brummte ich vor mich hin und wechselte die Straßenseite.

»Shit!«

Ein harter Stoß traf mich an der Seite, sodass ich zu Boden stürzte. Mein Rucksack rutschte mir von der Schulter, und ich schlug hart mit dem Knie auf den Teer.

»Pass doch auf!«, wurde ich angestänkert, noch ehe ich verstand, was überhaupt los war.

»Was ...?«, murmelte ich und fasste mir an den Kopf. Das Bild verschwamm vor meinen Augen, und ich blinzelte gegen die plötzliche Helligkeit. Ein grauer Schatten kam auf mich zu. Ein Schatten, die Kontur eines Wesens, von einem silbernen Schimmer umgeben.

Mein Keuchen vertrieb dieses Trugbild, und ich kniff fest die Augen zusammen, um meine Sinne wieder zu schärfen.

»Bist du okay?«

Ich wagte es kaum, die Augen zu öffnen. War ich okay? Vielleicht sollte ich wirklich eine Bestandsaufnahme machen. Mir tat auf jeden Fall alles weh. Mühsam kam ich auf die Knie und sah mich, nun wo die Welt sich nicht mehr wie ein Karussell um mich drehte, Riley Scott gegenüber, der lässig eine Kaugummiblase zwischen seinen Lippen hervorpresste.

»Du?« Der silberne Schein, der ihn eben noch umgeben hatte, war verschwunden. Er hatte die Schuluniform gegen einen dunklen, fast wadenlangen Ledermantel getauscht. Das passende Outfit für einen Gangleader, wie ich fand.

»Geht es dir gut, Thorn?«, wiederholte er und reichte mir die Hand. Als ich danach griff, zuckte ich zurück. Seine Haut fühlte sich ungewohnt heiß an.

»Ich helf dir auf«, sagte er, offenbar ohne mein Zögern zu bemerken. Er fasste mich am Arm und zog mich auf die Beine.

»Verdammt! Das tut echt weh!«, jammerte ich und stützte mich auf seine Schulter, woraufhin sich seine Augen zu Schlitzen verengten.

»Du bist einfach auf die Fahrbahn gelaufen!«, brummte er und versuchte Distanz zwischen uns zu schaffen, indem er mich vor sich herschob.

»Bin ich nicht! Du hast mich eiskalt umgefahren!« Ich drehte mich zu ihm und funkelte ihn böse an. Wenn er glaubte, er käme damit einfach so davon, dann täuschte er sich. Es ärgerte mich, dass ich durch seine Sonnenbrille seine Augen nicht sehen konnte. Ich hätte zu gerne gewusst, was er dachte.

»Kann ja mal passieren!« Der Anführer der Shades war nicht gerade für sein sanftes Wesen bekannt. Mit einer Entschuldigung brauchte ich deshalb wohl nicht zu rechnen. »Wenn du okay bist, fahr ich jetzt weiter.« Er ging einfach zurück auf die Fahrbahn und tippte mit dem Fuß sein Skateboard an, sodass es ihm in die Hand sprang. »Bis morgen in der Schule.«

»Du lässt mich jetzt einfach hier so stehen?«, rief ich ungläubig und humpelte ihm nach, weil mein Rucksack ja auch noch auf der Straße lag.

»Du lebst. Du wirst schon klarkommen, oder?« Eine Kaugummiblase beendete offenbar unser Gespräch.

»Und wenn nicht?« Ich angelte mir meinen Rucksack, ohne dabei mein lädiertes Knie zu sehr zu belasten. »Ich lauf in zwei Wochen einen Wettkampf – und jetzt ist mein Knie kaputt! Wie kommst du darauf, ich würde damit klarkommen?« Rileys mangelndes Einfühlungsvermögen machte mich wütend. Schließlich war das alles seine Schuld. Doch entgegen meiner Erwartung schien ihn das noch zu erheitern, denn ein freches Grinsen tauchte auf seinem ansonsten immer so unnahbar wirkenden Gesicht auf.

»Ehrlich gesagt siehst du nicht so aus, als würde dich ein kaputtes Knie davon abhalten, diesen Wettkampf zu gewinnen. Ich hab dich heute gesehen. Du könntest auch rückwärts laufen und zwischendrin noch im Supermarkt haltmachen und würdest trotzdem mit großem Vorsprung durchs Ziel gehen.«

Dieses unerwartete Kompliment ließ mir das Blut in die Wangen steigen. Ich hoffte, dass er das nicht bemerkte, als er auf mich zukam und mir den Rucksack abnahm.

Schnell blickte ich auf meine Füße, um ihn nicht ansehen zu müssen. Obwohl ich ja gerade noch gewollt hatte, dass er sich nach unserem Zusammenstoß besorgter zeigte, wollte ich ihn nun so schnell wie möglich wieder loswerden. Ich war nicht vorbereitet auf Gespräche mit Jungs. Schon gar nicht auf Jungs, die sich für besonders cool hielten.

»Was wird das?«, fragte ich deshalb schroffer als nötig und deutete auf meinen Rucksack.

Riley grinste immer noch. »Ich betreibe Schadensbegrenzung. Weil ich eh in die Richtung muss, bring ich dich heim.« Ohne auf mich zu warten, stieg er auf sein Skateboard, ließ erneut eine Kaugummiblase platzen und rollte los.

»Das ist nicht nötig!«, wehrte ich ab, eilte aber hinter ihm her.

»Ich weiß.«

Dieser Idiot! Ich biss die Zähne zusammen, um nicht laut zu fluchen. »Dann bleib stehen und gib mir meinen Rucksack.« Es ärgerte mich, dass ich schneller als normal gehen musste, um mit ihm auf dem Board mitzuhalten. Ich wollte auf gar keinen Fall den Eindruck erwecken, als würde ich hinter ihm herrennen.

»Ich bin nur höflich.«

»Du bist nicht höflich! Du bist nervig! Gib mir jetzt meine Tasche!«

Er lachte, blieb aber stehen und wandte sich zu mir um.

»Sieht nicht so aus, als würde deinem Knie was fehlen«, bemerkte er und reichte mir meinen Rucksack. »Ich hab gehört, du machst 'ne Party?«, redete er weiter, obwohl ich schon nicht mehr neben ihm stand und davonmarschierte.

»Da hast du dich verhört!«, stellte ich klar und fragte mich, wer von meinen Freunden sich dieser dämlichen Party schon so sicher war, dass schon mal rein vorsorglich die ganze Schule informiert werden musste.

Und Riley Scott erwartete ja wohl nicht im Ernst, dass ich ihn einladen würde.

Ich spähte möglichst unauffällig über die Schulter, um aus seinen stoischen Zügen zu lesen, was er dachte.

Seine schmalen Lippen waren noch immer zu einem amüsierten Grinsen verzogen, und seine markanten Wangenknochen wirkten zusammen mit den dunklen Gläsern der Sonnenbrille sehr geheimnisvoll. Das dunkelblonde, fast schulterlange Haar brauchte dringend einen Schnitt und verlieh ihm zusätzlich etwas Verwegenes. Doch was in seinem Kopf vorging, konnte man ihm nicht ansehen.

»Dann also keine Party?«, hakte er nach und rollte lässig neben mir her.

»Was interessiert dich das? Ich kenn dich doch kaum. Dich und deine *Shades*!«

Er lachte, und für einen kurzen Moment löste das einen unerklärlichen Schwindel in mir aus. Seine Antwort dröhnte wie ein Echo in meinem Ohr, wobei ich kein Wort verstand. Ich blinzelte, denn ich hatte wieder das Gefühl, als umgäbe ihn ein silbriges Schillern. Ich fasste mir an die Stirn, aber der Moment war so schnell vorüber, wie er gekommen war.

»Was hast du gesagt?«, hakte ich nach.

»Ich habe gesagt, dass wir das ändern können.« Er grinste und stieß sein Skateboard an.

Ehe ich etwas erwidern oder mir auch nur überlegen konnte, was er damit meinte, bog er eine Straße weiter um die Ecke.

Vergessen waren der Schmerz in meinem Knie, der Wettkampf und die Matheprobe, die morgen in der Schule anstand. Ich hatte nur noch eine Sache im Kopf: meine Party – und die Frage, ob meine Freundinnen wohl ausgerechnet die Shades im Sinn gehabt hatten, als sie von coolen Jungs gesprochen hatten. Irgendwie bezweifelte ich das.

Kapitel 2

Am nächsten Tag wachte ich mit Kopfschmerzen auf. Meine Augen waren lichtempfindlich, und ich schlurfte ins Bad wie ein Zombie. Der anstehende Mathetest hämmerte mir drohend im Hinterkopf. Ich fragte mich, wie ich in meinem Zustand auch nur eine einzige der Aufgaben lösen sollte. Vor dem Spiegel streckte ich mir wie beim Arzt die Zunge heraus und versuchte zu erkennen, ob mein Hals entzündet war. Ich fühlte mich fiebrig.

»Ich seh scheiße aus!«, murmelte ich und griff zur Haarbürste, um wenigstens auf meinem Kopf zu retten, was zu retten war. Meine grüngrauen Augen waren rot unterlaufen, als hätte ich die Nacht durchgemacht. Es half alles nichts. Ohne eine erfrischende Dusche, die hoffentlich meine Lebensgeister wecken würde, konnte ich nicht aus dem Haus.

Als ich wenig später mit noch leicht feuchtem Haar in die Küche kam, hatte Mom mir bereits meine Lunchbox gepackt und einen Toast vorbereitet.

»Du bist heute spät dran, Thorn«, bemerkte sie, goss meinem Bruder Jake noch Milch in die Tasse und strubbelte liebevoll durch seine blonden kurzen Haare.

»Ich weiß. Ich glaube, ich bin krank. Vielleicht sollte ich daheimbleiben.«

Mom sah auf und kam um den Tisch herum zu mir. Sie legte mir die Hand an die Stirn und fühlte meine Temperatur. »Du bist wirklich etwas warm. Könnte aber auch von der Dusche kommen.«

Sie trat näher und hob mein Gesicht an, um mir in die Augen sehen zu können. »Ist heute nicht dein Mathetest?«

»Ja. Aber deswegen geht es mir nicht schlecht. Ich bin gut in Mathe ... wenn mir nicht gerade der Kopf platzt.«

Ich wich ihrer überfürsorglichen Musterung aus und strich Butter auf meinen Toast, obwohl ich überhaupt keinen Appetit verspürte.

»Vielleicht macht ihr der Junge Kopfweh, der sie gestern bis fast nach Hause gebracht hat?«, riet Jake und grinste mich verschmitzt an.

»Was ...?« Ich konnte nicht glauben, was ich da hörte.

»Ich hab gesehen, wie ein Junge auf 'nem Skateboard mit dir die Straße entlanggekommen ist. Ihr habt euch unterhalten«, berichtete er.

»Du kleine Ratte!«, fuhr ich ihn an. »Was geht es dich denn an, mit wem ich rede!«

Mom hob beschwichtigend die Hände. »Hey, ihr beiden. Ruhe jetzt.« Sie legte Jake die Hand auf den Rücken. »Und du spionierst deiner Schwester nicht nach, okay?«

»Hab ich gar nicht!«, verteidigte er sich gekränkt. »Ich hab nur mein neues Detektivset mit dem Megafernrohr ausprobiert. Und da hab ich Thorn mit dem Jungen gesehen! Er hat lange Haare!«

Mom hob verwundert die Augenbraue.

»Lange Haare?«, fragte sie misstrauisch, und ihr eben noch belustigter Ausdruck hatte sich in Besorgnis verwandelt.

Ich schüttelte genervt den Kopf.

»Echt jetzt! Riley hat überhaupt keine langen Haare. Sie gehen gerade mal bis zur Schulter! Und überhaupt … ich kenne ihn nicht mal. Er hat mich mit dem Skateboard umgefahren, und … ach, vergesst es! Das ist echt nichts, worüber wir reden müssen.«

»Werd doch nicht gleich so laut, Thorn«, bat Mom und schlang von hinten die Arme um mich. Ihre blonden Locken kitzelten meine Wange, und sie hauchte mir einen Kuss auf die Schläfe. »Ich will mich ja gar nicht einmischen. Aber du lässt dich doch nicht mit irgendwelchen Halbstarken ein, oder?«

Ich rollte mit den Augen. Riley Scott und seine Shades waren nicht gerade die Art von Jungs, die man sich als Poster an die Wand hängte.

»Mach dir keine Sorgen, Mom. Ich hab überhaupt keine Zeit, mich auf irgendwen einzulassen«, versicherte ich ihr mit einem Blick in ihre strahlend blauen Augen, die meinen so unähnlich waren, dass vermutlich jeder erraten konnte, dass sie nicht meine leibliche Mutter war. Dennoch hatten weder sie noch Dad mir je das Gefühl gegeben, als Adoptivkind weniger geliebt zu werden als ihr leiblicher Sohn Jake.

»Ich sag ja nicht, dass du dich von Jungs fernhalten sollst. Mädchen in deinem Alter interessieren sich eben für das andere Geschlecht.«

Wie jeder Neunjährige kicherte Jake, als das Thema Liebe aufkam. Meine Kopfschmerzen verstärkten sich.

»Mom, bitte. Können wir das nicht ein andermal besprechen?« Ich klappte meinen Toast in der Mitte zusammen und packte die Lunchbox in meinen Rucksack. »Mein Kopf bringt mich um, und ich will nur diese doofe Matheklausur hinter mich bringen.«

»Wirst du den Jungen denn zu deinem Geburtstag einladen?«, hakte Mom nach, offenbar nicht bereit, meine Qualen zu beenden. *Geburtstag,* wie sie das schon betonte. Das klang nun wirk-

20

lich nicht nach einer erinnerungswürdigen Party, sondern vielmehr nach Sandkuchen und Tee mit den Großeltern.

Genervt stand ich auf und fuhr mit dem Finger an den Halsausschnitt meiner Schuluniformbluse. Die kam mir heute ungewohnt eng vor. Beinahe als drohte der Stoff mit meiner fiebrig heißen Haut zu verschmelzen. Ich war definitiv nicht in der Lage, gerade jetzt über Sinn und Unsinn oder gar die Gästeliste einer Party zu diskutieren. Vor allem, da ich inzwischen selbst nicht mehr wusste, ob ich eine Feier zu meinem Geburtstag schmeißen wollte. Es wäre ja noch schöner, wenn ausgerechnet der dumme Zusammenstoß mit Riley Scott an meiner Meinung diesbezüglich etwas geändert haben sollte. Ein Typ, der sich für besonders cool hielt …

Ich atmete tief durch, drängte jeden Gedanken an ihn und die Shades beiseite und zwang mich zu einem Lächeln.

»Warum fragst du nicht Jake? Unser kleiner Sherlock Holmes wird vermutlich noch vor mir wissen, wen ich einladen werde und wen nicht.«

»Der Test war ja wohl mal oberscheiße!«, fluchte Anh und knallte ihre Tasche auf den Tisch in der Schulkantine. »Ich hab nicht mal die Hälfte gewusst. Dad flippt aus, wenn ich wieder 'ne schlechte Note anbringe. Das versaut mir mein ganzes Zeugnis!«

Da ich Anh seit dem Kindergarten kannte, wusste ich, dass sie keine Antwort erwartete, wenn sie wie jetzt einen Redeschwall hatte.

»Da hab ich mich in allen anderen Fächern so reingehängt, und nun vermasselt mir Mathe meinen ganzen Schnitt.« Sie setzte sich und holte ein Stück kaltes Hähnchen vom Vortag aus ihrer Lunchbox. Während sie mit spitzen Fingern die inzwischen durchgeweichte Haut vom Fleisch knabberte, nuschelte sie weiter: »Hast du die dritte Aufgabe lösen können? Ich bin sicher, das hast du. Mathe war ja schon immer deine Stärke. Warum …«, sie nahm einen größeren Bissen,»… warum gibscht du nischt mir Nachhilfe, sondern dieschem Drittkläschler?«

Ehe ich mir die Mühe einer Antwort machte, wartete ich lieber erst mal ab, ob sie die Frage nicht rein rhetorisch gestellt hatte.

»Und die fünfte Aufgabe war ja wohl auch unlösbar! Vollkommener Schwachsinn, so eine lange Gleichung aufzustellen, nur um uns eins reinzuwürgen!«

Ich verzichtete darauf, Anh zu sagen, dass ich den Test nicht besonders schwierig gefunden hatte. Mir ging es heute einfach nicht gut genug, um mich auf eine Diskussion einzulassen. Ich war erleichtert, als sich Cassie mit ihrem Tablett zu uns setzte. Während sie auf Anhs Gejammer einstieg, konnte ich meine Gedanken schweifen lassen. Ich blickte mich in der Kantine um, aber von den Shades war wie immer nichts zu sehen. In den Pausen hielten sie sich meistens auf dem Hof auf. Nicht dass ich mich je besonders dafür interessiert hätte. Auch heute suchte ich nicht speziell nach ihnen – oder nach Riley.

Ich streckte meinen Rücken durch, der mir sehr verspannt vorkam. Bereits den ganzen Tag fühlte ich mich eingeengt und hatte sogar schon den obersten Knopf meiner Bluse geöffnet, obwohl das vom Lehrergremium nicht gewünscht war. Aber das Gremium hatte ja auch kein Fieber …

»Wisst ihr was …« Ich packte meine Lunchbox ungeöffnet zurück in meinen Rucksack.»Ich … ich brauche dringend frische Luft. Mir … ist heute so komisch.«

Anh sah mich besorgt an.

»Mir ist schon aufgefallen, dass du schlecht drauf bist. Miss Shepherd hat dich ja schon verwarnt, weil du so unaufmerksam bist. Was ist denn los?«

Ich rollte die Augen, als Anh mich an Miss Shepherds Ermahnung erinnerte. Schließlich hatte ich nur kurz nicht aufgepasst, weil mir ein unerklärlicher Schmerz durch die Wirbelsäule geschossen war. Ich kniff die Lippen zusammen. Vermutlich hatte ich mich beim Zusammenstoß mit Riley mehr verletzt als zuerst angenommen.

»Thorn?« Anh zog besorgt die Nase kraus. »Hast du gehört, was ich gesagt habe?«

»Was?« Ich zwang mich, ihr zuzuhören, was nicht so einfach war, da der Raum anfing, sich um mich zu drehen. Ich stützte mich so lässig wie möglich auf der Tischplatte ab, um nicht zu fallen. Eine ohnmächtige Schülerin in der Kantine wäre vermutlich die Sensation des Tages.

»Ich sagte, du siehst blass aus. Sollen wir mitkommen?«

Cassie sah mich ebenfalls neugierig an und kratzte hastig den letzten Rest Hackfleischsoße von ihrem Teller, wohl um mir zur Not beistehen zu können.

»Nein, ich …« Der Boden unter meinen Füßen schien sich in Gelee zu verwandeln, und ich drückte fest die Knie durch. »Mir geht's gut. Ich muss nur kurz durchatmen.«

»Okay, wir sind hier, falls du was brauchst.« Cassie lächelte mich aufmunternd an, aber Anh war noch nicht überzeugt.

»Bist du sicher, Thorn?«, hakte sie nach und packte ebenfalls ihre Box weg.

»Ja. Alles bestens, Anh. Wirklich. Ich … will mal kurz allein sein.«

Das war keine Lüge. Ich wusste nicht, was mit mir los war, aber der kalte Schweiß, der mir den Rücken hinablief, machte mir Angst. Ich rannte beinahe aus der Kantine, vorbei an Mitschülern, die mir verwundert nachblickten. Als ich den Hof erreichte, lehnte ich mich mit wackeligen Beinen gegen die Wand, nicht in der Lage, auch nur einen weiteren Schritt zu tun. Die Welt verschwamm vor meinen Augen, und ich blinzelte gegen das Licht, das aus dem Nichts zu kommen schien. Meine Brust war zu eng für meinen Atem, mein Puls nur ein schwaches Zittern. Ich ließ mich mit dem Rücken an der Wand hinabgleiten, bis ich am Boden saß und meine Finger sich Halt suchend ins feuchte Gras bohrten. Mein Rücken brannte wie Feuer, und ich spürte, wie sich Schweißperlen auf meiner Oberlippe bildeten. Ich hörte den Glockenschlag, der das Pausenende ankündigte, aber ich konnte mich nicht bewegen. Ich war gefangen in dieser allmächtigen Hilflosigkeit. Nicht einmal die Hand konnte ich heben. Aufzustehen und weiterzumachen, kam mir unmöglich vor. Ich akzeptierte die Schwäche und lehnte matt den Kopf gegen die kühle Steinmauer.

Was war nur mit mir los?

»Ich hätte zu Hause bleiben sollen«, brummte ich durch blutleere Lippen und wischte mir mit zitternden Fingern den Schweiß aus dem Gesicht. Wie lange ich schon hier saß, wusste ich nicht, aber obwohl sich meine Haut heiß anfühlte, fror ich. Ich hatte garantiert Fieber. Als ich wieder aufsah, hatte sich der Pausenhof längst geleert. Trotzdem spürte ich Blicke auf mir.

Oder bildete ich mir das nur ein? Verlor ich etwa den Verstand?

»Scheiße!«, fluchte ich und versuchte trotz meiner Schmerzen, tief Luft zu holen. Ich musste zurück in die Klasse. Ich musste zurück in die Realität. Diesen Schwindel hinter mir lassen.

Mühsam rappelte ich mich hoch, kam langsam auf die Beine und stützte mich gegen die Wand, sonst wäre ich gefallen. Ich streckte die Hand nach der Tür aus, als etwas leuchtend Rotes am Rand des Schulgeländes meine Aufmerksamkeit erregte. Ein Wesen, groß und dunkel, mit brennenden Flügeln stand dort, starr und reglos wie aus Stein. Es hob sich vom Grau des typisch englischen Himmels ab wie eine Fackel in der Nacht. Ein Beben durchfuhr mich, und Panik ließ meinen Herzschlag aussetzen, denn trotz der Distanz durchbohrte mich der glühende Blick dieser Gestalt wie eine brennende Lanze. Dieses Wesen war ein Hirngespinst, das wusste ich, dennoch beschleunigte sich mein Puls, als würde ich rennen. Das Blut rauschte mir in den Ohren, wie wenn ich beim Staffellauf in die erste Kurve ging. Ich hielt den Atem an.

Ich fantasierte. Fieberwahn – das war die einzig logische Erklärung. Ich blinzelte und rieb mir übers Gesicht, um meinen Verstand zur Vernunft zu bringen. Spürte meine Hände fest und sicher auf meinen Wangen, spürte meine Wimpern an meinen Fingern und nahm den Geruch des Grases wahr, der meinen Händen anhaftete.

Das war real. Nicht dieses Wesen.

Ich spürte den Wind, der mir unter den Rock meiner Schuluniform wehte, spürte die feuchte Kühle der Luft an meinen Beinen und hörte die Vögel, die in den Büschen ganz in der Nähe nisteten.

Das war real.

Mit der Gewissheit, dass alles andere nur meiner vom Fieber gepeitschten Fantasie entsprang, öffnete ich die Augen. Doch ich wagte es nicht, noch einmal dorthin zu sehen, wo die Gestalt gestanden hatte. Natürlich würde dort nun nichts mehr sein. Dort war nie etwas gewesen, versicherte ich mir, während ich durch die Tür zurück ins Schulhaus taumelte und mich, so schnell es meine butterweichen Knie zuließen, den Gang entlangschleppte. Die Schmerzen in meinen Gliedern hatten etwas nachgelassen, und auch mein Herzschlag beruhigte sich, jetzt wo die schützenden Mauern der Schule mich wieder umgaben. Ich würde diesen Schultag irgendwie überstehen und dann Mom bitten, mich zum

Arzt zu bringen. Das Zusatztraining am Freitag konnte ich vergessen, das war klar.

»Nachsitzen?« Ich stand in der Tür zum Klassenzimmer und starrte meine Lehrerin Miss Shepherd ungläubig an. Sah die denn nicht, wie beschissen es mir ging?

»Sehr richtig, Thorn. Die Stunde ist fast um, ohne dass du uns mit deiner Anwesenheit beehrt hättest. Das wirst du nachholen.« Sie verschränkte streng die Arme vor der Brust und tippte ungeduldig mit dem Fuß auf. Dann richtete sie ihren Blick durch ihr goldenes Brillengestell auf etwas hinter mir im Flur und schaute gleich noch eine Spur finsterer drein. »Und dein lieber Freund hier kann dir dabei gerne Gesellschaft leisten.«

Mein lieber Freund? Verständnislos drehte ich mich um. Mein Blick traf auf Riley Scotts unbeeindrucktes Grinsen. Erst jetzt bemerkte ich, dass sein Platz im Klassenzimmer unbesetzt war.

»Wollt ihr noch länger in der Tür stehen oder vielleicht doch endlich hereinkommen?«

In Anhs Gesicht spiegelte sich Verwunderung, als ich zögernd durch die Stuhlreihe auf sie zusteuerte. Verwunderung, die ich teilte. Abgesehen davon, dass es mir beschissen ging, ich vermutlich meinen Verstand im Fieberwahn verlor und ich zum ersten Mal im Leben nachsitzen sollte, würden nun vermutlich alle hier in der Klasse denken, dass ich mich während der Stunde mit Riley Scott herumgedrückt hatte.

Selbst Anh schien das zu denken, denn sie sah mich mit großen fragenden Augen an, während ich mich auf den Stuhl hinter ihr sinken ließ.

»Was ist denn passiert?«, flüsterte sie und neigte den Kopf in Rileys Richtung. Dem war die Situation jedenfalls nicht peinlich, denn er fläzte sich achtlos auf seinen Platz neben dem Fenster und streckte die Beine von sich.

»Thorn!?« Anhs Raunen bekam etwas mehr Nachdruck.

»Ich …« Was sollte ich bloß sagen? Dass das wohl der schlimmste Tag meines Lebens war? »Es ist … keine Ahnung, Anh. Mir geht es echt beschissen!«, versuchte ich die Gesamtsituation in wenigen Worten zusammenzufassen, denn Miss Shepherd ließ mich nicht aus den Augen – und ich wollte mir wirklich nicht noch mehr Ärger einhandeln.

Mein Blick hing wie gebannt an den Zeigern der Uhr über der Klassenzimmertür. Noch vierunddreißig Minuten! Ich wischte mir den Schweiß von der Stirn und nahm den Bleistift aus dem Mund. Wie sollte ich noch weitere vierunddreißig Minuten durchstehen? Ich war schon jetzt am Ende meiner Kräfte. Konnte kaum atmen, geschweige denn schlucken. Mein Kopf dröhnte, und doch glaubte ich, das Ticken des Sekundenzeigers über das leise Murmeln der anderen Schüler im Raum hinweg zu hören. Es waren nicht viele, die das fragwürdige Vergnügen des Nachsitzens an diesem verregneten Nachmittag mit mir teilten. Wir sollten zur Strafe ein Kapitel aus *Moby Dick* abschreiben, aber ich schaffte es einfach nicht, die Zeilen auf dem Block vor mir zu füllen. Wann immer ich in das Buch sah, verschwammen die Buchstaben vor meinen Augen, und das Hämmern in meinem Kopf wurde stärker. Das Mädchen vor mir packte ihr Mäppchen in ihren Rucksack, schlüpfte in ihren Schulblazer, nahm ihren Regenschirm und stand auf. Sie legte ihre beschriebenen Blätter wortlos auf Miss Shepherds Lehrerpult und ging.

»Verdammt!«, murrte ich, denn ein Blick über die Schulter zeigte mir, dass alle anderen fleißig am Arbeiten waren. Alle, außer

Riley und mir. Riley hatte seine schwarzen Boots, die so gar nicht zu der geleckten blauen Schuluniform passten, lässig gegen den Heizkörper gestemmt und kippelte auf seinem Stuhl, die kritische Miene der Lehrerin vollkommen ignorierend. Das Blatt vor ihm war unbeschrieben und *Moby Dick* nicht einmal aufgeschlagen. Er grinste mich an und presste eine Kaugummiblase zwischen seinen Lippen hervor.

Das leise Ploppen, mit dem diese platzte, dröhnte wie eine Explosion in meinem Schädel. Ich fuhr mir gepeinigt mit den Händen unter die zu einem ordentlichen Zopf geflochtenen Haare und massierte meine Kopfhaut. Das Prasseln des Regens zerrte an meinen Nerven.

Das musste die schlimmste Form der Sommergrippe sein, von der ich je gehört hatte. Und dabei war das Schuljahresende zum Greifen nahe. Ich musste nur noch ein paar Tage durchhalten. Das sollte doch zu schaffen sein …

Wie zum Beweis, dass ich mich irrte, schoss mir ein stechender Schmerz vom Nacken bis in die Hüfte und riss mich beinahe vom Stuhl. Keuchend beugte ich mich über mein Pult und drückte den Rücken durch, doch das Brennen ließ nicht nach.

»Thorn? Was machst du da?« Miss Shepherd erhob sich von ihrem Stuhl und sah mich über den Rand ihrer goldenen Brille hinweg streng an. War ja klar, dass sie mich kritisierte, Riley aber weiterhin tun und lassen konnte, was er wollte. Vermutlich hatten selbst die Lehrer bei ihm und seiner Truppe schon aufgegeben.

»Thorn?«, wiederholte sie ihre Frage diesmal deutlich schroffer. »Setz dich hin und schreib den Text ab!«

Die war gut! Meine Wirbelsäule fühlte sich an, als hätte mir die Mitschülerin hinter mir ihren ungespitzten Bleistift hineingerammt. Ich schnappte panisch nach Luft, doch der Druck in mir wurde immer größer. Es war schlimmer als zuvor in der Pause.

Um etliches schlimmer. Ich wollte schreien, mir die Haut vom Rücken reißen und mich irgendwo verkriechen.

Die nächste Schmerzwelle packte mich, und ich stieß unabsichtlich meinen Stuhl um.

»Dieses Verhalten dulde ich hier nicht!«, rief Miss Shepherd und hob drohend den Finger. »Stell sofort den Stuhl wieder auf!«

Ich hätte gelacht, wenn der Schmerz mir nicht den Atem geraubt hätte. Merkte die nicht, dass ich kurz davorstand, in Ohnmacht zu fallen? Warum rief eigentlich niemand einen Krankenwagen?

Ich weitete den Kragen meiner Bluse, aber das half nichts. Die Welt begann sich zu drehen, und ich krallte mich an mein Pult. Meine Fingerknöchel traten weiß hervor, so fest packte ich zu. Ich bog meinen Rücken durch, presste die Augen zusammen und japste nach Luft.

»Thorn?« Der besorgte Ton in Rileys rauer Stimme drang leise in mein schmerzgepeinigtes Bewusstsein vor, und ich drehte mich wie ferngesteuert zu ihm um. Er war der Letzte, der mir helfen konnte, und doch schien er in diesem Moment mit seinen dunklen Augen bis auf den Grund meiner Seele zu blicken. Der Moment kam mir endlos vor, und zum ersten Mal an diesem verfluchten Tag fühlte ich einen Anflug von Sicherheit. Doch das Wort, das ich von seinen Lippen las, nicht wissend, ob er es wirklich sagte, riss mich aus meiner Trance.

Lauf, hallte es in meinem Kopf wider.

Lauf! Ein Befehl, der jede Zelle in meinem Körper in Brand setzte.

Lauf! Es war das Einzige, das Sinn machte.

Ich sog gierig den Atem in meine plötzlich viel zu kleine Lunge und sah hektisch von Riley zu Miss Shepherd und zurück. Alle starrten mich entsetzt an, als ein hartes Keuchen meiner Kehle entwich. Ich blickte in Rileys Gesicht. Suchte nach einer Bestätigung. Nach irgendetwas, das mir helfen würde zu verstehen. Seine Lippen formten wieder dieses eine Wort, und mein Verstand erfasste es.

Lauf!, schrillte es in meinem Kopf – und ich tat es.

Ich flog förmlich an Miss Shepherd vorbei, ihr überraschtes Quieken im Ohr, als ich auch schon die Klassenzimmertür aufriss und in den um diese Zeit leer gefegten Korridor stolperte. Ich krachte gegen einen Spind und hastete weiter, den Hall meiner Schritte im Ohr.

»Thorn!«, kreischte Miss Shepherd irgendwo hinter mir, was mich nur noch weiter hetzte. Ich musste hier raus! Sofort!

Mit aller Kraft, die ich sonst nur beim Staffellauf aufwandte, stieß ich die Eingangstür auf und floh zum zweiten Mal an diesem Tag auf den Schulhof. Dunkle Wolken hingen über London, und der Regen wusch der Welt die Farben aus. Um mich herum verschmolz alles zu einem nebeligen Grau. Das Herz hämmerte mir in der Brust, und ich sah mich hektisch um, während mir der Regen ins Gesicht schlug. Was nun? Wohin? Der Schmerz trieb mich an, verlangte nach Sicherheit.

Auf der Wiese unter einem Baum suchten Conrad, Garret und Sam, die Jungs aus Rileys Gang, Schutz vor dem Regen. Offenbar warteten sie auf ihren Leader. Ansonsten waren nur wenige Leute mit ihren Regenschirmen unterwegs, doch alle drehten sich verwundert zu mir um, als Miss Shepherd brüllend hinter mir aus der Schule hastete, dicht gefolgt von einigen meiner Mitschüler.

Ich musste weiter. Fort von alledem, einfach nur weg. Ich hatte keine Ahnung, was mich antrieb, aber mir blieb auch keine Zeit, das zu hinterfragen. Mein Innerstes schien zu wissen, was gut für mich war, und so rannte ich weiter. Über die rutschige Wiese, den leichten Hügel hinauf und auf die Baumgruppe zu, die den Schulhof vom angrenzenden Park trennte.

Ich rannte, bis meine Lunge brannte, so schnell, als ginge es um die Meisterschaft. Trotzdem verlor sich Miss Shepherds Geschrei nicht in der Ferne. Wieder packte mich der Schmerz, und ich stolperte blind über eine Wurzel. Mit voller Wucht schlug ich auf meinem ohnehin schon lädierten Knie auf und landete hart auf dem Boden. Meine Zähne prallten aufeinander, und der Schock trieb mir die Tränen in die Augen. Ich sah die Lehrerin, eine Hand zum Schutz vor dem Regen über sich haltend, näherkommen und schloss gequält die Lider.

Was würde sie denken? Wie sollte ich das nur erklären?

Noch ehe ich Antworten auf diese Fragen fand, riss mich etwas auf die Beine. Ich spürte den Boden nicht länger unter meinen Füßen, und eine Hand presste sich hart auf meinen Mund, dämpfte meinen erschrockenen Schrei, als ich mit dem Rücken grob gegen einen Baumstamm gedrückt wurde.

»Schhhht! Sei leise!«, warnte mich eine raue Stimme. Als ich aufsah, blickte ich in Rileys dunkle Augen. Sein Körper lehnte sich an meinen, hielt mich eng zwischen sich und dem Stamm gefangen, umgeben von mächtigen dunkelgrauen Schwingen.

Schwingen? Ich blinzelte. Hatte ich etwa schon wieder eine Halluzination? Als ich die Augen wieder öffnete, waren die aus glänzenden Federn bestehenden Schwingen immer noch da. Sie bewegten sich, als Riley den Arm fester um mich legte. Seine Haut war unnatürlich heiß.

Verlor ich den Verstand?

Meine Gedanken fuhren Achterbahn ohne Sicherheitsbügel, und mir wurde übel. Ich wollte schreien, aber seine Finger lagen noch immer auf meinen Lippen.

»Halt still!«, beschwor er mich leise und neigte den Flügel etwas nach unten, sodass wir beide durch die nahen Büsche hindurch freie Sicht auf Miss Shepherd hatten, die suchend genau in unsere

Richtung blickte. Ich zuckte zusammen, denn ich konnte ihre Schimpftriade schon ahnen.

Ich wusste nicht, was hier los war, aber mir war klar: Das würde Ärger geben! Doch warum hörte ich nichts? Ich blinzelte und konnte gerade noch sehen, wie sich Miss Shepherd schließlich schulterzuckend abwandte und vom Regen durchnässt den Weg zurückeilte, den sie gekommen war.

Was zur Hölle ging hier eigentlich vor? Warum hatte sie mich nicht gesehen, obwohl sie genau in unsere Richtung geschaut hatte? Und was die noch viel wichtigere Frage war: Warum hatte sie diese gigantischen silbergrauen Flügel nicht gesehen, die mich und Riley wie ein Schutzschild umgaben?

Als hätte mein Gedanke an die Flügel dafür gesorgt, dass sich die Welt weiterdrehte, hob Riley den federigen Flügel an und schirmte uns damit vor den Tropfen ab, die vom Laub der Bäume dick und satt auf uns herabfielen.

Ich schüttelte den Kopf. Dieser Fieberwahn machte mir Angst. Ich sollte wirklich schnellstens zum Arzt. Mein Mund war trocken, und ich bekam keine Luft. Diese ganze Sache war verrückt, in meiner Panik klammerte ich mich an die einzige Person, die Teil dieses Wahnsinns zu sein schien. Den unnahbaren Underdog Riley Scott. Den Jungen – und ich wusste, das war Wahnsinn – mit den Flügeln!

In seinen Augen funkelte es, als er zerknirscht das Gesicht verzog.

»Du kannst sie sehen, richtig?«, fragte er und blies seinen Atem sacht gegen die Federn, die uns umgaben.

Sehen? Fragte er mich allen Ernstes, ob ich diese riesigen grauen Federbüschel, die aus seinem Rücken kamen, sehen konnte? Sah er sie etwa auch? Teilten wir uns eine Halluzination? Wie wahrscheinlich war das denn? Aber wie wahrscheinlich war es erst, dass dies *keine* Halluzination war?

Ich nickte schwach und hob zögernd die Hände. Meine Finger zitterten. Es war verrückt! Verrückt anzunehmen, dass irgendetwas, das an diesem Tag geschehen war, wirklich passierte. Verrückt und doch die einzige Möglichkeit.

Neugierig und zugleich ungläubig berührte ich die samtweichen Federn. Ich hatte mich geirrt, sie waren nicht einfach nur grau. Sie schillerten feucht in allen Regenbogenfarben. Kurz war es, als könnte ich durch sie hindurchsehen wie durch flirrende Luft. Meine Fingerspitzen kribbelten, und ich blickte Riley ängstlich an.

»Ich lass dich los, wenn du versprichst, nicht zu schreien«, bot er an und sah mich abwartend an. Obwohl mir durchaus nach schreien zumute war, nickte ich. Mir fehlte ohnehin die Luft, denn mein Körper war offenbar vollauf damit beschäftigt, nicht bewusstlos umzukippen. Und verdammt, das Letzte, was ich wollte, war, in Ohnmacht zu fallen, während ein mysteriöser Raben-Typ mich in seiner Gewalt hatte.

Du meine Güte, wie das klang! Vielleicht wäre eine Ohnmacht doch nicht so schlecht? Ein hysterisches Lachen bahnte sich den Weg ins Freie, und ich schloss in einem letzten Versuch, dies alles als Hirngespinst abzutun, die Augen.

»Thorn, hörst du mich?«, fragte Riley und löste leicht den Druck auf meine Lippen. Seine Hände waren unnatürlich warm. Er zwang mich, ihn anzusehen, und lächelte mir ermutigend zu. Langsam löste er seine Hand ganz von meinem Mund, als erwartete er, dass ich doch anfangen würde zu schreien. Vielleicht sollte ich das auch. Stattdessen leckte ich mir die Lippen und versuchte zu begreifen, was hier geschah.

»Ich kann sie sehen«, flüsterte ich ungläubig.

»Das solltest du eigentlich nicht«, erklärte Riley mit einem schiefen Grinsen und blies eine Kaugummiblase. »Das macht die Sache kompliziert!«

KAPITEL 3

Lucien York sah auf die Skyline von London. Von seinem Platz auf der Dachterrasse eines umgebauten ehemaligen Wasserturms aus überblickte er die ganze Stadt. Die Themse wand sich wie eine silberglänzende Schlange vor ihm durch das Herz Londons, das Riesenrad drehte sich langsam an ihrem Ufer, und der Big Ben auf der anderen Seite des Wassers überragte die Hafenkräne bei Weitem. Lucien liebte die Stadt, wenn sie wie jetzt aus dem Dampf des eben gefallenen Regens emporstieg und die Dächer und Fassaden in der aufkommenden Sonne nass glänzten.

»Gib mir eine Antwort, Lucien«, verlangte sein Vater Kane und trat neben ihn an die Brüstung. »Bist du bereit, dich deinen Pflichten als mein Nachfolger zu stellen?« Er fuhr sich durch die leicht angegrauten Schläfen seines ansonsten noch recht dunklen Haares und musterte ihn.

Kurz begegnete sich ihr Blick, ehe Lucien wieder die Stadt betrachtete.

»Du verlangst, dass ich bereit bin, Vater. Wozu dann die Frage? Es ist kein Geheimnis, dass du mich drängst. Jeder auf Darlighten Hall weiß das.« Seine Stimme blieb ruhig, auch wenn er innerlich aufbegehrte. Er wusste, mit seinem Vater zu streiten, würde nichts ändern. Kane York war das Oberhaupt des Clans. Er traf die Entscheidungen.

»Niemand drängt dich, Lucien«, gab Kane zurück, ohne die Milde der Worte auch in seiner Stimme mitklingen zu lassen. »Unsere Herrschaft hier in England steht auf wackeligen Beinen. Unser Clan – er braucht eine starke Hand. Unser Volk – braucht dich.«

Nun drehte Lucien sich doch zu seinem Vater um. Die Entschlossenheit in dessen Gesicht machte klar, dass Luciens Zustimmung reine Formsache war. Kanes schwarze Augen und der verkniffene Mund unter dem gepflegten Vollbart ließen keinen Raum für Widerspruch.

»Dann weiß ich nicht, warum du fragst. Dein Entschluss steht fest. Und ich habe mich zu beugen, ist es nicht so?«

Kane schwieg. Einen kurzen Moment huschte Bedauern über seine Züge. Er blinzelte, und die unnachgiebige Strenge kehrte zurück. »Denk nicht, dass mir deine Meinung nicht wichtig wäre, Sohn. Aber wenn wir unsere Eigenständigkeit in England behalten möchten, uns nicht der Herrschaft der Oberen unterordnen wollen, dann müssen wir dafür Sorge tragen, dass die Gesetze unseres Volkes gewahrt werden.«

Er hatte die Hände zu Fäusten geballt, und eine steile Falte über seiner Nasenwurzel zeigte seine Anspannung. »Die Rebellen gewinnen an Zulauf, und die Oberen werden das nicht länger dulden. Wir müssen Ordnung schaffen. Dazu brauche ich dich an meiner Seite, egal ob du glaubst, bereit dafür zu sein oder nicht.« Er fing an, auf der Dachterrasse auf und ab zu gehen. »Bedenke: Als ich neunzehn war, habe ich unter Aric Chromes Führung den Clan hier in London etabliert.« Er blieb stehen und sah seinen Sohn streng an. »Du bist jetzt fast in dem Alter, in dem ich damals war. Und du wirst mir nun helfen, das, was wir uns damals geschaffen haben, zu erhalten. Ich will dich in Darlighten Hall neben mir haben. Dringende Angelegenheiten verlangen deine Anwesenheit in der großen Halle und vor dem Rat.«

Lucien kannte diese Rede nur zu gut. Nichts davon war ihm neu. Er wusste, diese Verpflichtung war ihm in die Wiege gelegt worden. Wusste, dass die Zeiten für den Clan nicht leicht waren.

»Die Probleme mit den Rebellen haben doch nicht nur wir hier in London«, wagte Lucien einen letzten Versuch, Kane umzustimmen. »Überall rotten sie sich zusammen und fordern neue Gesetze, Vater. Die Oberen können nicht allen Clans die Eigenständigkeit entziehen, nur weil einige der Clanmitglieder sich nach einem Wandel sehnen.«

»Ein Wandel ...«, donnerte Kane zornig, »... der unsere Existenz bedroht!« Er stapfte auf Lucien zu und baute sich drohend vor ihm auf. »Wage es nicht, Sohn, dieses Unheil kleinzureden! Die Bedrohung ist heute größer als je zuvor. Und wir werden hart gegen all jene durchgreifen, die unsere Gesetze nicht respektieren. Wir wären heute nicht da, wo wir sind, wenn wir hier Schwäche zeigen würden.«

Lucien kniff die Lippen zusammen und schluckte seine Antwort hinunter. Sein Vater schätzte ihn falsch ein. Er verachtete die Rebellen ebenso. Doch er dachte auch an Aric und seinen Vater. Die beiden privilegiert geborenen jungen Männer, die als Freunde hier in London geherrscht hatten. Die dem Clan hier mitten im Herzen der Metropole an der Themse Sicherheit verschafft hatten. Und die nun genau wegen dieser Sicherheit auf unterschiedlichen Seiten standen. Zumindest würden sie das, sollte Aric wider Erwarten noch am Leben sein, ergänzte Lucien seine Grübelei stumm und verdrängte dabei den Gedanken an seine eigenen Freunde, die er aus ebendiesem Grund verloren hatte. Sie waren Verräter an ihrem Volk.

Er sah seinem Vater in die Augen und wusste, kein Gespräch würde etwas ändern. Sein Weg war ihm vorherbestimmt.

»Ich frage dich ein letztes Mal, Sohn. Bist du bereit, deine

Pflicht mir gegenüber zu erfüllen?«, brummte Kane leise, sodass der Wind die Worte fast mit sich nahm.

Lucien atmete tief durch.

Er trat beiseite, um der unangenehmen Nähe seines Vaters zu entkommen.

Wieder blickte er über die Stadt. Es dämmerte bereits, und leichter Nebel entstieg den dunklen Wassern der Themse. Es war die Tageszeit, die er am meisten liebte. Die Zeit zwischen Tag und Nacht, die, wie er fand, gut zu ihm passte.

Mit einem sportlichen Satz schwang er sich auf die Brüstung der Dachterrasse und sah seinen Vater an.

»Lass uns aufhören, so zu tun, als hätte ich eine Wahl, Vater. Du brauchst mein Einverständnis nicht. Ich bin dein Sohn.« Er schaute in die Tiefe zu seinen Füßen und strich sich das dunkle Haar aus der Stirn. »Ich kenne meine Pflicht, auch wenn sie mir nicht gefällt.«

Ein leichter Windhauch umspielte seinen Körper, als er sich ohne weitere Worte in die Tiefe stürzte.

Kapitel 4

»Das macht die Sache kompliziert!«

Kompliziert kam mir in Anbetracht meiner Lage als Untertreibung des Jahrhunderts vor. Was ging hier eigentlich vor? Und … was … war … Riley?

»Das ist alles etwas viel für dich, aber ich kann … und werde dir alles erklären. Später.« Er rückte langsam von mir ab, gab mich frei und öffnete seine Schwingen. Er schüttelte sich, und Millionen Regentropfen perlten funkelnd von ihm ab. »Doch dafür ist jetzt keine Zeit. Wir müssen hier weg, bevor sie bemerken, dass du kleines Halbwesen anfängst, dich zu verwandeln.« In einer einzigen fließenden Bewegung faltete er die Flügel auf seinen Rücken. Sie überragten ihn um gute zwanzig Zentimeter, trotzdem schmiegten sie sich beinahe elegant an seinen Körper.

»Halbwesen? Verwandeln? Was …?« Ich begriff den Sinn seiner Worte nicht, denn ich starrte nur ungläubig auf die riesigen Schwingen. Die Frage war nicht länger, ob ich den Verstand verlieren würde – nein, ich hatte ihn offenbar längst verloren.

»Verdammt, Riley!«, scholl ein Ruf vom Schulhof und riss mich aus meiner Starre. Ich wandte mich um, suchte nach der Person, hoffte auf Hilfe. Auf Rettung, denn ich fühlte mich vollkommen verloren. Ich taumelte in die Richtung, aus der die Stimme gekommen war, aber Riley hielt mich zurück. Er griff meine Hand und beugte sich zu mir. »Bitte flipp jetzt nicht aus«, flüsterte er, ehe sich direkt vor uns, wie aus dem Nichts, weitere schwarze Schwingen ausbreiteten.

Ich stieß einen Schrei aus und duckte mich, als diese unnatürlichen Wesen auf mich zukamen.

»Garret!«, drohte Riley und stellte sich schützend vor mich. Die Bewegung war vermutlich gut gemeint, aber nun hatte ich seine riesigen federähnlichen Schwingen genau vor meiner Nase, was mir den Wahnsinn meiner Lage nur noch verdeutlichte. »Geht's vielleicht auch ein bisschen sensibler?«, fragte Riley gereizt und drückte tröstend meine Finger. »Ihr macht ihr Angst!«

Bestimmt konnte er sich nicht vorstellen, wie recht er damit hatte. Mir wurde übel, als ich endlich begriff, was hier geschah. Garret, Sam und Conrad falteten nun beiläufig, so wie Riley es eben auch gemacht hatte, silbergraue Schwingen auf ihre Rücken, als wäre es das Normalste auf der ganzen Welt.

»Sie kann sehen, was wir sind«, schob Riley als Erklärung hinterher und trat seinen Freunden entgegen. »Ihr hattet recht. Sie scheint sich zu verwandeln.«

Ich schüttelte den Kopf, presste mir die Hände auf die Augen und versuchte auch nur einen klaren Gedanken zu fassen. Was war hier los? Was …? Ich wusste, ich sollte zuhören, aber diese Schwingen – sie zogen mich vollkommen in ihren Bann. In einer Mischung aus Furcht und Faszination wollte ich jedes Detail davon in mir aufnehmen. Rileys Schwingen schillerten wie Öl, nein, dunkler, beinahe wie Quecksilber. Ich war mir nicht mehr sicher, ob sie sich wirklich fedrig anfühlten. Sie erinnerten an Federn und hatten doch keinerlei Ähnlichkeit mit denen eines Vogels. Eher mit Schuppen. Ich hatte nie zuvor so etwas gesehen – was mich nun doch wieder in dem Glauben bestärkte, schlichtweg zu träumen. Aber mir war kalt, und ich hatte Schmerzen, und das passte nicht so ganz zu dieser Vermutung.

»Thorn?«, riss mich Riley aus meinen Gedanken. »Hörst du? Wir müssen hier weg. Wir sind hier nicht sicher.« Wieder griff er nach meiner Hand – und wieder fühlte ich diese Hitze.

»Lass mich!«, rief ich und riss meinen Arm zurück. »Fass mich nicht an.« Ich sah panisch von ihm zu den übrigen Shades – und mit einem Mal schien der Name der Gang gar nicht mehr so abwegig. »Ich weiß nicht, wer ihr seid! Oder was das …« Ich machte eine Bewegung, die alles einschloss. »… was das hier ist. Aber ich werde schreien, wenn ihr näher kommt!«

Ich hob abwehrend die Hände und trat langsam zurück. Nun bereute ich es, das Schulgelände verlassen zu haben.

»Thorn, bitte …« Rileys Flüstern sollte mich wohl beruhigen, aber als er hinter mir herkam, bewegten sich seine Schwingen.

»Bleib weg!«, schrie ich. »Ich meine es ernst! Ich rufe um Hilfe, wenn du noch einen einzigen Schritt machst!«

Langsam tastete ich mich nach hinten, bis an den Baumstamm, an den Riley mich kurz zuvor gedrückt hatte. Ich musste nur Distanz zwischen mich und diese Irren bringen. Der Stamm gab mir Halt.

»Ihr seid nicht echt!«, versicherte ich mir selbst, denn so etwas gab es normalerweise nur im Film. Niemals im wahren Leben. »Das ist ein Trick!«

Mit jedem Schritt, den ich zurückmachte, tat Riley einen auf mich zu.

»Beruhige dich, Thorn«, beschwor er mich und streckte die Hände nach mir aus. »Lass mich erklären, was …«

»Ich will es nicht wissen! Bleib einfach weg!«

»Bald glotzen uns alle an!«, raunte Conrad aus dem Hintergrund und deutete mit einem Kopfnicken auf eine Gruppe Spaziergänger im Park, die in unsere Richtung blickten, aber unbeeindruckt von den mächtigen Schwingen einfach weitergingen.

Hatten die keine Augen im Kopf? Warum blieben sie nicht stehen? Warum wunderten sie sich nicht über die dämonischen Flügel? Sahen sie nicht, dass ich in der Klemme steckte? Oder die Gefahr, die von diesen Wesen ausging?

»Was jetzt geschieht, wird dir nicht gefallen, Thorn.« Riley sprach leise. Trotzdem war die Drohung so unverhohlen, dass sich meine Nackenhärchen warnend aufstellten. Derselbe Impuls, der mich zuvor aus dem Klassenzimmer hatte fliehen lassen, übernahm auch jetzt die Kontrolle. Ich sah das entschlossene Funkeln in seinen Augen, wie bei einem Raubtier, das seine Beute ins Visier nahm. Spürte meinen Herzschlag, der sich beschleunigte, und meine Muskeln, die sich wie beim Start eines Staffellaufs anspannten. »Aber es ist zu deinem Besten.«

Ich rannte los. Ich wirbelte herum, sprang um den Baumstamm und stolperte den Hügel hinunter. Ich wusste, ich war schnell, aber es dauerte kaum einen Atemzug, da verlor ich den Boden unter den Füßen. Riley presste mich an sich, und ich wurde nach hinten gerissen, als er mit einem einzigen Satz vom Boden bis in die Krone einer alten Eiche sprang. Er zog mich mit sich, als würde ich nichts wiegen.

Das Rascheln der Blätter klang laut in meinen Ohren, und auch diesmal wurde mein Schrei von seiner Hand gedämpft, die er mir auf den Mund presste.

Die Schwingen waren wie ein Schutzschild um uns geschlagen, und obwohl ich Todesangst verspürte, schien Riley sich gut zu amüsieren, denn er ließ eine Kaugummiblase platzen und zwinkerte mir mit einem frechen Grinsen zu.

»Ich wette, du bist noch nie geflogen«, scherzte er und riss die grauen Schwingen auseinander. Der Glanz, der von ihnen ausging, war übermächtig. Nahm mir den Atem. Die Welt drehte sich um mich, in meinen Ohren dröhnte es. Der Schmerz in meinem Rücken durchzuckte mich wie ein Blitz, und ich klammerte mich hilflos an Rileys Schultern. Als er sich mit einem weiteren Satz in die Luft erhob, verschluckte mich die Ohnmacht.

»Sie kommt zu sich«, hörte ich Sam sagen, noch ehe ich die Augen geöffnet hatte. Ich erkannte seine Stimme, denn die hatte für den etwas schmächtigen Jungen einen ungewöhnlich tiefen Klang. Da Sam zweimal die Woche bei unseren Nachbarn den Rasen mähte oder die Einfahrt fegte, hatte ich ihn oft reden gehört, auch wenn ich nie zuvor selbst mit ihm gesprochen hatte.

Um mir etwas Zeit zu verschaffen, atmete ich möglichst gleichmäßig weiter und hielt die Augen trotz meiner aufkommenden Panik geschlossen. Diese Irren hatten mich entführt! Ich wusste nicht, wo ich war, nur, dass mir der Hall der Schritte, die sich näherten, fremd und unheimlich vorkam. Die Luft war kühl, und ich lag auf einer gepolsterten Oberfläche, die sich glatt unter meiner Wange anfühlte. Ich tippte auf Leder.

»Sie regt sich noch immer nicht«, widersprach nun Riley mit leicht besorgtem Unterton.

»Doch, sie hat gerade geseufzt. Und den Arm bewegt«, beharrte Sam auf seiner Meinung.

Ich wagte es kaum zu atmen, denn ich war mir sicher, dass die beiden mich genau beobachteten.

»War wahrscheinlich alles etwas viel für sie«, vermutete Riley, und ich spürte den Lufthauch seiner Bewegung.

»Hast du ihr denn schon gesagt, was sie ist?«, mischte sich nun Garret aus dem Hintergrund ein. Ich hörte auch seine Schritte näher kommen, versuchte aber, mich davon nicht ablenken zu lassen. Was meinte er mit *was ich war*?

»Nicht wirklich.« Rileys Kaugummi platzte mit einem leisen Ploppen. »Ich wollte sie damit nicht überfallen. Schon allein die Schwingen haben sie vollkommen aus dem Konzept gebracht«, sagte er.

»Du hast uns enttarnt!« Garret klang nicht gerade begeistert. »Warum hast du dich ihr überhaupt so gezeigt? Hätte es keine andere Möglichkeit gegeben?«

Das alles konnte doch nur ein Scherz sein! Ich konnte nicht fassen, dass diese schrägen Typen immer noch von Flügeln sprachen. Das war doch verrückt!

»Du hast sie nicht gesehen, Garret!«, rief Riley. »Sie hat sich gekrümmt vor Schmerz.«

»Das bedeutet doch noch lange nichts!«

Ich spürte Rileys Schulterzucken, so nah stand er bei mir.

»Vielleicht nicht. Aber sieh dir das Blut auf dem Rücken ihrer Bluse an, dann bekommt das alles eine Bedeutung!«

Blut? War da Blut auf meiner Bluse?

Ich schlug die Augen auf und fuhr mit der Hand über meinen Rücken. Der fühlte sich wund an, irgendwie geprellt, aber der unerträgliche Schmerz, den ich noch in der Schule empfunden hatte, der mich hat bewusstlos werden lassen, war verschwunden.

»Sieh an. Du bist ja doch wach«, stellte Sam fest und verschränkte streng die Arme vor der Brust. »Ich hab es doch gleich gesagt.«

Der barsche Ton in seiner Stimme war mir egal, so erleichtert war ich, dass ich weder bei ihm noch bei einem seiner Freunde diese Schwingen entdecken konnte.

Vielleicht hatte ich mir doch alles nur eingebildet? Aber wovon hatten sie dann eben gesprochen? Das alles war mehr als rätselhaft.

Ohne ihn zu beachten, reichte mir Riley die Hand und half mir, mich aufzusetzen. Ich wollte vor ihm zurückweichen, aber offenbar war er der Einzige hier, der mich leiden konnte. Die unnatürliche Wärme seiner Haut spendete mir beinahe Trost.

»Wie geht es dir?«, fragte er sanft und musterte mich eindringlich.

»Wo ... sind wir?«, fragte ich und versuchte in dem dämmrigen Licht etwas zu erkennen. Es flackerten nur einige Kerzen in dem ansonsten dunklen Raum. Ich lag wirklich auf einem Ledersofa. Schwere Vorhänge waren vor die deckenhohen Fenster gezogen, und die Wände waren hinter breiten Bücherregalen verborgen. Auch auf sämtlichen Oberflächen lagen Bücher, mit dicken Ledereinbänden oder kunstvollen Verzierungen auf dem Einband. Ein Teppich, dessen Farbe in dem Licht nicht auszumachen war, verdeckte einen Großteil des im Fischgrätenmuster verlegten Parketts, und obwohl das Mobiliar edel wirkte, tanzte der Staub in den Lichtbahnen der Kerzen. Ich kam mir vor wie in einer Bibliothek. Oder in einem Buchladen, in dem schon lange niemand mehr etwas gekauft hatte.

»Wir sind hier in Sicherheit«, erklärte Riley, der sich offenbar umgezogen hatte. Anstatt der Schuluniform trug er wie so oft diesen Ledermantel.

Ich hob die Augenbrauen. »In Sicherheit wovor?«

Garret kniff verschwiegen die Lippen zusammen, und auch Sam wandte sich ab, als ginge ihn das alles nichts an.

»Jetzt mal im Ernst, Riley.« Ich brauchte dringend Klarheit. »Was ist das hier für ein Mist? Wo bin ich? Und wie ... oder besser gesagt, warum habt ihr mich hergebracht? Ich bekomm mächtig Ärger, weil ich längst zu Hause sein sollte. Mal ganz abgesehen von dem Stress, den dieser Mist in der Schule machen wird.« Ich stand auf und funkelte die drei warnend an. »Wenn ihr Spinner denkt, das wäre irgendwie witzig, dann ...«

Riley seufzte und erhob sich ebenfalls. »Sag mir, was du siehst!«, verlangte er und kam näher. »Sieh mich an – und sag mir, was du siehst.«

Ich wich vor ihm zurück, bis ich das Sofa an meinen Beinen spürte. Ohne die Kaugummiblasen wirkte er irgendwie Furcht einflößend.

»Einen Spinner!« Ich gab mich tough, obwohl meine Knie vor Angst zitterten. Wenn doch nur Anh hier wäre! »Ihr lasst mich jetzt gehen, oder …« Ich griff mir ein Buch und hielt es wie einen Schutzschild vor mich.

Riley hob ergeben die Hände. »Wir halten dich nicht gegen deinen Willen fest, Thorn!«, versicherte er mir. »Aber wir müssen dir einige Dinge erklären, die dir vermutlich verrückt erscheinen werden.«

»Meinst du den Quatsch mit den Flügeln, von dem ihr gesprochen habt?«, rief ich. »Wolltet ihr mir damit Angst machen? Habt ihr euch im Kostümverleih ausgetobt und gedacht, es wäre witzig, mir einen Schrecken einzujagen?«

»Du siehst sie *jetzt* nicht?«, hakte er irritiert nach und runzelte die Stirn.

»Vielleicht liegst du falsch, Riley«, mischte sich Garret wieder ein, schob einen Bücherstapel beiseite und setzte sich lässig auf die Sofakante. »Wir sollten warten, bis Conrad zurück ist, ehe wir ihr mehr sagen als nötig.«

Conrad! Mir fiel gerade erst auf, dass das vierte Mitglied der Shades nicht hier war.

»Mir was sagen?«, fuhr ich ihn an und presste das Buch an meine Brust, aber weder Garret noch Riley beachteten mich.

»Ich habe Conrad zu Magnus geschickt, um ihn auf den neuesten Stand der Dinge zu bringen«, überging mich Riley.

»Wovon zum Teufel redet ihr? Wer ist Magnus?«

Langsam kam es mir vor, als spräche ich eine andere Sprache.

»Wir brauchen Magnus hier!«, redete Garret weiter, als hätte er mich nicht gehört. »Wir wissen zu wenig über Halbwesen.«

Riley zuckte mit den Schultern und sah mich unsicher an. »Keiner von uns hatte es je mit einem Halbwesen zu tun. Wir müssen uns auf das verlassen, was Magnus gesagt hat.« Er kam zu mir und griff nach meinem Arm. Meinen Protest ignorierend, drehte er mich um und deutete auf meinen Rücken. »Sie hat geblutet. Ihr Geburtstag steht kurz bevor. Alles passt. Die Verwandlung beginnt.«

Ich schlug nach ihm und riss meinen Arm zurück. Ich drehte den Hals und versuchte zu erkennen, was da auf meinem Rücken zu sehen sein sollte.

»Wovon zum Teufel redet ihr?« Auch ich konnte einen fingernagelgroßen Fleck getrockneten Blutes auf meiner Bluse erkennen. Vermutlich hatte mich Riley bei seinem merkwürdigen Streich mit den Flügeln etwas zu hart gegen die Baumrinde gedrückt. Doch obwohl ich der festen Überzeugung war, dass dies der Grund für den Blutstropfen auf meinem Oberteil war, machte mir der Anblick dennoch Angst. Dieser Dummejungenstreich war schon viel zu weit gegangen! »Ich werde das alles meinen Eltern sagen und hoffe, ihr bekommt mächtig Ärger! Wisst ihr überhaupt, wie spät es ist? Das ist nicht mehr witzig! Ich müsste längst daheim sein. Was glaubt ihr denn, was Mom sich für Sorgen macht, weil ich nicht komme und mich auch nicht melde?«

Ich konnte ja nicht mal einen Hilferuf absetzen, denn mein Handy war in meinem Rucksack – und den hatte ich bei meiner überstürzten Flucht aus der Schule dort liegen gelassen.

Meine Angst wandelte sich in Wut, und ich stieß Riley beiseite, der zwischen mir und der einzigen Tür stand.

»Thorn!« Sein Ruf klang wie eine Warnung. »Warte. Du hast ja recht! Wir schulden dir eine Erklärung. Die will ich dir auch geben, wenn du dich nur einen Moment setzt und mir zuhörst.«

46

Ich wirbelte herum und funkelte ihn böse an. »Vergiss es, Riley! Ich setz mich auf keinen Fall! Ich weiß ja nicht, was ihr euch hier für einen Scheiß ausgedacht habt, aber anhören werde ich mir diesen Mist jedenfalls nicht.«

»Wenn du mir nicht freiwillig zuhören willst, muss ich dich eben zwingen!«, knurrte er und kam mit großen Schritten auf mich zu.

Panisch riss ich die Arme nach oben, um mich zu schützen. Der Blick aus seinen Augen ließ mir das Blut in den Adern gefrieren. Ich hatte ihn wütend gemacht.

Die zu langen Haare hingen ihm wild ins Gesicht, und der Ledermantel schlug bei jedem Schritt hinten gegen seine Waden. Das Parkett knarzte unter ihm, aber als ich ausholte, um mit dem Buch nach ihm zu schlagen – war da nichts mehr.

Ich drehte mich um die eigene Achse, suchte ihn in dem schwachen Dämmerlicht, aber NICHTS. Er war verschwunden. Direkt vor meinen Augen.

»Was …?« Ich drehte mich zu Garret, der unbeeindruckt an der Sofakante lehnte. Auch Sam hatte wohl nicht bemerkt, dass sich ihr Freund einfach in Luft aufgelöst hatte. »Was ist hier los?«, rief ich und fasste mir an die Stirn. »Wo ist Riley hin?«

»Ich bin hier«, gab er sich zu erkennen und stand entspannt mit dem Rücken am Bücherregal neben der Tür, als wolle er deutlich machen, dass eine Flucht unmöglich war.

»Wie bist du da hingekommen?«, schrie ich und schüttelte den Kopf. »Eben warst du hier, und dann …«

»Verschwunden?«, kam er mir zu Hilfe, wobei das Wort aus seinem Mund fast genauso verrückt klang wie in meinen Gedanken.

»Man kann nicht einfach verschwinden!«, widersprach ich. Es gab schließlich Naturgesetze.

Riley grinste und ploppte eine Kaugummiblase. »Stimmt. Ich

war nicht weg. Du hast mich nur nicht gesehen.« Er stellte sich direkt vor die Tür und breitete die Arme aus. »So, wie du jetzt meine Schwingen nicht sehen kannst.«

Das war verrückt! Vollkommen verrückt!

»Aber du hast sie schon gesehen. Heute, auf dem Schulhof.« Er blieb stehen und blickte mich beschwörend an. »Du hast sie gesehen, weil sie da sind. Unsichtbar für Menschen – und dennoch da.« Er deutete auf Garret und Sam, die mit seiner Rede offensichtlich nicht ganz einverstanden waren. Sie hatten beide die Lippen mürrisch zusammengekniffen, wohingegen Rileys Grinsen breiter wurde. »Menschen können unsere Schwingen nicht sehen. Aber du bist kein Mensch, Thorn. Du bist ein Halbwesen.« Er senkte seine Stimme. »Und an deinem sechzehnten Geburtstag wirst du dich verwandeln.«

Kapitel 5

Lucien saß an seinem Schreibtisch und studierte die Papiere, die sein Vater ihm ausgehändigt hatte. Es waren Listen mit Namen. Namen von Rebellen.

Es fiel ihm schwer, all diesen Namen Gesichter zuzuordnen. Viele von ihnen sagten ihm nichts. Einige waren schon abtrünnig geworden, als er selbst noch ein Kind gewesen war. Sein Blick wanderte zurück zum Anfang der Liste. Der Name ganz oben war ihm aber sehr wohl ein Begriff. Aric Chrome. Mit ihm hatte alles angefangen. Er war der Erste ihres Clans gewesen, der sich gegen die Gesetze des Volkes der Silberschwingen aufgelehnt hatte. Der Erste von vielen.

Noch einmal überflog Lucien die Namen auf der Liste, verharrte kurz bei denen, die er kannte. Bei ehemaligen Freunden, die mit ihm aufgewachsen waren. Freunde, die zu Rebellen geworden waren. Für einen Moment schloss er die Augen und stützte den Kopf schwer in die Hände. Wie sollte er sich der Verpflichtung gewachsen fühlen, gegen all jene, deren Namen er hier vor sich hatte, vorzugehen? Wie sollte er sie finden?

Lucien verzog den Mund. Jemanden zu finden, der so geschickt darin war, ungesehen zu bleiben wie das Volk der Silberschwingen, war nun wirklich alles andere als leicht. Sie hatten das Ungesehenbleiben perfektioniert. Anders wäre es nicht möglich gewesen, sich inmitten der Menschen, im Herzen Londons, anzusiedeln. Sie verschmolzen mit der Masse, verschwanden, wann immer es nötig wurde, und verbargen ihre Kräfte vor all jenen, die eine Gefahr darin sehen würden. Sie blieben unter sich. Schließlich war das eines ihrer Gesetze.

Doch die Rebellen gaben darauf nicht viel. Und das machte die Jagd nach ihnen so gefährlich. Sein Volk konnte es sich nicht leisten, Aufsehen zu erregen.

Lucien bewegte die Lippen, als er leise die Namen derer wiederholte, die ihm einst nahegestanden hatten. Dann faltete er die Papiere in der Mitte und verstaute sie sorgfältig in seinem Schreibtisch. Verbittert blickte er auf die nun leere Tischplatte aus dunklem Mahagoni. Aber ihm blieb keine Zeit, sich länger Gedanken zu machen, denn er fühlte, wie sich die Luft veränderte.

Er würde Besuch bekommen. Das war keine Vorahnung, sondern eine Tatsache. Seine feinen Sinne ließen ihn Dinge spüren, die ein Mensch nie würde fühlen können. Zumindest glaubte er das, denn er kannte die Menschen nicht besonders gut.

Wie er erwartet hatte, bewegte sich die Türklinke nach unten, und die Tür schwang auf.

»Hallo Nyx«, begrüßte er seine Besucherin und erhob sich von seinem Platz am Schreibtisch.

»Hi Lucien!«, trällerte Nyx und kam schwungvoll näher. Ihre filigranen hellsilbrig schimmernden Schwingen wippten bei jeder ihrer Bewegungen. »Ich habe dich schon überall gesucht.« Sie setzte sich auf die Tischkante und überschlug ihre Beine. »Seit Tagen bekomme ich dich kaum zu Gesicht.«

Lucien ging um den Tisch herum auf sie zu. Ihr beinahe weißes Haar schimmerte im Licht, das durch die hohen Fenster fiel. Er lächelte sie an und hob sie entschieden von seinem Schreibtisch.

»Tu das nicht«, bat er und stellte sie behutsam vor sich ab. Einen

Moment länger als nötig ließ er seine Hände an ihrer schmalen Taille. Sie fühlte sich zerbrechlich an, so zierlich war ihre Statur. Doch was ihr an Körpergröße fehlte, machte sie durch Selbstbewusstsein wett.

Als sähe sie sich nicht dem künftigen Oberhaupt der Silberschwingen gegenüber, lachte sie unbeschwert und hob die Hand an seine nachtschwarzen Schwingen. »Was genau meinst du?«, fragte sie. »Den Schreibtisch, oder dass ich nach dir suche?« Ihre Finger strichen über die dunklen fedrigen Schuppen, und sie sah ihm direkt in die Augen.

»Beides«, entgegnete er und ging einen Schritt zurück. »Du weißt, dass ich beschäftigt bin.« Er trat ans Fenster und blickte in die Ferne. »Vater überhäuft mich mit Informationen.« Sein Schulterzucken versetzte auch seine Schwingen in Bewegung. »Man könnte glauben, er wolle mir das gesamte Clanwissen in einer Woche eintrichtern.«

Nyx machte einen Schmollmund und trat neben ihn. Wie selbstverständlich griff sie nach seiner Hand und verwob ihre Finger mit seinen. »Ich finde es gut, dass er dich an seiner Seite haben will, um den Clan zu führen. Das zeigt allen, welchen Platz du später einnehmen wirst.« Sie stellte sich auf die Zehenspitzen, schenkte ihm ein strahlendes Lächeln und lehnte sich sanft an ihn. »Es sichert uns unsere Position.«

»Du weißt, dass mir meine Position nichts bedeutet. Ich fühle mich davon eingeengt und könnte gut darauf verzichten, Vater als Oberhaupt zu folgen.«

Nyx schüttelte den Kopf.

»Ohne deine Position wären wir uns aber nicht versprochen«, erinnerte sie ihn, ehe sie in ihrer lebhaften Art zum nächsten Fenster tänzelte. »Dann müsstest du dein Leben in der gleichen Einsamkeit verbringen wie viele deiner Freunde, die nicht das

Glück haben, hier auf Darlighten Hall mit dem goldenen Löffel im Mund zu leben.«

Dem konnte Lucien kaum etwas entgegnen. Die große Schwäche der Silberschwingen bestand darin, dass nur sehr wenige Silberschwingen-Mädchen geboren wurden. Die Oberen hatten die Vermutung aufgestellt, dass die Gene der Silberschwingen so dominant waren, so auf Stärke geprägt, dass sich das schwache Geschlecht eben nur sehr selten durchsetzen konnte.

»Würdest du dich dann auch den Rebellen anschließen?«, fragte sie ihn und legte den Kopf schief.

Lucien wusste, dass sie das Gespräch nicht ernst nahm. Sie kannte seine Abneigung gegen die Rebellen und wollte ihn nur aufziehen. Deshalb ging er darauf ein. Er folgte ihr zum nächsten Fenster und lächelte auf sie herab. Das rückenfreie Kleid mit den Silberpailletten schmeichelte ihr und gab ihren Schwingen den nötigen Raum.

»Würde mir dein Herz nicht auch dann gehören, wenn du nicht meine Versprochene wärst?« Er legte seine Hände auf ihre Schultern und genoss das Gefühl ihrer Haut.

Nyx lachte. Sie schüttelte den Kopf, schmiegte sich aber zugleich näher an Luciens Brust. Sie reichte ihm kaum bis zum Kinn. »Wir Mädchen sind privilegiert, Lucien. Das weißt du. Wenn du keinen Rang und Namen hättest, müsste ich mein Herz wohl oder übel einem anderen schenken«, scherzte sie mit einem breiten Grinsen.

Er fasste sich betroffen an die Brust. »Wie kannst du nur so grausam sein?«, spielte er ihr kleines Spielchen mit und ließ es zu, dass sie ihn an der Hand hinter sich her hinaus in den Flur schleppte. Er bewunderte den hellen Glanz ihrer Schwingen und die schlanke Silhouette ihres beinahe noch mädchenhaften Körpers.

»Ich bin so grausam, weil du dich seit Tagen davor drückst, etwas mit mir zu unternehmen«, klärte sie ihn auf und zog ihn weiter die Treppe hinunter bis in den parkähnlichen Garten. Als Lucien widersprechen wollte, hob sie mahnend den Finger. »Ich weiß, ich weiß. Du hast viel zu tun. Aber ich bin nun mal deine Versprochene, und die Zeremonie, bei der wir den Segen des Clans für unsere Verbindung erbitten, rückt immer näher.« Sie funkelte ihn aus ihren blaugrau glänzenden Augen streng an. »Ich habe Angst vor der Prüfung der Oberen, und du hast versprochen, mit mir zu üben.«

»Ich habe dich in den letzten Wochen beobachtet, Nyx. Du bist schon sehr gut im Umgang mit deinen Schwingen und Fähigkeiten. Niemand, der dich sieht, würde annehmen, dass du erst seit einem halben Jahr sechzehn bist.« Er legte seine Hand an ihre Wange und zwang sie, ihn anzuschauen. »Wenn ich dich sehe, kann ich mich kaum mehr daran erinnern, wie du noch vor Kurzem ohne deine Schwingen ausgesehen hast.« Er breitete ihre Arme aus, und sein Blick forderte sie auf, auch die Schwingen zu spreizen. »Du bist wunderschön, Nyx. Auf mehr werden die Oberen kaum achten.«

»Es ist einfach nicht gerecht, dass ihr Männer eure Schwingen schon im Alter von zwölf Jahren bekommt, wir Mädchen erst mit sechzehn.« Sie machte einen Schmollmund. »Und trotzdem sollen wir dieselbe Prüfung meistern.«

»Du schaffst das, Nyx. Mach dir darüber keine Sorgen«, versicherte er ihr und führte sie weiter in den Garten, vorbei an marmornen Engelstatuen. Die steinernen Wesen wandten ihre Köpfe und sahen ihnen nach. Gedankenversunken ließ Lucien seine Hand über den Marmor streichen, gönnte sich einen kurzen Blick in die Vergangenheit. Er sah sich selbst mit seinen Freunden hier im Garten spielen. Ohne Schwingen, ohne Probleme …

Nyx rückte näher an seine Seite und musterte eine der Steinarbeiten misstrauisch. »Das zum Beispiel«, murrte sie und deutete auf den kalten Marmor. »Ich hab mich noch nicht daran gewöhnt, die Seele in allen Dingen erspüren zu können. Es macht mir Angst. Ich fühle mich beobachtet.«

Lucien lächelte verständnisvoll und führte sie weiter. Fort von den weiß schimmernden Skulpturen, näher an den Seerosenteich. »All diese Reize sind noch neu für dich. Das wird mit der Zeit.«

Sie verließen den Weg, der zum steinernen Pavillon führte, und gingen über die Wiese zum Rand des Seerosenteichs. Ein Frosch schrak auf und tauchte ins Wasser, sodass sich weite Kreise über die Oberfläche ausbreiteten.

»Und der Kuss?« Zum ersten Mal an diesem Tag wirkte Nyx nicht mehr ganz so selbstbewusst. Sie mied Luciens Blick, aber er spürte, dass sie ihn in der glänzenden Oberfläche des Sees musterte.

»Sag jetzt nicht, du hast Angst vor einem Kuss!«, zog er sie auf und lächelte in sich hinein. Er selbst hatte sich den Moment, der ihr Bündnis bei der Zeremonie besiegelte und sie damit vor den Oberen zu seiner Versprochenen machen würde, schon mehrfach ausgemalt. Und auch er verspürte eine gewisse Aufregung. Schließlich ging es dabei nicht nur um einen Kuss. Es ging darum, eine Verpflichtung einzugehen. Eine Verpflichtung vor dem gesamten Volk der Silberschwingen.

»Unsinn!« Nyx stieß ihm ihre Faust in die Seite. »Ich habe keine Angst … dich zu küssen. Aber vielleicht … sollten wir …«

»Sag nicht, du willst auch das üben?« Lucien konnte ein Lachen nicht verhindern, denn Nyx schlug verlegen die Schwingen um sich wie einen Schutzschild.

»Du bist blöd!«, rief sie durch die dichten Schuppen, ohne sich zu zeigen. »Natürlich müssen wir das nicht üben, aber findest du es nicht merkwürdig, dass uns dabei …« Sie senkte ihre Schwingen etwas und schielte über den Rand. »… dass uns dabei alle zuschauen?« Ihre Wangen glühten vor Verlegenheit. »Stört dich das nicht … bei unserem ersten Kuss?«

Lucien trat näher zu ihr. Erst jetzt wurde ihm klar, dass sich schon bald auch für Nyx alles ändern würde. Er umfasste ihr Gesicht und sah ihr in die Augen. »Es stört mich nicht, Nyx«, flüsterte er. »Denn sie werden mich alle beneiden.«

KAPITEL 6

»Du dürftest überhaupt nicht existieren.«

Rileys Worte hallten in meinem Kopf wie in einer Kathedrale. Irgendwann in der letzten Stunde hatte ich angefangen, den Wahnsinn, den Riley mir als Wahrheit verkaufen wollte, zumindest in Betracht zu ziehen. Und da ich das tat, ließ mich dieser Satz nicht mehr los.

Was sollte das bedeuten? Ich durfte *nicht existieren*?

»Du bist ein Halbwesen, eine Mischung aus einem Menschen und einer Silberschwinge«, holte Riley weiter aus. »Uns Silberschwingen ist es per Gesetz verboten, sich mit Menschen einzulassen.« Er sah mich an, und ich wusste, dass er sich gerade zusammenreißen musste, keine Kaugummiblase auszupusten. Es schien ihm also wirklich ernst zu sein.

»Was willst du damit sagen?«, fragte ich, unsicher, ob ich die Antwort überhaupt hören wollte.

Nun ploppte doch eine Kaugummiblase. »Na, du weißt doch wohl, wie das funktioniert … mit den Babys und so …« Er rieb sich verlegen den Nacken. »Menschen und Silberschwingen … dürfen das nicht.«

»Das meine ich nicht!« Ich schüttelte den Kopf. Natürlich wusste ich, wie das mit den Babys funktionierte! Das Letzte, was ich wollte, war mit Riley Scott über dieses Thema zu reden! »Aber du willst ja wohl nicht ersthaft behaupten, dass meine Mutter Flügel hatte, oder?«

Riley schüttelte den Kopf. »Deine Mutter nicht. Aber dein Vater. Und da liegt das Problem.«

Ich starrte ihn an. Versuchte mir irgendwie klar zu werden, was ich von der ganzen Sache halten sollte. Das alles war so unglaublich, dass … dass ich es eben schlichtweg nicht glauben konnte. Doch ich konnte auch nicht leugnen, was ich in den letzten Stunden gesehen und erlebt hatte. Riley war vor meinen Augen verschwunden. Ich hatte seine Schwingen berührt. Meine Fingerspitzen kribbelten immer noch, allein weil ich daran dachte. Das alles war so real, dass ich es mir nicht nur eingebildet haben konnte. Aber die Vorstellung, dass mein biologischer Vater ein geflügeltes Wesen sein sollte, war vollkommen absurd!

»Das ist unmöglich!«, murmelte ich. »So was passiert einfach nicht!« Ich kramte in meinen Erinnerungen nach all den Gesprächen, die ich mit meiner Mom jemals über meine biologischen Eltern geführt hatte. Ich war adoptiert. Daraus hatten sie nie ein Geheimnis gemacht. Und ich hatte nie das Bedürfnis verspürt, mehr über meine leiblichen Eltern zu erfahren. Warum auch? Ich fühlte mich bedingungslos geliebt. Die Tatsache, dass sie nicht meine echten Eltern waren, hatte in meinem Leben, in unserem Alltag und in meinem Herzen keine Bedeutung.

Riley sah mich einen Moment schweigend an, als ahnte er, was in mir vorging.

»Dein Vater ist Aric Chrome«, flüsterte er schließlich. »Und er war das Oberhaupt der Silberschwingen hier in London.«

Ich fasste mir an den Kopf, massierte meine Schläfen. Mein Blick glitt von Riley zu Garret, der sich seit seiner Warnung, mir nicht zu viel anzuvertrauen, in Schweigen hüllte. Vermutlich überzeugte mich dessen mürrisches Gesicht sogar mehr als Rileys Worte.

»Ich verstehe das alles nicht«, stöhnte ich und erhob mich vom Sofa. Meine Beine waren eingeschlafen, und mein Rücken fühlte sich an, als hätte mich jemand verprügelt. »Das ist so verrückt! Wo ist mein Vater jetzt? Warum ist er nicht hier? Und … überhaupt …« Mir fehlte die Kraft, all diesen Unsinn zu leugnen. Doch wahr konnte das doch auch nicht sein, oder?

»Soll ich was zu essen holen?«, schlug Sam vor. »Ich glaube, das wird eine lange Nacht.« Er streckte sich, und für einen kurzen Moment sah ich dunkle Schwingen hinter ihm aufblitzen.

Ich kniff die Augen zusammen und rieb mir erschöpft übers Gesicht. Ich hatte tausend Fragen, wollte alles wissen, aber meine Eltern würden ausflippen, wenn ich nicht bald zu Hause wäre. Vermutlich würden sie die Polizei informieren, mich als vermisst melden. Womöglich hatten sie das längst getan …

Ich atmete tief durch. Sah von Sam, der auf eine Antwort zu warten schien, zu Riley und zu Garret. Offenbar überließ man mir, wie es weitergehen sollte.

Ich schüttelte den Kopf. »Ich muss gehen«, entschied ich. »Ich brauche Zeit, um diesen … Wahnsinn zu begreifen. Und meine Eltern, sie … sterben sicher fast vor Sorge. Ich … muss wirklich gehen.«

Riley fasste nach meiner Hand und sah mich ernst an.

»Du kannst jederzeit gehen, Thorn. Aber du musst wissen, dass du in Gefahr bist, wenn die Silberschwingen von deiner Existenz erfahren.« Er deutete auf meinen Rücken, und eine Falte bildete sich auf seiner Stirn. »Falls deine Schmerzen heute daher kommen, dass du anfängst, dich zu verwandeln, dann … dann müssen wir dich von hier fortbringen.«

»Du kannst sie nicht allein gehen lassen«, widersprach Garret und trat ans Fenster. Er zog die Vorhänge auf. Im abendlichen Dämmerlicht schimmerten seine Schwingen beinahe durchsichtig.

»Ich kann sie sehen«, entfuhr es mir, und ich trat automatisch näher an ihn heran. »Warum kann ich sie plötzlich wieder sehen?«

Sam nickte. »Die Verwandlung geschieht in Schüben. Es kann Wochen oder sogar Monate dauern, bis alle Fähigkeiten einer Silberschwinge sich entfalten. Und keiner von uns weiß, welche Fähigkeiten ein Halbwesen wie du überhaupt haben wird«, erklärte der schmächtigste der drei Jungs.

»Wir wissen ja nicht einmal sicher, ob du überhaupt Schwingen bekommst«, stimmte Riley zu.

Garrets Kichern passte nicht zur Stimmung, die im Raum herrschte, darum wandten sich alle nach ihm um.

»Was ist so witzig?«, fragte Riley irritiert, aber Garret winkte ab.

»Nichts.« Er versuchte ein ernstes Gesicht zu machen, aber das gelang ihm nicht. »Wirklich, es ist nichts. Ich hab mir nur gerade …« Er gluckste, griff nach einem Buch, ohne es sich anzusehen. »… Thorns Halbwesen-Schwingen vorgestellt und … und dachte dabei irgendwie an diese winzigen Flügelchen von frisch geschlüpften Küken.«

Riley rollte mit den Augen, aber Sam fiel prustend in Garrets Gelächter mit ein. »Brathähnchenflügel!«, japste der und hielt sich den Bauch.

Ich starrte die beiden wortlos an. Dann spürte ich, wie ein Lachen tief aus meinem Bauch aufstieg. Das war alles total irre. Ich hatte heute von Angst über Ungläubigkeit und Schmerz alles Mögliche empfunden. Diese Flut von Gefühlen gipfelte nun in einem Lachen, das so laut aus mir herausbrach, dass Riley neben mir regelrecht zusammenzuckte. Ich schlug mir die Hand vor den Mund, aber das half nichts. Ich lachte so sehr, dass mir Tränen über die Wangen liefen und ich kaum noch Luft bekam.

»Sehr witzig«, stellte Riley nüchtern fest und blies eine Kaugummiblase. Er schüttelte den Kopf, und seine ernste Miene ließ mich erneut in Gelächter ausbrechen. Wieder blitzten Schwingen hinter ihm auf. Ich redete mir nicht länger ein, dass ich mir das einbilden würde. Irgendwas Verrücktes geschah hier mit mir, dennoch hoffte ich, dass – was auch immer auf mich zukommen mochte – braun gebratene, knusprige Brathähnchenflügel nicht dazugehören würden.

»Könnt ihr mal …« Riley verschränkte die Arme vor der Brust, aber ich hatte nur Augen für die dunklen Schwingen, die hinter seinen Schultern aufragten. »Im Ernst, Leute. Könnt ihr bitte … mit dem Scheiß aufhören?«

Ich war von geflügelten Wesen umgeben, würde zu Hause den Megaärger bekommen und ganz sicher einen Schulverweis. Mein Vater sollte ein mächtiges Clanoberhaupt der Silberschwingen gewesen sein, und meine bloße Existenz stellte offenbar ein Problem dar. Trotzdem sah ich nur vor mir, wie ich verzweifelt versuchen würde, mein Laufshirt über die möglichen Brathähnchenflügel-Auswüchse auf meinem Rücken zu ziehen.

Ich krümmte mich vor Lachen und ließ mich schlapp zurück auf die Couch fallen.

»Wir müssen echt noch einiges besprechen, Thorn!«, ermahnte mich Riley streng, riss Garret das Buch aus der Hand und knallte es auf ein Regalbrett. Ungeduldig baute er sich vor mir auf. »Wenn ihr euch also … mal wieder zusammenreißen könntet?«

Sosehr ich es auch probierte, es gelang mir nicht. Deshalb biss ich mir schließlich auf die Lippe, um das Glucksen zu unterdrücken. Auch Sam und Garret schafften es nicht, das Grinsen aus ihren Gesichtern zu verbannen.

»Na herzlichen Dank«, murrte Riley, als wenigstens wieder Ruhe herrschte. »Wir machen es so. Ich bringe Thorn jetzt nach Hause.« Er sah zu Garret. »Du hast recht, wir können sie nicht allein gehen lassen.« Riley reichte mir die Hand und zog mich vom Sofa hoch. »Bis wir mit Magnus gesprochen haben, bleibt immer einer von uns bei dir.«

Ich runzelte die Stirn. »Wie stellst du dir das vor? Denkst du, meine Eltern sind begeistert, wenn …«, ich deutete auf seine Schwingen, »… wenn ich 'nen dunklen Engel in mein Zimmer mitnehme, der zufällig über Nacht bleiben will?«

»Pah! Engel!« Riley klang entrüstet. »Wir sind doch keine Engel!« Kurz spreizte er die Schwingen, ehe er sie auf seinen Rücken faltete. »Aber darüber reden wir ein andermal. Du musst nur wissen, dass deine Eltern meine Schwingen ja überhaupt nicht sehen können. Bloß Silberschwingen können das.«

»Und Halbwesen!«, verbesserte ich ihn.

»Es gibt kaum Halbwesen, Thorn. Sie sind verboten.« Sein Blick verfinsterte sich. »Man würde sie töten.«

»Wer würde Halbwesen töten?« Ich hätte es hilfreich gefunden, diese Information etwas früher bekommen zu haben. Mein Lachen von eben blieb mir nun im Hals stecken, und die Bücherregale schienen plötzlich immer näher zu kommen. Ich schloss die Augen, um die Panik niederzuringen.

»Die Oberen. Laut Gesetz zur Reinheit des Blutes müssen Halbwesen vernichtet werden«, erklärte Garret und trat ans Fenster. Er sah aus, als würde er die Gegend absuchen, dabei war draußen alles dunkel. Es war inzwischen wirklich spät.

»Ihr … wollt mich töten?« Eigentlich hätte ich nun allen Grund gehabt, mich zu fürchten, aber nach allem, was die Jungs mir heute erzählt hatten, konnte ich nicht glauben, was ich fragte.

»Nein. Wir nicht. Wir sind zu deinem Schutz da.« Riley wirkte mit einem Mal verlegen. »Die Shades sind nur deshalb hier – oder in deinem Klassenzimmer oder auf der Tribüne, wenn du läufst –, um über dich zu wachen.«

Sam nickte. »Ich mähe nur deshalb Millers Rasen, weil ich dabei ein Auge auf dich haben kann.«

Riley sah mich an. »Wir sind Rebellen, Thorn. Auch wir verstoßen gegen die Gesetze.« Er zog Garret vom Fenster weg und schloss die Vorhänge. »Auch wir werden gejagt.«

Ich spürte instinktiv, dass er die Wahrheit sagte. Der Raum war gefüllt mit Wahrheiten, die kaum zu begreifen waren, dennoch glaubte ich sie. Rileys dunkel schimmernde Augen waren so ungewöhnlich, dass es mit einem Mal offensichtlich war, dass er kein Mensch sein konnte.

»Ihr beschützt mich also?«

»Seit zwei Jahren. Vorher gab es andere, die dich und deine Entwicklung aus der Ferne verfolgt haben. Aber jetzt, so knapp vor deinem Geburtstag, mussten wir näher an dich ran. Magnus wollte es so.«

»Wer ist denn eigentlich dieser Magnus, von dem ihr ständig sprecht?«

Riley versicherte sich mit einem Blick zu seinen Freunden, ob er weitersprechen sollte.

»Jetzt ist es eh schon egal.« Garret zuckte mit den Schultern. Von den Schwingen war nun wieder nichts zu sehen. »Da kann sie auch gleich alles erfahren.«

Riley nickte. »Gut. Auf dem Weg nach Hause berichte ich dir von Magnus.« Er trat an die Tür und öffnete sie. Eine kopfsteingepflasterte schmale Gasse kam zum Vorschein, und ich wunderte mich nicht länger, dass dieser Buchladen schlecht lief. Nebel waberte aus den Gullideckeln, und Unrat türmte sich an der Hauswand gegenüber. Die Lage war echt übel.

Riley sah mich abwartend an. »Wollen wir?«, fragte er, da ich keine Anstalten machte, ihm hinaus in diese Szenerie einer *Jack the Ripper*-Verfilmung zu folgen.

»Zu Fuß?« Ich wusste nicht so ganz, was ich erwartete, aber ich war ja ganz sicher nicht hierher gelaufen.

Riley grinste, und eine Kaugummiblase ploppte zwischen seinen Lippen. »An was dachtest du denn?«

Ich kam mir echt doof vor, aber nach allem, was heute geschehen war, wollte ich es unbedingt wissen: »Du hast Flügel!«, erinnerte ich ihn deshalb, auch wenn ich die gerade nicht sehen konnte.

Riley legte den Kopf schief, als denke er nach. »Wir nennen sie Schwingen«, erklärte er. »Und ich bin kein Vogel, Thorn. Wir können nicht einfach über die Stadt fliegen.« Er blinzelte. »Stell dir nur vor, uns würde jemand sehen. Mit gespreizten Schwingen können wir uns nicht verbergen. Die Innenseite unserer Schwingen wäre sichtbar. Darum ist uns das Fliegen über Städten verboten.«

»Ich dachte, ihr seid Rebellen und die Gesetze sind euch total egal?«

Riley neigte leicht den Kopf. »Einige der Gesetze machen Sinn. Keiner von uns will auf einem Seziertisch enden.«

»Aber ihr habt mich doch auch irgendwie hergebracht«, widersprach ich, und sein Grinsen wurde breiter.

»Stimmt. Ich hab dich getragen. Von Schwingen umhüllt, unsichtbar für jeden um uns herum, habe ich dich mitten durch London getragen.«

»Getragen? Du … hast mich getragen?«

Er machte eine Kaugummiblase. »Hat sich nicht mal so schlecht angefühlt«, witzelte er, drehte sich auf dem Absatz um und überließ es mir, ihm zu folgen.

Ich spürte, wie mir das Blut in die Wangen schoss. Ungläubig blickte ich zu Garret. »Er hat mich getragen?«

Der nickte. »Hat er.«

»Oh«, murrte ich peinlich berührt, weil mir Riley so nahe gekommen war. Unwillig stapfte ich hinter meinem selbst ernannten Beschützer her. Einem Fremden, der nicht einmal ein echter Mensch war. Das hatte mir gerade noch gefehlt.

KAPITEL 7

»Dieser Magnus kannte meinen Vater?«, hakte ich nach, da Rileys unzählige Erklärungen doch recht viel auf einmal waren. Ich fröstelte in meiner Schuluniform, und nun fing es auch noch an zu nieseln, deshalb beschleunigte ich meinen Schritt.

Riley hielt mühelos mit mir mit. »Das fragst du Magnus am besten selbst. Ich weiß nur, dass dein Vater Aric seinen Vertrauten Magnus gebeten hat, sich um deine Sicherheit zu kümmern.« Wir überquerten eine Straße und warteten, bis eine Frau mit Kinderwagen an uns vorbeigegangen war. »Wie ich schon sagte, weiß ich nichts über deine Mutter, außer, dass sie ein Mensch war. Als du geboren wurdest, hat Magnus dich versteckt. Er hat dich bei deinen Adoptiveltern in Sicherheit gebracht.« Rileys Blick war nach innen gekehrt. »Direkt vor den Augen der Silberschwingen, um unauffällig über dich wachen zu können. Und doch weit genug weg bei den Menschen, um für deinen Schutz zu sorgen.«

Wir kamen an der Stelle vorbei, wo Riley mich am Tag zuvor mit dem Skateboard umgefahren hatte. Ich konnte kaum fassen, dass das wirklich erst gestern gewesen sein sollte.

»Tut mir übrigens leid, dass ich dich gestern umgefahren habe«, sagte Riley und deutete auf die Fahrbahn. »Das war die einzige Möglichkeit, dich zu berühren, um deine Körpertemperatur zu prüfen.«

»Du hast mich absichtlich umgefahren?«

Er lachte. »Unsere Reflexe sind viel schneller als die der Menschen. Versehentlich wäre das nie passiert. Ich hätte dir locker ausweichen können.«

»Und … was ist mit meiner Körpertemperatur?« Ich fühlte meine Stirn und sah Riley fragend an. »Liegt es daran, dass du immer so heiß bist?«

»Du findest mich heiß?«, foppte er mich mit einem breiten Grinsen.

»Idiot!« Ich schlug halbherzig nach ihm, traf ihn aber nicht.

»Keine Sorge, Thorn. Du bist auch ziemlich … warm. Zu warm für einen Menschen, wenn auch noch lange nicht so heiß …«, er zwinkerte verschmitzt, »… wie eine Silberschwinge.«

»Dann habe ich also kein Fieber«, stellte ich tonlos fest und setzte meinen Weg fort.

Eine Weile gingen wir schweigend nebeneinanderher. Ich brauchte wirklich mehr Zeit, um das alles zu verstehen. Beinahe war ich froh, als ich die Lichter hinter den Fenstern meines Zuhauses leuchten sah. Sie strahlten eine Normalität und Sicherheit aus, die ich heute den ganzen Tag vermisst hatte. Zugleich fürchtete ich das Zusammentreffen mit meinen Eltern. Dad würde ausflippen. Und Jake sich vermutlich ins Fäustchen lachen über die Strafe, die mir mein Zuspätkommen einbringen würde. Er hoffte bestimmt auf Hausarrest, damit ich ununterbrochen mit ihm Detektiv spielen konnte.

»Ich hab keine Ahnung, wie ich das alles meinen Eltern erklären soll«, gestand ich Riley unsicher. Obwohl wir fast da waren und es mich weiterzog, blieb ich stehen. Denn zugleich kam es mir komisch vor, einfach hineinzugehen und die Tür hinter all dem zu schließen, was ich nun über mein neues Leben wusste. Oder zu wissen glaubte. Wie würde es sich anfühlen, mit all dem Wahnsinn im Kopf ins Bett zu gehen? Oder mit meinem neuen Wissen aufzuwachen? War ich überhaupt noch ich selbst, oder hatte mich der heutige Tag verändert?

Ich konnte mir kaum vorstellen, morgen einfach wie immer in die Schule zu gehen, Algebraaufgaben zu lösen und in der Pause mit Anh und Cassie über Jungs zu tuscheln.

Riley fasste nach meiner Hand, wie er es heute schon so oft getan hatte, um mich zu beruhigen. Der Blick aus seinen dunklen Augen war mitfühlend, und ich hätte mich gerne an ihn gelehnt, um mich trösten zu lassen. Meine Welt stand kopf, und ein Junge, den ich kaum kannte, war der einzige Halt, der mir blieb. Ein Junge, der dringend einen Haarschnitt brauchte.

Als hätte er meine Gedanken gelesen, strich er sich die langen Strähnen aus der Stirn.

»Keine Sorge, Thorn. Deine Eltern werden mich nicht sehen.« Er zwinkerte mir zu, ließ meine Hand los, und schon war er unsichtbar.

Obwohl ich bereits erlebt hatte, wie Riley einfach verschwand, stellten sich mir die Nackenhärchen auf, jetzt wo ich wusste, dass ich nicht sicher sein konnte, jemals allein zu sein, nur weil niemand zu sehen war.

»Riley?«, flüsterte ich, denn ich nahm an, dass er noch immer neben mir stand.

»Ja?« Seine Stimme klang gedämpft, aber ich spürte seine Bewegung neben mir.

»Du … du willst doch nicht echt mit ins Haus kommen, oder?«

Er seufzte. Plötzlich war er wieder sichtbar. Er stand vor mir im Regen. Der schwarze Mantel, sein dunkler Blick – er sah aus wie ein Wesen der Nacht. Wild und durchaus gefährlich. Zumindest, bis er den Kaugummi neben sich in die Büsche spuckte.

»Jemand sollte bei dir sein. Für alle Fälle.«

Ich ahnte, dass er es nur gut meinte, aber nach diesem Tag konnte ich mir echt nicht vorstellen, auch noch die Nacht in seiner Nähe zu verbringen. Alle meine Sinne waren in Aufruhr, so sehr ging mir das, was ich erfahren hatte, unter die Haut. Ich musste das erst mal verarbeiten.

»Zu Hause bin ich sicher, Riley.« Ich wusste nicht, ob das stimmte, denn dort drohte mir ganz anderer Ärger. »Ich brauche wirklich etwas Zeit. Können wir … nicht so tun, als wäre heute in der Schule nichts passiert?« Ich zuckte mit den Schultern. »Als wäre … ich zumindest noch bis morgen … ein ganz normales Mädchen?«

»THORN BLACKWELL!« Die Stimme meiner Mutter zerschnitt die Dunkelheit. »Schwing deinen Hintern auf der Stelle ins Haus!«

»Mist!«, murmelte ich und wandte mich zu Riley um, aber von dem fehlte jede Spur. »Na klasse!« Ich schnaubte und hoffte, er würde mich hören. »Ein toller Beschützer bist du!«

Der Küchentisch war zu meiner Anklagebank geworden, und ich sah mich meinen beiden strengen Richtern gegenüber. Mom und Dad nahmen beinahe die gleiche Haltung ein. Beide hatten die Arme vor der Brust verschränkt und musterten mich kühl.

»Wo warst du so lange?«, verlangte Mom zu erfahren und fuhr sich durch die blonden Locken. Sie sah aus, als hätte sie das in den letzten Stunden schon häufiger gemacht, denn ihre Frisur hatte ungewohnt viel Volumen.

»Ich …« Was sollte ich schon sagen? Dass mich einige Jungs aus der Schule, die in Wahrheit keine Menschen, sondern Silberschwingen waren, zu meiner eigenen Sicherheit in eine verlassene Buchhandlung nahe der Themse entführt hatten? Weil sie dachten, mir würden ansonsten auf dem Schulhof Flügel wachsen?!? Das klang ja selbst für mich absurd! »Ich …«

»Hör auf mit dieser Stotterei, Thorn! Sag, wo du dich herumgetrieben hast!« Dad stemmte die Hände auf die Tischplatte und beugte sich näher zu mir. »Die Schule hat hier angerufen!«

»Ich …«

Ich war überhaupt nicht gut darin, meine Eltern anzulügen. Aber die Wahrheit würde noch viel mehr nach Lüge klingen als jede Lüge.

»Es ist so, dass …«

»Thorn war wieder mit diesem langhaarigen Jungen unterwegs!«, mischte sich Jake ein. Er kam trotz seines mit Disney-Motiven gemusterten Schlafanzugs hoch erhobenen Hauptes in die Küche, und es sah ganz danach aus, als würde er seinen Auftritt genießen.

Diese Ratte!

»Ich habe genau beobachtet, wie sie gerade noch mit ihm auf dem Gehweg gestanden ist.« Er grinste mich so breit an, dass sämtliche Zahnlücken zu sehen waren. Er hatte aktuell drei davon – und einen Wackelzahn. »Die beiden haben Händchen gehalten!«

»Du Arsch!« Ich sprang auf, um ihm an die Gurgel zu gehen. Jake machte einen erschrockenen Satz zurück. Er prallte gegen die Tür, aber ich erwischte ihn nicht, weil Dad mich am Arm packte und mich zurück auf den Stuhl zwang.

»Setz dich hin!«, rief er, ohne mich loszulassen. »Lass deinen Bruder in Ruhe!«

»Er lügt!«, verteidigte ich mich und zwang die Tränen zurück, die mir hinter den Lidern brannten.

»Ich lüge überhaupt nicht!«, rief Jake laut, um sich im allgemeinen Chaos Gehör zu verschaffen. »Ich hab's genau gesehen!« Er deutete auf das fernglasähnliche Gerät, welches er an einem Band um den Hals trug. »Mit dem Spion 600!«

»Du hast doch 'nen Knall!«, fuhr ich ihn an, dann wandte ich mich zornig an meine Eltern. »Ich versteh nicht, warum ihr ihm auch noch ein Nachtsichtgerät gekauft habt. Reicht es nicht, dass er sich während des Tages aufführt wie ein psychopathischer Stalker?«

»Dein Bruder ist hier nicht das Thema!«, erinnerte mich Mom und strich Jake liebevoll über den Kopf. »Erklär du uns lieber, was es mit diesem Jungen auf sich hat!«

»Nichts! Ich weiß nicht, was ihr hören wollt. Riley hat … damit nichts zu tun.«

»Riley? Ist das der Name dieses Burschen?« Dad klang so, als würde er ihn gerne sofort in der Luft zerreißen.

In einer hilflosen Geste hob ich die Arme. »Es ist nicht so, wie ihr vielleicht denkt.« Was sollte ich nur sagen?

»Wie ist es denn dann? Vielleicht erklärst du uns das mal? Du rennst mitten im Unterricht aus der Schule und kommst erst …«, Dad sah auf die Uhr, »… es ist fast Mitternacht, meine Liebe! Ist dir das klar?«

»Es tut mir leid, Dad«, versicherte ich ihm. »Ich … wollte nicht, dass ihr euch Sorgen macht.«

Mom zog sich den Stuhl neben mir heraus und setzte sich. Sie nahm Jake auf den Schoß und küsste ihm die Schläfe. »Du solltest längst im Bett sein«, flüsterte sie ihm ins Ohr. Dann griff sie über den Tisch nach meiner Hand.

»Thorn, wir verstehen, dass du anfängst, dich für Jungs aus deiner Schule zu interessieren, aber …«

»So ist das nicht, Mom!«, wehrte ich mich.

»Hör mir zu.« Sie drückte mahnend meine Hand. »Du kommst eben jetzt in dieses Alter, aber wir dulden nicht, dass du dabei gegen sämtliche Regeln verstößt.« Sie blickte zu Dad, als gebe sie den Ball an ihn ab.

»Mit der Schule habe ich die Sache geklärt. Ich habe deinen Rucksack geholt und Frau Shepherd gesagt, dass es dir nicht gut gegangen ist«, übernahm Dad und deutete in die Ecke, wo meine Tasche stand. Sie war offen und meine Sachen ordentlich durchwühlt.

»Das stimmt ja auch! Mir war total schlecht!«

»Sei jetzt leise und hör zu.« Mom klang weniger streng als zuvor, doch mit Milde brauchte ich wohl auch bei ihr nicht zu rechnen. Dummerweise hatten die beiden viel Zeit gehabt, sich eine Strafe für mich auszudenken.

»Du wirst den Rest der Woche in deinem Zimmer verbringen. Keine Verabredungen nach der Schule, hast du das verstanden?« Dad trommelte abwartend mit den Fingern auf den Tisch.

»Ja!«, brummte ich, denn ich wusste nicht, wie ich mein Zuspätkommen hätte erklären sollen.

»Zum Training kann sie schon gehen, Harry«, entgegnete Mom, und ihr Daumen strich über meinen Handrücken. »In diesem Alter braucht man einen Ausgleich zur Schule, sonst passiert so was wie heute.«

Dad kniff die Lippen zusammen, als gefiele ihm nicht, dass Mom für mich Partei ergriff. Er sah mich streng an und hob mahnend den Finger. »Aber diesen Jungen – den will ich nicht noch mal in deiner Nähe sehen! Und jetzt geh in dein Zimmer, schließlich ist morgen wieder Schule!«

Ich nickte reumütig und trat eiligst die Flucht in mein Zimmer an. Im Grunde war ich glimpflich davongekommen. Ich hatte mit schlimmeren Konsequenzen gerechnet.

Erleichtert, dass dieser schräge Tag nun endlich vorüber war, schloss ich meine Zimmertür und lehnte mich erschöpft dagegen. Mein Rücken schmerzte bei der Berührung, als wollte er mich daran erinnern, dass zwar der Tag vorüber war, die ganze Sache aber gerade erst anfing.

KAPITEL 8

»Was war denn gestern bei dir los?« Ich hatte das Schulgebäude eben erst betreten, da stürzte Anh schon mit ihren Fragen auf mich zu. »Deine Mutter hat tausend Mal bei uns angerufen und nach dir gefragt.« Sie ließ ihren Rucksack von der Schulter gleiten und trat neben mich an die Spindwand. »Sie war total hysterisch!«

Na toll. Schuldgefühle konnte ich jetzt gerade noch gebrauchen. Dass Mom sich Sorgen gemacht hatte, hatte ich mir schon gedacht. Es nun von Anh bestätigt zu bekommen, fühlte sich scheiße an. Dabei konnte ich ja überhaupt nichts dafür. Ich hatte mir schließlich nicht ausgesucht, ein komisches Halbwesen zu sein.

Auch nach einer Mütze voll Schlaf klang das noch immer verrückt.

»Thorn?«, hakte Anh spitz nach. »Hörst du mir überhaupt zu?«

»Ja, ich ... klar. Das mit gestern ist halb so schlimm.« Es war sicher besser, Anh aus dieser ganzen Sache herauszuhalten. »Ich hab nur vergessen ... ähm ... zu sagen, wo ich hingegangen bin.«

Anh runzelte die Stirn. »Aber wo warst du denn? Ich dachte, dir ging es gestern nicht gut?«

»Ja, also ... das ...«

Verdammt, ich fühlte mich richtig mies! Ich wollte Anh doch nicht anlügen. Sie war schließlich meine beste Freundin. Aber wie sollte sie mir glauben, selbst wenn ich ihr die Wahrheit erzählen würde?

Um Zeit zu schinden, packte ich zwei Schulbücher aus meiner Tasche in den Spind. Der Gong zum Beginn der Schulstunde ließ auf dem Flur Hektik aufkommen, und auch Anh knallte ihren Spind zu und schulterte wieder ihren Rucksack.

»Wir reden später«, sagte sie und drückte auch meinen Spind zu. »Wir sollten bei Miss Shepherd heute besser nicht zu spät kommen. Sie hatte sich ja schon gestern auf dich eingeschossen.«

Daran brauchte mich Anh nicht extra zu erinnern. Ich beschleunigte meinen Schritt, um ihr hinterherzukommen, als Riley Scott meinen Weg kreuzte und mich kurzerhand um die nächste Ecke zog.

»Was...?«

Es schien ihm zur Gewohnheit zu werden, mir den Mund zuzuhalten.

»Hör zu!«, er klang gehetzt. »Wir reden später!«

Erst Anh, dann er? Na, da hatte ich ja später ordentlich zu tun ...

»Magnus ist schwer aufzutreiben. Conrad sucht ihn noch. Deshalb müssen wir in deiner Nähe bleiben.« Er zwinkerte mir zu und grinste frech. »Wen magst du lieber um dich haben? Sam, Garret oder mich?«

»Himpf weif nifft ...« Endlich nahm er die Hand von meinen Lippen. »Ich muss in die Klasse, Riley!«, erinnerte ich ihn und wollte mich aus seinem Griff befreien, aber er gab mich nicht frei.

»Sam, Garret oder ich?«

»Was soll die Frage? Ich ... weiß nicht, ich kenn euch doch kaum.«

»Einer von uns hängt sich sicherheitshalber an dich ran. Am logischsten ist es also ...«, sein Grinsen wurde breiter, »... du hast einen Freund. Wer darf es also sein?«

»Spinnt ihr?« Das konnte unmöglich sein Ernst sein. »Niemand würde glauben, dass ich mich ausgerechnet auf einen der Shades einlassen würde.« Das war absurd! »Kannst du dich nicht einfach unsichtbar machen? Und so auf mich aufpassen?«

Riley legte den Kopf schief. »Alles wird sich ändern, Thorn. Da ist ein neuer Freund noch das kleinste Übel.« Er nahm meine Hand und zog mich zurück in den Flur bis zur Klassenzimmertür. Dann legte er mir den Arm um die Schultern und flüsterte mir ins Ohr: »Außerdem erklärt es am schnellsten, warum wir beide schon wieder zu spät kommen.« Damit öffnete er die Tür und zog mich mit sich ins Klassenzimmer.

Dieser Arsch! Unser Auftritt war ja wohl total oberpeinlich. Alle starrten uns an. Anh stand sogar der Mund offen. Ich spürte, wie mir das Blut bis unter die Kopfhaut schoss, und stieß Rileys Arm gröber als nötig beiseite.

»Wie ich sehe, bist du …«, Miss Shepherd schielte mich über den Rand ihrer Brille unfreundlich an, »… heute wieder genesen. Dein Vater meinte ja, dir ginge es nicht gut.« Ihr Blick wanderte von mir zu Riley, der wie immer nicht im Geringsten beunruhigt schien.

»Thorn war etwas schwindelig«, erklärte er und deutete auf mich. »Darum hab ich … mich um sie gekümmert.« Er griff nach meiner Hand und begleitete mich zu meinem Platz. Obwohl ich nur zu gerne im Boden versunken wäre, tappte ich ihm nach wie ein treudoofer Hund seinem Herrchen.

»Dann können wir ja jetzt mit dem Unterricht weitermachen«, stellte Miss Shepherd klar und griff nach der Tafelkreide. Aber ihr Blick zeigte deutlich, dass ich mich jetzt auf ihrer Abschussliste befand.

Ich drehte unauffällig den Kopf und sah zu Riley hinüber. Die Frage, wer von den Shades mir am liebsten gewesen wäre, hatte sich nach diesem Auftritt wohl erledigt. So wie es aussah, hatte ich seit einer Minute einen Freund.

Einen, den ich mir ganz sicher nicht freiwillig ausgesucht hätte!

Normalerweise gingen die Pausen immer viel zu schnell vorüber. Doch diesmal kam es mir vor, als wäre der Zeiger der großen Uhr über dem Schuleingang wie festgeklebt. Und dabei wünschte ich mir doch nur, dass dieser Tag ganz schnell enden würde. Zumindest der Schultag, denn ich war das Gesprächsthema Nummer eins. Ich und Riley. Von *wir* oder *uns* wollte ich überhaupt nicht sprechen!

»Alle glotzen uns an«, brummte ich zwischen zusammengepressten Lippen hervor. Ich vermied es, mich auf dem Pausenhof umzusehen, und betrachtete stattdessen ausgiebig meine Schuhspitzen. »Ihr habt gesagt, wir sollten kein Aufsehen erregen. Das ging dann wohl nach hinten los!«

Riley wickelte einen Kaugummi aus dem Papier und steckte ihn sich in den Mund. Er saß auf der Lehne der rot gestrichenen Holzbank und hatte die Füße auf der Sitzfläche neben mir. Er neigte sich in meine Richtung, was jedem, der uns beobachtete – und davon gab es gerade echt viele – zeigte, dass wir uns offenbar besser kannten.

»Hier an der Schule sind die Silberschwingen keine Gefahr für dich. Wir würden unseresgleichen ja erkennen«, flüsterte er. »Hier gibt es nur uns vier.«

»Warum müssen wir dann Romeo und Julia spielen? Wenn ich hier überhaupt nicht in Gefahr bin?«

Riley ließ seine Hand in meinen Rücken gleiten und berührte die Stelle, an der gestern der Schmerz gesessen hatte. »Wir schützen dich vor dir selbst. Die Verwandlung ist kein Kinderspiel. Du kannst dabei nicht allein sein.«

Seine Berührung ließ mich zusammenzucken. Nicht weil sie unangenehm war, sondern schlichtweg, weil ich es nicht gewohnt war, einem Jungen so nahezukommen.

»Lass das!«, murrte ich und rückte ein Stück von ihm ab.

»Wäre dir Sam oder Garret lieber gewesen?« Er zog die Hand zurück und sah mich ernst an.

»Was spielt denn das jetzt noch für eine Rolle?«

»Ich will es einfach nur wissen, Thorn.«

»Mir wäre es lieber gewesen, *keinen* Alibi-Freund vorgesetzt zu bekommen«, flüsterte ich, denn eine Gruppe Mitschüler kam an uns vorbei. »Anh schaut mich an, als hätte ich den Verstand verloren! Und wenn ich ehrlich bin, würde ich das selbst gerne glauben.« Unsere Blicke begegneten sich. »Das wäre allemal leichter als dieser ganze Flügelmist.«

»Ich kann mir vorstellen, wie hart das gerade für dich ist. Aber Conrad, Garret, Sam und ich ... wir sind für dich da. Was immer auch geschieht.«

Ich runzelte die Stirn. »Du sprichst immer nur von euch vieren. Aber was ist mit dem Jungen mit den flammenden Schwingen? Ich habe ihn gestern Morgen gesehen.«

Riley erstarrte. Sein Blick verfinsterte sich, und er sah aus, als suche er den Schulhof ab. »Wovon sprichst du?«, hakte er nach und stellte sich auf die Bank. Er streckte die Arme in die Luft, als würde er sich dehnen. Ich ahnte, dass er seine unsichtbaren Schwingen spreizte.

»Na, der Junge. Ich habe ihn erst ein- oder zweimal gesehen. Er stand nur da und hat mich angeglotzt. Und zuerst dachte ich, ich hätte Fieber, denn er sah aus, als hätte er brennende Flügel. Wie ein gestürzter Engel in einem Film.«

»Das ist unmöglich«, murmelte Riley und sah sich neugierig um. »Flammend rote Schwingen ... das ... das kann doch nicht sein.« Er sprang mit einem Satz von der Bank, setzte seine Sonnenbrille auf und zog mich auf die Beine. »Das ist nicht gut, Thorn.« Er spuckte den Kaugummi aus und tippte sich nervös mit der Hand an den Oberschenkel. »Bist du dir da sicher?«

»Was ist los? Was hat das zu bedeuten?«

»Weiß ich nicht.« Er führte mich zurück ins Schulhaus, wobei er so schnell ging, dass ich kaum mit ihm Schritt halten konnte. »Aber das finden wir heraus.«

»Was beunruhigt dich denn plötzlich so?« Ich eilte neben ihm her, auch wenn ich keine Ahnung hatte, wohin er ging. Wenn wir nicht schon zuvor alle Blicke auf uns gezogen hatten, dann taten wir es spätestens jetzt. Ich versuchte mit einem unschuldigen Lächeln meine Mitschüler davon zu überzeugen, dass alles in Ordnung war, aber offenbar gelang mir das nicht besonders gut. Als wir an Anh und Cassie vorbeikamen, stellten die sich uns in den Weg.

»Hey, Thorn!« Anh sah wütend aus. Ihre mandelförmigen Augen waren zu schmalen Schlitzen verengt, und sie musterte Riley abfällig. »Können wir mal kurz reden?«

Riley schenkte ihr überhaupt keine Beachtung. Er sah einfach über sie hinweg, als wäre sie nicht da.

»Klar, machen wir. Nur …« Ich spürte Rileys Ungeduld, aber ich wollte Anh auch nicht verletzen. »Nur wollten wir gerade …« Es wäre echt hilfreich zu wissen, was Riley eigentlich vorhatte! »… also, wir wollten gerade …«

Nun sah Riley Anh doch an. Sein Grinsen erinnerte allerdings mehr an das eines bösen Clowns.

»Hallo Anh«, wandte er sich an sie, ohne meine Hand loszulassen. »Thorn und ich wollten noch einen Moment für uns.« Er zwinkerte ihr zu und legte seinen Arm besitzergreifend um mich. »Du weißt doch, wie das ist …«, flüsterte er, als teile er mit ihr ein Geheimnis, »… wenn man frisch verliebt ist.«

»Du bist echt ein Arsch!«, fuhr ich ihn an, als er mich weiter Richtung Schulturnhalle hinter sich herzog. »Kannst du mir mal erklären, was das wird?«

»Ich suche einen Ort, an dem uns keiner sehen kann«, erklärte er und öffnete die Tür zum Geräteraum. Mit einem Blick über die Schulter überzeugte er sich davon, dass uns niemand beobachtete, ehe er mich vor sich her in die vollgestellte Kammer schob.

»Warum? Was machen wir hier?«

»Augenscheinlich knutschen wir heimlich miteinander. In Wahrheit verstecken wir uns.« Riley wirkte erst wieder gelassener, als er die Tür hinter uns geschlossen hatte. Er fuhr sich durchs hellbraune Haar und nahm die Sonnenbrille ab, während ich mich auf einen ledernen Sprungbock setzte.

»Ich weiß nicht, wen du da gesehen haben könntest. Keiner von uns hat je ...« Er kniff nachdenklich die Lippen zusammen. »Rote Schwingen, das kann nur eines bedeuten ...«

»Verflucht, Riley, ich versteh kein Wort. Was ist denn los?«

Er fuhr sich erneut nervös durchs Haar. »Ich kann dir das jetzt nicht alles erklären, Thorn. Aber Fakt ist, dass da jemand ist ... der da nicht sein sollte. Und ich wüsste gerne, was das zu bedeuten hat.«

»Und was sollen wir jetzt tun? Es gongt gleich. Wir können uns nicht ewig hier verkriechen.«

Er boxte in eine der dicken Bodenturnmatten, die an der Wand lehnten, und murmelte einen unverständlichen Fluch. »Ich weiß. Du hast ja recht. Die Nerven sind mit mir durchgegangen. Ich muss mit Sam und Garret reden.« Wieder tippte er sich unruhig an den Oberschenkel. »Deine Verwandlung scheint heute nicht weiter voranzuschreiten.« Er sah mich an. »Oder? Hast du Schmerzen? Fällt dir etwas Ungewöhnliches auf?«

Ich verkniff mir ein ironisches Grinsen. »Wenn du damit meinst, ob ich deine Schwingen sehen kann – dann nein. Und die Schmerzen von gestern sind auch besser. Mir tut nur der Rücken etwas weh.«

Riley nickte offenbar zufrieden mit meiner Antwort. »Okay, dann ... dann geh zurück in die Klasse.« Er überlegte. »Häng dich an Anh ran und vermeide es, allein zu sein. Ich versuche mehr über diesen ... Fremden ... in Erfahrung zu bringen.«

»Du lässt mich allein?«

Zum ersten Mal, seit ich ihm von dem Wesen mit den flammenden Schwingen berichtet hatte, grinste Riley. »Eben wolltest du keinen Freund, und jetzt hängst du schon so an mir? Ich scheine ja echt ein super Fang zu sein.«

»Idiot! Ich will wirklich nicht, dass alle denken, zwischen uns würde was laufen! Ehrlich gesagt finde ich es richtig scheiße, dass du mir in dieser Sache keine Wahl gelassen hast.«

Er grinste immer noch. »Ich frag noch mal, Thorn. Wäre dir Sam oder Garret lieber gewesen?«

Sein Blick schien die Wahrheit aus mir herauszusaugen, und ich kniff verlegen die Lippen zusammen. Wenn ich ehrlich war, wäre mir weder der miesepetrige Garret, der mich offensichtlich nicht leiden konnte, noch der schmächtige Sam lieber gewesen.

»Nein, aber ...«

»Du brauchst einen Beschützer, Thorn. Und den hast du nun. Wenn alle Welt denkt, wir sind ein Paar, dann duldet man mich in deiner Nähe, ohne Fragen zu stellen. Das ist schon alles.« Er ging zur Tür und öffnete sie einen Spalt. »Das heißt ja nicht, dass wir wirklich knutschen müssen.« Er schielte in den Flur, ehe er mich breit grinsend wieder ansah. »Außer, du würdest das natürlich gerne machen. Dann sag ich nicht Nein.«

»Was? Du spinnst doch!« Ich sprang vom Bock. »Ich dachte, ihr Silberschwingen habt Gesetze, die Verbindungen zwischen euch und den Menschen verbieten?«

Riley lachte. »Also erstens bist du kein Mensch, sondern ein Halbwesen. Und zweitens … bin ich ein Rebell. Ich geb nicht viel auf die Gesetze der Silberschwingen.« Er zwinkerte mir zu. »Das Angebot steht also!«

Damit schlüpfte er durch die Tür und war sogleich verschwunden. Wie immer, wenn er sich in Luft auflöste, bekam ich Gänsehaut. Das war einfach nicht normal. Gedankenversunken löste ich meinen Zopf und fuhr mit den Fingern durch die Haare. Der Gong zur nächsten Schulstunde klang hier im Geräteraum dumpf. Dennoch musste ich zurück. Erneuten Ärger mit den Lehrern wollte ich nicht riskieren. Mir reichte schon der Ärger mit meinen Freundinnen.

Wie Riley eben spähte ich durch die angelehnte Tür in den Flur. Was natürlich Unsinn war, denn ich wusste ja nicht mal, wonach ich suchte. Es war nichts zu sehen. Trotzdem überkam mich ein ungutes Gefühl, als ich so ganz allein durch die langen Flure ging. Meine Schritte hallten laut von den Wänden wider, und ich beeilte mich, den Chemiesaal zu erreichen.

Als ich meinen Platz neben Anh einnahm, spürte ich sofort, dass sie sauer auf mich war. Ich konnte ihr das nicht mal verübeln. Zwischen uns hatte es nie Geheimnisse gegeben, und mit einem Mal lag eine ganze Welt zwischen uns. Alles hatte sich verändert – und ich konnte das meiner besten Freundin nicht einmal erklären.

»Hey, Anh«, murmelte ich, damit Mr Penn mich nicht hörte. Der Chemielehrer war ziemlich jung, und einige der Schülerinnen aus den höheren Klassen schwärmten für ihn, weil er recht sportlich gebaut war. Doch obwohl auch Anh und ich uns schon zum Spaß ausgemalt hatten, Mrs Penn zu werden, interessierte mich der Lehrer heute nicht die Bohne. Ich schlug mein Heft auf und schrieb die Reaktionsgleichung von der Tafel ab, ohne auch nur darauf zu achten, worum es eigentlich ging. »Ich weiß, dass du sauer bist, Anh, aber ...«

Sie hörte auf zu schreiben und funkelte mich böse von der Seite an. »Du und Riley Scott?«, knurrte sie leise. »Ist das dein Ernst?« Sie schielte zu Mr Penn, der mit einem Zeigestock auf ein Atommodell deutete.

»Ich weiß, das kommt etwas überraschend, aber ...« Ich wusste echt nicht, was ich sagen sollte. Ich wollte sie nicht anlügen, aber irgendeine Erklärung musste ich ihr liefern.

»Überraschend? Das kannst du laut sagen!«, fuhr sie mich an. »Ich hab ja nicht mal gewusst, dass du den gut findest!«

»Das ... hab ich ehrlich gesagt selbst nicht gewusst.« Zumindest war das keine Lüge.

Anh zog die Nase kraus, als könne sie das nicht glauben. »Du hast mir kein Wort davon erzählt! Von nichts! Dabei dachte ich, dass wir uns immer alles sagen.« Sie wirkte verletzt.

Es versetzte mir einen Stich, die Enttäuschung in ihrem Blick zu sehen. Aber ich konnte nichts erwidern, denn Mr Penn schaute in unsere Richtung, während er uns mehr über den Stoffumsatz der Gleichung zu vermitteln versuchte. Als er sich wieder der Tafel zuwandte und nach der Kreide griff, berührte ich Anh am Arm.

»Es tut mir wirklich leid, Anh. Ich schwöre, ich hatte nicht vor, etwas vor dir geheim zu halten. Das ... kam alles so ... plötzlich.«

Sie nahm ihren Stift und übertrug die neue Gleichung in ihr Heft.

»Anh, bitte«, flehte ich und legte meine Hand auf ihre Heftseite. »Bitte, sei nicht sauer. Bei mir ... geht grad alles drunter und drüber. Das ist alles ... vollkommen verrückt!«

Endlich lächelte sie zaghaft und sah mir ins Gesicht. »Na, vielleicht erleben die Shades ja jetzt mal was, worüber sie reden können«, scherzte sie und knuffte mich in die Seite. »Vielleicht stürzen sie sich aber auch von der Tower Bridge, wenn ihr Anführer jetzt was Besseres zu tun hat, als so geheimnisvoll mit ihnen vor der Schule rumzulungern.«

Ich verkniff mir ein Grinsen, ebenso wie die Erklärung, dass es den Shades vermutlich nicht viel ausmachen würde, sich von einer Brücke zu stürzen – schließlich hatten sie Flügel.

»Du bist also nicht mehr böse?« Ich hörte selbst, wie bettelnd meine Frage klang, aber vor Anh musste ich mich nicht verstellen. Sie sollte wissen, wie wichtig mir ihre Freundschaft war.

Wieder zog sie die Nase hoch. »Ich bin dir nicht böse, Thorn, aber ich will von jetzt an jedes verdammte Detail hören! Schließlich bist du die Erste von uns, die einen Freund hat!«

Mr Penn sah streng in unsere Richtung, und wir machten uns an die Arbeit, den Text, den er an die Tafel geschrieben hatte, abzuschreiben.

Unauffällig sah ich zu Anh hinüber. Ich konnte mir schon vorstellen, welche Details ihr vorschwebten, aber da ich DAS nicht auch nur im Ansatz vorhatte, würde ich wohl improvisieren müssen.

Kapitel 9

Die Straße lag verlassen vor mir im Regen. Dicke Tropfen fielen vom Himmel und sammelten sich in Pfützen zu meinen Füßen. Der Wind hatte aufgefrischt, und ich kämpfte mit meinem Regenschirm. Manchmal wünschte ich mir, in einem Land zu leben, in dem es nicht mindestens einmal am Tag regnete. Ich hörte ein Auto näher kommen und hielt instinktiv Abstand zur Fahrbahn, um nicht nass gespritzt zu werden. Dabei hätte es das auch nicht wirklich schlimmer gemacht, denn meine wollweißen Overkneestrümpfe fühlten sich schon jetzt klamm an.

Ich warf einen Blick in den mit dunklen Wolken verhangenen Himmel. Blätter wehten von den Bäumen und trieben im Wind. Eigentlich passte dieser trübe Tag ja ganz gut zu meiner Stimmung. Mir war seit Rileys geheimnisvollem Abgang nicht ganz wohl, vor allem da ich vollkommen auf mich selbst gestellt durch die Stadt gehen musste – obwohl er mich davor ja eigentlich gewarnt hatte. Nicht dass ich den Schulweg zuvor nicht schon Tausende Male allein zurückgelegt hätte, aber dieses ganze Gerede von der angeblichen Gefahr, in der ich schwebte, zerrte an meinen Nerven. Ich fühlte mich beobachtet, aber wann immer ich mich umsah, war niemand zu sehen. Was ja – meinen neuesten Erkenntnissen zufolge – nicht bedeuten musste, dass ich tatsächlich allein war.

In der Ferne zuckte ein Blitz über den Himmel, und ich ging etwas schneller. Doch es war nicht nur das Wetter, das meine Laune trübte. Wenn ich ehrlich zu mir war, dann fragte ich mich, was Riley wohl gerade tat. Hatte er den Jungen mit den flammend roten Flügeln gefunden? Und warum hatte der ihn überhaupt so beunruhigt? Ich fand es total frustrierend, so wenig zu wissen. Besonders, da ich ja offenbar direkt betroffen war. Zumindest, wenn ich meinem Rücken glaubte, der seit der letzten Schulstunde wieder deutlich mehr schmerzte.

Ein weiterer Blitz zuckte gefolgt von einem grollenden Donner über die Stadt, und ich sah mich unsicher um. Mein Schirm bot mir kaum Schutz. Der graue Regenschleier schien den Häusern die Konturen zu rauben, nahm der Welt das Leuchten. Das Wasser lief in Fäden von meinem Schirm, und doch waren meine Beine wie angewurzelt. Ich ahnte, dass Jake wie so oft mit seinem Fernglas an seinem Zimmerfenster saß und mich auf den letzten Metern bis zum Haus beobachtete. Er spielte zu gerne Detektiv. Und normalerweise störte mich das auch nicht. Er hatte eben Fantasie. Trotzdem scheute ich mich heute davor, die Straße zu überqueren und um die Ecke nach Hause und damit in seine Sichtweite zu biegen. Ich war viel zu unruhig. Unruhig, weil ich insgeheim hoffte, Riley noch einmal zu sehen, ehe ich zur Strafe den restlichen Tag in meinem Zimmer verbringen würde. Mir brannten unzählige Fragen unter den Nägeln. Ich drehte mich einmal um mich selbst und hielt Ausschau nach dem Underdog mit den etwas zu langen Haaren. Ich lauschte, ob ich sein Skateboard in der Nähe hörte, wartete sogar auf das leise Platzen seines Kaugummis.

»Riley?«, flüsterte ich, doch nur ein lautes Donnern war die Antwort. Die Stadt leuchtete auf, als ein weiterer Blitz grell aus dem Wolkenberg zuckte. Das Gewitter kam näher.

»Riley?«, wiederholte ich meine Frage diesmal etwas lauter, um gegen das Prasseln des Regens anzukommen.

Ich zählte bis zehn, aber nichts geschah. Keine Schwingen, kein plötzliches Auftauchen, kein Kaugummiploppen.

»Dann eben nicht!« Ich umklammerte den Griff meines Schirms fester und stemmte mich gegen den Wind. Ich eilte über die Fahrbahn und schirmte mich, so gut es ging, vor dem Regen ab. Trotzdem waren meine Strümpfe nass, als ich schließlich den Plattenweg zur Haustür erreichte. An der Tür blieb ich noch einmal stehen. Ich hoffte, ja erwartete fast, dass eine viel zu warme Hand sich noch in letzter Sekunde nach mir ausstreckte, aber nichts dergleichen geschah.

»Ich bin wieder hier!«, rief ich ein klein wenig enttäuscht, stellte den Schirm zum Trocknen und schlüpfte aus meinem feuchten Schuluniformblazer.

Da ich Hausarrest aufgebrummt bekommen hatte, hatte ich erwartet, die Gefängniswärter in Form meiner Eltern bei meiner Rückkehr hier anzutreffen. Doch niemand erwiderte meine Begrüßung. Ich strich mir die Haare auf den Rücken und zog die nassen Schuhe aus.

»Hallo? Mom?« Auf dem Weg hierher hatte ich geglaubt, Licht in der Küche brennen zu sehen. Ich ging den Flur entlang, an der Wand mit den Familienfotos vorbei, und tatsächlich hörte ich leise Stimmen aus dieser Richtung. Neugierig trat ich näher, aber ein Kribbeln im Nacken hielt mich davon ab, die Küche zu betreten. Mein Herz hämmerte so laut, dass ich kaum ein Wort von dem verstand, was gesprochen wurde. Darum schlich ich näher heran und lauschte.

»Das ist doch nicht möglich!«, hörte ich meine Mutter sagen. Sie klang vollkommen aufgelöst. »Ich bin nicht bereit dafür.«

»Ihr wusstet von Anfang an, dass der Tag kommen wird.«

Ich runzelte die Stirn. Die tiefe männliche Stimme war mir fremd. Mit wem redete Mom, der sie so aus der Ruhe brachte?

»Ich habe sie euch gebracht, und ihr wusstet, dass ich kommen würde, um sie wieder mitzunehmen. Sie kann nicht bei euch bleiben«, redete der Fremde weiter. »Ihr habt das immer gewusst.«

»Wir haben nicht gewusst, dass du einfach ohne Voranmeldung hier auftauchen würdest und unsere Familie auseinanderreißt«, griff mein Vater den Fremden harsch an.

Die Stimmung in der Küche machte mir Angst, und ich musste mich an der Tür abstützen, um meine zitternden Knie unter Kontrolle zu bringen.

»Du hast sie uns gebracht, sie unserer Obhut übergeben.« Ich konnte hören, wie Mom weinte. »Du kannst sie uns jetzt nicht wieder nehmen!«

Mir lief der kalte Schweiß den Rücken hinab. Mein Magen krampfte sich zusammen.

»Das tue ich auch nicht. Zumindest nicht sofort.« Ein Stuhl kratzte über den Boden, Schritte erklangen. »Aber ihr solltet nicht vergessen, dass Thorn nie wirklich zu euch gehört hat.«

»Sie ist unsere Tochter, Magnus!«, rief Mom mit gebrochener Stimme.

»Ihr habt keine Tochter!«, donnerte die tiefe Männerstimme zurück. Ich konnte die Spannung in der Luft noch durch die Tür spüren.

Magnus!

Der Name hämmerte mir hinter den Schläfen, und ich taumelte benommen zurück in Richtung Haustür. Gerade rechtzeitig, denn die Küchentür wurde aufgestoßen, und ein großer, kräftiger Mann, beinahe ein Riese, mit grauem Haar und dunklem Anzug, trat in den Flur. Ich huschte die Treppe hinauf und spähte durch die Sprossen. Sein Gesicht lag im Dunkeln, doch sein Name pochte in meinem Kopf.

Magnus!

Konnte das ein Zufall sein? Mit fliegendem Puls beobachtete ich, wie dieser Mann – dieser Magnus –, ohne sich noch einmal umzudrehen, durch unser Haus marschierte. An der Tür hielt er kurz inne. Sein Blick ruhte auf dem tropfenden Regenschirm. Ein Gefühl erfasste mich, eine Angst, als hinge ich hilflos im Netz einer Spinne. Die Luft veränderte sich, und ich war mir sicher, dass der Fremde mich wahrgenommen hatte, auch wenn er sich nicht nach mir umdrehte. Nur wenige Meter trennten uns. Ich glaubte das Rascheln von Schwingen zu hören, als er schließlich die Tür öffnete und im Gewitter verschwand.

Sekunden vergingen. Sekunden, in denen ich nicht einmal wagte zu atmen. Sekunden, in denen meine Welt vollends aus den Fugen geriet. Fugen, die offenbar nie wirklich stabil, sondern immer nur schöner Schein gewesen waren.

Fragen wirbelten durch meinen Verstand wie Trümmerteile in einem Orkan. Woher kannten meine Eltern diesen Magnus? Und wer war er, ihnen und mir einen solchen Schrecken einzujagen? Wer war er, anzudrohen, mich mitzunehmen? Und wie konnten meine Eltern so einen Mann hier einfach hinausspazieren lassen, als wäre er ein alter Bekannter?

»Thorn?«

Ich fuhr herum und blickte in Jakes Gesicht. Er wirkte unsicher.

»Was ist denn da unten los?«, fragte er und kam von oben einige Stufen auf mich zu. »Hast du gelauscht?« Er knüllte den Saum seines Shirts zwischen den Fingern und sah mich unglücklich an. »Ich glaube, Mom und Dad streiten.«

Die Verletzlichkeit in seinen blauen Kinderaugen brachte mich in Bewegung. Ich kämpfte mich von der Stufe hoch, auf der ich mich kauernd versteckt hatte, und ging zu ihm. Schwesterlich legte ich ihm die Hand auf die Schulter und ging in die Hocke, um ihm in die Augen sehen zu können.

»Sie streiten nicht, Jake.« Ich fuhr ihm durch die blonde Stoppelfrisur. »Vertrau mir. Alles ist gut.« So schwer es mir auch fiel, ich zwang mich zu einem Lächeln. »Aber du musst mir helfen, Jake.« Ich suchte seinen Blick. »Da war doch ein Mann. Hast du ihn gesehen, als er gekommen ist?«

Jake schüttelte den Kopf. »Da war niemand. Ich hab aufgepasst.«

»Doch. Denk noch mal nach, Jake. Dieser Mann mit dem dunklen Anzug. Hast du gesehen, ob … ob er aus einem Auto gestiegen ist oder … oder aus welcher Richtung er gekommen ist?«

»Da war kein Mann. Ich hab den ganzen Nachmittag probiert, womit man bei Gewitter besser sehen kann. Mit dem Nachtsichtgerät oder mit dem Fernglas. Ich hab gar nicht gewusst, dass es echt richtig dunkel …«

»Jake!« Ich umfasste seine Schultern fester und schob ihn rückwärts die Treppe wieder hinauf, denn aus der Küche waren nun Stimmen zu hören. »Einem echten Detektiv wie dir entgeht doch nicht, wenn hier ein Mann hereinspaziert!«, ermahnte ich ihn. »Ich habe gerade gesehen, wie er gegangen ist. Da war also definitiv jemand!«

Jake zuckte mit den Achseln.

»Hab ich nicht gesehen.« Er schien sich darüber zu ärgern, denn er kniff die Lippen zusammen. »Ich glaube auch nicht, dass jemand hier war, denn Mom und Dad würden doch nie streiten, wenn Besuch da ist.«

»Jake, sie haben nicht …« Wie sollte ich ihm das nur erklären? »Ist ja auch egal, wenn du nichts gesehen hast, dann …«

Konnte es sein, dass dieser Magnus ungesehen bis an die Haustür gelangt war? Ungesehen wie ... *unsichtbar?* Der Gedanke verursachte mir eine Gänsehaut, und ich zog meinen Bruder fest in meine Arme. War dieser Wahnsinn wirklich schon bis in mein Zuhause vorgedrungen? Und was würde das für uns alle bedeuten?

Ihr habt keine Tochter!, hallten Magnus' Worte wie eine dunkle Bedrohung durch meine Gedanken. *Ihr habt keine Tochter!* Wenn das so war, hatte ich dann überhaupt eine Familie? Jakes Umarmung war so vertraut, dass es keinen Zweifel an der Antwort auf diese Frage gab. Mom, Dad und er – das war meine Familie. Und sie würden es immer bleiben, egal was dieser Magnus sagte. Egal was immer ich auch war. Und egal wohin das führen würde.

»Spielst du mit mir Sherlock Holmes?«, fragte Jake und löste sich aus meiner Umarmung. »Du darfst auch die Fingerabdrücke nehmen. Ich hab da so ein neues Pulver und richtige Karteikarten.«

Ich lächelte ihn liebevoll an. Wie gerne würde ich mit ihm spielen. Einfach all meine Sorgen ablegen und mir seine Fingerabdruckkartei ansehen. Mich von seiner kindlichen Begeisterung mitreißen lassen. Doch so einfach war mein Leben nicht mehr. Der Fall, der mich beschäftigte, war nicht mit etwas Fingerabdruckpulver zu lösen.

»Geh schon mal hoch«, flüsterte ich und schob ihn in Richtung seines Zimmers. »Ich komme gleich nach. Ich muss ...« Ich spähte die Treppe hinunter und versuchte mir meine Angst nicht anmerken zu lassen. »Ich muss nur noch kurz mit Mom reden.«

»Wegen dem Stubenarrest?« Jake sah aus, als hätte er ein schlechtes Gewissen.

»Ja, Jake ... wegen dem Stubenarrest.«

Er nickte geknickt und ließ den Kopf hängen. »Ich wollte echt nicht, dass du Ärger bekommst, Thorn«, flüsterte er.

»Schon okay, ich ... ich bin dir nicht böse.«

Ich ging die Stufen hinab und wartete, bis Jake in sein Zimmer zurückgekehrt war, ehe ich mich auf den Weg in die Küche machte, um Antworten auf Fragen zu bekommen, die ich eigentlich nicht stellen wollte.

Kapitel 10

Lucien ging im Sog einer Menschentraube die Treppen der U-Bahnstation am Piccadilly Circus hinauf. Er war gerne unter Menschen, genoss es fast, ihnen nahe zu sein, ohne dass sie wussten, um wie viel überlegener er ihnen war. Mit einem ironischen Lächeln trat er aus der Menge und blieb stehen. Vor ihm ragte der silbergraue Shaftesbury-Memorial-Brunnen auf, dessen Spitze ein nackter Engel mit ausgebreiteten Flügeln krönte.

»Engel«, murmelte Lucien wie so oft, wenn er hier stand. Er zwinkerte der Statue zu, die sich unbemerkt von den Passanten zu ihm umwandte. »Als wären wir Engel!« Eine Frau, die an ihm vorbeikam, sah ihn neugierig an, weil er mit sich selbst sprach, doch auch das war in London keine Seltenheit. Überall dort, wo es viele Menschen gab, nahm man das Ungewöhnliche weniger wahr als anderswo. Darum hatten die Silberschwingen auch aufgehört, sich an abgeschiedene Orte zurückzuziehen und sich stattdessen mitten in die Metropolen der Welt eingeschlichen.

Lucien ließ die Schultern kreisen, was auch seine Schwingen in Bewegung brachte. Er stieß damit gegen einen Jungen mit Kopfhörern, der daraufhin über seine eigenen Füße stolperte. Kurz war er verwirrt, dann ging er, ohne aufzusehen, weiter.

Ja, mitten unter den Menschen lebte es sich recht unbemerkt. Die Leuchtreklame an der konkav verlaufenden Hausfassade rechts vor ihm bewarb bildgewaltig ein Musical mit Vampiren, deren ausgebreitete Mäntel wie Schwingen hinter ihnen herwehten. Wieder musste Lucien grinsen, was einer Teenagerin, die am Rand des Brunnens lehnte, zu gefallen schien. Sie lächelte wenig scheu zurück.

»Vampire«, murmelte Lucien, als er auf die junge Frau zuging. »Vampire und Engel. Ich bin gespannt, wofür man uns noch so alles hält.«

»Hi. Ich bin Linda.« Die junge Frau namens Linda errötete leicht, als Lucien sich neben sie an den Brunnen stellte. Er schenkte ihr ein bewunderndes Lächeln und sah sich dabei unauffällig um. Er hatte eine gute Sicht auf alle Straßen, die hier am Piccadilly zusammentrafen. Und mit dem Mädchen neben sich noch einen guten Grund, hier sehr viel länger zu verweilen, als es ein normaler Passant sonst tun würde.

Und ein normaler Passant war er ja auch nicht. Sein Vater hatte ihn geschickt, um London nach Rebellen abzusuchen. Er spähte. Heute spähte er, und morgen musste er dann Männer seines Vaters um sich versammeln und einen Plan gegen die Rebellen ausarbeiten. Ab morgen würde alles anders.

Er lächelte gekünstelt, als das Mädchen, dessen Namen ihm jetzt schon entfallen war, etwas ihrer Meinung nach Lustiges sagte. Er spürte ihren beschleunigten Herzschlag, ihre Nervosität und ihr unverhohlenes Interesse an ihm. Er wusste, dass er in den Augen der Menschen gut aussah. Sie war begeistert von ihm. Der menschliche Teil seines Äußeren war durchaus ansprechend, was es leichter machte, sich als einer von ihnen auszugeben. Doch sein Interesse an ihr diente nur der Tarnung. Vielmehr erregte etwas am Ende der Regent Street seine Aufmerksamkeit. Er drehte sich etwas, um die Straße besser im Blick zu haben, was die Teenagerin neben ihm wohl als Annäherung deutete. Sie trat ein Stück heran und spielte verführerisch mit ihren Haaren.

Lucien hob die Hand, um ihren Redefluss zu stoppen. Sie hatte ihre Aufgabe erfüllt. Er brauchte nicht länger einen Grund, sich hier aufzuhalten. Die Fußgänger gingen an ihm vorbei, ohne ihn zu beachten. Lucien kniff die Augen zusammen, und seine Sinne waren geschärft. Wie im Zeitraffer verschmolzen die Autos und Busse, die Passanten und Touristen mit ihren Selfiesticks zu einem unscharfen Mix aus Farben. Das Einzige, was er deutlich wahrnahm, war der Junge mit den grauen Schwingen, der auf einem Skateboard die Regent Street entlangfuhr.

Das Mädchen wirkte gekränkt, weil er ihr seine Aufmerksamkeit so plötzlich entzogen hatte. Sie machte einen Schmollmund und tippte etwas in ihr Handy. Vermutlich beschwerte sie sich bei einer Freundin über ihn, doch das war für Lucien so unbedeutend wie der Flügelschlag eines Schmetterlings in China. Er ließ zu, dass die Kraft der Silberschwingen ihn durchströmte, spürte, wie seine Körpertemperatur anstieg und seine Muskeln sich anspannten.

»Was ist denn auf einmal mit dir los?« Ihre Begeisterung schien mit einem Mal verflogen.

Kurz sah Lucien die junge Frau neben sich an. Ihm war nicht wichtig, was sie von ihm dachte. Sie war wie all die anderen Menschen hier in London nur Kulisse im Leben der Silberschwingen. Von daher fiel es ihm nicht schwer, sie enttäuschen zu müssen.

»Ich muss los.« Ohne auf ihr entrüstetes Luftschnappen zu achten, wandte er sich von ihr ab. Lucien trat zwei Schritte hinein in einen Strom Menschen, wurde eins mit ihnen, als sie die Straße überquerten, und schlug mitten unter ihnen die Schwingen wie einen Mantel um sich. Was er nun tat, verstieß gegen das Gesetz, doch für heute war dies die einzige Möglichkeit. Mit einem kräftigen Satz sprang er im Schutz seiner Schwingen von allen Blicken verborgen von der Straße aus auf das Hausdach ihm gegenüber. Für die Landung ging er in die Knie und spreizte die Schwingen. Aufmerksame Beobachter hätten ihn in diesem Moment vielleicht bemerken können, aber die Menschen achteten für gewöhnlich kaum auf ihre Umgebung. Das gab ihm die nötige Sicherheit, sich mit einem weiteren kräftigen Satz in die Luft zu heben und sich mit gespreizten Schwingen im Schatten der Häuser lautlos bis zum Ende der Regent Street gleiten zu lassen. Bis dorthin, wo noch immer die Silberschwinge stand, derentwegen er das Mädchen am Brunnen stehen gelassen hatte. Der Junge mit dem Skateboard.

Der hatte ihn bereits bemerkt und sein Skateboard nicht länger unter den Füßen, sondern in der Hand. Seine Schwingen waren leicht gespreizt, um bedrohlich zu wirken. Auch der Blick, mit dem Lucien empfangen wurde, zeigte deutliches Misstrauen.

»Lucien York«, stellte der Skateboarder tonlos fest und sah sich um, als rechnete er mit weiteren unangenehmen Überraschungen.

Lucien zwang sich zu einem Lächeln. Das letzte Zusammentreffen mit Conrad Shriver lag einige Zeit zurück. Conrad hatte sich verändert. Aus der jungen flügellosen Silberschwinge, die mit ihm und einigen anderen aufgewachsen war, war ein dunkel gekleideter Rebell mit kräftiger Statur und ebenso kräftigen Schwingen geworden. Sein Blick war feindselig, was Lucien ihm nicht verübeln konnte. Die Zeit der Freundschaft war vorüber. Heute standen sie auf verschiedenen Seiten.

»Es ist lange her, Conrad«, eröffnete Lucien das Gespräch.

»Was willst du? Bist du hier, um mir Ärger zu machen?« Conrad behielt die Dächer um sie herum im Auge und vergrößerte die Distanz zwischen sich und Lucien.

Der rieb sich das Kinn und faltete sich beinahe gelangweilt die Schwingen auf den Rücken. Er strich sich einige der fedrigen Schuppen glatt, ehe er Conrad wieder ansah. »Ich bin hier, um dich zu warnen. Dich – und die anderen.«

»Warnen? Wovor? Denkst du, uns erschreckt deine neue Position?« Nun lächelte auch Conrad, doch es war kein freundliches Lächeln. »Ja, richtig, wir haben davon gehört, dass du deinem Vater auf dessen Position folgst.« Er breitete die Arme aus. »Wir haben unsere Augen und Ohren überall, Lucien. Du hättest also nicht extra herkommen müssen, um damit anzugeben.«

Die beiden Silberschwingen umkreisten einander mit gemessenen Schritten.

»Du missverstehst meine Absicht, Conrad.« Lucien klang so, als wäre er die Ruhe selbst. »Ich stehe nicht als meines Vaters Nachfolger vor dir. Ich bin hier, um der Freundschaft, die wir einst hatten, meine Schuldigkeit zu erweisen.«

»Du schuldest uns nichts!«

Lucien zuckte mit den Schwingen. »Ab morgen schulde ich euch nichts, denn ich warne dich heute vor dem, was dir und all den anderen Rebellen, die gegen die Gesetze unseres Volkes verstoßen, droht, wenn ihr euch nicht besinnt und euch wieder der Herrschaft des Clans unterwerft.«

»Du meinst *deiner* Herrschaft?« Conrad lachte bitter und schüttelte den Kopf. »Niemals!«

»Tu, was du für richtig hältst, Conrad. Aber sag nachher nicht, ich hätte es dir nicht gesagt. Hätte dich nicht gewarnt.« Lucien wartete, bis ein roter Doppeldeckerbus an ihnen vorbeigefahren war, denn auch wenn die Menschen, die sie durch die Scheiben beobachteten, nur zwei Jugendliche sehen würden, so sprach ihre feindselige Körperhaltung doch eine deutliche Sprache. »Vater wird euch jagen.«

»Nur dein Vater? Oder auch du, Lucien? Sag, tust du immer noch alles, was Kane von dir verlangt?«

Lucien kniff die Lippen zusammen und ballte die Fäuste, um sich zu beherrschen. »Er ist mein Vater. Und der Laird. *Jeder* tut, was er verlangt.« Lucien blickte seinen ehemaligen Freund traurig an. »Ich werde euch jagen, Conrad. Das nächste Mal, wenn wir uns begegnen … werden wir euch festnehmen und euch für euren Verrat verurteilen. Lass Riley und die anderen das wissen.«

Conrad tippte sich an die Stirn, wie ein Soldat, der einen Befehl annahm. »Verstehe«, murmelte er. »Drohung angekommen.« Sein Blick glitt verächtlich über Luciens Statur. »Dann hoffe ich nur – alter Freund –, dass wir uns nicht noch mal begegnen.« Damit schlug er die Schwingen um sich und verschwand, wie Lucien gekommen war, mit einem verbotenen Satz über die Dächer Londons.

Lange sah Lucien seinem ehemaligen Freund nach.

»Das hoffe ich auch, Conrad«, flüsterte er, obwohl er wusste, dass der ihn längst nicht mehr hören konnte.

Es war bitter für ihn zu sehen, wie das Gebot zur Reinheit des Blutes seine Freunde durch den Mangel an Silberschwingen-Mädchen entweder dazu zwang, ewig ohne Partnerin und Liebe auszukommen, oder sich auf die Seite der Rebellen zu schlagen und eine Verbindung zu den Menschen zu suchen. Eine Verbindung, die strikt verboten war.

Kurz schweiften seine Gedanken zu Nyx. Ihm war eine Partnerin versprochen, doch wenn dem nicht so wäre … wie würde er sich entscheiden? An manchen Tagen war er sich da nicht so sicher.

Kapitel 11

Unsicher stand ich vor der Küchentür. Wusste nicht, wie ich ansprechen sollte, was ich eben belauscht hatte. Wusste nicht, wie ich meinen Eltern in die Augen blicken sollte, mit dem Echo von Magnus' Worten in meinem Ohr.

Zu viele Fragen schwirrten durch meinen Kopf. Es schien, als türmte sich mit einem Mal eine ganze Mauer an Lügen zwischen uns auf. Riley, die Schwingen, dieser Magnus und die nicht gerade zu verachtende Möglichkeit, dass ich nicht einmal ein Mensch war. Wie sollte ich das alles zur Sprache bringen?

Ich holte gerade Luft, um den Mut zu finden, die Küche zu betreten, als ich hinter mir eine Bewegung wahrnahm. Ich drehte mich um, aber es war niemand zu sehen.

»Komm mit!« Rileys Stimme kam aus dem Nichts.

»Riley?« Ich trat ein Stück von der Tür weg. »Bist du hier?«

»Geh in dein Zimmer«, flüsterte er, und ich spürte den Druck seiner Hände auf meinem Rücken. »Geh schon!«

»Was machst du hier? Wie zum Teufel bist du reingekommen?« Ich wurde regelrecht die Stufen hinaufgeschoben.

»Thorn? Spielst du jetzt mit mir?«

Beinahe wäre ich gestolpert, denn Jake stand im Flur und wartete offenbar auf mich.

So unauffällig wie möglich schüttelte ich Rileys Hände ab. Diese Heimlichtuerei machte mich fertig.

»Jake. Du, mir ist gerade eingefallen, dass … ich noch … ganz viel für die Schule machen muss.«

»Och bitte! Ich wollte dir doch mein Fingerabdruckset zeigen.« Ich strubbelte ihm durchs Haar und versuchte mir nicht anmerken zu lassen, dass ein unsichtbares Flügelwesen hinter mir stand und mich drängte weiterzugehen. »Das holen wir morgen nach, okay?«

Jake machte ein langes Gesicht, gab aber nach und ging zurück zu seinen Spielsachen.

»Na los!«, brummte Riley hinter mir, und ich beeilte mich, in mein Zimmer zu kommen. Ich brannte darauf, Antworten auf all meine Fragen von ihm zu erhalten.

Ich schloss die Tür und tat etwas, das ich für gewöhnlich nie machte. Ich drehte den Schlüssel um.

»Sicher ist sicher«, murmelte ich. Als ich mich umwandte, stand Riley vor mir. Mit seiner schwarzen Jeans, dem schwarzen Mantel und den etwas zu langen Haaren, die ihm unordentlich in der Stirn hingen, wirkte er zwischen meinen bestickten Kissen und den verspielten weißen Möbeln wie ein Fremdkörper. Ich hatte noch nie einen Jungen mit in mein Zimmer genommen und fühlte mich plötzlich irgendwie unwohl.

»Wie bist du hereingekommen?«, verlangte ich zu erfahren und verschränkte die Arme vor der Brust. Mein Zimmer kam mir zu klein vor, und Riley war mir deutlich zu nahe.

Er grinste und nahm ein Päckchen Kaugummis aus seiner Manteltasche. Dann zögerte er, schüttelte den Kopf und steckte sie zurück.

»Ich will damit aufhören«, erklärte er, ohne auf meine Frage einzugehen.

»Antworte endlich! Was machst du hier, Riley? Bist du verrückt? Was, wenn dich jemand sieht?«

»Hast du deinen Eltern etwa noch nichts von deinem neuen Freund erzählt?«, witzelte er und setzte sich auf die Bettkante. Er federte leicht darauf, als testete er die Härte der Matratze.

»Wann hätte ich das machen sollen?«, fuhr ich ihn an. Seine Coolness ging mir auf den Keks. »Als ich vorhin hier ankam, habe ich ein Gespräch meiner Eltern belauscht. Sie …«

»Ich weiß. Ich war hier, schon vergessen?«

»Du …?« Das hatte ich in der Tat vergessen. »Dann weißt du, dass … dass dieser Magnus bei meinen Eltern war?«

Er nickte und nahm den Stoffhasen von meinem Kopfkissen. »Ich hab ihn hergebracht. Es war nötig, um deine Eltern vorzubereiten.«

»Vorzubereiten? Worauf? Kannst du nicht ein Mal aufhören, in Rätseln zu reden, und einfach mal 'nen Satz machen, der auch Informationen enthält?«

Riley grinste. »Frauen und ihre Sonderwünsche!«

»Es ist doch wohl kein Sonderwunsch, wenn ich wissen will, warum du dich hier einschleichst wie ein Einbrecher! Oder worauf ihr glaubt, meine Eltern vorbereiten zu müssen?«

»Überleg doch mal selbst, Thorn.« Riley setzte sich den Hasen auf den Schoß. »Es wird nicht mehr lange dauern, bis deine wahre Identität zusammen mit deinen Schwingen ans Licht kommt. Denkst du, du kannst dann einfach so weitermachen wie bisher?«

»Warum nicht? Du und deine Shades, ihr lebt doch auch ein vollkommen normales Leben. Ihr geht zur Schule, fahrt mit euren Skateboards rum. Niemand sieht die Schwingen, also verstehe ich nicht, warum das für mich ein Problem werden sollte.« Ich hob die Hand, um einen weiteren Einwand vorzubringen. »Vorausgesetzt, dass das mit den Flügeln überhaupt stimmt. Mir geht es schließlich besser – das Fieber … oder diese Hitze, was immer es auch ist … jedenfalls ist es weg, und seitdem hatte ich auch diese … Einbildung nicht mehr.«

Riley grinste. »Du weißt, dass unsere Schwingen keine Einbildung sind, Thorn.« Er klopfte neben sich auf die Matratze. »Wenn du herkommst, kannst du sie fühlen, auch wenn du sie nicht sehen kannst. Sie sind da.«

Ich schaute Riley an. Meine Welt lag in Trümmern, und er schien der Einzige zu sein, der sie kitten konnte. Mein Kopf drohte vor lauter Fragen zu platzen, mein Herz zu zerspringen vor Angst, was kommen mochte. Und obwohl dem so war, setzte ich mich neben diesen mir fast fremden Jungen mit den dunklen Augen und den zu langen Haaren, um zu erfahren, was er meinte.

Riley legte den Hasen beiseite und griff nach meiner Hand.

»Du bist immer so warm«, stellte ich fest, auch wenn ich mich darüber inzwischen nicht mehr wunderte.

»Unsere Körper sind sich ähnlich, aber nicht gleich. Wir haben eine höhere Körpertemperatur, besonders wenn wir all unsere Fähigkeiten nutzen. Das beschleunigt unseren Puls, unseren Herzschlag.« Er führte meine Hand an seine Brust, damit ich fühlen konnte, was er beschrieb. Tatsächlich flog sein Herzschlag unter meinen Fingerspitzen nur so dahin.

»Fühlt sich an, wie wenn ich trainiere«, flüsterte ich beeindruckt.

»Da du gerade vom Laufen sprichst – Conrad glaubt, deine Schnelligkeit sei Teil deines nichtmenschlichen Erbes.«

»Was? Aber … ich dachte …« Rileys Herzschlag unter meinen Fingern zu spüren, brachte mich ganz schön aus der Fassung. So neu und unbekannt, so geheimnisvoll, dass ich mir wünschte, immer noch mehr zu erfahren. Der Herzschlag zu schnell, die Haut viel zu warm, und doch fühlte es sich seltsam vertraut an. Seltsam richtig. »Ich dachte, die Verwandlung, von der du sprichst, beginnt gerade erst? Wie kann das also vererbt sein?«

Riley zog langsam meine Hand zurück, ohne sie loszulassen. Er sah mich an, als überlegte er, was er mir sagen konnte. »Bei unserer Geburt unterscheiden wir Silberschwingen uns nur wenig von den Menschen. Wir sind oftmals größer und stärker.« Er zwinkerte. »Bis auf Sam, mit dem stimmt was nicht.«

Ich musste lachen, denn er hatte recht. Selbst für einen Menschen wäre Sam eher schmächtig.

»Wir sind schnell und haben eine deutlich größere Sprungkraft, um uns in die Luft heben und die Schwingen ausbreiten zu können.« Er führte meine Hand an den unsichtbaren Flügel. Sobald ich ihn berührte, wirkte es, als würde die Luft vor Hitze flirren. Der schillernde Umriss seiner Flügelspitze war zu erahnen.

»Man sieht sie ja doch«, stellte ich verwundert fest und ließ meine Finger über das funkelnde Nichts gleiten. Es sah aus, als würden Lichtsplitter auf meiner Handfläche bersten. »Wie funktioniert das?«

»Wie bei einem Chamäleon«, lachte Riley. »Einem … richtig coolen Chamäleon. Die Oberfläche unserer Schwingen spiegelt das wider, was das menschliche Auge erwarten würde zu sehen«, erklärte er, während ich mich über die Weichheit der fedrigen Schwingen wunderte. »Wenn ich zum Beispiel diesen Mantel trage, dann erwarten die Menschen, dass er auch meinen Rücken bedeckt. Selbst wenn er das nicht tut. Und weil sie das erwarten, sehen sie das auch. Sie erwarten hinter meinen Schultern die Umgebung zu sehen – und meine Schwingen spiegeln genau das wider. So können wir uns auch in unseren Schwingen vor aller Augen verbergen.«

»Das ist ja irre!« Ich pustete zaghaft meinen Atem auf die

Schwingen und erkannte das Zittern der einzelnen federähnlichen Schuppen.

Riley grinste. »Ja, wir sind saucool!«

Ich stupste ihm in die Seite und rückte etwas von ihm ab. »Werde ich das auch können?«

Er zuckte mit den Schultern. »Wir wissen nicht viel über Halbwesen. Magnus kennt sich da besser aus. Darum war er hier. Er wird sich darum kümmern, dich in Sicherheit zu bringen, wenn du es hier nicht mehr bist.«

»Aber ich will hier nicht weg, Riley! Ihr könnt doch nicht verlangen, dass ... ich meine Familie verlasse. Wie stellt ihr euch das denn vor?«

»Magnus sagt, deine Eltern wissen seit jeher, dass der Tag kommt, an dem er dich von hier wegholen wird.«

Was er da sagte, war unmöglich. Meine Eltern hatten mich adoptiert. Das hatten sie mir immer und immer wieder erzählt. Nie war ein Wort darüber gefallen, dass ich *anders* war. Oder dass sie nur meine Familie auf Zeit sein sollten. Ein Kind aufzuziehen, um es dann irgendwann wieder gehen zu lassen? So einer Sache hätten sie doch niemals zugestimmt. Ich fasste mir an die Stirn, schüttelte den Kopf. »Du lügst.« Getrieben von plötzlichem Schmerz stand ich auf. Ich konnte und wollte nicht glauben, dass meine Eltern etwas mit diesem ganzen Wahnsinn zu tun hatten, und doch deutete alles darauf hin. Ich hatte ihr Gespräch mit diesem Magnus ja selbst mit angehört.

»Thorn!« Riley legte sich den Finger auf die Lippen, um mir zu zeigen, dass ich leiser sprechen sollte. »Deine Eltern wissen, was du bist. Es war von Anfang an notwendig, ihnen reinen Wein einzuschenken. Auch wenn du den Menschen ähnlich bist, allein deine Körpertemperatur hätte jeden Kinderarzt hellhörig werden lassen. Sie wussten, dass du nicht für immer bei ihnen bleiben wirst.«

»Sie haben nie etwas zu mir gesagt«, flüsterte ich gequält. »Warum?«

»Was hätten sie denn sagen sollen?« Riley presste die Lippen zusammen und nahm das Kaugummipäckchen aus der Tasche. »Mal im Ernst, Thorn, vielleicht haben sie in den ersten Jahren noch darüber nachgedacht, was Magnus ihnen gesagt hat. Vielleicht haben sie es auch nicht wirklich geglaubt. Oder vergessen, dass er irgendwann kommen und dich wieder mitnehmen würde.« Er wickelte einen Kaugummistreifen aus dem Papier. »Vielleicht haben sie das. Und dann ist die Zeit vergangen, ohne dass er sich gemeldet hat. Irgendwann haben sie vielleicht aufgehört, darüber nachzudenken. Und aufgehört, darüber zu reden. Aufgehört, es auch nur in Betracht zu ziehen, schließlich ist es verrückt.« Er steckte sich den Kaugummi in den Mund und kaute einige Male, ehe er weitersprach. »Also, was hätten sie schon sagen sollen?«

Seine Logik war einleuchtend, dennoch fühlte ich mich verraten.

»Ich weiß nicht. Irgendwas, denke ich.« Ich sah ihm in die Augen. »Ich hätte erwartet, dass sie mich vor dem schützen, was gerade mit mir passiert«, gestand ich schwach. »Ich … fühle mich so … verloren.«

Mit einem Seufzen kam Riley auf mich zu. Er schüttelte den Kopf und ließ eine Kaugummiblase platzen.

»Verdammt, Thorn, ich bin nicht gut in so was!«, murrte er und tätschelte tröstend meine Schulter. »Sei nicht so hart zu ihnen. Ich bin mir sicher, dass sie immer nur das Beste für dich wollten.«

Ich brachte keinen Ton heraus. Er hatte bestimmt recht, doch so fühlte es ich im Moment einfach nicht an. Sie waren meine Eltern, die einzige Familie, die ich je hatte, und ich hatte ihnen blind vertraut. Und jetzt wusste ich nicht mehr, was ich noch glauben sollte. Wie echt war mein Leben überhaupt? Gab es irgendetwas darin, das keine Lüge war? Als ich die Augen schloss, versuchte ich mir zum ersten Mal überhaupt ein Bild von meinen leiblichen Eltern zu machen. Eltern, die ich nie vermisst hatte und die mir nun in diesem Strudel aus Angst und Ungewissheit dennoch fehlten. Wo gehörte ich hin? Und wo kam ich her? Und warum hatten meine echten Eltern nie nach mir gesucht? Hatten sie mich einfach vergessen?

»Weißt du etwas über meinen Vater?«, fragte ich leise, denn das Bild in meinem Kopf hatte kaum eine Kontur.

Riley legte den Kopf schief. »Aric?«

»Ja, meinen leiblichen Vater. Wie war er so?«

Riley verharrte einen Moment. Er ließ eine Kaugummiblase platzen und strich sich die Haare aus dem Gesicht. »Aric Chrome war ein mächtiger Mann, Thorn. Und er hat einen Fehler gemacht – einen Fehler, der dich hervorgebracht und ihn seine Stellung gekostet hat.«

»Er muss meine Mutter sehr geliebt haben, wenn er alles dafür aufgegeben hat, oder nicht?«

Riley zuckte mit den Schultern. »Ich weiß es nicht. Du solltest Magnus fragen. Er kannte deinen Vater gut. Er, Aric und Kane, der neue Laird, waren mal beste Freunde.«

Die Ernsthaftigkeit in Rileys Stimme gefiel mir. Auch mein Zimmer kam mir nun nicht mehr zu klein für uns beide vor. Je mehr ich von ihm erfuhr, umso verbundener fühlte ich mich ihm. Wir teilten unvorstellbare Geheimnisse miteinander, und ich fing an, ihm zu vertrauen.

»Wenn ich ihn wiedersehe – Magnus, meine ich. Wird er … wird er mich dann zwingen, mit ihm zu gehen?«

Riley nickte leicht und trat ans Fenster. Dann öffnete er es. Als der erste Windstoß die Vorhänge blähte, schillerten für eine Sekunde die Schwingen im Lufthauch. »Er wird dich nicht zwingen. Aber ich denke, du wirst trotzdem mit ihm gehen. Einfach, weil du keine andere Wahl hast.« Er sah mir über seine Schulter hinweg in die Augen. Die goldenen Strähnen verbargen einen Teil seines markanten Gesichts. »Du blutest am Rücken, Thorn. Aber keine Sorge. Die Wunden, die du im Spiegel sehen wirst, sind für menschliche Augen nicht zu erkennen. Du musst dich mit deinen Eltern nicht sofort auseinandersetzen. Lass dir und ihnen Zeit, sich an alles zu gewöhnen.«

»Ich blute?« Überrascht drehte ich meinen Hals zur Seite, um zu überprüfen, was er meinte, aber es ging nicht. Deshalb trat ich vor den Spiegel an meinem Schrank. Mein Shirt wies tatsächlich rote Flecken im Schulterbereich auf. Ich wollte den Stoff anheben, meine Haut darunter erkunden, herausfinden, woher das Blut kam, aber Riley sah mich noch immer unverwandt an. »Dreh dich um!«, forderte ich, aber er schüttelte den Kopf.

»Ich gehe jetzt. Ich bin eigentlich nur gekommen, um dir zu sagen, dass ich nichts über den Jungen mit den rötlichen Schwingen herausgefunden habe, den du scheinbar gesehen haben willst.«

Ich runzelte die Stirn. »Du klingst so, als hätte ich mir das nur eingebildet.«

Er zuckte mit den Schultern. »Wer weiß. Du machst gerade eine schwierige Zeit durch. Da kann man schon manchmal was … durcheinanderbringen.«

Ich wollte widersprechen. Schließlich hatte ich mir die roten Schwingen ebenso wenig eingebildet wie die Tatsache, dass Riley ein unsichtbares Paar davon mit sich herumtrug. Doch ich war zu abgelenkt von dem Blut an meinen Fingern. Erschrocken wandte ich mich zu Riley um, aber das Fenster war leer. Nur die Vorhänge blähten sich im Wind und trieben feinen Nieselregen ins Zimmer.

»Riley?«, flüsterte ich, erhielt aber keine Antwort. Ich zögerte.

Versuchte zu erspüren, ob er sich nur in seinen Schwingen verborgen hatte, oder ob ich wirklich allein war. Ich lauschte auf das Ploppen des Kaugummis, auf das kaum wahrnehmbare Rascheln der Schwingen, auf die Wärme, die sein nichtmenschlicher Körper unweigerlich abstrahlte. Da war nichts. Ich schloss das Fenster und atmete durch. Nein, da war niemand. Ich war allein. Allein mit meinen blutbeschmierten Fingerspitzen. Mit meinen Eltern, die mehr über mich wussten, als sie zugaben, und mal wieder allein mit Fragen, auf die ich keine Antworten hatte. Wie die Frage nach dem Jungen mit den flammenden Schwingen.

Kapitel 12

Ich stand in der Umkleide und zog mir behutsam das Laufshirt über den Kopf. Mein Rücken fühlte sich wund an, und nur das Heben der Arme verursachte mir Schmerzen. In der Nacht hatten die beiden Wunden zwischen meinen Schulterblättern aufgehört zu bluten, aber ich hatte Angst, eine unbedachte Bewegung würde den Schorf erneut aufreißen. Immer wieder brach mir der Schweiß aus, und ich fühlte mich tatsächlich etwas verloren, weil ich Riley weder gestern noch heute zu Gesicht bekommen hatte. Er hatte den Unterricht verpasst, und auch seine Shades waren wie vom Erdboden verschluckt.

Ich hatte mich sogar mit Anh in die Haare gekriegt, weil die sich über mein ständiges Ausschauhalten nach meinem *Liebsten*, wie sie Riley nun nannte, lustig gemacht hatte.

Und weil ich sie deswegen angezickt hatte, stand ich nun auch allein in der Umkleide. Anh und Cassie waren mit den anderen Staffelläuferinnen schon zum Sportplatz vorgegangen, während ich wegen meiner Rückenschmerzen noch nicht mal meine Laufhose anhatte.

»Du bist ja schnell, du holst uns schon ein«, hatte Anh gesagt.

Ich murmelte einen Fluch und versuchte meinen Ärger über den Streit hinunterzuschlucken. Ich sollte mich besser auf das Sondertraining konzentrieren. Schließlich würden wir in einer

Woche um die Meisterschaft kämpfen. Eine Woche, dann wäre das Schuljahr vorüber, und mein Geburtstag stand bevor. Mein Geburtstag und damit meine Verwandlung, wie Riley mir so düster prophezeit hatte. Ich konnte mir nicht vorstellen, dass mir nur noch so wenig Normalität bleiben sollte. Eine Woche – oder zwei! Das war kaum ein Atemzug.

Ich kniete mich hin, um meine Schuhe auszuziehen, als dunkle Stiefel in mein Blickfeld traten. Ich musste nicht aufsehen, um zu wissen, wer vor mir stand.

»Das ist die Mädchenumkleide«, murrte ich beleidigt, weil er mich so lange allein gelassen hatte – wo er doch behauptet hatte, mir zu meinem Schutz nicht mehr von der Seite zu weichen.

Rileys raues Lachen hallte von den gekachelten Wänden wider, und er lehnte sich unbeeindruckt gegen die Spindreihe. Seine Schwingen schienen ihm dabei kaum im Weg zu sein. Ich zuckte bei ihrem Anblick zusammen. Da waren sie also wieder. Ich blinzelte, aber sie waren immer noch da.

»Mädchenumkleide? Ich weiß«, gab Riley zu und sah sich neugierig um. »Aber ich dachte, es wäre dir lieber, ich lauere dir hier auf, bevor ich dich wieder in eine abgelegene Ecke entführe.«

Ich rollte mit den Augen und streckte ihm die Zunge heraus. »Wie rücksichtsvoll von dir! Und was willst du schon wieder von mir, du flügelschwingendes Wesen?«, gab ich mich unversöhnlich. Dabei deutete ich auf seine Schwingen, damit er verstand, dass ich sie sehen konnte.

Er grinste. »Schwingen. Wir nennen sie Schwingen und nicht Flügel. Ich glaube, ich habe das schon erwähnt. Hast du inzwischen mit deinen Eltern geredet?«

»Darüber, dass sie mich mein ganzes Leben lang angelogen haben? Nein, ich weiß einfach nicht wie ...«, antwortete ich zerknirscht.

Riley zuckte mit den Schultern. »Wenn du – oder sie so weit seid, kommt es bestimmt von selbst zur Sprache. Aber deswegen bin ich nicht hier, sondern weil ich denke, dass es Zeit wird, dir zu zeigen, was wir so können«, schlug er vor und wackelte mit den Flügelspitzen. »Wie sieht's aus, hast du Lust auf einen kleinen … *Ausflug?*«

»Jetzt? Ich hab Sondertraining. Wir laufen nächste Woche um die Schulmeisterschaft und …«

Was redete ich denn da? Vor mir stand ein geflügelter Junge und bot mir an, mir vorzuführen, was er sonst noch so draufhatte. Warum zögerte ich? Seine gehobene Augenbraue deutete an, dass auch er sich darüber wunderte.

»Kommst du jetzt mit mir fliegen, oder läufst du lieber ein paar Runden im Kreis?«

»Wir fliegen?«

Er lachte und spreizte die Schwingen, was in der kleinen Schulumkleide fast nicht möglich war. »Klar. Und dann machen wir eine Tour durch London.« Er packte meine Laufhose zurück in meine Schultasche, griff nach meiner Hand und zog mich kurzerhand aus der Umkleide hinter sich her über den Schulhof.

»Ich kann doch nicht so einfach das Training ausfallen lassen!«, protestierte ich. »Anh und Cassie wissen doch, dass ich … dass ich da war.«

»Wenn sie dich fragen, fällt dir sicher eine Erklärung dafür ein«, tat er meinen Einwand ab, während er auf die Bäume zusteuerte.

»Ich hab mein Schultrikot an!« Ich zupfte am engen Saum meines blauen Shirts, beeilte mich aber, mit ihm mitzuhalten. Mein Puls hatte sich vor Aufregung beschleunigt, denn im Grunde meines Herzens hatte ich das Training längst abgeschrieben. Ich würde endlich mehr erfahren. Endlich etwas von der Zukunft erschnuppern, die mir bestimmt war!

»Du siehst ziemlich gut in diesen engen Klamotten aus«, bemerkte er mit einem provozierenden Kaugummiploppen. »Steht dir viel besser als die langweilige Schulbluse.«

»Na danke!« Ich wurde rot. »Wo ich doch gar keinen Wert darauf lege, dir zu gefallen.«

Riley zog mich in das schützende Dickicht der Bäume und wandte sich zu mir um. Er schien sich gut zu amüsieren, denn er grinste übers ganze Gesicht. »Das könnte sich ändern, denn ich schätze mal, dass Mädchen, die mit mir fliegen … am Ende auf mich fliegen«, scherzte er und blickte grübelnd in die Baumkronen.

»Bilde dir nur nicht zu viel ein, Riley!«, warnte ich und trat neben ihn, um zu sehen, was ihn beschäftigte. »Was ist los?«

Er deutete nach oben zwischen die Äste. »Ich überlege, ob wir da zu zweit durchpassen.« Ohne weitere Erklärung trat er hinter mich und legte die Arme um meine Taille. Ich spürte seinen Oberkörper deutlich an meinem. Er fühlte sich trainiert an. Viel stärker, als ich es von meinen Mitschülern erwartete. Seine Wärme drang durch den dünnen Stoff meines Trikots, und seine Arme fühlten sich hart wie Stahl an. Seine langen Strähnen kitzelten meine Wange, während sein Atem über meinen Nacken strich. »Kann es losgehen?«

Ob es losgehen konnte? Ich wusste nicht, was ich sagen sollte. Mein Herz hämmerte wie wild, und ich bekam kaum Luft, so fest presste Riley mich an sich.

»Thorn?« Seine Stimme war sanft. »Bist du bereit?«

Ich atmete tief ein, dann nickte ich, und schon verlor ich den Boden unter den Füßen. Die Kraft, mit der Riley sich abstieß, der Satz, mit dem er uns durch die Äste bis ins Blätterdach der alten Eiche katapultierte, war so mächtig, dass ich mich quietschend an ihn klammerte.

»Du hast doch keine Höhenangst, oder?«

Riley stand auf einem der oberen Äste, doch meine Füße baumelten gute fünfzehn Meter über dem Boden in der Luft.

»Doch!«, japste ich und hielt den Atem an.

»Da musst du jetzt durch, denn das war nur der Anfang.« Mit einem weiteren Satz stieß Riley uns in die Höhe. Blätter wirbelten auf, und ich spürte den Wind durch meine Haare rauschen. »Öffne die Augen!«, forderte Riley. Erst jetzt bemerkte ich, dass ich sie vor lauter Panik fest zusammenkniff.

Wir glitten, getragen von seinen gespreizten Schwingen, nur wenige Meter über den Baumwipfeln über den Park. Riley hatte sein Bein um meine geschlungen, um mir mehr Stabilität zu geben, dennoch klammerte ich mich mit aller Kraft an ihn. Wir waren so hoch, dass ein Sturz auf jeden Fall tödlich wäre.

»Oh Gott!« Ich war kurz davor, die Augen doch wieder zuzumachen. Ich flog tatsächlich! Wenn ich noch Zweifel an Rileys Geschichte gehabt hatte, dann waren diese nun endgültig zerstreut, denn ich flog verdammt noch mal mitten am Tag über einen Londoner Park! Getragen von silbernen Schwingen.

Die unterschiedlichen Grüntöne der Bäume verschmolzen miteinander und bildeten einen dichten Teppich unter uns. »Lass mich bloß nicht fallen!«

»Niemals.« Er verstärkte seinen Griff. »Du bist bei mir sicher. Aber wir müssen sowieso landen, denn nur hier schirmen uns die Bäume vor neugierigen Blicken ab. Ich wollte dir nur einen kleinen Vorgeschmack auf das geben, was ich dir heute noch alles zeigen will.«

Er neigte die Schwingen, und wir gerieten in Schieflage.

»Kleiner Vorgeschmack?« Ich kreischte wie am Spieß, aber Riley lachte nur.

»Keine Angst. Dir passiert nichts. Wir landen.« Riley steuerte

111

auf einen der größten Bäume des Parks zu, und ehe ich michs versah, krachten wir durch die Blätter und kamen auf einem Ast zum Stehen. Ich ließ Rileys Arm los und klammerte mich an den Stamm wie ein Ertrinkender an einen Rettungsring.

»Willst du mich umbringen?«, rief ich und befühlte zitternd einen Kratzer an meiner Wange. »Du hast gesagt, mir passiert nichts.« Ich war einem Nervenzusammenbruch nahe. »Ich blute! Ich stehe auf … auf einem Baum, ich …«

»Du veranstaltest vor allem ein ganz schönes Geschrei!« Riley setzte sich auf den Ast, ließ die Beine baumeln und sprang dann kurzerhand die guten zwölf Meter bis zum Boden. Ich sah, wie er die Flügel kurz spreizte, um sanft zu landen.

»Und ich?«, rief ich zu ihm hinunter, ohne die Umklammerung des Stamms auch nur minimal zu lockern.

»Spring.«

»Das ist viel zu hoch!«

»Ich fang dich.«

»Vergiss es! Ich bin doch nicht lebensmüde! Und wag es bloß nicht, mir unter den Rock zu glotzen!« Ich fühlte mich bescheuert, denn meine wollweißen Overknees waren mir bis auf die Knöchel gerutscht, und mein Rocksaum hing an einem Zweig fest.

»Vertraust du mir nicht?«

Ich zögerte. Das alles war so viel auf einmal, so viel Chaos in meinem Kopf. Ich wusste nicht, wie ich zu Riley stand. Ich mochte ihn – entgegen meiner Erwartung – sehr gerne. Wirklich gerne. In seiner Nähe fühlte ich mich wohl, auch wenn mir Angst machte, was ich mit ihm erlebte oder von ihm erfuhr. Aber vertraute ich ihm? Vertraute ich ihm so weit, mich zwölf Meter in die Tiefe fallen zu lassen, obwohl das Blut seines letzten Tricks auf meiner Wange noch nicht getrocknet war?

»Ich kann das nicht, Riley! Wirklich! Hol mich runter!«, bat ich ängstlich und strich mir den Rock glatt, so gut es mit einer Hand eben ging. »Ich vertraue dir schon, aber das … das kann ich einfach nicht. Ich würde einen Herzinfarkt bekommen!«

Er lachte und zuckte mit den Schultern, ehe er scheinbar mühelos wieder zu mir heraufsprang, mich diesmal von vorne umarmte und wie zuvor langsam zurück nach unten schwebte.

Als ich endlich festen Boden unter den Füßen hatte, lehnte ich, glücklich, am Leben zu sein, meinen Kopf an seine Brust. Ich konnte dem Blick aus seinen dunklen Augen nicht standhalten. Verwirrt von der Zärtlichkeit, die ich glaubte darin gesehen zu haben, trat ich langsam zurück, auch wenn ich nicht wusste, ob ich ohne seinen Halt stehen konnte. Das Adrenalin rauschte durch meine Adern und machte meine Beine ganz schwach.

»Der ist morgen wieder weg«, flüsterte er und zupfte mir ein Blatt aus den Haaren, ehe er seine Daumenspitze zaghaft über den Kratzer an meiner Wange gleiten ließ.

Er mochte recht haben. Vielleicht würde der Kratzer morgen nicht mehr zu sehen sein, aber was war mit den Spuren in meinem Leben, die dieses Abenteuer hinterlassen würde?

»Ich weiß nicht, ob ich stark genug für all das bin«, gestand ich. »Ich bin doch nur ein ganz normales Mädchen.«

Riley grinste und ploppte eine Kaugummiblase. »Du bist stark genug, das verspreche ich dir. Denn du bist bei Weitem kein normales Mädchen, Thorn. Du bist ein mächtiger Silberschwingen-Halbling, und das Blut von Aric Chrome fließt durch deine Adern. Du solltest mal endlich anfangen, dich ein bisschen wie er zu benehmen.«

»Ich kenne ihn doch gar nicht. Woher soll ich also wissen, wie er sich an meiner Stelle verhalten würde?«

Riley lachte und griff nach meiner Hand. »Er würde keine

Schwäche zeigen, sondern herausfinden wollen, was das Leben sonst noch so zu bieten hat.«

Ich richtete meine Strümpfe und ließ es dann zu, dass Riley mich auf den geschotterten Weg des Parks führte. Er legte mir den Arm um die Schulter, als wären wir ein Paar. Abgesehen von den Schwingen, die sich weich an meinen Arm schmiegten, gaben wir sicher ein nettes Bild ab. Es war verrückt, dass niemand außer mir diese Schwingen wahrnehmen sollte. Dabei fiel es mir speziell an diesem Nachmittag schwer, mir Riley überhaupt noch ohne sie vorzustellen.

»Wo gehen wir hin?«, fragte ich, als wir den Park schon eine Weile hinter uns gelassen hatten und der Straße zum Zentrum folgten.

»Wir verschwinden«, raunte Riley und schmunzelte geheimnisvoll. »Das wirst du gleich sehen.«

Wir bogen um eine Ecke und reihten uns in die immer dichter werdende Schar von Fußgängern ein, die hier nahe des Buckingham Palace unterwegs waren. Die lange von Birken gesäumte Straße, die man als The Mall kannte, verband schließlich den Trafalgar Square mit dem Palast. Vor uns erhoben sich die weißen Palastmauern und das mächtige Victoria Memorial mit der goldenen Siegesgöttin an der Spitze. Etliche Touristen strömten dorthin, um die Wachablösung, die Changing of the Guard, zu bestaunen. Es herrschte außerdem viel Feierabendverkehr auf der Mall, und die Autos rollten dicht an dicht an uns vorüber. Wie wir hier verschwinden sollten, war mir ein Rätsel.

Riley führte mich immer näher an den Palast. Am Memorial davor herrschte regelrechtes Verkehrschaos, da sich viele Fußgänger nicht an die Schaltung der Fußgängerampeln hielten, um das erhabene Denkmal zu bestaunen.

»Was hast du vor?«, fragte ich, als Riley sich, noch immer mit mir Händchen haltend, an einer Ampel in den Touri-Strom einreihte. Die Ampel schaltete auf Grün, und er blieb mir eine Antwort schuldig. Wir traten auf die Fahrbahn, mit all den anderen Passanten, die mit Selfiesticks bewaffnet die Straße überquerten. Doch wir hatten die andere Straßenseite noch nicht erreicht, da drückte Riley meine Hand, zwang mich, stehen zu bleiben, und zwinkerte mir zu. In dem Moment, wo der letzte Passant an uns vorüberkam, trat Riley hinter mich und schlug die Schwingen wie einen Mantel um uns. »Abrakadabra!«, flüsterte er, und der Verkehr kam wieder ins Rollen. Obwohl die Schwingen unmittelbar vor meinem Gesicht waren, nahm ich die Umrisse der Umgebung durch das schillernde Netz wahr. Ich sah die Autos und Transporter, die nun, wo die Ampel ihnen Grün anzeigte, Fahrt aufnahmen. Sie kamen auf uns zu, und ich wollte zur Seite springen, aber Riley hielt mich eisern fest.

»Halt still!«, warnte er mich, als ein Auto haarscharf an uns vorüberfuhr, ohne zu hupen oder auch nur im Ansatz auszuweichen. Niemand registrierte uns. Niemand konnte uns sehen.

Der Sog der fahrenden Autos ließ mich zittern. Ich wagte es kaum, zu atmen, so dicht rauschte der hektische Londoner Verkehr an mir vorbei. Der Fahrtwind brachte mich fast aus dem Gleichgewicht und fuhr mir kalt unter den Rock. Ich war froh um Rileys schützende Umarmung.

»Das ist Wahnsinn!«, presste ich durch meine vor Angst zugeschnürte Kehle.

»Wahnsinn wird es nur, wenn du mal nach oben zur Spitze des Memorials schaust«, rief Riley mit gegen den Verkehrslärm erhobener Stimme.

Ich tat, was er sagte, und obwohl ich die goldene Siegesgöttin, den Engel an der Spitze des Denkmals, schon Hunderte Male zuvor bewundert hatte, blieb mir vor Staunen der Mund offen.

»Wie ist das möglich?«, wisperte ich, denn das Denkmal schien lebendig zu sein. Der Engel an der Spitze drehte seinen goldenen Hals und sah mir direkt in die Augen.

Rileys leises Lachen vibrierte in meiner Brust. »Ich wusste nicht, ob deine Verwandlung schon weit genug fortgeschritten ist«, raunte er mir ins Ohr. »Aber Silberschwingen erspüren die Welt ganz anders, als die Menschen es tun.« Er deutete auf die am Fuß des Denkmals stehenden marmornen Engel. Auch sie wirkten lebendig. Ein Engel, der aussah wie ein Wachsoldat mit Helm und Schwert, neigte den Kopf zum Gruß in unsere Richtung. »Die Menschen nennen sie Engel, weil sie nicht erklären können, was sie sehen – wenn sie uns begegnen.«

»Du hast gesagt, sie sehen eure Schwingen nicht«, erinnerte ich ihn.

»Stimmt. Wir versuchen auch vorsichtig zu sein. Doch du weißt ja, dass die Innenseite unserer Schwingen sichtbar ist. Wenn wir fliegen, breiten wir die Schwingen aus – und offenbaren uns. Wann immer uns dabei Menschen am Himmel entdeckt haben, suchten sie nach Erklärungen.« Riley schob mich voran. Schritt für Schritt weiter durch den fließenden Verkehr, immer näher heran an das mächtige Denkmal. »Sichtungen von Silberschwingen wurden als himmlisches Zeichen gewertet, als Visionen von Engeln.«

»Die Menschen halten euch für Engel?«

Ich spürte sein Nicken. »Sie haben uns für vieles gehalten, Thorn. Für Engel, für Teufel, weiter im Osten hielt man uns sogar für Vampire.« Als wäre das Thema beendet, deutete er wieder auf die marmornen Schwingen der lebendig wirkenden Figuren am Denkmal. »Die Steinmetzarbeiten sind nicht wirklich lebendig. Doch sie nehmen im Lauf der Zeit so vieles wahr, sehen so viel, was um sie herum geschieht, dass es in ihrem Innersten – wir nennen es die Seele der Dinge – gespeichert wird.«

Riley fasste mich enger, und ohne die Schwingen zu öffnen, sprang er, mich fest an sich gepresst, über die Fahrzeuge hinweg zum Sockel des Denkmals. Die Augen der Figuren folgten unseren Bewegungen, und meine Nackenhärchen stellten sich auf.

»Das ist unheimlich«, flüsterte ich.

Riley nickte. »Wenn wir die Hände auf den Marmor legen, sehen wir all das, was sie gesehen haben. Können durch sie einen Blick in die Vergangenheit werfen.«

»Das klingt abgefahren!« Es fiel mir schwer, das zu verstehen, aber ich hatte keinen Zweifel daran, dass er die Wahrheit sagte. »Kann ich das auch?«

Riley zuckte mit den Schultern. »Willst du es probieren?«

Wollte ich das? Wollte ich noch weiter eintauchen in diese verrückte Welt?

Ich nickte, und ehe ich michs versah, schlug Riley die Schwingen auf und faltete sie in einer einzigen flüssigen Bewegung auf seinen Rücken. Die Menschen, die neben uns standen, waren so vertieft in ihre Gespräche, dass sie unser plötzliches Erscheinen nicht im Mindesten überraschte. Mir ging es da anders. Schließlich trug ich noch immer das blaue Trikot der Schulmannschaft, was mir deutlich machte, das ich hier nichts zu suchen hatte. Unsicher löste ich meinen Zopf und flocht ihn neu. Dann kramte ich in meinem Rucksack nach meinem Schulblazer und schlüpfte hinein, denn ohne Rileys Körperwärme und den schützenden Wall seiner Schwingen fröstelte ich. Die Sonne ging bereits unter, und ein frischer Wind kam auf.

»Bist du bereit?« Riley hatte seine Hand schon in die des geflügelten Wächters gelegt. Er sah mich erwartungsvoll an, beinahe so, als wolle er testen, ob ein Zaubertrick funktionierte.

»Ich weiß nicht«, gab ich zu und trat zögernd näher. »Ich komm mir komisch vor«, gestand ich, während ich versuchte den Blicken der Statuen auszuweichen. »Sie starren mich an.«

»Sie kennen dich ja auch nicht«, erklärte Riley entspannt und führte meine Hand an die des Wächterengels. Ich wartete, schloss die Augen und gab mir Mühe zu fühlen, was Riley meinte. Die Hand des Engels in meiner war kalt. Hart, und doch durchströmt von einer Energie, die ich nicht benennen konnte. Die raue Oberfläche hätte sich unangenehm anfühlen müssen, doch das tat sie nicht. Ich blickte dem Engel in die Augen und glaubte darin tatsächlich Weisheit zu erkennen. Als würde all das Wissen, das er aufgesogen hatte, ihn allmächtig machen.

»Und?« Riley schien ungeduldig.

»Es fühlt sich merkwürdig an«, gab ich zu.

»Siehst du durch die Augen des Engels?«, hakte Riley nach.

Ich strengte mich an, irgendetwas außer meinem aufgeregten Herzschlag wahrzunehmen, aber da war nichts. »Nein. Ich … ich glaube, ich mach da was falsch.«

Riley lachte und löste meine Hand aus der des Engels. »Quatsch. Du bist einfach noch nicht so weit.« Er zwinkerte mir zu und führte mich an die steinerne Einfassung, sodass wir freie Sicht auf den Palast hatten. »Außerdem habe ich dir ja schon gesagt, dass nicht klar ist, welche Fähigkeiten ein Halbwesen entwickelt. Vielleicht kannst du das also nie.«

Da ich noch immer den Blick der Figuren unangenehm in meinem Rücken spürte, war ich darüber nicht einmal traurig. Die Statuen erschienen mir wie steinerne Spione. Wenn stimmte, was Riley sagte, dann konnte man sich in London nirgendwo unbemerkt bewegen. Hier folgten einem überall marmorne Augen. Wenn ich da nur an das Wellington Arch, den Brunnen am

Piccadilly und all die anderen Denkmäler dachte, die einem hier auf Schritt und Tritt begegneten.

Ich musterte Riley aus dem Augenwinkel heraus. Er lehnte an der Mauer, und sein zu langes Haar glänzte beinahe silbern im Licht der untergehenden Sonne. Der Tag war schnell vergangen, das Training war bestimmt schon aus, und ich würde schon bald nach Hause müssen, wenn ich mir nicht noch mehr Ärger einhandeln wollte.

»Ich kann einfach nicht begreifen, wie sich mein Leben in den letzten Tagen verändert hat«, flüsterte ich kaum hörbar, aber Riley wandte dennoch den Kopf in meine Richtung.

»Willkommen in meiner Welt«, murmelte er und drückte liebevoll meine Hand.

Kapitel 13

Lucien passierte den Eingang des Marriott Hotels in London in Richtung Westminster Bridge. Vor ihm auf einem Sockel thronte ein steinerner Löwe, der bei seinem Näherkommen die Mähne schüttelte. Auf der anderen Straßenseite folgte in einigem Abstand ein Teil seiner Männer.

Seine Männer. Der Gedanke war ungewohnt. Kurz wandte er sich nach ihnen um. Ohne die silbern bis schwarz glänzenden Schwingen hätten sie wie Investmentbanker der Londoner Börse gewirkt. Teuer gekleidet, selbstbewusste Haltung und zielgerichteter Schritt. Die Londoner wichen ihnen unwillkürlich aus, machten ihnen den Weg frei, ohne sich jedoch nach ihnen umzudrehen. Denn für sie war diese Gruppe Männer nichts weiter als das, was sie vorgaben zu sein. Erfolgreiche Städter.

Die Sonne stand schon tief am Himmel, als Lucien seine Hand an den Marmor der Löwenskulptur hob. Wie im Zeitraffer rasten die Bilder vor seinem geistigen Auge dahin. Ein nicht endenwollender Strom an Menschen kam hier unablässig vorbei. Alte, junge, Paare, Singles, Erwachsene, Kinder und … das Bild fror ein, erstarrte und zeigte in seiner kristallenen Klarheit … keinen Menschen. Lucien verengte die Augen zu Schlitzen. Die Silberschwinge, die hier vorbeigekommen war, war ihm nur zu gut bekannt. Allein die Farbe der Schwingen verriet ihm, wen er in der allwissenden Seele des Löwen entdeckt hatte. Schwingen wie Quecksilber im Mondlicht.

»Riley Scott«, murmelte er bitter, denn obwohl das Bild seines einstigen besten Freundes ihm messerscharf vor Augen stand, war es doch nur ein Blick in die Vergangenheit. Es war Tage her, dass Riley hier vorbeigekommen war.

Er ließ die Hand sinken und ging weiter. Mit geschärften Sinnen überquerte er die Westminster Bridge. Das Riesenrad mit seinen gläsernen Kabinen zu seiner Rechten weckte nur kurz sein Interesse. Er kannte es gut, wusste, dass die Rebellen sich nachts gelegentlich hier trafen. Wie alle hohen Gebäude hatte es seinen Reiz. Schon immer hatte das Volk der Silberschwingen die luftige Höhe bevorzugt.

Das grünlich gestrichene Geländer der Brücke schimmerte sanft im Licht der untergehenden Sonne, als Lucien immer weiter Richtung Big Ben voranging. Er spürte die Anwesenheit seiner Männer, auch wenn er sich nicht noch einmal nach ihnen umdrehte. Denn all seine Sinne waren auf etwas anderes gerichtet. Ein Kribbeln durchlief seinen Körper, und sein Puls beschleunigte sich. Er spürte die Gegenwart einer weiteren Silberschwinge. Irgendwo vor sich. Natürlich stand es den Silberschwingen frei, sich unter den Menschen zu bewegen, doch sein Gespür sagte ihm, dass dies keine einfache Silberschwinge war. Und sein Gespür trog ihn nur selten.

Aus dem Augenwinkel sah er den Doppeldeckerbus näher kommen. Ohne zu zögern schlug er die Schwingen um sich und sprang mit einem schnellen Satz auf den Bus.

Warum laufen, wenn es so doch viel schneller ging. Wie von einem roten Faden gelenkt, spürte er, dass er sich der Silberschwinge näherte. Er stand auf dem offenen Oberdeck des Sightseeingbusses und passierte den Big Ben. Der Bus fuhr weiter geradeaus, vorbei an der Kreuzung zur Westminster Abbey. Lucien genoss den Fahrtwind unter seinen Schwingen. Als der Bus in die von dichten Bäumen gesäumte Allee beim St. James's Park einbog, war er versucht, gegen das Gesetz zu verstoßen und sich in die Lüfte zu erheben. Er war auf dem richtigen Weg, das wusste er.

Am Ende des Parks fuhr der Bus weiter geradeaus, doch Lucien zog es nach Norden. Seine Nerven vibrierten, und er verfluchte die vielen Menschen, die sich hier, nahe des Buckingham Palace, zu jeder Tageszeit tummelten. Er wollte die Schwingen spreizen und aus der Luft finden, wonach er suchte. Finden, was er jagte, verbesserte er sich im Geiste. Noch immer verborgen von den Schwingen sprang Lucien vom Busdeck. Die Menschen gingen an ihm vorüber, und als er sich sicher war, dass ihn niemand beachtete, faltete er die Schwingen zurück auf seinen Rücken. Er ging weiter, wie ein Mensch. Einer von vielen, die an diesem Abend den Palast besuchten. Mit großen Schritten bewegte er sich auf die vier Säulen zu, die den Vorplatz des Palastes mit seinem mächtigen Memorial abschirmten. Er trat durch das goldene Tor, den Palast zu seiner Rechten, doch weder der Palast noch der goldene Engel an der Spitze des Victoria Memorials fesselten seinen Blick.

»Ich wusste es«, murmelte er und zuckte mit den Schwingen. Er knackste mit den Fingerknöcheln, um die Anspannung abzubauen, die von ihm Besitz ergriff. »Ich habe euch noch gewarnt«, flüsterte er, hob die Schwingen kampfbereit an und rannte los.

»Willkommen in meiner Welt.«

Rileys Worte waren so tröstlich, dass ich die Hand nach seiner ausstreckte. Seine Welt war jetzt auch meine. Und ich war froh, ihn bei mir zu haben. Er war in den letzten Tagen zu einem wirklichen Freund geworden, und ich fing an, seine Nähe zu genießen.

Er war so anders als meine übrigen pubertierenden Mitschüler. So ernst und dabei doch so entspannt.

Meine Finger berührten seine, und diesmal zuckte ich nicht vor der Wärme zurück. Ich hob das Gesicht, um ihn anzulächeln, doch der Blick in seine Augen ließ mich erstarren.

»Lauf!«, schrie er und riss mich mit sich. Ich stolperte, wäre beinahe gefallen, so plötzlich kam ich in Bewegung. »Los, Thorn! Mach schon!«, brüllte er und riss mich grob weiter. Er stieß die Touristen einfach weg, ohne sich darum zu kümmern, ob sie fielen. »Los!«

Meine Füße gehorchten, aber mein Kopf hatte damit so seine Schwierigkeiten. Mir wurde schwindelig wegen all der Menschen, gegen die ich stieß, während ich blind hinter Riley herhastete. »Was ist denn los?«, kreischte ich, als er mich, ohne auf den Verkehr zu achten, hinter sich über die Straße zerrte. Diesmal schützten uns keine Schwingen. Diesmal ernteten wir ein Hupkonzert, doch auch das schien Riley nicht zu beeindrucken.

»Komm weiter!«, rief er und hielt auf den Park zu. »Wir müssen hier weg!«

»Warum?« Mir fehlte beinahe die Luft zum Sprechen. Der Teer hämmerte unter meinen Fußsohlen, mein Arm schmerzte, so fest hielt Riley ihn umklammert, und sein angstvoller Blick ließ mir das Blut in den Adern gefrieren. Seine Panik übertrug sich auf mich und pumpte mir das Adrenalin durch den Körper.

Ich hastete ihm nach in den Park, versuchte mit seinem Tempo mitzuhalten und dabei selbst einen Blick über die Schulter zu werfen.

»Schneller!«, rief er und stieß einen Mann beiseite, der uns in den Weg lief. »Los!« Dabei glitt meine Hand aus seiner, und ich stolperte über den Regenschirm des fluchenden Mannes. Ich krachte hart auf den geschotterten Weg. Alles geschah wie in Zeitlupe. Ich spürte jeden einzelnen Kiesel, der meine Haut aufschürfte, spürte die Wucht des Aufpralls meinen Körper durchlaufen und hörte Rileys alarmierenden Ruf wie aus weiter Ferne. Ich rappelte mich hoch, sah mich um, denn ich musste wissen, was los war. Wovor liefen wir weg? Warum diese Panik? Warum Rileys Angst?

Ich wandte mich um – und mein Herzschlag setzte aus. Ich wollte die Augen zusammenkneifen, die Realität aussperren, aber mein Körper gehorchte mir nicht.

Ein dunkler Dämon, ein Wesen mit nachtschwarzen Schwingen, die allein schon drohendes Unheil verkündeten, stürzte auf uns zu. Er war schnell. Und sein dämonischer Blick so dunkel wie die mondloseste Nacht.

»Komm schon, Thorn!« Riley riss mich vom Boden hoch, und ich klammerte mich Schutz suchend an ihn, als er sich mit einem einzigen Satz in die Lüfte erhob. »Halt dich fest!«, schrie er. Das kraftvolle Schlagen seiner Schwingen klang wie Donnergrollen in meinen Ohren.

Meine Hände brannten, so fest klammerte ich mich an ihn. Ich wagte es nicht, nach unten zu blicken. Der Park und die Baumwipfel wurden immer kleiner, doch obwohl wir weiter aufstiegen, hängten wir den Dämon nicht ab. Dessen Schwingen schienen noch breiter als Rileys, und er musste niemanden tragen.

»Wer ist das?«, kreischte ich, als Riley einen scharfen Bogen flog.

»Lucien York«, presste er angestrengt heraus. »Und wenn er uns erwischt, sind wir erledigt!«

Riley hatte den Satz kaum beendet, da waren die nachtschwarzen Schwingen bei uns. Mir blieb nur ein einziger Blick in die silberschimmernden Augen unseres Angreifers, schon riss mich der Hieb, den er Riley im Flug mit der Flügelkante versetzte, beinahe aus dessen Armen.

Riley keuchte und drehte ab, doch dieser Lucien gab nicht nach.

Wieder versetzte er ihm einen Hieb, den Riley kaum abwehren konnte, ohne mich dabei fallen zu lassen. Silberne Schuppen regneten zu Boden, und ich sah einen Riss in Rileys linker Schwinge.

Ich wollte schreien, weinen, meiner Angst irgendwie nachgeben, doch selbst dafür war ich zu versteinert. Ich dachte nur an die Höhe. An den Aufprall, sollte Riley mich nicht länger halten können. An den Schmerz, wenn wir beide dort unten zerschellen würden.

Als würde Riley meine Gedanken lesen, schloss er die Schwingen um uns, und wir rasten zu Boden wie ein Tornado. Endlich befreite sich der Schrei aus meiner Kehle, ich kreischte, bis mir die Stimme versagte, und krallte mich an Riley fest, als wollte ich mit ihm verschmelzen. Kein Atem drang mehr in meine Lunge, kein Blut mehr in meinen Kopf – so fühlte es sich zumindest an. Ich war kurz davor, ohnmächtig zu werden.

»Wir müssen unter Leute«, rief Riley. »Dann kann er uns nichts tun.« Er spreizte die Schwingen, um die Richtung zu ändern, ehe er uns wieder darin einhüllte. Erneut lösten sich Schuppen, und der Schmerz stand Riley ins Gesicht geschrieben. »Verdammt, wir werden ihn nicht los!«, presste er zwischen zusammengebissenen Zähnen hervor.

Wie ein Geschoss trieben wir durch die Luft über den Dächern Londons. Ich erhaschte einen Blick auf die beiden Brunnen am Trafalgar Square. Wir flogen direkt an der immerhin einundfünfzig Meter hohen Gedenksäule für Admiral Nelson vorbei, auf deren Spitze der Admiral höchstpersönlich thronte. Doch dies bemerkte ich nur am Rande, denn Riley steuerte im Sturzflug auf die U-Bahnstation zu, die sich genau am Trafalgar Square befand. Noch immer unsichtbar tauchten wir fliegend in den schmalen Eingang hinab, und mein Schrei hallte laut von den gekachelten Fliesen wider.

Selbst als Riley dort endlich zum Stehen kam, konnte ich nicht aufhören zu schreien. Mir war schlecht, und meine Knie zitterten wie Espenlaub.

»Schhht«, flüsterte Riley und umfasste mein Gesicht mit seinen Händen. »Beruhige dich.« Obwohl er leise sprach, spürte ich auch sein Zittern. Vielleicht hatte er weniger Angst als ich, aber cool war er schon lange nicht mehr.

»Du bist verletzt!«, rief ich und deutete auf das Blut auf den Fliesen und die Silberfedern darin.

»Ich weiß. Ist nicht so schlimm.« Riley strich sich über die Schwingen und verzog dabei gequält das Gesicht. »Er hätte mich härter treffen können.«

Noch härter? Ich schüttelte ungläubig den Kopf. Luciens Angriff mit den Schwingen hatte sich für mich wie der Streich mit einem Schwert angefühlt. Und dabei hatte er mich gar nicht getroffen. Ich wollte mir auch besser nicht ausmalen, was passiert wäre, hätte es getan. Zum ersten Mal sah ich die Schwingen auf Rileys Rücken als Waffe. Eine Waffe, die er zu seiner Verteidigung nicht hatte einsetzen können, ohne mich in Gefahr zu bringen.

Zaghaft zupfte Riley sich eine blutende Silberschuppe aus dem Schuppenkleid, ehe er die Schwingen behutsam zurück auf seinen Rücken schlug, auch wenn er sie nicht komplett anlegte. Er sah über seine Schulter die Stufen hinauf und nickte, offenbar zufrieden. »Komm unauffällig weiter.« Er legte mir den Arm um die Schultern, um mich zu stützen. Wir mischten uns unter die wartenden Fahrgäste, gingen hinter einem der Stützpfeiler in Deckung. Ich hatte das Gefühl, als ob er mich mit seinem Körper vor Blicken abschirmen wollte.

»Warum jagt er uns? Was will er?«, fragte ich aufgebracht.

»Verdammt!« Riley fuhr sich verzweifelt durchs Haar, ohne mir zu antworten. »Verdammt, wie konnte ich nur so leichtsinnig sein?«, murmelte er und spähte vorsichtig um den Pfeiler. »Das ist alles meine Schuld.« Er sah mich an. »Hör zu, Thorn. Wir haben jetzt keine Zeit für Fragen. Du musst mir vertrauen und genau tun, was ich sage.« Wieder warf er einen Blick Richtung Ausgang und fluchte leise. »Wenn ich dir ein Zeichen gebe, dann steigst du in die Bahn und fährst los. Dreh dich nicht nach mir um.«

»Aber ...«

Er packte mich fest und schüttelte mich. »Kein Aber! Tu, was ich dir sage! Versuch, nach Hause zu kommen. Bring dich in Sicherheit! Sie sind hier, aber er kann nicht wissen, wer du bist.« Die Strähnen hingen ihm wirr ins Gesicht, und seine markanten Züge waren verhärtet, so angespannt war er.

»Sie?«

Er nickte knapp. »Lucien war nicht allein, das habe ich gespürt.«

Die Bahn fuhr ein. Ich hörte die Druckluftdüsen, als sich die Türen öffneten. Unruhe kam auf, und es herrschte Gedrängel auf dem Bahnsteig, als die ankommenden Fahrgäste ausstiegen. Riley blickte erneut um die Ecke. Dann sah er mir in die Augen und gab mir einen Stoß.

»Geh!«, raunte er und schubste mich aus dem Schutz des Pfeilers in Richtung U-Bahn. Ich wollte protestieren, ihn festhalten, denn noch mehr als den Verfolger fürchtete ich allein gelassen zu werden, aber schon war er in der nächsten Menschentraube verschwunden.

Ich wurde von den nachfolgenden Passagieren in die U-Bahn geschoben, unfähig, auch nur einen klaren Gedanken zu fassen. Durch die verschmierte Scheibe hindurch suchte ich den Bahnsteig nach Riley ab. Wo war er? Seine Schwingen mussten die meisten Menschen ein gutes Stück überragen. Ich verfluchte das Gedränge und atmete erleichtert ein, als ich ihn schließlich nahe dem Ausgang entdeckte. Doch die Erleichterung währte nur kurz, denn erst jetzt fielen mir die anderen Silberschwingen auf, die gerade die Stufen der Station herunterkamen. Angeführt von dem schwarzen Dämon, der uns eben verfolgt hatte.

Ängstlich stemmte ich die Hände gegen die Scheiben. Hämmerte darauf ein, um Riley zu warnen, doch der hatte die Verfolger längst bemerkt. Er hatte sie bemerkt und hob ergeben die Hände.

»Nein!«, presste ich heraus und beobachtete untätig, wie der, den Riley als Lucien York bezeichnet hatte, auf meinen Freund zutrat und einen Gegenstand zückte, der Ähnlichkeit mit einer futuristischen Waffe hatte. Blaue Blitze zuckten in Spannungsbögen an der Spitze des metallenen Stabes. Auch Riley sah die Waffe und wich einige Schritte zurück, doch sofort wurde er von den Angreifern umringt. Ich verlor ihn aus den Augen. »Nein!« Meine Stimme war kaum mehr als ein Wispern, meine Kehle war wie zugeschnürt. Wo war er? Was passierte mit ihm? Die Gruppe kam in Bewegung. Sie umkreisten ihn wie Wölfe.

Ich schob mich näher an die Scheibe, suchte nach einem Platz, von dem aus ich besser sehen konnte. Als ich Riley wieder entdeckt hatte, trat dieser Lucien näher, während seine Männer Riley packten und festhielten. Sie erstickten seine Gegenwehr mit einigen Schlägen, dann hob Lucien die Hand und befahl mit einem Handzeichen Riley auf die Knie. Er holte aus und stieß seine blitzende Waffe Riley unter die Schwingen. Ich sah den Schmerz in dessen Gesicht, sah, wie Riley wankte. Doch der unnachgiebige Griff seiner Peiniger verhinderte, dass er zu Boden ging. Noch einmal stieß der Fremde zu, und für einen Moment traf sich unser Blick. Ich las unbändige Wut in den silberschimmernden Augen dieses Monsters. Eine Wut, die mich in Bewegung brachte. Wie eine Getriebene drängte ich mich durch die Fahrgäste zurück zur Tür. Die schloss sich gerade zischend, und ich hastete weiter.

»Halt!«, rief ich, sprang über eine Sitzreihe und presste mich durch die sich schließenden Türen. Das Murren der Leute hinter mir war mir egal, denn kaum dass ich den Bahnsteig berührte, fuhr die U-Bahn an und ließ mich zurück mit Männern, für die ich nicht einmal existieren durfte. Und eben jene wandten sich nun überrascht zu mir um.

»Lasst ihn in Ruhe«, flüsterte ich, doch durch die gekachelten Wände hallten meine Worte dennoch deutlich durch den beinahe menschenleeren Untergrund.

Lucien sah erstaunt auf. Sein Mundwinkel zuckte amüsiert, als er das Mädchen im Rücken seiner Männer entdeckte. Sie hatte die Fäuste geballt, um, wie er vermutete, das Zittern ihrer Hände zu verbergen. In ihren großen grünen Augen las er Angst und zugleich Entschlossenheit. Eine Mischung, die er sehr reizvoll fand. Überhaupt war das Mädchen mit den schwarzen langen Haaren recht hübsch. Ihr zusammengekniffener Mund versprach volle Lippen, die, wenn sie lächelten, bestimmt einladend wirken würden. Im Grunde hatte Lucien seinem alten Freund Riley Scott so einen Fang gar nicht zugetraut.

Sein Blick glitt von ihr zu Riley. Riley, dem Rebellen. Der nicht nur heute gegen etliche der Gesetze der Silberschwingen verstoßen hatte. Sein ehemaliger Freund wurde blass, als er das Mädchen bemerkte. Und das zeigte ihm, dass er sie unmöglich gehen lassen konnte. Dieses Menschenmädchen wusste zu viel – und das war ein Problem. Ein Problem, um das er sich nun würde kümmern müssen.

»Wie süß!«, raunte Lucien verärgert und packte Riley am Schopf, um dessen Kopf in Richtung der jungen Frau zu drehen. Ihr Mut gefiel Lucien, auch wenn er die Störung ebenso wie ihr Schicksal zutiefst bedauerte. Immerhin stellte sie sich gegen fünf Silberschwingen. »Und wie naiv!«, fügte er an Riley gewandt hinzu. »Du hast dieses Mädchen viel zu nah an dich herangelassen, du Dummkopf. Viel zu nah, als gut für dich ist.«

»Hört auf, ihm zu drohen!«, rief ich, noch ehe Riley etwas sagen konnte. Zwar wusste ich nicht, wo ich den Mut hernahm, aber ich musste ihm helfen. Immerhin waren wir hier an einem öffentlichen Ort. Und wenn ich eines von Riley gelernt hatte, dann, dass Silberschwingen keine Aufmerksamkeit gebrauchen konnten. »Lasst ihn los, oder ich schreie!«, drohte ich halbherzig, denn eigentlich traute ich meiner Stimme kaum.

Das Lachen der Männer war nicht die Reaktion, die ich erwartet hatte. Ich sah mich Hilfe suchend um, doch wir waren fast allein. Die paar Leute, die sich ans andere Ende des Bahnsteigs verkrochen hatten, waren offenbar nicht bereit, sich einzumischen. Und dabei sahen die die mächtigen und Angst einflößenden Schwingen der Männer noch nicht einmal.

»Zu nah, als gut für einen Menschen ist«, fuhr dieser Lucien einfach fort, als hätte er mich nicht gehört. Er kam mit einem dämonischen Lächeln auf mich zu.

»Lass sie in Ruhe, Lucien!«, rief Riley und versuchte ihn zu packen, was ihm einen Tritt von einem seiner Wärter einbrachte.

Lucien hob ergeben die Hände. »Ich tue ihr doch nichts«, erklärte er leichthin und ließ den Elektrostab zwischen seinen Fingern wirbeln. »Ich will ihr nur erklären, dass es *dir* nicht gut bekommen wird, wenn sie nicht tut, was ich verlange.« Er wandte sich wieder an mich. Sein Lächeln war so kalt, dass ich unwillkürlich fröstelte.

Riley riss an den Armen seiner Peiniger, und sein eindringlicher Blick suchte meinen. »Lauf, Thorn!«, rief er flehend. »Mir ...«, er schaute kurz zu Lucien, dann schloss er die Augen, »... mir wird nichts passieren«, flüsterte er, doch ich hätte ihm diese Lüge auch

130

dann nicht geglaubt, wenn er sie laut hinausgerufen hätte. Ich wusste, er wollte mich schützen. Dennoch konnte ich ihn nicht allein lassen. Nicht mit diesen dunklen Wesen.

»Du hörst deinen Liebsten«, raunte Lucien und tippte sich wie beiläufig mit dem Stab gegen den Oberschenkel. »Ihm wird nichts geschehen.«

»Ich glaube euch nicht«, rief ich. »Und ich werde nicht gehen.« Ich deutete zum Eingang der Station. »Bald kommen Leute. Oder die nächste Bahn. Nicht alle schauen weg, wenn fünf Männer auf einen losgehen!«

Wieder bekam ich nur ein Lachen als Antwort, dabei war ich doch so stolz auf meinen Plan gewesen, einfach auf Zeit zu spielen.

Doch anstatt beunruhigt zu sein, schien dieser Lucien sich sogar zu amüsieren. Seine Augen funkelten, und er strich sich gelassen das kurze dunkle Haar zurück. Mein Herz hämmerte bei seinem Anblick. Ich fragte mich, wie ein so gut aussehender Mann zugleich so gefährlich wirken konnte. Und die Gefahr war beinahe greifbar, als er immer näher kam.

»Niemand wird sich einmischen«, prophezeite er mir, und auf sein Handzeichen hin öffneten seine Männer ihre Schwingen und hüllten sich selbst sowie Riley darin ein.

Er hatte recht. Kein Mensch würde sie sehen. Niemand Riley zu Hilfe kommen, denn für menschliche Augen waren sie nun unsichtbar.

»Und du wirst auch nirgendwo hingehen.« Er packte mich an den Schultern, sah mir in die Augen und schlug seine schwarzen Schwingen um mich, wie eine Decke, die mich zu ersticken drohte. Ich war gefangen in seinem Blick, gefangen in seinem unnachgiebigen Griff, als ich den Boden unter den Füßen verlor und von nachtschwarzen Schwingen getragen in die Lüfte gehoben wurde.

Der Trafalgar Square wurde in der Tiefe immer kleiner, London schrumpfte zusammen, und ich staunte über die letzten Strahlen der Sonne, welche die Stadt wie zum Abschied in ein weiches, warmes Licht tauchten. Ein schöner Kontrast zu der Dunkelheit, die mir aus Luciens Augen entgegenblickte. Eine Dunkelheit, die mich beinahe überwältigte.

Kapitel 14

»Wenn du je mein Freund warst, Lucien, dann hol Magnus!«, flehte Riley, der von Wärtern umringt vor mir her durch den langen Korridor geführt wurde. Das Licht der Leuchter an den Wänden spiegelte sich in dem auf Hochglanz polierten Marmorboden wider. Obwohl ich nicht viel von Inneneinrichtung verstand, entging mir nicht, wie erlesen alles war. Türen aus Mahagoni, hohe Decken mit Stuck und kostbare Wandteppiche. Selbst die langen Seidenschals an den Fenstern waren mit goldener Spitze eingefasst. Vielleicht hatte Riley recht und die Silberschwingen lebten zurückgezogen. Aber in Armut lebten sie definitiv nicht. Das sah ich nun auch an den Männern. Zuvor in der U-Bahnstation hatte ich gar nicht bemerkt, was für teure Klamotten sie trugen. Wie elegant sie daherkamen. Und das machten nicht nur die glänzenden Schwingen aus. Diesen Männern sah man ihre Macht bei jedem Schritt an.

»Lucien!«, verstärkte Riley sein Drängen. »Bitte! Hol Magnus her. Es ist wichtig!«

Lucien, der direkt vor mir ging, blieb so plötzlich stehen, dass ich fast in ihn hineingerannt wäre. Ich streifte seine Schwingen und war überrascht, wie weich sie sich anfühlten. Viel weicher als Rileys.

»Die Zeit, in der wir Freunde waren, ist lange vorbei, Riley!«, knurrte Lucien und schleuderte ihm böse Blicke entgegen. »Du bist ein Rebell. Und Rebellen haben kein Recht, Wünsche zu äußern. Du weißt, was mit dir geschieht.« Er blinzelte und schüttelte den Kopf. »Du hast dir das selbst zuzuschreiben.«

Anstatt vor Lucien und seiner offensichtlichen Härte zurückzuweichen, ging Riley auf ihn zu.

»Nicht um meinetwillen, Lucien«, bat er mit gesenkter Stimme. »Mir geht es nicht um mich, sondern nur um Thorn.«

Wenn es denn überhaupt möglich war, dann verfinsterte sich Luciens Blick noch weiter. »Ein Menschenmädchen, Riley?« Er schüttelte verächtlich den Kopf. »Du verstößt gegen das oberste aller Gesetze und lässt dich mit einem Menschen ein? Dafür kannst du keine Milde erwarten, du Narr. Und auch für das, was mit ihr geschehen wird, bist du verantwortlich. Du kennst unsere Gesetze.«

»Du musst sie gehen lassen, Lucien!«, flehte Riley und faltete die Hände wie zum Gebet vor seiner Brust. »Ich nehme jede Strafe an, die man mir auferlegt, füge mich jedem Urteil, aber ihr müsst Thorn gehen lassen.«

Luciens Kiefermuskeln zuckten, und mit einer Geschwindigkeit, die ich einem Mann seiner Größe nicht zugetraut hätte, packte er mich am Arm und riss mich an seine Seite.

»Sie muss dir ja sehr am Herzen lie…« Lucien erstarrte. Ungläubig sah er von Riley zu mir, und ich fragte mich, was sein Verhalten zu bedeuten hatte. Er betastete meine Hände, riss mir achtlos den Blazer herunter und ließ seine Hände forsch über meine Arme gleiten.

»Lucien!«, wollte Riley ihn aufhalten, doch der gebot ihm mit einem warnenden Blick, zu schweigen.

»Das ist nicht möglich«, flüsterte Lucien. Er drehte mich um, presste seine Hand auf meinen Rücken. »Ich hätte es schon vorher bemerken müssen …«

»Nimm die Finger weg!«, warnte ich ihn und versuchte mich aus seinem Griff zu befreien, doch schon kamen ihm seine Männer zu Hilfe. »Fasst mich nicht an!«

»Lasst sie«, ergriff Lucien überraschend für mich das Wort. Er fuhr sich durchs Haar, wirkte nervös und wechselte geheimnisvolle Blicke mit Riley, der noch angespannter wirkte als zuvor. »Ich muss nachdenken!«, murmelte Lucien, ohne mich loszulassen. Seine Hand umklammerte meinen Oberarm wie ein Schraubstock, sodass ich garantiert einen Bluterguss davon bekommen würde.

»Lass es mich erklären, Lucien«, bat Riley mit gesenkter Stimme. »Dir allein.«

»Kane erwartet uns. Und mit ihm der ganze Rat.« Lucien zögerte. »Wir können sie nicht warten lassen.« Er schaute sich nach seinen Männern um, die ein nicht gerade kleines Interesse an der Auseinandersetzung zeigten. Unverhohlene Neugier sprach aus ihren Blicken, und ich fühlte mich von Sekunde zu Sekunde unwohler. Ahnte dieser dunkelhaarige Dämon, wer oder was ich war? Es musste so sein, denn was hätte ihn sonst so durcheinanderbringen sollen? Und wenn es so war – was hatte er dann jetzt mit mir vor?

Ich suchte nach einem Ausweg, aber jeder Fluchtversuch schien aussichtslos. Fünf Silberschwingen mit ebensolchen Elektrostäben bewaffnet, wie Lucien ihn bei Riley angewandt hatte, versperrten den Rückweg.

Ängstlich schaute ich Lucien an. Er war so dunkel. Alles an ihm wirkte nachtschwarz. Sein Haar, seine Augen, seine Schwingen. Und doch spürte ich in diesem Moment seine Unsicherheit. Unsere Blicke trafen sich, und anders als vorher streifte der seine mich nicht nur. Nein, er sah mir bis in die Seele. Die Welt stand still, kein Laut drang mehr an mein Ohr, kein Gefühl erreichte mich. Ich versank in den silbernen Seen, die seine Augen waren. Ich fühlte mich verwundbar, ausgeliefert, beinahe nackt, so tief bohrte sich sein Blick in mein Innerstes. Der Griff an meinem Arm lockerte sich, und ich spürte, wie Lucien langsam ausatmete, als hätte er ebenso wie ich die Luft angehalten.

Dieses Grün. Lucien hatte Mühe, sich aus dem beinahe magischen Grün ihrer Augen zu befreien. Er fühlte sich wie eine Fliege, die sich ins Netz der Spinne verirrt hatte. Er blinzelte, atmete aus, denn was er in ihren Augen zu sehen glaubte, konnte unmöglich wahr sein. Und doch berührte er ihre Haut, die viel zu warm für einen Menschen war. Genau wie ihre Hände und ihre Arme, er hatte sich selbst davon überzeugt. Doch eine Silberschwinge war sie ebenfalls nicht, das wusste er. Alle Mädchen der Silberschwingen wurden schon bei der Geburt versprochen. Er würde sie kennen, wenn sie eine von ihnen wäre. Diese Augen – er würde sich daran erinnern, hätte er sie schon einmal gesehen. Also, wer war sie?

Er sah zu Riley hinüber und verspürte eine unerklärliche Wut. Eine Wut, weil sein einstiger Freund offenbar mehr über dieses mysteriöse Mädchen wusste, als er zugab. Und er war wütend, dass die beiden eine so enge Verbindung hatten, dass jeder von ihnen bereit war, sich für den anderen zu opfern.

»Bringt ihn zu Kane!«, befahl er und bedeutete seinen Männern, Riley wegzuführen.

»Warte!« Riley wehrte sich gegen den Griff seines Wärters. »Was hast du vor, Lucien? Was wird mit Thorn?«

»Das geht dich nichts an.« Lucien wandte sich ab und schob das grünäugige Mädchen vor sich her, den Weg zurück, den sie eben gekommen waren. Er hörte, wie Riley hinter ihnen mit seinen Männern rang. Er hörte den Blitzer, der Rileys Schwingen lähmte und ihm einen schmerzhaften Stromstoß versetzte. Und er hörte das Ächzen seines einstigen Freundes, doch das durfte ihm nichts ausmachen.

»Was macht ihr mit ihm?«, fuhr ihn das Mädchen an, deren Körperwärme ihn aus dem Konzept gebracht hatte. Sie riss ihren Arm nach oben, um seinem Griff zu entkommen. »Was tut ihr ihm an?«

Sie ballte die Hände zu Fäusten, und Lucien zog sie hart an sich, um zu verhindern, dass sie auf ihn losging. Sie fühlte sich gut in seinen Armen an, auch wenn sie sich versteifte, um ihn auf Abstand zu halten. Ihre Reize blieben ihm bei diesem Handgemenge nicht verborgen. Thorns Figur war weiblicher als die von Nyx, und sie war größer. Er spürte ihre Kraft in jeder Bewegung ihrer Gegenwehr.

»Kümmere dich nicht um ihn«, erklärte er ihr schroff. Ihre Sorge um seinen Freund ärgerte ihn. Schließlich hatte Riley sich alles selbst zuzuschreiben. »Sorge dich lieber um dich selbst.«

Ich nahm all meine Kraft zusammen, um mich aus der gefährlichen Nähe dieses Mannes zu befreien. Doch je mehr ich mich gegen ihn wehrte, umso dichter rückte er zu mir auf. Seine Arme umschlossen mich wie Ketten, und bei jedem Atemzug umschmeichelte mich der warme Duft seiner Haut. Ich sollte mich um mich selbst sorgen? Das tat ich doch längst, aber um nicht vor lauter Angst ohnmächtig zu werden, musste ich kämpfen. Ich musste um jeden verdammten nächsten Atemzug kämpfen, denn ich hatte das Gefühl, vollkommen verloren zu sein.

»Riley!«, schrie ich, als die Männer ihn immer weiter von mir wegschafften und mich mit Lucien zurückließen. »Riley!«

Hatte er nicht geschworen, für meine Sicherheit zu sorgen? Wo war er nun? Und was würde jetzt aus mir werden? Und aus ihm?

»Was hast du vor? Was willst du von mir?«, kreischte ich und versetzte meinem Peiniger einen Tritt gegen das Schienbein.

»Verdammt!«, brummte er und schob mich grob weiter. »Hör auf mit dem Theater!« Am Ende des langen Korridors öffnete er eine Tür und stieß mich in den Raum. Ich taumelte hinein, und bis ich mich wieder zu ihm umdrehte, hatte er die Tür hinter sich abgeschlossen und den Schlüssel eingesteckt.

Schlagartig wurde mir klar, dass ich allein mit ihm war. Allein mit diesem Mann, der mich trotz seiner Anmut so sehr an einen Dämon erinnerte, dass es mir eine Gänsehaut am ganzen Körper bereitete. Sein Blick war eine Waffe, der ich am liebsten ausgewichen wäre. Seine Größe machte mir Angst, und seine schwarzen Schwingen ließen ihn mächtig wie einen Gott erscheinen.

Unwillkürlich wich ich vor ihm zurück, froh, seinem unnachgiebigen Griff entkommen zu sein. Ich suchte den Raum, offenbar ein Arbeitszimmer, nach einem Fluchtweg ab, aber abgesehen von den deckenhohen Fenstern, die keine wirkliche Option waren, saß ich hier wohl mit ihm fest. Ich wich hinter den Schreibtisch zurück und fegte dabei einige Papiere auf den Boden, doch das war mir egal.

»Wer bist du?«, fragte Lucien, ohne mich aus den Augen zu lassen. »Oder sollte ich besser fragen: *Was du bist?*«

Ich zitterte am ganzen Körper, aber ich nahm mir vor, keine Schwäche zu zeigen.

»Frag doch Riley, schließlich wollte er dir alles erklären!«, ätzte ich, denn vielleicht würde er mich dann wieder zurück zu ihm bringen.

»Riley wird sich vermutlich gerade vor dem Laird rechtfertigen. Ich denke nicht, dass er da Zeit hat, sich um ein Menschenmädchen zu kümmern.« Er neigte den Kopf, und sein silbergrauer Blick schien mich zu durchbohren. »Bist du ein Mensch?«, fragte er mit sanfterer Stimme als zuvor im Flur. Gefährlich sanft, und ich ermahnte mich selbst, mich davon nicht täuschen zu lassen. »Was sollte ich sonst sein?« Mir war so übel. Jedes Wort kam nur mühsam über meine Zunge, weil ich befürchtete, etwas Falsches zu sagen. Ich fühlte mich wie in der Falle. Die Wand in meinem Rücken verhinderte jede Flucht, nur der Schreibtisch hielt mir dieses Monster vom Leib.

Lucien verzog kurz den Mund, als amüsierte er sich über mich. Er hob die Hand und streckte mir den Zeigefinger entgegen. »Du bist mit Riley geflogen. Ich habe euch gesehen.« Ein zweiter Finger kam dazu. »Du hast dich nicht wirklich gewundert, als er mit den Männern in der U-Bahn einfach verschwunden ist.« Er streckte einen weiteren Finger. »Und du bist wärmer als jeder Mensch, den ich kenne.« Er ließ die Hand sinken. »Also, was bist du? Und was weißt du?«

Möglichst unauffällig trat ich näher an den Schreibtisch, denn ich hatte unter den Zetteln, die dort lagen, einen silbernen Brieföffner entdeckt. Ich musste ihn zu fassen bekommen.

»Wenn du so schlau bist, dann findest du das doch bestimmt auch ohne meine Hilfe raus!« Ich hätte vor Freude in die Luft springen können, als ich wirklich die Faust um den Griff des Brieföffners schloss. Ich war nicht Anh – und Selbstverteidigung nicht wirklich meine Stärke, aber kampflos würde ich nicht aufgeben!

Lucien lachte. Er gab seinen Platz an der Tür auf und schlenderte an den Fenstern vorbei in meine Richtung. Ich nutzte den Moment, als er in die Nacht hinausblickte, um die Hand mit meiner Waffe hinter meinem Rücken zu verstecken. Hoffentlich würde mein rasender Herzschlag mich nicht verraten.

»Du willst also, dass ich es selbst herausfinde?« Er legte den Kopf schief und musterte mich. Dann verzogen sich seine Lippen zu einem gefährlichen Lächeln. Sein Blick hielt mich gefangen. Ich blinzelte, und noch während ich das tat, während dieser Millisekunde, kapierte ich, dass ich einen Fehler gemacht hatte, ihn herauszufordern. Die Luft bewegte sich, und schwarz wie ein Schatten kam Lucien auf mich zu. Nein, er kam nicht auf mich zu. Er war einfach da. Seine Bewegungen waren schnell und kraftvoll, und noch ehe ich die Hand mit dem Brieföffner heben und mich damit verteidigen konnte, hatte er meine Absicht durchschaut. Er packte mein Handgelenk, riss mich mit sich und drängte mich so grob gegen die Wand, dass es mir die Luft aus der Lunge presste. Ich spürte zwar, wie die Klinge meiner Waffe seinen Oberarm streifte, sein Hemd durchschnitt und in sein Fleisch drang, trotzdem war ich zu schwach, mich wirklich gegen ihn zur Wehr zu setzen. Ich konnte kaum atmen, so hart drückte sich sein starker Oberkörper gegen meine Brust. Sein Herzschlag war durch mein Shirt zu spüren, und sein Atem streifte heiß meine Haut. Die dunklen Schwingen dämpften das Licht, sodass ich mir vorkam wie in einem Verlies.

»Du bist mutig«, raunte er, fuhr mir mit einer Hand in den Nacken und grub die Finger in mein Haar, während das Blut aus seinem Arm sickerte und den Hemdstoff tränkte. Er zwang mich so, ihn anzusehen. »Doch manchmal ist Mut eine Dummheit.« Grob bog er meine Hand mit dem Brieföffner nach hinten, bis ich glaubte, sie würde brechen. Ich wollte nicht loslassen. Wollte nicht die einzige Waffe, die ich hatte, aufgeben. Ich biss die Zähne zusammen, um den Schmerz zu ertragen, doch Lucien York war kein Gegner, den man besiegte.

»Sei nicht so dumm«, flüsterte er und verdrehte meine Hand noch weiter. »Du machst es dir unnötig schwer.«

Ich hasste mich für die Träne, die sich aus meinem Augenwinkel stahl, und für meine Schwäche, als die Klinge klirrend zu Boden fiel. Aber noch viel mehr hasste ich den Mann, der mich zu dieser Schwäche verdammte.

Eigentlich hätte Lucien bei ihrer Resignation Triumpf empfinden sollen. Doch aus einem unerklärlichen Grund tat er das nicht. Im Gegenteil. Als er in ihr Gesicht blickte, fühlte er sich schäbig. Die einzelne Träne, dieses glitzernde Zeichen ihrer Schwäche, rührte ihn. Er musste sich beherrschen, sie nicht von ihrer Wange zu wischen. Stattdessen löste er seinen Griff in ihrem Nacken, ließ seine Hand durch ihr schwarzglänzendes Haar wandern. Die Strähnen glitten ihm wie Seide durch die Finger, samtig und weich, sodass er einen Moment verharrte, ehe er die Berührung beendete. Der Schnitt an seinem Arm pulsierte. Er musste zugeben, dass es nicht oft passierte, dass ihm jemand nahe genug kam, um ihn zu verletzen. Thorn war das gelungen.

Er spürte ihre Wut, ihren Hass, aber von ihrem Kampfgeist war nicht viel geblieben. Er hatte ihn gebrochen. Beinahe bedauerte er das.

»Sagst du mir nun, was ich wissen will, oder ...«, er fuhr ihr mit dem Finger über die bebenden Lippen. Lippen, die ihn magisch anzogen. »... oder möchtest du immer noch, dass ich es selbst herausfinde?«

Sie sah ihn nicht an. Ließ den Kopf hängen, ebenso wie ihre Schultern. Das schwache Kopfschütteln passte nicht zu ihr, und am liebsten hätte Lucien ihr diesen bescheuerten Brieföffner wieder in die Hand gedrückt, nur, damit er sich nicht so schlecht fühlte.

»Ich weiß nicht, was ich bin«, murmelte sie so leise, dass Lucien nicht sicher war, es sich nicht nur eingebildet zu haben. Er beugte den Kopf und hätte ihr zu gerne in die Augen gesehen, doch er wollte sie nicht schon wieder zu etwas zwingen.

»Wie meinst du das?«, fragte er, denn ein Mensch würde so etwas nie über sich selbst sagen. Menschen wussten in aller Regel, dass sie menschlich waren.

Nun hob sie doch den Kopf und begegnete seinem Blick. Er las die Angst in ihren smaragdgrünen Augen.

»Riley sagt …« Ihre Stimme brach, und er schüttelte sie sanft.

»Was sagt er?«

»Er sagt … er behauptet, dass … dass ich ein … ein Halbwesen bin.«

Lucien taumelte zurück. Er stieß sie von sich, als hätte er sich an ihr verbrannt. Was sie sagte, war unmöglich, und doch spürte er in jeder Faser seines Seins, dass sie recht hatte. Dieses schwarzhaarige Mädchen mit den Smaragdaugen war ein Halbwesen. Vielleicht hatte er es geahnt, als er ihre Wärme bemerkt hatte. Vielleicht hätte ihm der Gedanke sofort kommen müssen. Und vielleicht war es Wunschdenken gewesen, dass sie etwas anderes hätte sein können. Eine im Verborgenen aufgewachsene Silberschwinge vielleicht. Die Tochter von Rebellen, die sich nicht damit abfinden wollten, ihr Kind schon bei der Geburt an einen Fremden zu binden …

»Ein Halbwesen!«, knurrte er und fuhr sich durchs Haar. Abscheu erfasste ihn. Seine Schwingen waren halb geöffnet, wie um sich zu verteidigen, auch wenn er nicht wusste, was er gerade so sehr fürchtete. Er schüttelte den Kopf, sah sie an, als sähe er sie zum ersten Mal. Sie rieb sich den Nacken, dort, wo er sie grob gepackt hatte, und sah zu Boden. Lucien wusste, dass sie nach dem Brieföffner Ausschau hielt. »Denk nicht einmal daran«, warnte er sie, ohne sie aus den Augen zu lassen.

»Was …? Was wird jetzt aus mir?« Sie schlang sich die Arme um den Körper, als wäre ihr kalt. »Oder aus Riley?«

Wieder schüttelte Lucien den Kopf. »Vergiss Riley. Du wirst

ihn nicht wiedersehen«, erklärte er knapp. Ihre Sorge um Riley ärgerte ihn nach wie vor, denn wenn das alles stimmte, dann hatte Riley dieses Mädchen – dieses Halbwesen, verbesserte er sich – in große Gefahr gebracht.

Er knackste mit den Fingerknöcheln. Was er jetzt tun musste, gefiel ihm nicht. Und ihr würde es noch viel weniger gefallen. Mit zwei großen Schritten war er wieder bei ihr. »Es tut mir leid«, flüsterte er, dann riss er ihr das blaue Schultrikot auf, sodass die Nähte platzten.

Ihr Protestschrei gellte ihm in den Ohren. Geschmeidig wich er ihren Schlägen aus, als er sie packte und an die Schreibtischkante drängte. Er musste sich selbst davon überzeugen, dass sie war, was sie zu sein behauptete. Er zwang ihren Oberkörper nieder und drehte ihr die Arme so auf den Rücken, dass sie hilflos vornüber auf den Tisch gebeugt lag.

»Lass mich, du Arsch!«, kreischte sie und versuchte nach ihm zu treten. Lucien schenkte dem keine Beachtung. Ihre Tritte waren nichts gegen das ungläubige Gefühl, das ihn erfasste, als er die typischen Anzeichen zwischen ihren Schulterblättern entdeckte.

Zwei rissartige Wunden, fingerbreit mit Blut verkrustet. Eindeutig Zeichen der Verwandlung.

Gebannt gab er einen ihrer Arme frei und legte die flache Hand auf die Wunden. Er spürte die Erhebung darunter. Die ersten knöchernen Ansätze der bald schon hervortretenden Schwingen.

»Hör auf!«, schrie Thorn und wand sich unter seiner Berührung. »Fass mich nicht an!«

Er spürte ihre Panik, ihren Schmerz, und obwohl er sie nicht quälen wollte, konnte er sie doch nicht freigeben. Ihre Haut fühlte sich warm an, nicht so heiß wie die einer echten Silberschwinge, aber doch wärmer als die eines Menschen.

»Wie weit ist deine Verwandlung fortgeschritten?«, fragte er leise. »Siehst du unsere Schwingen? Spürst du unsere Nähe?« Er strich von ihrem Nacken über ihre Wirbelsäule bis zum Stoff ihres BHs, der unterhalb ihrer Wunden über den Rücken lief. Behutsam schob er ihr die Träger von den Schultern, um die kleinen Risse in ihrer vollen Größe sehen zu können. Das getrocknete Blut fühlte sich rau unter seinen Fingerspitzen an, und er wusste, die Schwingen unter ihrer Haut mussten ihr Schmerzen bereiten. Es war Jahre her, dass er es selbst erlebt hatte. Dennoch würde er die Geburt seiner Schwingen nie vergessen.

»Antworte mir! Siehst du mich als das, was ich bin?« Er wusste nicht, warum ihm das so wichtig war.

»Ja.« Ihre Antwort war kaum mehr als ein Wispern, doch hallte es laut durch seinen Körper, als er erneut ihren Rücken erkundete. Er fuhr die gebogene Linie ihrer Wirbel nach. Ihr Zittern verursachte auch ihm eine Gänsehaut.

»Bitte«, flehte sie, als ihn ein Hämmern an der Tür zurück in die Wirklichkeit holte.

Die Tischplatte unter meiner Wange war nass von meinen Tränen. Ich fühlte mich gedemütigt. Lucien so hilflos ausgeliefert. Seine Finger hinterließen eine brennend heiße Spur auf meiner Haut, und der sanfte Druck auf die Wunden an meinem Rücken ließ mich zusammenzucken. Ich verlor jedes Zeitgefühl. Wusste nicht, wie lange ich so dalag, wie lange seine Berührung andauerte. Ich wusste nur, dass mein Körper auf ihn reagierte. Meine verkrampfte Muskulatur wurde unter der Hitze seiner Hände weicher, die Wunden weniger empfindlich, und die Spannung unter meiner Haut, das Gefühl unter dem Druck der Schwingen zu bersten, ließ nach.

Ich schloss die Augen, schluckte die salzigen Tränen hinunter und verachtete mich dafür, nicht zu hassen, was er mir antat.

»Bitte«, flehte ich, um den letzten Rest Würde zu bewahren, als ein Hämmern an der Tür ihn erstarren ließ.

»Lucien?« Eine melodische weibliche Stimme drang durch die Tür. »Was ist denn da drinnen los?«

»Verdammt!«, brummte Lucien und gab meinen Arm frei. Er trat zurück, und ich kämpfte mich zum Stehen hoch. Mein Shirt hing in Fetzen an mir. Vergeblich raffte ich das bisschen Stoff vor meiner Brust zusammen, während ich verlegen die Träger meines BHs wieder ordnete.

»Lucien? Ich spüre, dass du da bist!« Wieder hämmerte es gegen die Tür.

»Ich bin beschäftigt, Nyx!«, knurrte er laut und blickte gestresst von mir zur Tür und wieder zurück. Mit einem Schulterzucken fing er an, sein dunkles Hemd aufzuknöpfen.

»Du solltest in die Halle kommen, Lucien«, klang es durch die Tür. »Sie haben wohl einen Rebellen erwischt, und Kane verliert keine Zeit. Sie machen ihm gerade den Prozess. Willst du das verpassen?«

Luciens Blick verfinsterte sich. Er schlüpfte aus dem Hemd und warf es mir zu. »Hier, besser als nichts, auch wenn es am Rücken etwas luftig ist.«

Ich fing das Hemd auf und faltete es auseinander. Tatsächlich hatte es neben dem Schlitz, den der Brieföffner hinterlassen hatte, auch einen tiefen V-Ausschnitt am Rücken. Bei einem normalen Mann wäre es total lächerlich gewesen. Doch bei einem Mann, der riesige schwarze Schwingen trug, machte das durchaus Sinn.

Die Menschen sehen, was sie erwarten zu sehen, rief ich mir Rileys Erklärung in Erinnerung. Anstatt der Schwingen erwarteten sie also einen ganz normalen Rücken mit ganz normalem Hemd darüber. Es war verrückt, wie das funktionierte. Dass es aber funktionierte, hatte ich jahrelang bei Riley gesehen.

»Zieh es an! Wir haben nicht ewig Zeit!« Lucien deutete auf das Hemd in meinen Händen, und ich streifte es hastig über den Kopf. Es war mir viel zu groß, rutschte von der Schulter, und der weite Ausschnitt schaffte es kaum, die Wunden auf meinem Rücken zu verbergen.

Weil ich Luciens abschätzigen Blick spürte, reckte ich die Brust raus und straffte die Schultern. Ich kam mir bescheuert vor, aber ich wollte wirklich nicht noch unsicherer wirken, als ich eh schon war. Besonders Lucien gegenüber, denn noch immer kam es mir vor, als wären seine Hände auf mir. Vielleicht lag das aber auch an dem männlichen Duft, den sein Hemd verströmte. Oder an der Tatsache, dass er offenbar nicht vorhatte, sich selbst wieder etwas anzuziehen – seine eigene nackte Brust schien ihn nicht gerade zu stören. Mein Blick glitt zu dem Schnitt an seinem Arm, den er offenbar kaum bemerkte. Ich hatte ihn verletzen wollen, doch nun, wo ich das blutige Ergebnis meiner Bemühungen sah, wurde mir übel. Das alles geriet außer Kontrolle!

»Komm jetzt!«, forderte er und ging auf mich zu. Er reichte mir die Hand, als erwarte er, dass ich ihm meine freiwillig gab.

Zögernd kam ich hinter dem Schreibtisch hervor.

»Wo gehen wir hin?«, fragte ich.

Luciens Blick verfinsterte sich, und er packte mich schroff am Arm. Er sah aus, als gäbe er mir die Schuld an allem.

»Wir gehen zu einer Hinrichtung!«

Kapitel 15

Lucien zog mich so entschlossen durch die Tür in den Flur, dass ich zuerst das Mädchen gar nicht bemerkte, das dort mit wütendem Gesicht auf ihn gewartet zu haben schien. Sie musste es sein, die wir durch die Tür gehört hatten. Sie war etwa in meinem Alter und mit ihrem beinahe weißen Haar und der alabasterweißen Haut wirklich hübsch, auch wenn sie gerade einen Schmollmund machte und versuchte, mich mit ihren Blicken zu erdolchen.

Als wäre ich freiwillig hier!

»Wer ist das?«, keifte sie und nickte mit dem Kopf in meine Richtung, während sie hastig an Luciens Seite eilte. Ihre hellen silberglänzenden Schwingen wirkten viel filigraner als die der Männer. Ich konnte trotz meiner Lage nicht anders, als sie zu bewundern.

»Lucien York!«, rief sie mit mehr Nachdruck, als ihre Körpergröße vermuten ließ. »Sag mir sofort, wer das ist, oder ...«

Er wandte sich so schwungvoll zu ihr um, dass er mich beinahe mit umgerissen hätte. »Oder was?«, knurrte er launisch.

»Oder nichts, Lucien! Du weißt, dass ich dir nicht drohen will. Aber du musst mir die Frage schon zugestehen, denn diese ... diese ...«

»Ihr Name ist Thorn«, erklärte er und fuhr sich genervt durchs Haar.

Das Mädchen kniff die Lippen zusammen und nickte.

»Schön. Also dann sag mir, warum diese *Thorn* dein Hemd trägt. Und was ist mit deinem Arm passiert?«

Kurz wanderte Luciens Blick zu mir, ehe er sich wieder der schönen Silberschwinge widmete. »Ich werde dir alles später erklären, Nyx. Jetzt habe ich keine Zeit für dich. Ich bin auf dem Weg zur Ratsversammlung. Geh in dein Zimmer, ich komme dann nach.«

Die Antwort gefiel ihr wohl nicht, denn sie stampfte mit dem Fuß auf und stieß mich beiseite. »Ich soll wie ein Kleinkind in meinem Zimmer warten, aber diese Kuh kann dich begleiten?«, schrie sie und faltete drohend ihre Schwingen etwas auseinander.

Ich trat einige Schritte zurück, doch durch Luciens festen Griff um mein Handgelenk kam ich nicht weit. Das war auch nicht nötig, denn er stellte sich schützend vor mich und senkte die Stimme, was ihr einen gefährlichen Unterton verlieh.

»Ganz richtig, Nyx. Du gehst in dein Zimmer.« Er wies den Flur entlang, als würde er sie an den Weg erinnern. »Und Thorn kommt mit mir.«

»Aber …!«

»Sie kommt mit mir«, unterbrach er sie streng. »Denn sie ist eine Gefangene!«

Na toll! Das war ja beruhigend. Ich war mir nicht sicher, was ich bis eben gedacht hatte, hier zu tun. Aber als Gefangene hatte ich mich nicht gesehen. Nun, vielleicht schon, aber es war doch etwas anderes, es so knallhart gesagt zu bekommen. Natürlich war ich nicht freiwillig hier. Ich war quasi entführt worden, aber dass mich Lucien wirklich als seine Gefangene bezeichnete, war … war absolut … unwirklich. Gefangene. Wie das klang. Wie in einem schlechten Film. Ein schlechter Film, in dem einem meiner Freunde der Prozess gemacht werden sollte, irgendeine Hinrichtung stattfand und ich die Gefangene eines Silberschwingen-möchtegern-Bosses war!

Ich war so perplex, dass ich mich nicht einmal wehrte, als Lucien mich den Gang entlang weiterführte, bis wir eine große Doppeltür erreichten. Das goldene Holz der kunstvoll vertäfelten Tür wirkte edel und passte nicht zu dem, was ich erwartete, dahinter zu sehen. Eine Hinrichtung … Ich rieb mir die Arme, um die Gänsehaut zu vertreiben, die mir allein beim Klang dieses Wortes kam.

Die Tür schwang auf, als hätte man uns erwartet. Beinahe war ich froh, dass Lucien mich an der Hand hielt, denn er führte mich an mehreren Dutzend Silberschwingen vorbei in die Mitte des großen Saals. Die in verschiedenen Silbertönen schillernden Schwingen der Männer ließen den Raum kleiner wirken, als er war, dennoch war er beeindruckend. Die beiden hochlehnigen und mit dunklem Leder bezogenen Stühle an der entgegengesetzten Seite des Raumes erinnerten an einen Thron, und der Mann – vielmehr die Silberschwinge, die darauf saß – kam mir wie ein König vor. Sein grauer Bart, das an den Schläfen angegraute dunkle Haar, seine mächtigen silbernen Schwingen und die unbeugsame Haltung wirkten einschüchternd, und ich war nicht die Einzige im Raum, die seinen Blick mied.

»Wo warst du?«, donnerte er an Lucien gewandt los und schlug seine Faust auf die Armlehne des Stuhls. »Wenn du glaubst, all diese Männer hier warten nur auf dich, dann täuschst du dich, mein Sohn!«

Ich spürte, wie Lucien sich versteifte. Er richtete sich auf, was ihn noch etwas größer wirken ließ, hielt aber seine Schwingen dicht, fast unterwürfig an seinem Rücken. Er nickte den umstehenden Silberschwingen zu. »Verzeih, Vater. Ich wurde aufgehalten.«

»Was ist so wichtig, dass es dich den Prozess an einem Rebellen verpassen lässt?«, verlangte der Mann, der offenbar Luciens Vater war, zu erfahren.

Ich biss mir konzentriert auf die Lippe. Wollte versuchen zu verstehen, was sich hier abspielte. Dieser Mann auf dem Thron musste Kane sein. Das Oberhaupt, wie es aussah. Und er hatte eindeutig schlechte Laune.

»Redet er von Riley?«, flüsterte ich, doch Lucien schenkte mir keine Beachtung.

»Ist der Prozess schon beendet?«, hakte der nach, statt mir oder seinem Vater zu antworten.

Kane nickte und spreizte entspannt die Schwingen. »Er wurde verurteilt. Ich werde das Urteil höchstpersönlich vollstrecken – und zwar noch heute.«

Mir wurde schlecht. Was war denn das für ein Haufen Spinner? Wir waren doch nicht mehr im Mittelalter, wo irgendwelche selbst ernannten Herrscher Urteile sprachen und Hinrichtungen befahlen! Wir waren im einundzwanzigsten Jahrhundert. Mitten in London. Es gab doch Gesetze! Oder etwa nicht?

Ein Zittern kroch meine Beine hinauf, sammelte sich in meinem Magen, ehe es weiter oben meine Atmung erschwerte und meine Gedanken vollständig zum Erliegen brachte. Ich war gelähmt vor Angst.

Lucien schien mich vergessen zu haben, denn er ließ meine Hand los und trat auf seinen Vater zu. »Wie lautet das Urteil, Vater?«, fragte er und sah unsicher in die Gesichter der anderen Männer.

Kane räusperte sich. Dann stand er auf und gebot Lucien mit einer Handbewegung, den Stuhl neben sich einzunehmen.

»Ich weiß, dass dieser Rebell, dieser Riley Scott, einst ein guter Freund für dich war.« Er schritt den Mittelgang zwischen den Silberschwingen entlang, während Lucien sich gehorsam setzte. »Ich nehme an, du würdest dir Milde für ihn wünschen.« Er sah seinen Sohn direkt an. »Doch Rebellen dürfen keine Milde erwarten.«

Ich sah, wie Lucien schluckte. Obwohl er meine Hand nicht länger umfasst hielt, kam es mir vor, als würde er sie gerade beruhigend drücken.

»Ich kenne unsere Gesetze, Vater. Ich bin nicht hier, dein Urteil zu hinterfragen.« Er klammerte sich an den Armlehnen fest, als müsste er sich selbst daran hindern, aufzustehen. »Ich will nur wissen, was seine Strafe ist.«

Kane kam immer näher. Er umkreiste mich mehrfach, und ich gab mir größte Mühe, meinen blutigen Rücken, so gut es ging, mit Luciens Hemd zu bedecken.

»Dazu kommen wir gleich«, wich Kane der Frage seines Sohnes aus. »Sag mir erst, wen du uns hier mitgebracht hast?«

Der stechende Blick aus seinen tiefliegenden Augen schnürte mir die Kehle zu. Er schaute mich an, wie ein Insekt, das er zertreten wollte. Hilfe suchend wandte ich mich an Lucien, doch der sah nun, wo er seinen Platz eingenommen hatte, vollkommen verändert aus. Eine zuvor schon spürbare Härte war gefühlloser Kälte gewichen.

»Nicht ich habe sie mitgebracht, Vater. Riley Scott hat uns das Mädchen in die Hände gespielt.« Kurz sah ich Bedauern in seinem Blick aufblitzen. »Sie ist ein Halbwesen, Vater.«

Ein Raunen ging durch die Menge hinter mir, und auch Kane sah einen Moment überrascht aus. Doch als Anführer war er offenbar geübt darin, seine Gefühle schnell zu verbergen.

»Ein Halbwesen«, wiederholte er bedächtig, trat hinter mich und lüpfte wie beiläufig das Hemd, das Lucien mir überlassen hatte. »Tatsächlich.« Er lächelte mich verständnisvoll an und tätschelte tröstend meine Hand.

Ich wäre ihm beinahe erleichtert um den Hals gefallen. All die Anspannung der letzten Stunden fiel von mir ab, als ich sah, dass er mir freundlich begegnete, obwohl er wusste, was ich war.

»Wie ist dein Name, Kind?«, fragte er mich sanft und führte mich in Richtung seines Platzes.

»Thorn, Sir. Ich bin Thorn Blackwell.«

Ich schenkte Lucien, dessen Miene nach wie vor versteinert wirkte, ein schwaches Lächeln, als Kane mich aufforderte, mich direkt vor die beiden Stühle zu stellen.

Ohne meine Hand loszulassen, setzte er sich zurück auf seinen Thron. »Willkommen in unserer Mitte, Thorn Blackwell«, erklärte er laut, sodass alle im Raum ihn mühelos verstehen konnten. »Dummerweise … müssen wir dich töten!«

»Was?« Ich fuhr zu ihm herum, sicher, mich verhört zu haben.

»Halbwesen dürfen nicht existieren«, erklärte er knapp, als ich ihm meine Hand entriss und einige Schritte zurücktaumelte. Seine Stimme klang so, als würde er beim Frühstück bemerken, dass die Eier aus waren.

»Nein«, flüsterte ich und bewegte mich rückwärts weiter. Ich musste die Tür erreichen. Nur irgendwie diese Tür erreichen. Ich musste nach Hause, in den Schutz meiner Familie, die sich sicher schon wieder fragte, wo ich blieb. Nur diesmal hoffte ich darauf, dass sie wirklich die Polizei verständigten.

»Es liegt nicht an dir, Thorn«, sprach Kane weiter. »Die Reinheit des Blutes gebietet es nun einmal, Halbwesen zu vernichten. Wer sind wir, diese alten Gesetze zu missachten?«

Ich schüttelte den Kopf, zu geschockt, auch nur ein Wort herauszubringen. Ich fühlte mich wie ein Tier in der Falle. Wie ein verwundetes Reh inmitten von Wölfen. Tatsächlich hingen die Blicke der Silberschwingen an mir, als wäre ich ihr Abendessen. Und sie kamen spürbar näher, je weiter ich mich von ihrem Laird entfernte. Sie rückten zusammen, bildeten eine Mauer, verstellten mir den Weg. Ich drehte mich im Kreis, suchte nach einem Ausweg, irgendwas, das mich retten würde.

Kane nickte Lucien zu, der sich nun von seinem Platz neben seinem Vater erhob und auf mich zukam.

»Lass mich!«, schrie ich und floh in Richtung der übrigen Silberschwingen. Irgendwo musste doch ein Durchkommen sein.

Ich musste weg, weg von diesem wahnsinnigen Ort, von diesen blutrünstigen Monstern, und weg von Lucien York, dessen Berührung noch vor kurzer Zeit mein Leiden gelindert hatte. Ich blickte in seine silberglänzenden Augen und las darin Bedauern, gemischt mit Entschlossenheit. Seine Schwingen waren halb geöffnet, wie um meine Flucht zu vereiteln, und seine Lippen zu einer schmalen Linie zusammengepresst.

»Bitte!«, flehte ich, als er wie schon zuvor seine Hand fest um meinen Arm schloss. »Bitte nicht!«

Lucien spürte ihren rasenden Puls, er fühlte ihre Angst und Verzweiflung, doch helfen konnte er ihr nicht.

»Keiner von uns hat eine Wahl«, flüsterte er, denn obwohl sie ein Halbwesen war, wollte er ihr nicht unnötig wehtun. Sie stemmte abwehrend die Hände gegen seine nackte Brust. Ihre Haut war kühler als seine, und es fühlte sich an, als würde sie damit seine Hilflosigkeit lindern.

»Bitte, Lucien. Ich … ich habe euch doch nichts getan. Ich kenne euch nicht, weiß nichts über euch. Lasst mich doch einfach gehen und …«

»Schweig!«, donnerte Kane von seinem Thron aus, und Lucien unterdrückte ein Seufzen. Er hatte es gewusst. Er war noch nicht bereit, in die Fußstapfen seines Vaters zu treten. Er war nicht bereit, seine Gefühle schlichten Befehlen und Gesetzen hintanzustellen.

Er sah sich in dem großen Saal um, in dem sich der Clan nur versammelte, wenn wichtige Entscheidungen anstanden. Denn dann tagte der Rat. Viele Ratsmitglieder waren an diesem Abend Kanes Ruf gefolgt. Viele waren hier, und er spürte ihren Hass. Ihren Hass auf die Rebellen, ebenso wie auf das Mädchen neben ihm.

»Bring sie endlich her!«, verlangte Kane, und Lucien merkte, wie Thorn sich versteifte.

»Nein!«, schrie sie und schlug auf ihn ein. »Bitte!« Ihre Tränen mussten ihre Sicht trüben, doch sie trübten nicht ihren Kampfgeist. Sie riss an ihrem Arm, als wäre sie bereit dazu, ihn sich abzubeißen, um freizukommen, und benutzte ihre andere Hand, um auf ihn loszugehen. Sie stieß ihm die Faust gegen die Kehle, was ihm ein Keuchen entlockte, ehe sie ihr Knie hob und zwischen seine Beine zielte.

»Verflucht!«, murrte er, denn die Silberschwingen um sie herum lachten über dieses Schauspiel. »Hör auf!«

Er drehte sie in seinen Armen, bis er auch ihre zweite Hand zu fassen bekam, doch ihre Beine waren schnell, und sie landete einige harte Treffer. Darum zog er sie näher an sich, um ihr den Raum für weitere Tritte zu nehmen. Er fühlte ihre Tränen an seiner Brust, ihren Atem auf seiner Haut und ihren rasenden Herzschlag. Ihr Schluchzen riss eine Wunde in seine Seele, und er verfluchte Riley Scott dafür, Thorn in ihr Schicksal verdammt zu haben. Er hatte auch ihn dazu verdammt, das Schicksal dieses Mädchens zu besiegeln. Und dafür hasste er Riley Scott sogar noch mehr.

Es gab kein Entrinnen. Luciens Arme hielten mich gefangen, sein Körper war wie eine Mauer, gegen die ich gepresst wurde. Ich spürte seine Muskeln unter meiner Wange arbeiten, roch seine Haut, und obwohl er mich unnachgiebig festhielt, fühlte ich, dass er sich bemühte, behutsam zu sein.

Warum machte er sich diese Mühe, wenn man mich doch vernichten wollte?

Wieder schüttelte mich ein Weinkrampf, meine Tränen wollten einfach nicht versiegen.

Er hob mich hoch wie ein Kind, und ich wusste, er würde mich zurück zu seinem Vater bringen. Zu dem Mann, der mich anlächeln konnte, während er meinen Tod befahl. Doch noch ehe er den ersten Schritt tat, wurde die große Doppeltür aufgestoßen. Alle Köpfe fuhren erschrocken herum. Auch ich wandte den Kopf, allerdings nahmen mir die Silberschwingen mit ihren dichten Flügeln die Sicht.

»Wo ist sie?«, donnerte eine Männerstimme, die mir irgendwie bekannt vorkam. Schwere Schritte klangen auf dem Parkett. Kane erhob sich von seinem Stuhl und strich sich bedächtig über den gepflegten Bart.

»Magnus Moore. Was verschafft uns die fragwürdige Ehre?«, grüßte Kane freundlich, auch wenn seine Gesichtszüge das genaue Gegenteil ausdrückten.

»Ihr habt etwas, das euch nicht gehört. Ich will es zurück.«

Kanes hartes Lachen hallte von den hohen Wänden wider. Er winkte den Ankömmling näher heran, sodass auch ich einen Blick auf den Mann namens Magnus Moore werfen konnte. Es war der Mann, den ich erst vor wenigen Tagen in unserem Hausflur gesehen hatte. Nur war er kein Mann. Er war eine Silberschwinge, wie ich nun deutlich erkennen konnte. Seine Schwingen waren von einem verwaschenen Grau, das sich auch in seinen Haaren wiederfand. Er wirkte älter als der Laird, der ihm nun gegenüberstand. Magnus zögerte, dann verneigte er sich vor Kane, ehe er sich erneut zu voller Größe aufrichtete. Magnus Moore war ein Berg von einem Mann.

»So ändern sich die Dinge, nicht wahr? Zuletzt hast du dir

etwas genommen … das mir gehörte, oder erinnere ich mich falsch?« Blanker Hass sprach aus Kanes Blick. »Du kannst von Glück sagen, wenn ich dir nicht den Kopf abschlage, nachdem du als allgemein bekannter Rebell die Kühnheit besitzt, unsere Ratsversammlung zu stören.« Wie auf Befehl traten einige der Silberschwingen aus den Reihen und bauten sich bedrohlich hinter Magnus auf. Ein schwaches Nicken in unsere Richtung brachte Lucien in Bewegung. Er trug mich scheinbar mühelos an Magnus vorbei zurück zu seinem Platz. Dort ließ er mich los, und ich sackte kraftlos vor seinem Stuhl auf den Boden.

Mein Herzschlag pulsierte bis in meine Fingerspitzen, mein Rücken brannte wie Feuer. Ich spürte, dass die Wunden beim Kampf mit Lucien wieder aufgebrochen waren und mir das Blut über den Rücken lief. Ich fühlte mich verloren. Wem dieser Männer konnte ich trauen? Lucien? Ich blickte in sein verschlossenes Gesicht. Nein, ihm nicht. Aber was war mit diesem Magnus? War er nicht hier, um mich zu retten? Forderte er mich nicht gerade für sich? Und wenn ja, was hatte das zu bedeuten? Ich spürte seinen Blick auf mir, deshalb sah ich ihn zum ersten Mal richtig an. Eine lange Narbe zog sich von seiner Schläfe bis fast zu seinem Mundwinkel, und ich zuckte unwillkürlich zusammen. Sein Gesicht war grotesk. Hässlich. Als wäre es verbrannt. Und es stand in hartem Kontrast zu seiner schicken Kleidung.

»Deine Erinnerung trügt dich. Was ich mir damals nahm – wollte niemals dir gehören.« Er lächelte. »Genau wie dieses Mädchen.« Er sah mich an, dann blickte er in die Reihe der Männer, die uns umgaben. »Und musstest du wegen eines Kindes gleich den ganzen Rat versammeln?«, spottete er und nickte einigen der Silberschwingen zu, ehe er sich wieder an Kane wandte. »Ist das nicht etwas übertrieben?«

Kane setzte sich, was seine Macht demonstrierte. Er würde Magnus nicht den Respekt erweisen, vor ihm zu stehen.

»Der Rat tagt – wie es der Zufall will – nicht wegen diesem Kind. Sondern wegen einem Rebellen, der Lucien in die Hände gefallen ist.« Kane lächelte. »Ein Rebell, der dir sicher bekannt ist, schließlich hört man, dass du alle Rebellen um dich scharst wie das Licht die Motten.«

Zum ersten Mal, seit der Hüne den Saal betreten hatte, wirkte er überrascht. Kane hob die Hand, und eine Seitentür wurde geöffnet. Zwei Männer schleppten Rileys reglose Gestalt herein und ließen ihn achtlos wie einen Sack Kartoffeln vor dem Thron auf den Boden fallen.

»Riley!«, entfuhr es mir. Trotz meiner Angst kroch ich zu ihm und strich ihm die Strähnen aus dem Gesicht.

Ich achtete nicht auf die Männer, die über unser Schicksal verfügten, wie es ihnen gerade gefiel. Ich musste irgendetwas tun, sonst würde ich den Verstand verlieren. Darum konzentrierte ich mich auf meinen Freund, der zwar reglos, aber soweit ich das auf den ersten Blick erkennen konnte, nicht schwer verwundet war. Er hatte Schläge abbekommen, das sah ich an der aufgeplatzten Augenbraue, aber das allein konnte nicht der Grund für seine Bewusstlosigkeit sein.

»Was hast du mit ihm vor?«, hörte ich Magnus fragen.

»Was ich vorhabe?« Kane klang amüsiert. »Sei unser Gast, Magnus, und wohne der Vollstreckung des Urteils bei. Dann siehst du selbst, wohin es führt, wenn man sich den Gesetzen des Volkes widersetzt.« Kane klang selbstgefällig. »Wir werden beide töten.«

Mein Keuchen ging im Beifall der Ratsmitglieder unter, die flüsternd dem Urteil ihres Lairds zustimmten. Nur Magnus stellte sich schützend vor uns. Ich duckte mich hinter seine Schwingen und zwang mich, mein Zittern zu unterdrücken, als ich Riley sanft über die Wange strich. Seine Lider flatterten leicht, und ein Stöhnen kam über seine Lippen. Ich musste ihn wecken, wenn wir beide dem hier irgendwie entkommen wollten.

»Du machst einen Fehler, Kane!«, warnte Magnus das Oberhaupt. »Denk nach, ehe du handelst. Und hör mich an, bevor du etwas tust, was du später bereuen wirst.«

»Ich werde es bereuen, den Rebellen zu verschonen, Magnus. Das kannst du mir glauben. Die Oberen verlieren mit euch Rebellen die Geduld. Sie wollen Ergebnisse sehen. Wenn ich ihnen bei der großen Versammlung, bei der Zeremonie, die Schwingen dieses Verräters zu Füßen lege, werden sie wissen, dass ich hier in London für Ordnung sorge.«

Magnus nickte, so als teile er Kanes Meinung, doch noch immer stand er wie ein Schild vor uns. »Du nennst einen Jungen, der euch immer treu ergeben war, einen Verräter? Bist du blind? Siehst du nicht, dass Riley Scott, der in seinem ganzen Leben noch nie gegen das Gesetz der Silberschwingen verstoßen hat, keine andere Wahl hatte, als sich uns anzuschließen? Sieh ihn dir an, Kane!«, forderte der Hüne und trat ein Stück beiseite, um den Blick auf Riley freizugeben. Der leckte sich die rissigen Lippen. »Er will doch nur eine Zukunft haben. Ein Leben.«

»Er hätte auch hier eine Zukunft haben können«, widersprach Kane, doch Magnus schüttelte den Kopf.

»Die Silberschwingen hier in London sterben aus. Sag mir ehrlich, Kane: Wie viele Mädchen wurden im letzten Jahr geboren? Wie viele deiner Männer haben überhaupt noch das Glück, eine Partnerin versprochen bekommen zu haben? Und wie viele von ihnen sind zur Einsamkeit verdammt?«

»Die Einsamkeit bringt einen Mann nicht um«, entgegnete Kane kühl. »Die Versprochene eines anderen zu rauben, schon, das müsstest du wissen. Und du weißt auch, warum wir uns nicht mit Menschen einlassen dürfen, Magnus. Bei jedem Blick in den Spiegel müsste dir das klarwerden.«

Magnus hob die Hand an sein vernarbtes Gesicht, und er kniff die Lippen zusammen. »Valon!«, murmelte er. Für einen Moment schien es, als wäre er in Erinnerungen versunken. »Ich habe das Halbwesen besiegt«, stellte er klar und blickte in die Menge. Die Ratsmitglieder nickten.

»Das hast du. Aber was wir beide liebten, konntest du dennoch nicht retten! Du weißt, welche Macht Halbwesen haben. Hast es zu spüren bekommen. Sie sind in der Lage, uns zu vernichten. Deshalb müssen wir die Reinheit des Blutes als unser oberstes Ziel ansehen. Einsamkeit ist da ein geringer Preis, wie ich finde.«

Magnus sah Lucien an.

»Ein Preis, den deine Familie nicht bezahlen muss. Wie ich höre, wird bei der Versammlung der Bund zwischen Lucien und seiner Versprochenen besiegelt.«

»Es war schon immer so, dass die Führer des Clans und die Männer mit Rang und Namen hierbei bevorzugt werden. Bei den Menschen ist es nicht anders. Jeder sucht nach einer guten Partie für seine Kinder.« Kane deutete auf mich. »So etwas darf nicht passieren, und wenn ich herausfinde, woher sie stammt, werde ich auch hier hart durchgreifen.«

Magnus hob überrascht die Augenbraue seiner unversehrten Gesichtshälfte. »Du weißt nicht, wen du vor dir hast?«, fragte er erstaunt. »Siehst du es denn nicht?« Er hob mein dunkles Haar an und drehte mein Gesicht, sodass ich Kane ansehen musste. »Die grünen Augen? Das dunkle Haar? Sie ist ihrem Vater wie aus dem Gesicht geschnitten.«

Kane wurde blass. »Aric Chrome?«, presste er heraus und kam auf mich zu. »Sie ist Aric Chromes Tochter? Wie kann das sein?

Das Kind sollte direkt nach der Geburt, direkt nach Arics Verbannung, verschwinden!«

»Sie war verschwunden. So, wie du es wolltest.«

Kane schlug Magnus hart ins Gesicht und spreizte wütend die Schwingen. »Verhöhne mich nicht!«, brüllte er. »Als ich dir damals sagte, du sollst dieses Halbwesen verschwinden lassen, da meinte ich, es *für immer* verschwinden zu lassen. Du wusstest das.« Er schüttelte den Kopf. »Ich bin selbst schuld, nicht wahr? Ich hätte wissen müssen, dass du ehrlos bist. Du hast dich immer meinen Befehlen widersetzt. Und so wird es immer bleiben, oder? Ich wäre klug beraten, auch dir heute den Kopf abzuschlagen, Magnus Moore!«

Magnus schien wenig beeindruckt. Seine Schwingen hingen entspannt herab. »Du wärst klug beraten, heute überhaupt keine Köpfe abzuschlagen«, widersprach er. »Im Gegenteil, du brauchst dieses Mädchen. Und zwar aus mehreren Gründen.« Magnus griff nach meiner Hand und zog mich neben sich auf die Beine. »Sie ist nicht die Einzige ihrer Art, Kane. Erst vor wenigen Tagen hat mir Riley von einer Sichtung berichtet. Rote Schwingen. Hier in der Stadt. Die beiden können es bezeugen. Und dies ist nicht das erste Mal, dass ich von Halbwesen höre, die den Weg zu uns nach England gefunden haben.«

»So weit kann es nur gekommen sein, weil die Lairds anderswo die Rebellen nicht mit der gleichen Härte verfolgen, wie ich es tue!« Kane ballte die Hände zu Fäusten, und ich fürchtete mich, ihm gegenüberzustehen.

»Fakt ist, wir wären ihnen im Kampf unterlegen, Kane. Und nicht nur wir, auch die Menschen. Wir haben immer in Harmonie mit den Menschen gelebt. Ohne ihr Wissen, aber in ihrer Gesellschaft. Wenn die Halbwesen alle so sind wie Valon, dann sind sie auf Zerstörung aus. Und das müssen wir verhindern. Wir müssen Bündnisse eingehen.«

»Bündnisse?«, fragte Lucien und erntete dafür von seinem Vater einen schroffen Blick.

»Ja, Bündnisse, die unsere eigenen Kräfte stärken.« Er deutete auf mich. »Kontrollierst du sie, kontrollierst du ihre Kräfte. Außerdem könnte Aric sich verpflichtet fühlen, seine Tochter zu rächen, sollte ihr etwas zustoßen. Du hast ihn verbannt, ihm seine Tochter und seinen Thron genommen. Das hat seinen Hass auf euch geschürt. Wenn du mich fragst, braucht es nicht viel, seine Rache heraufzubeschwören.«

Über Kanes Nasenwurzel bildete sich eine steile Falte. Er ging nachdenklich vor uns auf und ab, blickte in die ebenfalls nachdenklichen Gesichter seiner Ratsmitglieder.

»Was schlägst du also vor?«, hakte Lucien nach. Ich spürte seinen Blick auf mir. Ich wollte den Kopf heben, ihn ansehen, doch ich hatte Angst vor dem, was ich darin lesen würde.

»Vereine dich mit dem Mädchen, Lucien«, schlug Magnus vor und wandte sich wieder an Kane. »Mach sie zu der Versprochenen deines Sohnes, Kane. Breite deine Schwingen schützend über sie, dann wird Aric keinen Grund haben, euch anzugreifen. Und zugleich beherrscht ihr eine Macht, die es vielleicht mit den übrigen Halbwesen aufnehmen kann. Du wärst der mächtigste Laird von allen.«

Ich musste schlucken. Bittere Galle sammelte sich in meinem Mund. Nach all dem, was heute geschehen war, schien mein Magen nun endgültig bereit, seinen spärlichen Inhalt von sich zu geben. Ich presste mir die Hand auf den Bauch und krümmte mich. Man sprach über mich wie ein Stück Vieh, was mir meine Machtlosigkeit nur noch mehr verdeutlichte. Ich konnte bloß mit eiserner Miene zuhören, welcher Wahnsinn mir als Nächstes bevorstand. Ich blickte in Luciens Gesicht, in seine verhärteten Züge.

Kane lachte bitter. »Gerade du, Magnus, willst Verbindungen schmieden, wo du doch selbst keinen Respekt vor derartigen Arrangements hast … oder hattest.«

»In diesem Fall ist es eine kluge Verbindung«, beharrte Magnus.

»Niemals!«, knurrte Lucien und sprang von seinem Platz auf. »Was du vorschlägst, ist gegen das Gesetz!«

»Ist es nicht, Lucien!« Auch Magnus erhob nun seine Stimme. »Es gibt kein Gesetz, das es den Silberschwingen verbietet, sich mit Halbwesen einzulassen. Schließlich ist Thorn kein Mensch! Und sie ist noch keinem anderen versprochen.«

Lucien schüttelte fassungslos den Kopf und suchte in den Gesichtern der Ratsmitglieder nach Zustimmung. »Aber Halbwesen dürften überhaupt nicht existieren! Darum kann es eine Verbindung mit ihnen nicht geben.«

Unruhe kam auf, als die Ratsmitglieder sich über die Sache austauschten. Ich sah zustimmendes Nicken, ebenso wie Silberschwingen, die offenbar Einspruch gegen diese Auslegung erhoben.

»Der Ansatz ist interessant.« Kane dachte laut, während er den Raum durchquerte, an der Tür umdrehte und wieder zurückkam. »Durchaus interessant.«

»Weißt du, was du da sagst, Vater?«, rief Lucien ungläubig und trat seinem Vater entgegen. »Dieser Vorschlag ist …«

Kane hieb ihm seine Schwinge gegen die Brust, was ihm den Atem nahm und ihn einige Schritte zurückweichen ließ. »Schweig! Natürlich weiß ich, was ich sage, Sohn! Stelle nie wieder meine Autorität infrage, hörst du?« Er packte Lucien an der Kehle und spreizte gebieterisch seine Schwingen. »Magnus hat nicht ganz unrecht. Mit dem Halbwesen als deine Versprochene wächst unsere Macht.«

»Ich habe bereits eine Versprochene, Vater!«, erhob Lucien erneut energisch Einspruch. »Seit sechzehn Jahren wartet Nyx darauf, dass unser Bund vor den Oberen besiegelt wird. Du kannst ihr nicht wenige Wochen vorher …«

»Ich kann! Und ich werde! Nyx wird es verstehen. Sie wird ihr Bündnis bekommen. Es stehen genügend Schwingen bereit, sich ihrer anzunehmen.«

»Du willst mich an ein Halbwesen binden?« Lucien klang angewidert. Er fuhr sich durchs Haar und schüttelte immer wieder den Kopf. »Nach allem, was passiert ist?«

Ich wusste, hier wurde gerade über meine Zukunft entschieden. Was ja schon mal ein klarer Vorteil war, denn bis eben hatte es für mich ja nicht mal nach Zukunft ausgesehen. Trotzdem fühlte es sich an, als würde ich fallen. Wie in diesen Träumen, wo man wusste, dass es nicht echt war. Es aber dennoch nicht schaffte, zu erwachen. Ich stand einfach nur da, hörte zu, war nicht in der Lage, darüber nachzudenken, etwas zu sagen oder mir auch nur vorzustellen, was das für mich bedeuten mochte.

»Es scheint vernünftig«, stimmte Kane nüchtern zu, ohne seinem Sohn besondere Aufmerksamkeit zu schenken.

»Und wenn ich sie nicht will?« Lucien war laut geworden. Er packte mich am Arm, was mich so überraschte, dass ich gegen seine Schulter stolperte. Ich sah ihn an, und unsere Blicke trafen sich. »Ich frage noch mal, Vater: Was, wenn ich sie nicht will?«

Alle Ratsmitglieder schienen die Luft anzuhalten. Es war mit einem Mal so still, dass man eine Stecknadel hätte fallen hören. Kane lächelte. Er nahm seinen Sohn beiseite, führte ihn zurück zu dessen Stuhl und drückte ihn mit sanfter Gewalt darauf nieder. Dann baute er sich vor ihm auf. »Du willst sie nicht?«

»Nein! Ich will sie nicht!«

Kane nickte. »Deine Wünsche, Lucien, sind für mich nicht von Belang. Du nimmst, was du bekommst. Ich habe es längst entschieden. Magnus Moore ist gut darin, Dinge verschwinden zu lassen, nicht wahr? Er wird sich darum kümmern, dass niemand sie vermisst. Und nun widmen wir uns dem Rebellen, denn diese Versammlung dauert schon viel zu lange. Ich will endlich sein Blut fließen sehen.«

KAPITEL 16

Luciens Blut kochte. Es war ihm nicht neu, dass sein Vater nach Belieben über ihn verfügte, sich um seine Meinung nicht scherte. Aber damit, ihn hier vor all den Ratsmitgliedern so bloßzustellen, hatte sich sein Vater in seiner Herrschsucht selbst übertroffen.

Seine Schwingen zitterten vor unterdrückter Wut, ebenso wie seine zu Fäusten geballten Hände. Sein Blick suchte das Halbwesen, dessen Schuld es war, dass er derart gedemütigt worden war. Dessen Schuld es war, dass man ihm seine Versprochene geraubt hatte, um sie an irgendeine andere Silberschwinge zu binden. Und es war ihre Schuld, dass sie selbst nun an ihn gefesselt war. Oder sein würde. Und dabei hatte sie nichts Besseres zu tun, als neben Riley zu kauern und ihm über den Rücken zu streichen, als wolle sie diesem verfluchten Rebellen auch noch helfen.

Lucien schnaubte verächtlich. Riley hatte Mist gebaut. Wieder glitt sein Blick zu Thorn. Ihr dunkles Haar war zerzaust und schillerte dennoch wie Seide im Licht der vielen Leuchter an der hohen Saaldecke. Sie hatte wirklich Ähnlichkeit mit Aric Chrome, und es verwunderte ihn, dass er das nicht schon vorher bemerkt hatte. Doch Aric war Vergangenheit. Er war Teil einer Zeit, die Lucien nicht einmal miterlebt hatte. Er kannte das stolze Antlitz des ehemaligen Lairds nur von Gemälden. Thorns gerade Nase und ihre großen Augen erinnerten an dieses stolze Gesicht, aber die Unsicherheit und Angst in ihren smaragdgünen Augen ließ sie weicher wirken. Sie war sehr hübsch, was man von ihrem Vater nie behauptet hätte.

Mit versteinerter Miene beobachtete Lucien, wie die Männer seines Vaters Riley auf die Beine zogen. Er sah das schmerzerfüllte Gesicht seines ehemaligen Freundes, konnte das Stechen in dessen Rücken beinahe selbst fühlen, denn er wusste, wie empfindlich ihre Schwingen auf Stromschläge reagierten. Sie wurden regelrecht gelähmt, und ein kochend heißes Gefühl rann einem dabei durch den ganzen Leib, als würden sämtliche Blutgefäße platzen und sich jeder Muskel verkrampfen. Unbewusst ließ er seine Schwingen kreisen.

Riley würde sterben, und obwohl Lucien Rebellen verachtete – ja, sie verachten musste –, empfand er Bedauern. Sie hatten viel zusammen erlebt. Waren zusammen aufgewachsen. Und nun hatte Riley mit seinem Leichtsinn ihrer aller Schicksal verändert und sie ins Unglück gestürzt.

Die Männer schleiften Riley zur rechten Seite des Saals. Die Ratsmitglieder machten ihnen den Weg frei, traten zurück und bildeten eine Gasse, durch die man den Verurteilten schleppte. Kane folgte ihnen, nur Magnus stand noch neben Lucien, hatte seine Hand beruhigend auf Thorns Schulter gelegt, wie um sie daran zu hindern, sich einzumischen.

»Kane!« Magnus' Ruf hallte durch den Saal. »Warte!«

Unruhe kam auf, denn alle wandten sich unsicher zu dem Hünen mit der Narbe im Gesicht um.

»Was willst du noch, Magnus? Du hast bekommen, was du wolltest. Das Mädchen wird leben. Zumindest vorerst. Du hast recht, vielleicht kann sie uns nützen.« Kane packte Riley an den Haaren und riss dessen Kopf grob nach hinten. »Er hingegen ist wertlos. Ein Verräter, der vom Rat verurteilt wurde.«

Magnus nickte. »Er wurde verurteilt, ehe ihr wusstet, welch großen Dienst er euch erwiesen hat. Ohne ihn wäre Thorn euch nie in die Hände gefallen. Der Rat sollte ihm deshalb Milde entgegenbringen.«

Kane lachte. »Mein lieber Magnus Moore, es grenzt an ein Wunder, dass ich dir überhaupt zuhöre. Vergiss besser nicht, was du getan hast. Der einzige Grund, warum dein Kopf noch deine Schultern ziert, ist dein Sieg über Valon. Deine Meinung ist mir aber vollkommen egal, und es ist ja nun nicht gerade so, als hätte Riley bei uns an die Tür geklopft und uns das Mädchen ausgeliefert. Im Gegenteil. Er hat das Halbwesen mit keinem Wort erwähnt. Nicht einmal, als wir ihn verurteilt haben.«

»Ich dachte, dass ihr sie ebenfalls töten wollt«, erhob nun Riley zum ersten Mal krächzend das Wort. Lucien trat näher, um ihn besser zu hören. »Hätte ich gewusst, dass ...«, Riley sah ihn an, »... hätte ich gewusst, dass ihr sie Lucien versprecht, wäre ich ehrlich gewesen. Ich weiß, er wird sie schützen.«

Nun war es an Lucien zu lachen. Seine Verbitterung über die ganze Situation überdeckte all seine Gefühle. »Du denkst, ich würde ein Halbwesen schützen?«, fragte er höhnisch und berührte sacht die Schnittwunde an seinem Arm.

Riley nickte. »Du setzt dich für die ein, die dir nahestehen. Das war schon immer so. Ich vertraue dir.«

Lucien kniff die Augen zu Schlitzen zusammen. »Das denkst du?« Er schüttelte den Kopf und trat an die Seite seines Vaters. »Du bist ein Dummkopf, Riley. Und du irrst dich. Ich werde irgendwann den Clan der Silberschwingen in London übernehmen. Ich werde meine Verpflichtungen immer erfüllen. Auch wenn das bedeutet, die zu verletzen, die mir nahestehen. Lass mich dir das beweisen.«

Lucien verneigte sich leicht vor dem Rat, ehe er sich an seinen

Vater wandte. »Magnus Moore hat recht, Vater. Riley hat uns das Halbwesen in die Hände gespielt. Doch er ist ein Verräter, ein Rebell, der unsere Gesetze nicht achtet und unser Volk in Gefahr bringt. Magnus fordert Gnade? Ich sage, es ist gnädig, ihm die Hinrichtung zu ersparen und …«, er sah Riley ins Gesicht, »… und ihm stattdessen die Schwingen zu brennen.«

Das Entsetzen in Rileys Zügen entsprach dem erschrockenen Raunen, das den Saal füllte.

»Nein!«, keuchte Riley und begann, sich gegen seine Wächter zur Wehr zu setzen. »Bitte, Lucien. Alles, aber nicht das!«

»Du willst ihm seine Schwingen nehmen?«, fuhr Magnus Lucien an. »Das ist schlimmer, als ihn hinzurichten!«

»Eben hast du noch um sein Leben gekämpft, Magnus. Nun soll er lieber sterben, als seine Schwingen zu verlieren?« Lucien blieb hart, auch wenn er sah, wie einige der Ratsmitglieder blass wurden. Das Brennen der Schwingen war die schlimmste Strafe für eine Silberschwinge. Man nahm ihnen damit fast alle Kräfte. Sie konnten nicht mehr fliegen, sich nicht mehr vor fremden Blicken schützen und sich auch nicht mehr mit ihren Schwingen verteidigen oder kämpfen.

»Lucien hat recht!«, kam ihm Kane unerwartet zu Hilfe. »Riley Scott hat sich vom Volk der Silberschwingen abgewandt. Er wollte nicht länger nach unseren Gesetzen leben – also soll er nicht länger einer von uns sein!« Er richtete sich an seine Männer und rieb sich erwartungsvoll die Hände. »Holt mir die Fackel. Und schafft Riley an den Pfahl!«

Lucien spürte Thorns Zittern durch den ganzen Raum. Sie wagte es nicht aufzustehen. Kauerte noch immer am Boden, als wäre sie verwundet. Er wusste, es waren die Angst und das Grauen, die sie lähmten. Doch mit den Gefühlen eines Halbwesens konnte er sich jetzt nicht befassen. Er musste seine Pflicht tun. Und er würde seine Pflicht tun. Riley Scott würde bereuen, ihm noch einmal unter die Augen gekommen zu sein. Schließlich hatte er Conrad gewarnt.

Er sah zu, wie man den Rebellen an den Pfahl kettete. Ein deckenhoher Stamm aus rötlichem Holz, geschliffen und poliert, mit goldenen Ornamenten verziert, die so gar nicht zu den Ketten aus Stahl passten, in die man Riley nun legte. Er kämpfte wie ein Tiger, doch Kanes Männer waren ihm überlegen. Er sah einen Blitz zucken und wusste, sie hatten seine Schwingen gelähmt, um leichter gegen ihn anzukommen.

»Bitte!«, flehte Riley laut. Seine Stimme, die sonst immer so rau war, klang nun in seiner Verzweiflung wie rostiges Eisen.

»Hört auf!«, rief nun auch Thorn und rannte los, um ihm beizustehen. Sie war schnell, und die ersten Versuche einiger Ratsmitglieder sie festzuhalten, misslangen, aber auf halber Strecke war sie umringt. »Riley!«, kreischte sie, und Lucien wusste, dass sie weinte. Er glaubte ihre Tränen zu schmecken, so sehr traf ihre Verzweiflung ihn mitten ins Herz. Wütend über den Moment der eigenen Schwäche wandte er sich an Kane, dem man gerade eine brennende Fackel überreichte.

»Wenn du erlaubst, Vater, dann lass mich Riley Scott beweisen, wie sehr ich für die eintrete, die mir nahestehen.« Er streckte die Hand aus und bat damit um die Fackel. Alle Augen waren auf ihn gerichtet. Auf ihn und Kane.

»Du willst das Urteil vollstrecken?«, hakte der mit kaum zu überhörendem Stolz in der Stimme nach. »Dann sei es so.« Er übergab Lucien feierlich die Fackel und bat dann mit einer weiten Handbewegung, den Raum vor dem Pfahl frei zu machen, damit alle die Vorstellung sehen konnten. Er ging zurück zu seinem Thron und nickte Lucien zu. »Vollstrecke das Urteil, mein Sohn. Brenne diesem Rebellen die Schwingen!«

Obwohl Riley an den Pfahl gekettet war, waren drei Mann nötig, seine Schwingen zu spreizen. Das Haar hing ihm schweißnass ins Gesicht, und er stemmte sich mit aller Kraft gegen den Stamm. Die Ketten schnitten ihm ins Fleisch und rissen Wunden in seine Haut. Sein Keuchen vermischte sich mit Thorns gellendem Schrei, als Lucien näher trat. Die Flammen der Fackel schimmerten auf den quecksilberfarbenen Schuppen von Rileys Schwingen.

Lucien atmete tief ein. Er unterdrückte das Zittern seiner Hand und bemühte sich, seine Stimme kraftvoll klingen zu lassen. »Es stimmt, Riley. Ich trete für die ein, die mir nahestehen. Nyx von Orly steht mir nahe. Sie war mir versprochen – mein Leben lang. Unser Bündnis aufzulösen, wird sie verletzen. Ihr wehtun. Und du trägst daran die Schuld.« Er senkte die Fackel und ließ Riley die Hitze spüren, die davon ausging. »Sieh nun, was ich mit denen mache, die Schmerz über jene bringen, die mir nahestehen!«

Damit hielt er die Fackel an Rileys Schwingenspitze. Ein Schrei vermischte sich mit dem sengenden Geruch verbrannter Schuppen und der Hitze, die ihm entgegenschlug, zu reinem Grauen, als sich die Flammen wie von selbst weiter in den Flügel brannten. Lucien schluckte die Galle hinunter, die seine Kehle hinaufstieg. Es verging kaum ein Herzschlag, und schon stand die Schwinge bis zum Rückgrat in Flammen. Riley bog kreischend den Rücken durch, als wolle er wegfliegen. Der Schweiß lief ihm übers Gesicht, und sein Mund war vor Qual weit aufgerissen.

Lucien zögerte nicht, sich auch die andere Schwinge vorzunehmen. Rileys Schrei verstummte, denn er hatte das Bewusstsein verloren. Nur noch Thorns schrilles Kreischen durchschnitt die ansonsten angespannte Stille. Ein grauenhafter Geruch hing in der Luft, Rauch füllte seine Lunge und brannte in seinen Augen, als er schließlich befahl, Wasser über die brennenden Schwingen zu gießen.

Ohne sein Werk der Zerstörung auch nur mit einem Blick zu würdigen, stieß er die Fackel in einen Wassereimer, wo diese zischend erlosch. Dann durchquerte er den Raum mit wenigen Schritten, packte Thorn am Arm und riss sie auf die Beine.

Er musste hier weg. Und zwar schnell.

»Das Urteil ist vollstreckt!«, knurrte er, als er vor seinem Vater stand. »Ich beuge mich deinem Befehl und nehme das Halbwesen zu meiner Versprochenen, aber dann treffe auch ich die Entscheidung, was aus ihr wird, Vater! Ich allein!«

Kane biss die Zähne zusammen, sodass sich eine steile Falte über seine Nasenwurzel bildete. »Du stellst Forderungen, Sohn?«

»Keine Forderung. Eine Bedingung. Anderenfalls musst du sehen, wie du zu einem Bündnis mit einem Halbwesen kommst.«

»Na schön. Ich stimme dem zu.« Kane winkte eines der Ratsmitglieder heran, das an seine Seite trat. »Besiegle den Bund«, wies er ihn an.

Lucien wusste, was nun kommen würde. Er sah Thorn an, die sich kaum noch auf den Beinen halten konnte. Ihr Blick hing nach wie vor an Riley und der grausigen Szene am Pfahl. Ihre Lippen waren blutleer, ihre Haut aschfahl, selbst ihr Haar schien in diesem Moment seinen Glanz verloren zu haben. Er griff nach ihrer Hand und verwob seine Finger mit ihren. Er breitete die Schwingen über sie und hielt den Atem an, als der Ratsmann ihr das Hemd vom Rücken streifte und seine Hand auf ihre Wunden presste, während er die andere auf Luciens Herz legte. Das Blut aus dem Schnitt an seinem Arm tropfte neben ihr aufs Parkett wie eine düstere Prophezeiung.

»Dieses Herz beherrscht diese Schwingen – so will es der Rat, so will es der Laird –, und so wird es geschehen!«

Lucien spürte Thorns Zittern. Er spürte ihre Angst unter der Berührung des für sie Fremden. Er las die Furcht in ihren großen Augen und wusste, er hatte einen Fehler gemacht. Dies würde für keinen von ihnen gut ausgehen.

»Passe gut auf das Halbwesen auf, Lucien!«, ermahnte ihn Kane, als der Ratsmann zurück an seinen Platz gegangen war. »Ich übergebe dir die Verantwortung. Enttäusche mich nicht! Sie scheint ja recht kämpferisch.«

Lucien biss die Zähne zusammen. Für seinen Vater war es nie genug. »Sperr sie doch einfach weg«, entgegnete er, denn die Nähe zu Thorn und ihren angstvollen Augen machte ihn aus unerklärlichen Gründen noch wütender. »Dann weißt du immer, was sie tut oder wo sie ist. Und du musst dich nicht darauf verlassen, dass dein eigen Fleisch und Blut irgendetwas richtig macht«, entgegnete Lucien kalt, aber Kane lächelte nur.

»Sie ist deine Versprochene, Lucien. Es wäre ... der Verbindung zwischen euch nicht dienlich, sie wie eine Gefangene zu behandeln, also kümmere dich um ... um unseren Gast.«

»Wie immer ...«, Lucien funkelte seinen Vater böse an und hob Thorn in seine Arme, »... ist dein Wunsch mir Befehl.«

Kapitel 17

»Wohin bringst du mich?«, fragte ich zitternd, als Lucien von dem langen Korridor abbog und mich eine geschwungene Treppe hinauftrug. Ich wollte so weit weg von ihm wie möglich, doch sein fester Griff zeigte, dass ich keine andere Wahl hatte. Ich blickte flüchtig in sein Gesicht, seine Kiefermuskeln zuckten vor Anspannung. Offensichtlich wollte er nicht reden.

»Es ist spät«, entgegnete er knapp, immer zwei Stufen auf einmal nehmend. »Wir sind alle erschöpft.«

Als würde dies alles erklären, trat er mit dem Stiefel eine Tür auf und trug mich in einen nur vom Mondschimmer durchfluteten Raum. Ohne Licht einzuschalten, durchquerte er das Zimmer und setzte mich auf einem weichen und, soweit ich das in der Dunkelheit sagen konnte, recht großen Himmelbett mit massiven Bettpfosten und einem dunklen Seidenhimmel ab.

»Wo sind wir hier?«, wollte ich wissen und kämpfte mich auf. In einem Bett zu liegen, schien mir eine äußerst schlechte Ausgangssituation, für was auch immer mich noch erwarten würde.

Lucien hatte mir den Rücken zugewandt und ging zur Tür zurück, um abzuschließen.

»Das sind meine Gemächer.« Er deutete auf die Möbel und durch eine offen stehende Verbindungstür, an die sich ein weiterer Raum anschloss. Ein Kaminzimmer, wenn ich richtig sah.

»Wir sind hier im vierten Stock, ich würde dir daher davon abraten, aus dem Fenster zu springen.«

Die Dunkelheit nahm mir den Atem. Zwar bewegte Lucien sich mühelos durch den Raum, doch mir reichte der fahle Streifen Mondlicht, der durchs Fenster fiel, nicht aus, mich sicher zu fühlen. Meine überreizten Nerven waren zum Zerreißen gespannt. Ich bemühte mich, dass mir der Hemdstoff nicht von der Schulter rutschte. Ich fror, und die Erschöpfung des Tages streckte ihre Krallen nach mir aus. Ich rieb mir die Augen und zwang mich, meine Sinne beisammenzuhalten. In dieser Situation konnte ich es mir nicht leisten, unaufmerksam zu sein.

Unsicher, was nun werden würde, beobachtete ich Lucien, der in den Nebenraum ging, ohne mich weiter zu beachten. Ich spürte seine Wut, seinen Zorn, und ich fragte mich, gegen wen sich dieser richtete. Gegen mich? Oder gegen seinen Vater? Er versuchte offenbar, mich zu ignorieren, denn er kniete sich vor einen großen offenen Kamin und legte bedächtig Scheite hinein. Schweigend arbeitete er vor sich hin, bis sich eine erste Flamme in das Holz fraß und mit ihrem zuckenden Lichtschein den Platz vor dem Kamin erhellte. Sein Schatten erinnerte mehr denn je an die Silhouette eines teuflischen Dämons. Ich hatte erlebt, zu welcher Grausamkeit dieser Mann fähig war. Hatte noch immer den Geruch von Rileys brennenden Schwingen in der Nase und seinen Schrei im Ohr. Lucien York war der Teufel, das durfte ich auf gar keinen Fall vergessen.

»Was hast du vor?«, rief ich, denn sein Schweigen übertönte meine Gedanken.

Er trat an ein Sideboard und goss sich einen klaren Drink ein. Nippte an dem eleganten Weinkelch. Erst jetzt schien er sich an mich zu erinnern, meine Frage realisiert zu haben, denn er nahm ein zweites Glas aus dem Regal und goss auch dieses zur Hälfte voll. Mit beiden Getränken kam er zu mir zurück. Auch wenn ich in dem schwachen Licht seine Augen nicht sehen konnte, wusste ich, dass er mich musterte.

»Hier. Trink das.« Er reichte mir das Weinglas, doch ich zögerte, es anzunehmen. Ich musste einen klaren Kopf bewahren. Außerdem traute ich ihm nicht.

»Was ist das? Alkohol? Denkst du, ich füge mich eurem Scheiß, wenn ich genug getrunken habe?«

»Das ist kein Alkohol. Es ist Wasser, angereichert mit den Essenzen verschiedener Pflanzen, die mit ihren Pflanzenkräften unsere Fähigkeiten unterstützen.« Er schloss meine Finger um den filigranen Fuß des Glases. »Es wird deinem Rücken guttun«, erklärte er. »Du blutest wieder.«

»Tu nicht so, als würde dich das interessieren!«, rief ich und schlug ihm das Glas aus der Hand, sodass es scheppernd auf dem Parkett zerbrach. Das Mondlicht schimmerte bläulich in der Pfütze und spiegelte sich tausendfach in den Scherben. Mein Atem ging schnell, denn beim Blick in Luciens kalte Augen bereute ich meine Impulsivität. Ich stand auf und wich vor ihm zurück. »Du bist ein Monster!«, presste ich die Wahrheit zitternd heraus.

Lucien verzog den Mund zu einem misslungenen Lächeln. Er folgte mir auf die andere Bettseite und stellte dabei das Glas ab. »Du hast recht, Thorn. Ich bin ein Monster.« Er strich sich das Haar aus der Stirn. »Ich muss es sein, um den Clan der Silberschwingen in die nächste Generation zu führen.«

»Ach ja? Du *musstest* also Riley verstümmeln?«, schrie ich und wich noch weiter zurück. Das Hemd glitt mir von der Schulter, aber ich bemerkte es kaum, so gefangen war ich in meiner Angst, während Lucien die Schwingen spreizte, als würde er sich strecken. »Du hast dich ja regelrecht darum gerissen!«

Lucien war schnell. Und obwohl ich das schon vorher zu spüren bekommen hatte, überraschte es mich doch, wie schnell er bei mir war. Er umfasste meine Kehle und stieß mich gegen den Bettpfosten. »Sei still!«, donnerte er und drückte meine Kehle zusammen. Ich fühlte seinen Atem in meinem Gesicht und die Härte seines Körpers. »Du weißt nicht, wovon du sprichst! Du kannst nicht verstehen, was ich getan habe. Aber das musst du auch nicht. Du musst nur begreifen, dass niemand hier eine Wahl hat!«

Ich keuchte, denn die wenige Luft, die noch in meine Lunge strömte, war kaum genug. Ich stemmte mich gegen ihn, spürte seine nackte Brust an meiner, denn das Hemd war mir längst bis um die Hüften gerutscht.

»Du willst nicht hier sein?«, fragte er bissig. »Willst zurück zu deiner Familie? Zurück in dein Menschenleben?« Er schüttelte den Kopf, lockerte aber seinen Griff etwas. »Ich will dich hier auch nicht haben! Und dennoch bist du hier. Bei mir. Denn ich bin jetzt dein Schicksal!«

Er stieß mich gegen den Pfosten, um seine Worte zu unterstreichen, und ich spürte, wie Blut aus den Wunden an meinem Rücken sickerte. Spürte, wie es sich kalt an den Pfosten schmierte und wie der Schmerz in einer Welle über mich hinwegspülte. »Ich muss nach Hause«, flüsterte ich den Tränen nahe. Ich brauchte die tröstende Umarmung meiner Mutter, Jakes warmes Lachen, um mich wieder sicher zu fühlen, und das Wissen, dass mein Dad mich vor allem Unheil beschützen würde.

Lucien lachte. Er gab mich so plötzlich frei, wie er mich gepackt hatte, und wandte sich ab.

»Füg dich in dein Schicksal, in deine neue Rolle als meine Versprochene – dann sorge ich dafür, dass du deine Familie wiedersiehst«, knurrte er schroff.

Ich sank kraftlos mit dem Rücken am Bettpfosten hinunter und lehnte den Kopf dagegen. »Ich versteh doch nicht mal, was ihr von mir wollt«, murmelte ich.

Luciens Schwingen verbargen die Sicht auf ihn. Dunkel und glänzend wie ein Schild bedeckten sie seinen nackten Rücken. Er drehte sich zu mir um, und sein nachtschwarzer Blick verbarg seine Gefühle. »Am Ende des Monats werden die Oberen dem Clan einen Besuch abstatten. Sie kommen wegen der Zeremonie. Nyx, du hast sie vorhin gesehen … sie war bis vor wenigen Augenblicken meine Versprochene. Ihr ganzes Leben war sie darauf vorbereitet worden, an meiner Seite den Clan zu übernehmen. Sie sollte die Prüfung durchlaufen, an deren Ende sie sich für ihren Schwur als würdig erweisen würde.« Er blinzelte, was für einen kurzen Moment seine Härte milderte. »Wir werden sehen, was die Oberen davon halten, statt ihr nun dich an meiner Seite zu sehen. Sie werden *dich* prüfen – und am Ende, *wenn* du dich würdig erweist, werden sie dir *vielleicht* gestatten, an meiner Seite weiterzuleben.« Er senkte den Kopf und strich sich über die Schwingen.

»Und wenn nicht?«

Er schaute mich an. »Wenn nicht, werden sie dir ganz sicher nicht die Gnade zuteilwerden lassen, die ich Riley gewährt habe.« Er trat näher und reichte mir die Hand. »Steh auf. Dein Rücken blutet.«

Ich lachte bitter. »Na und? Was macht das schon? Ich werde doch ohnehin sterben!«

Luciens Blick wurde sanfter. Er ging vor mir in die Hocke, zog mir den Hemdstoff wieder über die Schultern und sah mich an.

»Ich will dich nicht. Und du mich nicht. Dennoch sind wir einander nun versprochen.« Er legte die Hand an meine Wange, und ich zuckte unter seiner Berührung zusammen. Dabei fühlte sich die plötzliche Wärme so gut an. »Du hältst mich für ein

Monster, aber Riley hatte recht. Ich sorge für die, die mir nahestehen. Du bist ein Halbwesen. Sogar mein Feind. Ich kenne dich nicht, aber dennoch gehörst du jetzt zu mir. Dir wird nichts geschehen, solange du dich mir fügst.«

»Fügen? Ist es das? Dein Herz beherrscht nun meine Schwingen? So hat es dieser Typ doch gesagt. Denkst du, so läuft das jetzt mit uns?«

Lucien lächelte. »Es klingt komisch, dich *uns* sagen zu hören.«

»Ich meine es ernst, Lucien. Denkst du, du beherrschst mich, nur weil dieser Kerl das gesagt hat?«

Er lächelte noch immer und zog mich mit sich auf die Beine. Er dirigierte mich bis ans Fußende des Bettes, wo er mich sanft auf die Matratze drückte. »Dieser Typ ist der Zeremonienmeister. Und ich beherrsche dich nicht, weil er es sagt. Ich beherrsche dich, weil ich stärker bin als du.«

»Du hast wohl noch nie was von Emanzipation gehört?«, murrte ich leise, da ich wirklich nicht gegen den Druck seiner Hände ankam.

Lucien lachte. Er gab mich frei, stand aber noch immer viel zu nah vor mir. Ich konnte jeden Muskel seines flachen Bauchs sehen, das Heben und Senken seiner Brust bei jedem Atemzug. »Bekomm erst mal Schwingen, dann können wir über Emanzipation reden.«

Für einen Moment schien es, als wollte er mich berühren, doch dann wurde er wieder ernst, und das Lächeln verschwand aus seinen Zügen.

»Ruh dich aus. Wasch dir das Blut ab«, er deutete auf eine Tür neben dem Bett, die ich bis dahin noch gar nicht gesehen hatte. Dann kehrte er zurück zu dem Board mit den Getränken. Er goss ein neues Glas ein und brachte es mir. »Das lindert die Schmerzen«, versprach er beinahe sanft.

Diesmal nahm ich es an und nippte zaghaft daran. Ich wollte ihm nicht zeigen, wie gut es tat, etwas zu trinken. Wie nötig ich jeden Tropfen davon brauchte. Es fühlte sich an, als würde meine Kehle endlich wieder weiter, endlich wieder Luft in meine Lunge strömen und das Rumoren in meinem Magen endlich nachlassen.

»Wo gehst du hin?«, fragte ich, als er an die Tür zum Flur trat und diese aufsperrte.

Er hielt in der Bewegung inne. »Nyx hat eine Erklärung verdient.« Er drehte den Kopf und sah mich über die Schulter hinweg an. »Diese Nacht hat alles verändert. Sie hat einige von uns *alles* gekostet. Denk daran, wenn du mich weiterhin für ein Monster hältst. Nicht nur du leidest.«

KAPITEL 18

Als sich die Tür hinter Lucien schloss, fühlte ich Panik aufsteigen, doch nach einigen tiefen beruhigenden Atemzügen legte sich dieses Gefühl und wich der Erleichterung. Endlich war ich allein. Endlich nicht mehr unter ständiger Beobachtung und nicht mehr in unmittelbarer Gefahr.

Ich leerte das Glas in meiner Hand mit gierigen Zügen und stand auf, um mir nachzuschenken. Die unbekannten Kräuteressenzen im Wasser schmeckten leicht bitter, dennoch war es erfrischend. Ich musste für mich und meinen Körper sorgen, wenn ich entkommen wollte. Und dass ich das wollte, stand außer Frage. Ich hatte nur überhaupt keine Ahnung, wie ich das anstellen sollte.

Ich leerte auch das zweite Glas und goss mir sogar noch einmal ein, ehe ich mich schließlich in Luciens Räumen umsah. Das Bett war groß, was mich aber nicht wirklich wunderte, schließlich mussten seine Schwingen ebenfalls darin Platz finden. Die dunklen Bettvorhänge wirkten altmodisch, die Kleidung, die über der Armlehne eines ledernen Sessels vor dem Kamin hing, stilvoll und zugleich leger. Ohne lange nachzudenken, nahm ich mir ein weiteres seiner rückenfreien Hemden, um es mir wie ein Schultertuch um den Rücken zu legen. Der Stoff war weich. Lucien hatte einen guten Geschmack, was wohl nicht so schwer war, wenn man offensichtlich reich war. Nichts in diesem Raum wirkte billig oder auch nur durchschnittlich. Sondern gehoben – und sicher. Die Türen waren dick, die Wände wohl auch, denn obwohl ich lauschte, waren keine Geräusche von irgendwo aus dem Haus zu hören. Ich fühlte mich beinahe isoliert.

»Einzelhaft«, murmelte ich vor mich hin und zog die schweren Vorhänge vor dem Fenster beiseite. Eine Balkontür kam zum Vorschein, und mein Herzschlag beschleunigte sich.

Ein Balkon! Eine Tür! Ein Weg in die Freiheit!

Hektisch riss ich die Tür auf und trat hinaus in die Dunkelheit. Die steinerne Einfassung des Balkons erinnerte an die Zinnen einer Burg. Ich sah die Lichter Londons in der Ferne, aber obwohl ich den Puls der Stadt bis hierher spüren konnte, war mir doch klar, dass von dort keine Hilfe zu erwarten war. Dieses Anwesen lag viel zu weit außerhalb. Niemand würde meine Rufe hören, niemand mich hier im Nirgendwo vermuten. Niedergeschlagen lehnte ich mich gegen die Zinnen und blickte in den tief unter mir liegenden Garten. Es war mehr ein Park denn ein Stadtgarten, wie ich ihn von unserem Haus kannte. Ein Park mit eigenem Teich, mit Hecken, die kunstvoll in Form geschnitten waren, und steinernen Büsten entlang der Wege.

»Wächter«, flüsterte ich und rieb mir die Arme. Trotz meiner drei Lagen Stoff, die ich nun trug, fröstelte ich bei dem Gedanken daran, was diese Figuren alles mitbekamen. Plötzlich fühlte ich mich beobachtet. Ich schlug mir die Arme um den Leib, und mit einem letzten Blick in die Tiefe, die jede Flucht vereitelte, kehrte ich zurück ins Haus. Ich schloss die Balkontür, um die Kälte auszusperren, auch wenn es bedeutete, dass ich damit wieder in der Falle saß. Ich gab nicht auf. Ich suchte nur nach einem anderen Weg, ermutigte ich mich. Ich hatte Hunger, Durst, war müde und im vierten Stock eines Hauses gefangen, das mir immer mehr wie eine uneinnehmbare Festung vorkam. Im Moment konnte ich kaum etwas ausrichten.

»Verdammt!«, brummte ich und sah mich ratlos noch einmal um. Trotz meiner Furcht wirkte das Bett meines Feindes einladend. Ich war erschöpft, gejagt von meinen Gedanken, sodass ich mir nur wünschte, irgendwie Frieden zu finden. Rileys Schrei zu vergessen, meine eigene Angst abzulegen und irgendwie neue Hoffnung zu schöpfen. Trotzdem war an Schlaf nicht zu denken. Nicht hier. Nicht mit dem Wissen, dass der Teufel mit den silbernen Augen zurückkehren würde. Und nicht, solange ich keine Ahnung hatte, wie es Riley ging. Der Gedanke an ihn machte mich ganz zittrig. Um mich zu wärmen und Kraft zu tanken trat ich an den Kamin. Ich starrte ins Feuer, lauschte dem Knistern der Flammen und schlang die Arme um mich. Mein Hals schmerzte bei jedem Schluck, und noch immer fühlte ich Luciens Hand an meiner Kehle. Seine Unbändigkeit und Kraft hatten mich zu Tode erschreckt, seine Grausamkeit mich erschüttert, und doch blieb mir nichts anderes übrig, als auf seinen Schutz zu hoffen.

»Aber beugen werde ich mich nicht!«, murmelte ich und sank niedergeschlagen in den Sessel. »Beherrschen wird mich dieses Monster nie!«

Niedergeschlagen stand Lucien vor der Tür zu seinen Räumen. Ihm war nicht danach, hineinzugehen und sich mit dem Halbwesen auseinanderzusetzen. Nicht weil er sie für ein Monster hielt, sondern weil er in ihrer Nähe selbst glaubte, eines zu sein.

Er fuhr sich durchs Haar und spreizte die Schwingen, um seine angespannten Muskeln zu lockern. Es half nichts, hier herumzustehen. Er konnte sich nicht ewig verstecken. Doch nach dem tränenreichen Gespräch mit Nyx wollte er genau das tun. Er hätte natürlich warten können, bis sich die Nachricht herumgesprochen und Nyx so davon erfahren hätte, doch er war es ihr schuldig, die schlechten Nachrichten persönlich zu überbringen. Es war nicht seine Schuld, dass ihre Verbindung aufgelöst worden war. Oder etwa doch? Schließlich hatte er Thorn und Riley hergebracht. Er hätte sie laufen lassen können ... Aber etwas in ihm, eine Vorahnung, ein Omen, hatte sein Handeln bestimmt. Er war seiner Eingebung gefolgt und musste nun mit den Konsequenzen leben. Darum fühlte er sich schuldig, auch wenn er nur Kanes Befehl gehorchte.

Er legte die Hand auf seine blutende Brust. Nyx' Schwingen waren nicht so stark wie die der Männer, dafür waren sie scharfkantig, beinahe wie Messer.

Vor vielen Jahren war ihr versprochen worden, dass Lucien York mit seinem Blut für sie sorgen würde. Heute hatte sie ihn um des gebrochenen Versprechens willen bluten lassen – und er hatte sich nicht gewehrt. Hatte sie in den Arm genommen, als sie schließlich kraftlos und weinend vor ihm gestanden hatte. Hatte ihr, als die Zeit für den Abschied gekommen war, dennoch einen Kuss gegeben. Mit seinen blutigen Fingern berührte er seine Lippe.

Nyx von Orly würde nun einem anderen Mann versprochen. Er hoffte nur, dass sie damit mehr Glück finden würde als er selbst mit dem Halbwesen, deren reine Existenz ihn anwiderte. Lucien hob die Hand an das Türblatt, als könne er damit all das, was sich dahinter befand, unter Kontrolle bringen. Thorn weckte seine Abscheu. Seine Verachtung für Halbwesen. Und dennoch hatte sie schon in der Halle seinen Beschützerinstinkt geweckt.

Ohne sich über seine Gefühle im Klaren zu sein, trat Lucien schließlich in sein Schlafzimmer. Es war dunkel, denn das Feuer im Kamin war beinahe heruntergebrannt. Trotzdem hatte er keine Probleme, Thorn zu entdecken. Es war eine Gabe der Silberschwingen, auch im Dunkeln gut sehen zu können. Leise schlich er näher, denn er wollte sie nicht wecken. Die Erschöpfung war ihr deutlich anzumerken. Sie kauerte fröstelnd vor den erlöschenden Flammen und sah dabei so verletzlich aus wie ein junges Reh.

Lucien bückte sich zum Feuer und legte einige Scheite nach. Dann nahm er die Decke aus seinem Bett.

»Heute Nacht muss ich wohl frieren«, wisperte er mit einem Blick auf die nun wenig einladende Matratze und breitete behutsam die Decke über seine unwillkommene Versprochene. Dabei berührte er ihr dunkles Haar. Wie schon zuvor verspürte er den Impuls, es zu erkunden, doch er unterdrückte ihn. Thorn wirkte im Schlaf ganz friedlich, und er hoffte, dass sie diesen Frieden, den sie ausstrahlte, auch fand. Er strich noch einmal über die Decke, ehe er sich abwandte und ins angrenzende Badezimmer verschwand. Vor dem Spiegel musterte er seine Wunden. Der blutige Kratzer von Nyx' Schwingen brannte, doch er wollte ihn nicht einbinden, sondern den Schmerz als seine Strafe annehmen. Sein Blick wanderte weiter zu der anderen Wunde, die er heute davongetragen hatte. Der Schnitt an seinem Arm.

Er biss die Zähne zusammen und fuhr mit dem Finger über die grob gezackten Wundränder.

»Mit einer scharfen Waffe wäre es weniger hässlich«, murrte er und dachte an den Brieföffner. »Aber immerhin«, raunte er und wusch vorsichtig die Wunde aus. »Nicht jeder kann das.« Thorn hatte ihn mit ihrem Angriff überrascht. Allein seine Körpergröße hätte normale Mädchen viel zu sehr eingeschüchtert, als dass sie auch nur im Traum daran gedacht hätten, sich mit ihm anzulegen. Aber Thorn Blackwell war ja nun auch alles andere als ein normales Mädchen. Sie war ein verfluchtes Halbwesen! Und von nun an offenbar sein Problem.

Als hätten seine Gedanken an sie ihren Schlaf gestört, hörte er ein Keuchen aus dem Nebenraum. Er stellte das Wasser ab und kehrte ins Schlafzimmer zurück.

»Was ist los?«, fragte er und trat näher, aber Thorn antwortete nicht. Sie stöhnte und kämpfte sich unter der wärmenden Decke hervor. Ihre Lider flatterten, und sie leckte sich im Schlaf die Lippen.

»Thorn!« Lucien setzte sich neben sie und berührte ihre Schulter, um sie zu wecken. »Thorn, wach auf. Du träumst!«

Langsam öffnete sie die Augen und zuckte sogleich vor ihm zurück.

»Nicht!«, rief sie und rutschte von ihm ab, doch Lucien hielt sie fest.

»Ich tue dir nichts. Du … hast geträumt.«

Thorn keuchte wieder. Sie bog den Rücken durch, und endlich verstand Lucien, was los war. »Hast du Schmerzen?«, fragte er, als ein Beben ihren Körper durchlief. Mit angstgeweiteten Augen sah sie ihn an, als wüsste sie nicht, ob sie wach war oder noch immer in einem Albtraum gefangen.

»Mein Rücken steht in Flammen!«, krächzte ich und ballte die Hände zu Fäusten, um den Schmerz unter Kontrolle zu bringen. Ich wollte fort, fort von diesen silbergrauen Augen, die mir solche Angst machten und zugleich das Einzige zu sein schienen, was mir Halt bot.

»Die Verwandlung schreitet fort«, flüsterte Lucien und streifte mir das Hemd von der Schulter. Er schmunzelte, als darunter ein weiteres zum Vorschein kam. »Hast du meinen Schrank geplündert?«, neckte er mich und drängte mich behutsam, auch das zweite Hemd abzulegen. Ich wollte mich wehren, aber sein sanfter Druck war unnachgiebig. »Lass mich deinen Rücken sehen, vielleicht kann ich die Schmerzen lindern.«

Ich wollte ihm sagen, dass er zur Hölle fahren sollte. Dass ich es aushalten konnte. Dass ich niemandes Hilfe weniger annehmen wollte als seine. Doch der Tag war zu lang gewesen, um gegen ihn anzukämpfen. Zu erschütternd, als dass ich einen weiteren Kampf hätte austragen können. Also ließ ich den Stoff von meiner Schulter gleiten und drehte ihm den Rücken zu. Ich spürte seinen Blick heiß auf meiner Haut, seinen Atem leicht wie eine Feder darüberstreichen.

»Es blutet nicht«, wisperte Lucien und legte seine Fingerspitzen zwischen meine Schulterblätter. »Aber die Haut steht unter großer Spannung. Deine Schwingen drücken nach oben. Deswegen tut es so höllisch weh.« Mit sanftem Druck massierte er die quälenden Stellen, und wie schon zuvor half mir die Wärme seiner Hände, mit dem Schmerz umzugehen.

»Danke«, flüsterte ich, um den Moment des Friedens nicht zu stören. Mein Atem verlangsamte sich wieder, und ich erlangte allmählich die Herrschaft über meinen Körper zurück.

»Schon okay.« Lucien hielt in der Bewegung inne, dann legte er die Handflächen sacht auf meinen Rücken. »Als ich meine Schwingen bekam … war ich zwölf. Und ich habe gedacht, ich müsste sterben.« Der Ton seiner Stimme war locker, als erzählte er zum tausendsten Mal dieselbe Geschichte. Er lachte leise, offenbar amüsierte ihn die Erinnerung daran noch heute. »Ich war nur viel zu stolz, mir meinen Schmerz anmerken zu lassen. In manchen Nächten habe ich mich in den Schrank gesetzt, damit niemand im Haus hört, wie ich heule.«

Ich wusste nicht, warum er mir das erzählte, doch es lenkte mich von meinen Schmerzen ab, sodass ich mich etwas entspannte.

»Willst du mir damit sagen, ich soll in den Schrank, damit ich dich nicht störe?«

Sein Lachen verursachte mir eine Gänsehaut, und ich kam unbewusst seiner Berührung entgegen. Es war verrückt, wie mein

Körper auf diesen Mann reagierte. Verrückt, wie er meine Gefühle verwirrte. Von einem Extrem ins andere. Ich fürchtete ihn, zugleich genoss ich seine Berührung, die so heilend war, dass ich am liebsten in seinen Armen eingeschlafen wäre, nur um im anderen Moment zu fürchten, in ebendiesen Armen den Tod zu finden, wenn ich den Fehler machen würde, ihm zu vertrauen.

»Nein, selbst wenn du alle meine Hemden herausreißt, wir da drin kaum genug Platz sein.«

»Ich war überhaupt nicht an deinem Schrank. Das Hemd lag hier«, verteidigte ich mich. »Und immerhin hast du mein Trikot zerrissen!«

»Ich weiß. Ich habe Nyx gebeten, dir morgen etwas Passendes zu bringen.«

»Nyx? Das Mädchen, das …«

»Dessen Platz du nun einnehmen wirst, ja.«

Ich hob überrascht die Augenbraue. »Wie … wie hat sie denn … reagiert?«

Es war einfacher, mir über Nyx Gedanken zu machen, als meine wahren Probleme wieder in meinen Kopf zu lassen. Ich schämte mich dafür, aber ich wollte nicht an Riley denken. Wollte mir nicht vorstellen, wie schlecht es ihm gehen musste. Darum hoffte ich, dass dieses Gespräch mich ablenken würde.

Aber Lucien schwieg. Er veränderte die Position seiner Hände, und die Wärme durchströmte nun meine Wirbelsäule. »Sie …« Er blickte auf den blutigen Kratzer an seiner Brust, der mir bisher gar nicht aufgefallen war. »Sie wird es verstehen und sich Kanes Befehl beugen – wie wir alle das tun.«

»War sie das?« Da er seine Hände an meinem Rücken hatte, kam es mir nicht verkehrt vor, den Kratzer an seiner Brust zu berühren.

»Ja.« Er grinste. »Offenbar waren heute einige auf mein Blut aus.« Er deutete auf den Schnitt an seinem Arm, und ich biss mir verlegen auf die Lippe.

»Ich werde mich dafür nicht entschuldigen«, flüsterte ich, schaffte es aber nicht, ihn dabei anzuschauen. »Mir bleibt ja gar nichts anderes übrig, als mich gegen dich zu wehren.«

»Im Moment wehrst du dich nicht gegen mich«, stellte er fest.

»Mir fehlt die Kraft, gegen dich zu kämpfen«, gestand ich müde.

»Dann tu es nicht.« Er nahm mein Kinn zwischen seine Finger und hob es an, um mir ins Gesicht sehen zu können. »Morgen ist ein neuer Tag, um für das zu kämpfen, was einem wichtig ist.« Er stand auf und reichte mir die Decke. »Du kannst in meinem Bett schlafen.«

Das Bett war verlockend, aber konnte ich wirklich bei einem fremden Jungen – einem Mann, verbesserte ich mich, als ich ihn im Lichtschein des Kaminfeuers stehen sah – im Bett schlafen? Dad würde ausflippen!

»Passt schon. Ich bleibe lieber hier«, lehnte ich ab, aber Lucien sah nicht so aus, als ließe er das gelten. Mit einem schiefen Lächeln zog er mich mitsamt der Decke aus dem Sessel und hinter sich her zum Bett.

»Passt nicht. Dein Rücken schmerzt, du musst dich strecken, das hilft gegen den Druck.«

»Spinnst du?« Ich zeigte ihm den Vogel. »Ich leg mich doch nicht zu dir ins Bett!«

Lucien grinste und griff sich das Kopfkissen. »Keine Angst. Ich komm dir schon nicht zu nahe. Ich nehme heute Nacht den Sessel.«

Unsicher setzte ich mich auf die Bettkante. Ich ließ ihn nicht aus den Augen. Mein Puls hämmerte wie wild, allein weil ich mir seiner Nähe, seiner nackten Brust und seiner funkelnden Augen so bewusst war. Kurz kam mir der Gedanke, dass Anh ihn bestimmt heiß finden würde.

Mir stieg das Blut in die Wangen, und ich senkte den Kopf, damit er es nicht bemerkte. Ich löste meinen Zopf und kämmte die Haare mit den Fingern durch, um mich zu beruhigen. Es war nichts dabei, mich in das Bett dieses Fremden zu legen. Schließlich gab es nur ein Bett. Und er würde ja nicht neben mir schlafen. Außerdem verlangten Extremsituationen eben extreme Opfer.

»Wovor hast du Angst?«, fragte er und klopfte auf die Matratze, wobei seine Augen den Bewegungen meiner Finger folgten. »Denkst du, ich falle im Dunkeln über dich her?«

Ich kniff die Lippen zusammen, denn der Gedanke war mir durchaus gekommen. »Nein. Du hast ja deutlich gemacht, dass du mich genauso wenig willst wie ich dich. Trotzdem ist es … ungewohnt, bei einem … Jungen, ähm … Mann im Bett zu schlafen.«

Lucien schien amüsiert. »Ich wollte dich damit nicht verletzen, Thorn. Meine Ablehnung geht nicht gegen dich persönlich.«

Zögernd schlüpfte ich aus meinen Schuhen und zog die Beine unter die Decke, wobei ich sorgsam darauf achtete, Lucien nicht zu nahe zu kommen. Ich lehnte mich gegen das Kopfteil und sah ihn an. Warum stand er noch da? Was erwartete er? Er wirkte entspannt, und die Kälte im Raum schien ihm nicht das Geringste auszumachen. Er hatte nicht mal eine Gänsehaut. Und warum interessierte es mich überhaupt, ob er fror? Sollte er doch frieren. Das würde ihm nur recht geschehen! Ihm und seiner nicht gegen mich gerichteten Ablehnung!

»Du verletzt mich damit nicht. Ich will ja mit dir auch nichts zu tun haben.«

Lucien lachte. Er schlenderte mit dem Kissen unter dem Arm zum Sessel und drehte ihn so, dass er mich im Auge behalten konnte. Dann machte er es sich mit unter dem Kopf verschränkten Armen bequem. Es sah aus, als läge er auf einer Decke aus silbernen Schuppen »Nicht? Ich bin eine gute Partie, falls man das heute noch so nennt.«

»Und deshalb sollte ich mich wohl geehrt fühlen?«, hakte ich ungläubig nach. »Eine gute Partie hat mich von der Straße entführt und meinen Freund misshandelt? Denkst du, für mich hat deine Position innerhalb dieses Haufens von Spinnern mit Flügeln irgendeine Bedeutung?« Ich zog mir die Decke bis zum Kinn, als könne sie mich so schützen. Schützen vor den widersprüchlichen Gefühlen, die Lucien York in mir weckte.

Sein Blick wurde ernst. Er strich sich über die Schwingen, ehe er mich wieder nachdenklich ansah.

»Ich erzähle dir jetzt mal etwas über uns *Spinner mit Flügeln*. Vielleicht verstehst du uns – und dich selbst – dann besser.« Er streckte die Beine lässig von sich, sich offenbar nicht bewusst, wie cool er dadurch aussah. Die Anspannung in meinem Magen nahm zu, dabei hatte ich doch gehofft, mich wenigstens ein bisschen entspannen zu können.

»Wir Silberschwingen sind ein altes Volk. Eine evolutionäre Weiterentwicklung des Menschen, nehmen wir an«, fuhr Lucien leise fort.

»Du meinst, ihr seid besser? Ein Fortschritt gegenüber dem primitiven Menschen?« Ich hörte selbst, wie angriffslustig ich rüberkam, aber ›evolutionäre Weiterentwicklung‹ klang einfach großkotzig.

Lucien lachte. »Wir *sind* besser, Thorn. Wir sind stärker, schneller, weniger anfällig für Krankheiten.« Er zählte all dies an seinen Fingern ab. »Wir sehen im Dunkeln und erspüren die Seele in den Dingen, sehen dadurch auch das Gestern. Wir erheben uns in die Lüfte und verbergen uns vor den Augen der Menschen durch unsere Schwingen, die unter allen Lebewesen einmalig sind.« Er grinste. »Denkst du nicht, dass das besser ist?«

»Schon, aber warum beherrscht ihr dann nicht den Planeten, wenn ihr so super seid? Warum lebt ihr im Verborgenen? Riley hat gesagt, ihr fürchtet die Entdeckung durch den Menschen.«

»Wir sind nicht viele. Unser Volk – hat ein Fortpflanzungsproblem.«

Wieder stieg mir das Blut in die Wangen. Fortpflanzung! Ich redete mit einem vollkommen Fremden über Fortpflanzung. Ich war ja aufgeklärt und meiner Meinung nach auch nicht gerade verklemmt, aber das war mir doch unangenehm.

»Deshalb dieser Unsinn mit den Versprochenen, richtig?«

Lucien nickte. »Es ist kein Unsinn. Es ist wichtig, das Fortbestehen von Familien zu sichern, die für den Clan von Bedeutung sind.«

»Und was ist mit Liebe? Mit Gefühlen? Riley sagt, die Mädchen werden den Jungs schon bei der Geburt versprochen. Das klingt für mich schon sehr mittelalterlich.«

Lucien neigte den Kopf schief. »Man hegt für Menschen, denen man sein Leben lang nahesteht, automatisch Gefühle. Nyx und ich – wir sind uns seit ihrer Geburt versprochen. Sie hat immer hier gelebt, kennt mich wie eine Schwester. Ist das nicht genug an Liebe?«

»Deine Nyx macht es einem Jungen auch nicht schwer, sie zu mögen. Sie ist echt hübsch. Trotzdem würde ich mich an ihrer Stelle ja immer fragen, ob du dich auch für sie entschieden hättest, wenn du die freie Wahl gehabt hättest.«

Ein Schatten schien sich über seine Züge zu legen, und ich fragte mich, woran er dachte.

»Ich hätte mich für sie entschieden. Sie kennt ihre Pflicht, ist fügsam ...«

Ich lachte und rutschte etwas tiefer auf die Matratze. »Mittelalterlich!« Ich konnte nicht anders, als den Kopf zu schütteln.

»Das ist doch echt mittelalterlich. Und es sagt nichts über deine Gefühle für sie, wenn du sie nur gewählt hättest, weil sie dir nicht widerspricht!«

Er grinste. »Vielleicht sollten wir lieber über die Gefühle reden, die dein Widerspruch in mir weckt!«

»Ich will überhaupt keine Gefühle in dir wecken.«

»Tust du aber. Dein Kampfgeist gefällt mir, auch wenn du schon bald lernen wirst, dass es besser für dich ist, zu tun, was ich dir sage.«

»Jeder hier meint, dass er über mich verfügen kann. Zuerst Riley, dann Magnus und jetzt du und dein Vater. Aber ich bin nicht euer Spielzeug!«

»Nein, das bist du nicht – denn dies ist kein Spiel, Thorn. Und keine Angst, die Gefühle, von denen ich sprach, sind keineswegs romantischer Natur. Deshalb kannst du auch unbesorgt einschlafen. Mit einem Halbwesen würde ich mich nie einlassen.«

»Und was ist mit dem Befehl deines Vaters? Sind wir nicht vor eurem Gesetz miteinander verbunden?«

Lucien wandte mir den Rücken zu und klopfte das Kopfkissen auf, als wolle er gleich schlafen. »Mein Vater ist nicht hier. Er kann mich an dich binden – aber dich mir aufzwingen kann er nicht.«

KAPITEL 19

»Dein Zorn richtet sich gegen den Falschen«, hörte ich Lucien sagen. Er hatte die Stimme gedämpft, was mich aufhorchen ließ. Ich öffnete die Augen und lugte unauffällig hinter den Bettvorhängen hervor.

Lucien stand an der Tür zum Flur. Er hatte sich offenbar umgezogen, denn er trug eine lässige Jeans und ein schwarzes Shirt, was, wie ich zugeben musste, sehr gut zu seinen nachtschwarzen Schwingen passte. Ihm gegenüber stand Nyx. Es war nicht schwer, sie wiederzuerkennen, denn der hellsilbrige Glanz ihrer Schwingen war kaum zu übersehen.

»Mein Vater ist Ratsmitglied, Lucien! Er war dabei, als du unser Bündnis mit Füßen getreten hast. Er sagt, du hast nicht mal um mich gekämpft!«

»Als wäre Kane von seiner Meinung abgewichen, hätte ich mich ihm widersetzt.« Er legte seine Arme auf ihre Schultern und zog sie an seine Brust. »Du weißt, es hätte nichts geändert. Und ich habe klar und deutlich gesagt, dass ich nicht einverstanden bin. Er war nicht umzustimmen.«

Nyx schlug seine Hände weg und funkelte ihn böse an. »Vater hat auch gesagt, dass er mich einem anderen geben will. Ist dir das egal, Lucien? Ist dir egal, was aus mir wird? An wen man mich verschachert, wie ein Stück Vieh?«

Lucien trat einen Schritt weiter zu ihr in den Flur, offenbar um mich nicht zu wecken.

»Schhht, beruhige dich, Nyx.« Er umfasste ihr Gesicht, streichelte ihr Haar. »Natürlich ist mir dein Schicksal nicht egal. Ich werde mit Vater reden. Ihn überzeugen, einen Mann zu erwählen, den du akzeptieren kannst.«

»Ich will nur dich!«, rief sie. »Nach dem Kuss gestern … nachdem du mich verlassen hast, mit deinem Kuss auf meinen Lippen, Lucien, da … da wusste ich, dass es für mich immer nur dich geben wird. Sag nicht, du hast mir damit nicht ein Versprechen gegeben.«

»Es tut mir leid, Nyx, ich wollte keine falsche Hoffnung wecken. Ich hätte dich nicht küssen sollen, hätte …. mich beherrschen müssen.«

Nyx trat zurück. Ich konnte sie nicht mehr sehen, denn Lucien versperrte mir die Sicht. »Wenn du den Kuss heute schon bereust, dann hättest du dich wirklich besser beherrscht, Lucien!«, brach es aus ihr heraus. Ich hörte, wie ihre Schritte sich entfernten.

»Nyx!«, rief Lucien ihr hinterher, doch die Schritte verklangen in der Ferne. »Verflucht!«, murmelte er und schloss die Tür.

Schnell legte ich mich zurück und tat so, als würde ich noch schlafen.

»Du kannst die Augen aufmachen«, brummte er und warf mir ein Oberteil aus grüner Seide zu. »Ich weiß, dass du wach bist.«

Zögernd öffnete ich die Augen und setzte mich mit der Bettdecke fest an die Brust gepresst auf. »Ich wollte nicht lauschen«, erklärte ich verlegen und strich mir über meine verstrubbelten Haare.

»War ja nicht zu überhören«, gab Lucien zu und öffnete die Vorhänge. »Nyx ist noch immer sehr verletzt. Aber sie hat dir dieses Shirt gebracht.« Er deutete auf den grün schimmernden Stoff.

»Sie hat – wie wir alle – nur rückenfreie Kleidung im Angebot. Du wirst damit auskommen müssen.«

Ich zog das Oberteil zu mir heran. Es war schön, beinahe sexy. Es war im japanischen Stil geschnitten, mit einem kleinen Kragen am Hals und Knöpfen am Rücken, wobei ein großes Oval zwischen den Schultern ausgespart war.

»Es ist hübsch, danke. Bist du sicher, dass sie mir das Shirt überlassen will? Sieht teuer aus …«

Lucien grinste. »Will sie sicher nicht, aber das hat kaum etwas mit dem Preis als vielmehr etwas mit ihrer Ablehnung dir gegenüber zu tun.«

»Damit ist sie ja nicht allein«, murrte ich, wickelte die Decke um mich, schnappte mir das Oberteil und stieg aus dem Bett. »Ich geh mich mal anziehen«, erklärte ich und verschwand in das angrenzende Badezimmer. Trotzdem hörte ich Luciens Lachen.

»Du hast recht. Hier im Haus bist du sicher nicht gerade beliebt. Trotzdem wirst du alles bekommen, was du benötigst. Sei es Kleidung oder sonst etwas. Ich war so frei, dir Waschsachen zu besorgen. Du findest sie gleich neben dem Waschbecken.«

Waschsachen! Alles in mir jubelte, doch zugleich ärgerte ich mich darüber, dass ich Lucien dankbar dafür war. Das musste ich schließlich nicht. Immerhin hielt er mich gegen meinen Willen hier fest! Dennoch ließ ich die Decke fallen, schlüpfte aus meiner Hemd-Umhüllung und auch aus dem zerrissenen Laufshirt. Ich wusch mich und genoss das kurze Gefühl der Normalität, als ich mir das Haar bürstete und die Strähnen zu einem ordentlichen Zopf flocht. Dann streifte ich mir das geborgte Oberteil über und schloss umständlich die Knöpfe am Rücken. Sicher hätte ich Lucien um Hilfe fragen können. Meinen Rücken hatte er ja nun wirklich schon gesehen, aber wenn es nach mir ginge, würde mir dieser Sadist nicht noch einmal so nahe kommen.

Ich ließ mir Zeit, weil ich nicht zurück ins Schlafzimmer wollte. Ich wollte nicht wissen, was mich erwarten würde, wollte nicht wissen, welchen Horror dieser Tag für mich bereithielt. Bisher war jeder neue Tag schlimmer gewesen als der davor, und ich konnte eine weitere Steigerung zum Schlechten wirklich nicht verkraften.

Erst als ich Stimmen aus dem Nebenraum hörte, verließ ich neugierig meinen Rückzugsort. Ich trat leise ein, aber die beiden Männer wandten sich sogleich zu mir um, als hätten sie mich erwartet. Die zweite Stimme gehörte zu Magnus Moore, der breitbeinig neben Lucien stand. Offenbar hatte ich ein nicht gerade harmonisches Gespräch unterbrochen, denn beide sahen mürrisch drein. Dabei wirkte das entstellte Gesicht von Magnus auch schon ohne den feindseligen Blick beängstigend.

»Hi!«, presste ich heraus, unschlüssig, was ich nun tun sollte. Warum war ich nicht im Bad geblieben?

»Thorn! Schön zu sehen, dass es dir gut geht.« Magnus kam auf mich zu und reichte mir die Hand, die mich wegen ihrer Größe an die Pranke eines Bären erinnerte.

»Ich habe dir gesagt, dass es ihr gut geht«, warf Lucien schlecht gelaunt ein. »Was denkst du denn, was ich ihr hätte antun sollen?«

Magnus kniff die Augen zusammen. »Ich weiß nicht. Du machst kein Geheimnis aus deiner Verachtung für Halbwesen, Lucien – und vielleicht hast du ja gestern Gefallen an Grausamkeiten gefunden, als du Riley so brutal misshandelt und gequält hast«, schlug Magnus bitter vor.

Lucien wandte sich ab. »Such nur nach einem Schuldigen, Magnus. Dann kannst du dir leichter einreden, deine Hände in Unschuld zu waschen. Dabei hast du Thorn doch erst ins Spiel gebracht!«

»Ich habe sie nicht ins Spiel gebracht. Ich habe sie nur nicht aus dem Spiel genommen, wie dein Vater es mir vor beinahe sechzehn

Jahren befohlen hat. Ein Kind – ein unschuldiges Mädchen nach der Geburt zu töten, das kann nicht mal ich. Ich bin groß und stark und habe für euch und den Clan gekämpft, bis zum Blut – wie man unschwer erkennen kann. Vielleicht glaubt ihr deshalb, ich hätte kein Herz. Aber das habe ich. Und ich fühlte mich Aric Chrome verpflichtet.«

Lucien schnaubte. »Aric Chrome hat sein Volk verraten. Nur um der Liebe willen. Eine Beziehung zu einem Menschen, Magnus ... wie konntest du das gutheißen?«

»Das habe ich nicht. Ich war besorgt, als Aric mir Tessa vorstellte. Und ich habe ihn gewarnt.«

»Tessa?« Ein Zittern durchlief meinen Körper, und ich musste mich aufs Bett setzen. »Ist das meine Mutter? Ist das ihr Name?« Bilder meiner Adoptivmutter wirbelten durch meine Gedanken. Ich sah ihre blauen Augen, ihre blonden Locken, sah Jakes kindliches Lachen, fühlte Dads tröstende Umarmung. Und doch rückte das alles in den Hintergrund, denn dieses eine Wort – TESSA –, es wuchs an und füllte sämtliche meiner Sinne. Ich wollte sie sehen, riechen, ihre Stimme hören und ihre Haut fühlen, wenn sie die Arme um mich legen würde. Ich wollte wissen, wie es war, ihr gegenüberzustehen. Wollte wissen, ob sie manchmal an mich gedacht, mich vielleicht vermisst hatte. Und ich fühlte mich schuldig, ja, herzlos, weil ich sie bis zu diesem Moment, bis jetzt, wo ich wusste, dass ihr Name Tessa war, nie vermisst hatte.

Magnus nickte. »Tessa hat dich zur Welt gebracht. Sie wollte dich nicht verlassen, aber es war zu gefährlich für sie, bei dir zu bleiben. Nach Arics Verbannung war ihr keine Silberschwinge in ganz England mehr milde gesonnen. Sie ist geflohen. Niemand weiß, was aus ihr geworden ist.«

»Und mein Vater? Was ist mit ihm?«

»Aric hat England verlassen. Er bat mich, für deine Sicherheit zu sorgen, und das habe ich getan. Dann ist er ins Exil. Er ist nach Los Angeles. Dort gibt es viele wie ihn.«

»Los Angeles?« Das war so weit weg, so fern jeder Vorstellungskraft, dabei wünschte ich mir doch so sehr, eine Verbindung zu dem Mann zu spüren, der ganz offenbar mein Vater war.

Lucien rollte mit den Augen. »Die Stadt der Engel! Die Rebellen haben sich einen Spaß daraus gemacht, gerade diese Stadt zu der ihren zu machen. Es gibt dort mehr abtrünnige Silberschwingen als irgendwo sonst auf der Welt«, erklärte er mir.

»Ihr denkt also, mein Vater ist dort?«

»Nein. Er war dort.« Magnus machte ein ernstes Gesicht. »Seit einem Monat hat ihn dort keiner meiner Kontakte mehr gesehen. Ich denke ...« Er rieb sich die Narbe, als würde sie schmerzen. »Ich denke, er weiß, dass dein Geburtstag näher rückt. Ich denke außerdem, dass ihn interessiert, was ... nun, was dieser Geburtstag für Veränderungen mit sich bringt.«

Luciens Blick verfinsterte sich. »Warum erzählst du mir das alles? Wenn du wirklich denkst, Aric würde hierherkommen – warum behältst du das nicht für dich? Aric ist schließlich dein Freund.«

Magnus nickte. »Das ist er. Aber ich will nicht, dass Thorn zwischen die Fronten gerät. Sie ist unschuldig und weiß nichts von Arics Plänen oder Absichten.«

»Und du, Magnus? Was weißt du?«, verlangte Lucien kühl zu erfahren, bekam aber nur Schweigen zur Antwort. Murrend fuhr Lucien sich durchs Haar und versuchte es anders. »Du denkst also, er kommt nach London? Glaubst du wirklich, er traut sich hierher zurück?«

Magnus nickte. »Ich denke, er ist längst hier.«

Luciens Kiefermuskeln zuckten. »Du musst das genießen, Magnus. Du hast ja nie ein Geheimnis daraus gemacht, was du von den Gesetzen unseres Volkes hältst. Das hast du mit Aric gemeinsam.«

»Die Reinheit des Blutes war mir immer ebenso wichtig wie euch. Ich habe nur dagegen aufbegehrt, dass für Gefühle in eurer Welt kein Platz ist.«

Lucien winkte ab.

»Ich kenne die Geschichte, Magnus! Du hast dich in eine Silberschwinge verliebt, die einem anderen versprochen war. Du warst so dumm zu denken, dass Liebe hier jemanden interessiert.«

»Du sprichst von deiner eigenen Mutter, Lucien!«, ermahnte ihn Magnus. »Sie hat mich geliebt, ebenso wie ich sie. Doch sie war Kane versprochen. Was also sollten wir tun, als gemeinsam fortzugehen?«

Aus Luciens Blick sprach Verachtung. »Sie hat nicht nur ihn verlassen, sondern auch ihr Kind. Ich war noch ein Baby, doch ihr hat das nichts bedeutet!«, knurrte er. »Sie hat uns verlassen, nur um kurz darauf an deiner Seite den Tod zu finden! Sag mir, Magnus, war es das wert?«

Wieder rieb sich Magnus die vernarbte Wange. »Lassen wir das. Wir müssen keine alten Wunden aufreißen. Ich bin nur hier, weil ich möchte, dass du Thorn Zeit gibst, sich an alles zu gewöhnen.« Der Hüne lächelte mich an. »Bring sie zu ihrer Familie, sie geht zur Schule, hat in ihrer Welt Verpflichtungen – zumindest bis zum Ende des Schuljahrs. Ich habe ihre Zieheltern informiert. Sie werden euch keine Schwierigkeiten machen, aber wenn Kane kein Aufsehen erregen will, musst du ihr diese Zeit geben.«

»Das kann ich nicht. Die Oberen werden sie prüfen – und sie hat nicht mal ihre Schwingen. Wenn du … wenn ich ihren Hals retten soll, dann muss sie vorbereitet werden.«

»Die Oberen sind noch nicht hier. Und ich kenne deine Stärke, Lucien. Wenn ihr jemand ein guter Lehrer sein kann, dann du.«

»Du kennst mich überhaupt nicht!«, widersprach Lucien bitter.

»Doch. Denn du bist deiner Mutter sehr ähnlich. Ähnlicher, als du denkst, Lucien. Und bis auf gestern, wo du Riley derart hart bestraft hast, wäre sie sicher stolz auf dich gewesen!«

Luciens Augen wurden zu schmalen Schlitzen. »Sprich nicht von ihr! Für mich hat sie nie existiert. Und nun verschwinde. Was du sagen wolltest, bist du ja nun losgeworden!«

Magnus nickte. Er sah mich bedauernd an, dann trat er erhobenen Hauptes zur Tür. »Ich hoffe, wir sehen uns wieder«, flüsterte er und verneigte sich zum Gruß vor mir, ehe er mich mit Lucien York allein ließ.

Kapitel 20

Lucien rieb sich die Stirn. Der Tag fing ja schon gut an. Erst der Streit mit Nyx, dann der unerfreuliche Besuch von Magnus. Und jetzt war er schon wieder mit diesem grünäugigen Halbwesen allein, das ihm in der vergangenen Nacht den ganzen Schlaf geraubt hatte. Zuerst hatte er wirklich geglaubt, dass es kein Problem sein würde, in einem Zimmer mit ihr einzuschlafen, doch weit gefehlt. Ihre Nähe hatte ihn unruhig gemacht, selbst als sie schon tief und fest schlief. Es war, als wären sämtliche seiner Sinne auf sie gerichtet. Er hatte ihren leisen Atemzügen gelauscht, hatte den seidigen Schimmer ihrer Haut im Mondlicht genossen, und ihr reiner Duft war ihm wie ein kostbares Parfum in Erinnerung geblieben. Mehrmals musste er sich zwingen, nicht aufzustehen und sich ihr zu nähern, so unwirklich war es ihm erschienen, dass ausgerechnet ein Halbwesen in seinem Bett lag. Ein schönes Halbwesen, wie er nach dieser schlaflosen Nacht zugeben musste. Aber dennoch ein Halbwesen.

Darauf musste er sich besinnen, wenn sie ihn wie jetzt mit ihren großen, angstvollen Augen ansah. Nicht an den Duft ihrer Haut.

»Wirst du tun, was Magnus sagt?«, fragte sie scheu, ohne die Distanz zwischen ihnen zu verringern. »Darf ich zu meiner Familie? Bringst du mich nach Hause?«

Lucien schwor sich, sich von dem Flehen in ihrer Stimme nicht kleinkriegen zu lassen. Er hatte einen Befehl erhalten – und bei Gott, er würde ihn erfüllen, und sei es nur, um Kane zu beweisen, dass er durchaus in der Lage war, ein Mädchen wie Thorn zu bewachen.

»Mir ist egal, was Magnus sagt. Ich traue dir nicht«, erklärte er deshalb streng. »Und solange das so ist, bleibst du genau hier, wo ich dich im Auge habe.«

»Du kannst mich doch auch bei meinen Eltern im Auge haben«, schlug sie noch immer hoffnungsvoll vor und trat dabei einen Schritt in seine Richtung. Der fließende Stoff von Nyx' Shirt umschmeichelte ihren Körper und betonte ihre schlanke Figur. Nein, er würde sich davon nicht ablenken lassen. Nicht davon, und auch nicht davon, wie sie vor Verzweiflung die Zähne in ihre Lippe grub.

»Ich habe Nein gesagt.« Er wandte sich ab, um ihre Enttäuschung nicht mit ansehen zu müssen. »Heute bleiben wir hier. Beweis mir, dass du deine Rolle akzeptierst, dass du *mich* an deiner Seite akzeptierst, dann sehen wir weiter.« Er ging zum Kamin, wo auf einem Tischchen neben den Sesseln eine silberne Servierhaube einen Teller verdeckte. »Ich habe dir Frühstück bringen lassen. Kann sein, dass es schon kalt ist. Magnus' Besuch war nicht geplant«, wechselte er das Thema und nahm die Haube ab.

Ohne sich umzudrehen, wusste er, dass sie die Arme wütend vor der Brust verschränkt, sich aber ansonsten keinen Millimeter bewegt hatte.

»Ich scheiß auf dein Frühstück, Lucien!«, fauchte sie. »Glaubst du, dass du mich damit ködern kannst? Dass ich wegen einem Teller dampfender Eier mit Speck und Bohnen vergesse, wie ... wie ...«

»Wie?«, hakte er nach und spürte sofort, wie er sie damit verunsicherte. Trotzdem gab sie nicht klein bei, sondern baute sich sogar noch vor ihm auf.

»Wie selbstgefällig, herrschsüchtig, ekelhaft und grausam du bist? Jawohl!«

Er grinste, denn trotz ihrer Worte war ihr Zittern nicht zu übersehen. Sie griff ihn an, obwohl sie seine Reaktion fürchtete.

»Du magst also keine Eier?«, überging er sie ganz bewusst und nahm selbst eine Gabel Bohnen.

»Ich mag Eier! Ich mag nur dich nicht!«, schrie sie und fuhr sich durch die Haare, was einige Strähnen aus ihrem ordentlichen Zopf riss.

Lucien stöhnte. Dieser Tag wollte einfach nicht besser werden. Er deckte das Frühstück wieder zu und sah seine bald Angetraute müde an. »Und deshalb bleiben wir hier. Irgendwie – und ich habe wirklich keine Ahnung, wie das gehen soll, aber … aber irgendwie müssen wir an dieser Tatsache etwas ändern, Thorn. Ich wüsste nicht, wie ich dich auf die Prüfung der Oberen vorbereiten soll, solange du mich hasst – und ich dich verachte.«

Er streckte seine Schwingen, um die Verspannung in seinem Rücken zu lösen. Ließ die Schultern kreisen. Erst als er sich etwas besser fühlte, drehte er sich wieder zu ihr um.

Die Wut in ihren Augen war müder Resignation gewichen, und für einen kurzen Moment fühlte er sich ihr tief verbunden. Sie beide mussten akzeptieren, was er ihr schon gestern vor dem Rat gesagt hatte. Keiner von ihnen hatte eine Wahl.

»Und jetzt iss endlich was.« Er trat an den Balkon und öffnete die Tür, ohne darauf zu warten, dass sie tat, was er sagte. Er ging hinaus und streckte das Gesicht der Morgensonne entgegen. Die Luft war mild für einen Morgen in London. Er schloss die Augen und ließ den Wind durch seine Schuppen wehen. Gleichzeitig spürte er ihre Nähe.

»Warum verachtest du mich eigentlich?«, fragte sie mit vollem Mund. »Wir kennen uns doch gar nicht. Ich habe dir nie etwas getan, ganz im Gegensatz zu dir. Du hast mich entführt, meinen Freund misshandelt und hältst mich hier gefangen. Dass ich dich also nicht mag, liegt ja wohl auf der Hand. Aber womit habe ich deine Verachtung verdient?«

Lucien drehte sich zu ihr um. Sie stand hinter ihm auf dem Balkon, hatte den Teller in der Hand und löffelte sich Bohnen in den Mund, während sie ihn neugierig musterte. Der Wind spielte mit den gelösten Strähnen, hob die schwarze Pracht in die Luft, und Lucien stellte sich vor, wie diese glänzenden Haare später über ihre Schwingen fließen würden.

»Du bist ein Halbwesen«, antwortete er, auch um sich selbst das immer wieder in Erinnerung zu rufen.

Thorn schluckte hinunter. Sie runzelte die Stirn. »Das ist ja nun so langsam nichts Neues mehr«, murmelte sie. »Und dummerweise kann ich das auch nicht ändern. Glaub mir, wenn ich's könnte, hätte ich es längst getan!«

Lucien lächelte. Sie hatte ja recht. Sie konnte nicht verstehen, warum er fühlte, wie er fühlte. Er setzte sich auf die Brüstung und sah sie an. Vielleicht musste er sich öffnen, damit sie beide mit ihrer ausweglosen Situation klarkommen würden. »Ich habe dir schon gestern gesagt, meine … Ablehnung liegt nicht an dir speziell.« Er atmete tief ein. »Ein Halbwesen namens Valon hat meine Mutter getötet«, gestand er leise. »Halbwesen sind unberechenbar und gefährlich. Man muss sie vernichten, ehe …«, er schüttelte den Kopf und spreizte die Schwingen, »… ehe sie uns alle ins Verderben stürzen.« Damit stieß er sich von der Mauer und glitt auf ausgestreckten Schwingen davon.

Ich hastete an die Balkonbrüstung und sah Lucien nach, der sich scheinbar mühelos und nur getragen vom Wind immer weiter von mir entfernte.

»Na toll!«, murrte ich und hätte ihm am liebsten den Teller hinterhergeworfen. »Na, da hab ich ja mal wieder Glück!« Ich beugte mich über die Brüstung, um noch einmal, diesmal bei Tageslicht, meine Chancen abzuwägen, auf diesem Weg irgendwie zu entkommen. »Muss ich ausgerechnet an die einzige Silberschwinge geraten, die einen Hass auf Halbwesen hat?«

»Du irrst dich!«, erklang eine Stimme hinter mir, und ich erschrak so, dass ich beinahe das Gleichgewicht verloren hätte. Ich fuhr herum und war froh um die steinerne Brüstung in meinem Rücken, denn Nyx stand mir gegenüber. Sie hatte ihre hellen Schwingen ausgebreitet, als wäre sie aus der Luft gekommen.

»Womit irre ich mich?«, hakte ich misstrauisch nach.

Sie lächelte. »Du irrst dich, wenn du annimmst, Lucien wäre der Einzige, der Halbwesen hasst. Er ist nur der Einzige, der zudem noch einen persönlichen Grund hat.«

»Was willst du hier? Lucien ist …« Ich spähte in die Richtung, in die er verschwunden war. »Er ist nicht hier.«

»Ich weiß. Ich wollte nicht zu ihm.« Nyx faltete ihre Schwingen auf den Rücken und trat näher. »Ich wollte sehen … wer das Mädchen ist, über das jeder hier spricht.« Sie blieb knapp vor mir stehen, und ihr stechender Blick bohrte sich in meinen. »Wer das Mädchen ist … das mir Lucien nimmt.«

»Ich will ihn nicht, du kannst ihn gerne behalten!«, fuhr ich Nyx an und stieß sie von mir. Ich hatte wirklich keine Lust mehr, ständig bedroht zu werden.

»Das habe ich schon gehört«, gab Nyx zu, und etwas von ihrer Wut schien zu verrauchen. »Ist auch klug von dir, denn Lucien liebt mich. Wir waren einander lange versprochen. Wir kennen uns.«

»Wie gesagt, du kannst ihn von mir aus gerne behalten.«

Nyx wandte mir den Rücken zu und trat an die Brüstung. Sie

blickte in den Himmel, die Sonne versilberte ihr helles Haar. »Gehört dein Herz dem Rebellen?«, fragte sie direkt, ohne mich jedoch anzusehen.

»Welchem Rebellen?«

»Riley Scott. Gehört ihm dein Herz?«

Noch ehe ich antworten konnte, zeigte der Schatten über mir, dass unser Gespräch beendet war. Luciens dunkle Schwingen sperrten für einen Moment die Sonne aus, als er direkt vor mir landete. Ich spürte den Lufthauch seiner Schwingen, hörte die Luft an seinen Schuppen reißen und die Kraft seiner Bewegung, als er die mächtigen Schwingen zurück auf seinen Rücken schlug.

»Riley Scott wird keine Rolle mehr für sie spielen, egal was sie für ihn empfindet – oder empfunden hat«, erklärte er schroff, und mit einem Blick bedeutete er mir, mir dies gut zu merken. Dann wandte er sich an Nyx. »Und was, wenn ich fragen darf, willst du hier oben?«

Sie reckte das Kinn vor und verschränkte die Arme vor der Brust. Ihr Fuß tippte ungeduldig auf. »Das brauchst du nicht zu fragen, oder? Du weißt, dass ich sie sehen wollte. Schon vorhin, als ich dir das Oberteil gebracht habe. Wenn du mich wegschickst, komme ich eben wieder, wenn du nicht da bist.« Sie lächelte provozierend. »Und wer hätte gedacht, dass du schon so schnell genug von deiner neuen Versprochenen hast und das Weite suchst?« Sie warf mir einen mitleidigen Blick zu. »Wobei … besonders reizvoll ist sie ja nicht gerade.«

»Lass Thorn in Ruhe«, brummte Lucien und packte Nyx am Arm. Er beugte sich über sie und senkte die Stimme. »Ich sage das nur einmal, Nyx: Halt dich von ihr fern und füge dich Kanes Befehl.« Ich sah, wie er seine Hände nun zärtlich auf ihre Schultern legte. »Du weißt, dass wir keine Wahl haben. Also mach es uns nicht unnötig schwer.«

Nyx nickte. Sie schmiegte sich in seine Arme und flüsterte etwas, das ich nicht verstehen konnte. Das musste ich auch nicht, denn ich fühlte mich schon so vollkommen fehl am Platz.

Lucien küsste ihren Scheitel und hob sie mit einer kraftvollen Bewegung auf die Brüstung. »Geh jetzt. Wir sollten uns vorerst nicht so oft sehen. Wem immer man dich verspricht, wird sich nicht freuen, dich in meiner Nähe zu sehen.«

»Wem immer man mich verspricht – soll zum Teufel fahren, genau wie dieser Rebell, dem wir das alles zu verdanken haben!«

Lucien versteifte sich. »Keine Sorge, Nyx. Riley Scott ist bereits zum Teufel gefahren. Ich war gerade bei ihm. Du kannst mir glauben, es wird keinen Tag in seinem Leben mehr geben, an dem er nicht bereut, was er angerichtet hat.«

Nyx kniff die Lippen zusammen. »Ihn habe ich nicht gemeint. Ich spreche von Magnus Moore. Er hätte das Halbwesen vernichten sollen – und hat es nicht getan.« Sie funkelte mich über Luciens Schulter hinweg hasserfüllt an. »Und nun vernichtet sie uns!«

»Du solltest jetzt gehen, Nyx.« Lucien klang müde, und es sah für mich so aus, als wollte er sie nicht wirklich gehen lassen, bevor sie sich schließlich in die Tiefe fallen ließ. Ich wusste, sie würde nicht hart aufschlagen, sondern ihre Schwingen spreizen und irgendwo elegant landen. Trotzdem zuckte ich zusammen. Sich einfach so hinabzustürzen widersprach jedem Überlebensinstinkt. Der Tag, an dem ich das tun würde, würde garantiert niemals eintreffen! Ich hasste die Höhe.

»Tut mir leid«, murmelte Lucien und kam auf mich zu. »Ich hoffe … sie war nicht … nicht unfreundlich zu dir.«

Ich lachte. »Nicht unfreundlicher als du. Ihr beide passt echt gut zusammen. Beide redet ihr ständig nur von Vernichtung.«

»Sie wird dir nichts tun«, versicherte mir Lucien schwach. »Sie wollte sich nur abreagieren.«

Ich verzog das Gesicht. »Und du? Tust du mir was? Schließlich weiß ich jetzt, warum du mich hasst. Auch wenn ich es ehrlich gesagt nicht verstehe. Ich bin nicht dieser Valon. Ich bin nicht grausam. Ganz im Gegensatz zu dir.«

Lucien schwieg, daher trat ich zu ihm. »Du hast gesagt, du warst bei Riley. Ich will wissen, wie es ihm geht.«

»Ist mir egal, was du willst.«

»Hat er Schmerzen? Was sagt er denn?« Ich ging auf Lucien los, wollte Antworten, denn die Bilder von Riley, die permanent in meinem Kopf kreisten, mussten schlimmer sein als die Realität. Alles andere war unvorstellbar.

Er packte meine Hand, als fürchtete er, ich könne nach ihm schlagen. »Egal wie es ihm geht, er hat verdient, was er bekommen hat!«, rechtfertigte er sich.

»Du lügst! Riley ist ein guter Mensch. Ich weiß nicht, was er deiner Meinung nach verbrochen hat, aber mir ist er wichtig. Darum bitte ich dich: Lass mich zu ihm. Lass mich sehen, wie es ihm geht.«

Seine Hand an meinem Arm war wie ein Schraubstock, und ich hoffte, irgendwo in seinen silbernen Augen Mitgefühl zu entdecken, an das ich hätte appellieren können.

»Ein guter Mensch?«, ätzte Lucien und schüttelte den Kopf. »Er ist kein Mensch und ein guter schon gar nicht, sonst hätte er sich nie mit einem Halbwesen eingelassen.« Er fuhr sich durchs Haar und sah mich an. »Klar, wir Silberschwingen haben Mädchenmangel. Wir ziehen manchmal los und flirten mit Menschenmädchen. Manchmal küsst man sogar eines, aber man offenbart niemals, was wir sind. Man lässt sich nicht wirklich mit einem Menschen ein. Und schon gar nicht mit einem Halbwesen. Das ist gegen das Gesetz.«

»Ach, so ist das!«, rief ich wütend. »Ein bisschen Rummachen ist also erlaubt, aber wenn man sich dann in eine Menschenfrau verliebt wie mein Vater, dann wird man verbannt und entmachtet, richtig?«

Lucien ballte die Hände zu Fäusten. »Nein, Thorn! Ein bisschen Rummachen ist nicht erlaubt! Und daran hätte Riley sich bei dir mal lieber gehalten!«

Ich schnappte nach Luft. »Du denkst, wir haben … rumgemacht?«, flüsterte ich, denn sein brennender Blick ließ mich erzittern.

»Was sollte ich sonst denken?«, antwortete auch er leise. »Er hat dir unsere Welt gezeigt. Hat dich mit in die Luft genommen. Er hat sein Leben für dich aufs Spiel gesetzt.« Lucien sah mir in die Augen, und ich erkannte eine Unsicherheit darin, die nicht zu ihm passte. Der Griff um meinen Arm wurde sanfter, doch er gab mich nicht frei. Er sah mich einfach nur an, als sähe er mich zum ersten Mal.

Ich biss mir auf die Lippe, denn wie so oft spielten meine Gefühle in seiner Nähe verrückt. Er sah so gut aus, und dennoch fürchtete ich ihn so sehr.

»Bitte, Lucien, lass mich zu ihm, denn wie du sagst – er hat sein Leben riskiert. Ich fühle mich schuldig, kann an nichts anderes denken.« Ich legte ihm die Hand auf die Brust, nicht sicher, ob ich ihm damit näherkommen oder Abstand schaffen wollte. »Bitte. Ich *muss* Riley sehen. Dann werde ich tun, was immer dein Vater von mir verlangt.«

Lucien kniff die Lippen zusammen. »Nein.«

Ich war enttäuscht, darum stieß ich ihn von mir, wollte weg, aber er riss mich zurück, sodass ich gegen ihn taumelte. Der dunkle Schatten seiner Schwingen schloss sich um uns, und er schlang seinen Arm um mich. »Wenn ich dich zu ihm bringe«, murmelte er rau, »dann wirst du tun, was *ich* sage.«

Kapitel 21

Mit jeder Stufe, die ich hinabstieg, wuchs meine Beklemmung. Die steinerne Treppe führte in einer engen Spirale in die Tiefe. Kühle Dunkelheit umfing mich. Luciens mächtige Gestalt hinter mir trug nicht dazu bei, mich sicherer zu fühlen, denn in dem fahlen Licht der wenigen Lampen kam er mir noch bedrohlicher vor als in seinem Zimmer.

»Wo zur Hölle sind wir hier?«, fragte ich und ließ meine Finger über die feuchten Mauersteine streichen. »Kommt mir vor wie eine Burg.«

Geisterhaft hallten unsere Schritte von der Gewölbedecke wider, als wir den Fuß der Treppe erreicht hatten. Hier zweigte ein Raum ab, der vollkommen in Schatten lag. Ein dunkler Schlund.

»Darlighten Hall ist ein alter Adelssitz«, erklärte Lucien und duckte sich unter einem Mauerbogen hindurch. »Davon gibt es viele in England. Nicht alle haben unterirdische Gewölbe wie dieses, aber für die Zwecke des Rats sind solche verborgenen Räume unentbehrlich.« Er deutete in den finsteren Schlund. »Dies war früher die Waffenkammer.«

»Das ist verrückt!«, murrte ich und rieb mir die Arme, um die Gänsehaut zu vertreiben, die meinen ganzen Körper überzog. »Das ist ein Verlies, wie im Mittelalter!«

Lucien nickte. »Die Bauart hat sich schon damals bewährt. Es ist effektiv.« Er griff nach meiner Hand und führte sie zu einer in den Stein gehauenen Tierskulptur, die den Durchgang zu bewachen schien. »Fühlst du es?«

Ich wusste nicht, was ich fühlen sollte. Meine Sinne gerieten aus der Bahn, als er seine Hand, so warm und stark, auf meine legte. Das unebene Relief der Skulptur wirkte im Vergleich zu Luciens Wärme beinahe eisig. Diese gegensätzlichen Empfindungen jagten unbekannte Schauer durch meinen Körper. Der kalte Dunst, der vom Boden aufstieg und unter meinen Rock fuhr, wurde nun verdrängt von Luciens Körperwärme, als er so nah hinter mich trat. Ich fühlte einiges. Seinen Atem auf meiner Haut, seinen Blick, seine Schwingen, die mich sanft streiften, aber ich wusste, dass er nichts davon meinte.

»Schließ die Augen«, forderte er leise und presste meine Finger noch etwas fester gegen den Stein. »Atme langsam ein, dann tief wieder aus.« Er machte es vor, und sein Atem kitzelte meinen Nacken, streichelte meine Wange. Ich traute mich kaum, seiner Aufforderung zu folgen, denn ich wollte nichts weiter tun, als mich in diesem Moment zu verlieren. Ich atmete ein, und all meine Sorgen waren vergessen. Selbst Riley war aus meinem Kopf verschwunden. Es war nicht länger wichtig, dass ich hier gegen meinen Willen war, dass ich meine Eltern nicht sehen konnte oder meine Freunde. Dass man hier nichts sehnlicher wollte, als mich zu vernichten. Dies alles war nicht wichtig, weil *ich* plötzlich nichts dringender wollte, als mich in Luciens Wärme zu vergraben. Ich wollte, dass er die Schwingen um mich schloss, seine Arme um mich legte und mir noch einmal mit dieser wunderbar sanften Stimme versicherte, dass mir nichts geschehen würde. Ich wollte ihm glauben und endlich wieder seine heilenden Hände auf meinem pochenden Rücken fühlen.

»Lass alles los, versuch, an nichts zu denken«, flüsterte er. »Versuch, die Seele der Dinge in dir aufzunehmen. Lass es einfach zu.«

Mein Herz schlug so laut, dass ich sicher war, das Echo von der Gewölbedecke widerhallen zu hören. Ich erspürte den Stein unter meinen Fingerkuppen, er wurde langsam wärmer, weicher, als würde meine Hand darin einsinken. Ich lehnte mich unsicher näher an Lucien, dann rieselte ein Kribbeln von meinen Fingerspitzen durch meine Handfläche. Erste Bilder blitzten vor meinem geistigen Auge auf.

»Lass es zu.« Luciens Worte an meinem Ohr klangen wie aus weiter Ferne. Mir war schwindelig, ich suchte Halt und war froh, ihn hinter mir zu wissen, als ich Männer mit ledernen Westen und groben Stiefeln den düsteren Gewölbegang entlangkommen sah. Sie schleiften einen Gefangenen hinter sich her. Filziges Haar, zerlumpte Kleidung, faule Zähne. Ich roch die Männer, nahm den Gestank nach Schweiß und Vieh wahr, hörte das Krächzen in der Stimme des verwahrlosten Gefangenen. Immer mehr Bilder strömten auf mich ein. Bilder aus Jahrhunderten, in denen es dieses Gewölbe schon gab. Sie zogen vorbei, viel zu schnell, als dass ich sie später hätte beschreiben können, und doch so lebendig und klar, dass ich glaubte, nur die Hand ausstrecken zu brauchen, um ein Teil davon zu werden.

Es war irre. Und unfassbar. Und fantastisch. Ich kam mir vor, als würde ich durch die Zeit reisen. Die Bilder wurden immer schneller, immer verworrener, bis …

»Riley!«, keuchte ich und riss die Augen auf. Trotzdem waren die Eindrücke noch allgegenwärtig. Ich wurde sie nicht los, nicht mal als ich meine Hand von der Statue riss, als hätte ich mich daran verbrannt.

Männer, Silberschwingen, die ich zuvor schon bei der Ratsversammlung gesehen hatte, sie zerrten Riley hinter sich her. Wie einen Sack, wie einen Toten. Das lange Haar hing ihm in rußigen Strähnen ins Gesicht. Blut, Schweiß und Tränen hatten darauf ihre Spuren hinterlassen.

Ich stieß Lucien von mir, presste mir die zitternden Hände auf die Augen, um das Bild zu vertreiben, doch vergeblich. Ich roch den Gestank der verbrannten Schwingen, sah die wenigen verbliebenen Federschuppen, die ihren ursprünglichen Glanz verloren hatten und nun wie tot an dem kahlen Schwingen-Skelett klebten.

Beinahe hysterisch schlug ich auf Lucien ein, während mir die Tränen über die Wangen liefen.

»Warum?«, schrie ich. »Warum zeigst du mir das?« Immer wieder hämmerte ich ihm mit der Faust auf die Brust. »Wie konntest du das tun? Du Monster!«

Er ließ es geschehen, stellte sich meinem Schmerz, ohne sich zu wehren. Wartete, bis ich keine Luft mehr bekam, bis ich zu schwach war, weiter auf ihn einzuschlagen. Erst dann griff er meine Handgelenke. Er umfasste sie sanft, aber entschieden.

»Schau mich an, Thorn«, verlangte er leise. »Ich wollte, dass du siehst, was dich gleich erwartet. Darum habe ich dir das gezeigt. Ich wusste nicht, ob du schon so weit bist, aber ich habe es gehofft.«

»Warum? Willst du mich absichtlich quälen?«, schluchzte ich, nicht in der Lage, den Tränenstrom zu stoppen. Wie hatte ich gerade so dumm sein können, mich nach seiner Berührung zu sehnen? Wo ich doch jetzt kaum seine Nähe ertrug.

Obwohl ich gegen ihn ankämpfte, wischte er mir mit dem Daumen über die Wange, fing die Tränen ab.

»Das will ich nicht. Ich wollte dich vorbereiten. Wollte nicht, dass du zusammenbrichst, wenn du Riley gegenüberstehst. Er weiß auch so, wie schlecht es um ihn steht.«

Ich lachte bitter und riss mich frei. »Jetzt hast du Mitgefühl? *Jetzt?*«

Luciens Miene wurde strenger. »Er braucht deine Tränen nicht, Thorn. Er braucht niemanden, der sein Elend noch betont. Ich wollte dich nicht zu ihm lassen, weil ich wusste, wie du reagieren würdest. Es war ein Fehler, dem zuzustimmen.«

»Es war ein Fehler, Riley zum Krüppel zu machen!«, rief ich und wischte mir wütend die Tränen aus dem Gesicht. »Das war ein Fehler! Nicht, mich hierherzubringen.«

Lucien kniff die Augen zusammen. Der gefährliche Glanz darin entging mir dennoch nicht. »Denk, was du willst, Thorn. Aber ich konnte ihn nicht verschonen. Was ich getan habe … musste getan werden. Und wenn du immer noch willst, dass ich dich zu Riley bringe, dann schluckst du jetzt besser jeden weiteren Kommentar hinunter. Ich bin es leid, mir von dir Vorwürfe machen zu lassen. Du kennst unsere Gesetze nicht. Kennst nicht die Macht des Wortes des Lairds.« Er deutete den Gewölbegang entlang auf die einzige Tür am anderen Ende. »Dass Riley noch lebt, verdankt er mir. Vergiss das nicht!« Damit drückte er mir einen Schlüssel in die Hand und stieß mich in Richtung der Tür. »Ich gebe euch fünf Minuten«, knurrte er und verschränkte abwartend die Arme vor der Brust.

Ich sah von ihm zur Tür und wieder zurück. Lucien verstellte mir den Rückweg, und obwohl ich Riley unbedingt hatte sehen wollen, schienen meine Beine nun schwer wie Blei. Jetzt wo ich eine grauenvoll genaue Vorstellung davon hatte, was mich erwarten würde, war ich nicht sicher, seinen Anblick ertragen zu können.

Schritt für Schritt trat ich näher, hatte Mühe, den Schlüssel in das altertümliche Schloss zu stecken, so sehr zitterte ich. Und als sich schließlich die schwere Eisentür mit einem unheimlichen Quietschen öffnete, wäre ich am liebsten davongelaufen. Kalte, feuchte Luft schlug mir entgegen, und ich schluckte, um die Beklemmung abzuschütteln, die mir die Kehle zuschnürte.

»Riley?«, flüsterte ich in die Dunkelheit. »Bist du hier?«

Ich hörte ein Rascheln, dann das Kratzen von Eisen über Stein.

»Thorn?« Ich spürte seine Bewegung mehr, als dass ich sie sah. »Was machst du denn hier?«

Ich trat weiter in den Raum, um das wenige Licht, das durch die Tür fiel, ungehindert hereinzulassen. Bis ich ihn entdeckte. Und obwohl ich vorbereitet war, entfuhr mir ein entsetztes Keuchen.

Seine schlanke Gestalt kauerte am Boden, eine schwere Eisenkette war um sein Fußgelenk geschlossen und an der Wand befestigt. Er trug kein Hemd, und seine Hose war nass von den feuchten Steinen.

»Gott, Riley!«, flüsterte ich. »Was machen die nur mit dir?« Ich trat näher, umfasste sein Gesicht und strich ihm die Strähnen aus den Augen. »Es tut mir so leid! Kann … kann ich irgendwas … tun?«

»Was machst du hier?«, wiederholte er seine Worte, die in ein heiseres Husten übergingen. Er krümmte sich vor Schmerzen.

»Lucien hat mich hergebracht. Ich musste dich sehen!« Obwohl kaum Licht herrschte, entgingen mir die Blutergüsse an seinen Armen nicht. Auch nicht die Striemen der Fesseln, mit denen er am Pfahl befestigt worden war. »Ich musste wissen, wie es dir geht.«

Riley lachte rau. »Mir würde es besser gehen, wenn ich einen Kaugummi hätte«, scherzte er, wobei das Lachen seine Augen nicht erreichte. »Ist so eine Sache, das mit den Angewohnheiten «

»Das ist nicht lustig, Riley. Du siehst furchtbar aus!«

Er nickte schwach und versuchte aufzustehen. »Ich weiß. Es gibt keinen einzigen Zentimeter meines Körpers, der nicht wehtut.« Langsam spreizte er das, was von seinen Schwingen übrig war. Die verbrannte Haut schmatzte feucht, als er sie entfaltete, und die wenigen verbliebenen Schuppen hingen wie Leichentücher von ihrem knöchernen Geripppe. »Kein besonders schöner Anblick, oder?«, wisperte Riley. Ich musste ihm nicht in die Augen sehen, um seine Verzweiflung zu erahnen. Ich wollte die Hand ausstrecken, ihm irgendwie Trost spenden, seine Qualen lindern, doch ich stand nur da, mit bebenden Lippen und verheultem Gesicht. Unfähig, mehr zu tun, als seinen Schmerz mit ihm zu teilen.

»Sieh mich nicht so an, Thorn. Das ... das wird schon wieder«, wollte er mich trösten, dabei war er es doch, der dieses Leid ertragen musste.

»Du brauchst einen Arzt«, stellte ich fest, denn er hatte sicher einige Knochenbrüche davongetragen. Allein die Schwellung an seiner Augenbraue musste untersucht werden.

»Wir sind keine Menschen, Thorn. Wir können nicht einfach in ein Krankenhaus gehen. Was würden die zu den Schwingen auf den Röntgenbildern sagen?« Er schüttelte den Kopf und zog mich in seine Arme. Ich ließ es zu. An seine Schulter geschmiegt, konnte ich mich nicht mehr beherrschen und heulte ungehemmt los. Ich traute mich kaum, ihn zu berühren, aus Angst, ihm noch mehr wehzutun, doch Riley war das egal. Er presste mich an sich, murmelte tröstende Worte und strich mir übers Haar. »Es ist okay, Thorn. Wirklich. Ich ... ich wusste immer, was passieren kann, wenn ... wenn man sich nicht unterordnet.« Er küsste meine Schläfe. »Ich hatte ... Glück.«

»Glück?« Ich deutete auf seinen Rücken. »Das nennst du Glück?« Er verzog das Gesicht, und selbst das schien ihm Schmerzen zu bereiten.

»Glück im Unglück, würde ich sagen. Ich hoffe, dass der Blutdurst von Kanes Männern damit vorerst gestillt ist. Ich vermute aber, dass der Besuch der Oberen sie antreibt, noch mehr

Rebellen in ihre Gewalt zu bekommen. Kane ist ehrgeizig, und durch Urteile wie meines kann er sich vor den Oberen profilieren.«

»Du denkst also, Lucien wird noch andere Rebellen jagen? Sam oder Garret? Sind sie in Gefahr?«

»Sie sind immer in Gefahr, aber jetzt, wo ich hier gefangen gehalten werde, fürchte ich, dass sie Dummheiten machen könnten.«

»Glaubst du, sie kommen her?« Wieder überzog eine Gänsehaut meinen Körper. Denn allein durch die Vorstellung, auch ihnen könne so etwas Schreckliches zustoßen, wurde mir übel.

»Das weiß ich nicht. Es wäre aber besser für sie, es nicht zu tun.«

Ein Räuspern hinter uns ließ mich zusammenzucken, und auch Riley versteifte sich. Er ließ mich los und schob mich behutsam von sich. Dann faltete er stöhnend die Überreste seiner Schwingen zurück auf seinen Rücken und neigte provozierend langsam den Kopf zum Gruß. »Lucien«, murmelte er mit deutlichem Hass in der Stimme.

Der streckte den Rücken durch. »Wie ich sehe, hast du es dir gemütlich gemacht«, erwiderte Lucien kalt und sah sich in der kahlen Zelle um. »Als ich vor einer Stunde hier war, warst du nicht mal bei Bewusstsein, jetzt liegt schon ein Mädchen in deinem Arm. So schlecht scheint es dir also nicht zu gehen.«

Riley verzog die blutverkrustete Lippe zu einem bitteren Lächeln.

»Was stört dich daran, Lucien?«, fragte er herausfordernd. »Doch nicht etwa die Tatsache, dass es *dein Mädchen, deine Versprochene* ist, die in *meinen* Armen liegt?«

Schnell, um eine Eskalation zwischen den beiden zu vermeiden, trat ich zwischen sie.

»Hört auf«, bat ich. »Ich dachte, ihr wart mal Freunde.«

Lucien kniff die Lippen zusammen. »Es ist Zeit zu gehen, Thorn«, sparte er sich eine Antwort und hielt mir die Zellentür auf.

»Du kannst ihn nicht hier angekettet lassen wie einen Hund, Lucien!« Ich würde nicht einen Fuß aus dieser Zelle setzen, solange Riley derart gefangen gehalten wurde.

»Das habe nicht ich zu entscheiden.«

Er trat in den Gewölbegang und sah mich abwartend an.

»Hast du überhaupt jemals was entschieden?«, rief Riley ihm nach. »Oder übernimmt Kane das Denken für dich?«

Ich sah, wie Luciens Kiefermuskeln zuckten. Kein gutes Zeichen, wie ich inzwischen wusste. Er spreizte die Schwingen leicht ab, was ihn noch größer wirken ließ, und kam in die Zelle zurück. Er schob mich achtlos beiseite und baute sich vor Riley auf. »Ich habe entschieden, dir die Schwingen zu nehmen!«, erinnerte er ihn. »Und wenn ich dich jetzt so ansehe, Riley, alter Freund, dann habe ich da eine wirklich gute Entscheidung getroffen – findest du nicht?«

Trotz seiner Ketten warf Riley sich auf Lucien. Der Laut, den er ausstieß, ähnelte dem eines angefahrenen Tieres. Was er tat, musste ihm höllische Schmerzen bereiten. Dennoch rammte er Lucien die wunden Schwingenknochen gegen die Brust und hob abwehrend die Fäuste, um dessen Gegenschlag abzublocken.

»Hört auf!«, kreischte ich, als mir ausgerissene Silberschuppen entgegenwirbelten und ich in der Dunkelheit nur noch Fäuste fliegen sah. »Spinnt ihr?«

Die Kette rasselte über den Steinboden, das Keuchen der Männer hallte von der Decke.

»Lucien!«, rief ich, denn seine dunklen Schwingen waren alles, was ich von dem Kampf zu sehen bekam. »Hör auf!«

Ich warf mich auf ihn und riss ihn zurück, erwischte ihn am Arm und spürte das Blut warm aus seiner Schnittwunde sickern. »Ihr Idioten!«, kreischte ich. »Ihr verletzt euch doch selbst!« Ich riss Lucien mit aller Kraft zurück, zerrte ihn von Riley weg, der zwar versuchte, ihm nachzusetzen, aber von der Eisenkette gehalten wurde. »Seid ihr bescheuert?«, schrie ich und schlug nun meinerseits nach Lucien, der meine Hand mit Leichtigkeit abfing, ehe ich ihn berührte. »Ich verstehe euch nicht! Reicht es euch noch nicht? Schaut euch mal an! So was tut man nicht mal seinem schlimmsten Feind an – und ihr wart mal Freunde!« Ich konnte Lucien nicht ins Gesicht sehen, so angewidert war ich von ihm. »Er liegt in Ketten, kann sich kaum auf den Beinen halten – und du schlägst noch auf ihn ein? Was bist du nur für ein Monster?«

Ich wandte mich an Riley und schüttelte den Kopf. Seine Augenbraue blutete, und seine Lippe schwoll an. Die linke Schwinge, oder das, was davon übrig war, stand in einem ungesunden Winkel ab, und er hielt sich keuchend die Rippen. »Ist dir das noch nicht genug?«, fragte ich, da er noch immer so aussah, als wollte er erneut auf Lucien losgehen. »Musst du dich mit ihm anlegen, obwohl du keine Chance hast? Muss er dich erst umbringen?«

»Ist doch egal«, gab der hustend zurück. »Du glaubst doch nicht, dass Kane mich jemals wieder gehen lässt. Das hier …«, er deutete auf die verwahrloste Zelle und hob seine gebrannten Schwingen, »… ist doch erst der Anfang.«

KAPITEL 22

Zurück in seinen Räumen donnerte Lucien die Tür zu. Er war wütend auf sich selbst. Mit verkniffener Miene zog er sich das Shirt über den Kopf und warf es achtlos aufs Bett. Die Wunde an seinem Arm war aufgerissen, und Riley hatte ihm einen ordentlichen Hieb in die Rippen versetzt. Schon jetzt zeichnete sich ein dunkler Bluterguss ab.

Er spürte Thorns vorwurfsvollen Blick, aber er hatte nicht die Absicht, ein Gespräch mit ihr anzufangen. Diese Auseinandersetzung war schließlich nur ihre Schuld.

Noch immer machte ihn die Erinnerung daran, wie sie weinend in Rileys Armen lag, rasend. Wie sie ihn angesehen hatte, mit ihren großen grünen Augen ...

»Hoffentlich tut es richtig weh!«, unterbrach sie seine Gedanken.

»Für Riley hattest du mehr Mitgefühl übrig.«

Sie funkelte ihn böse an. »Wundert dich das?«

Lucien neigte nachdenklich den Kopf. Dann ging er ins Bad und holte ein feuchtes Tuch, um seine Wunde zu kühlen. »Liebst du ihn?«, fragte er und suchte dabei in ihren Augen nach der Wahrheit.

Sie schien überrascht. Vielleicht weil die Antwort offensichtlich war? Doch anstatt zu antworten, presste sie die Lippen aufeinander.

»Das geht dich nichts an!«, murrte sie und wandte sich von ihm ab. »Sag mir lieber, ob er recht hat.«

»Womit?« Lucien wollte eine blutige Schramme an seiner Schwinge mit dem Tuch betupfen, kam aber nicht hin.

»Ist diese Zelle erst der Anfang? Was wird aus Riley, jetzt wo ihr ihn bestraft habt?«

Lucien versuchte die Verletzung mit der anderen Hand zu erreichen, aber auch so kam er nicht daran, und das Blut troff ungehindert weiter aufs Parkett. Er warf Thorn einen kurzen Blick zu. Sie beobachtete ihn genau. Seufzend gab er es auf, sich selbst zu verarzten, und ging zu ihr. Sie wich vor ihm zurück, dennoch drückte er ihr das Tuch in die Hand.

»Denkst du ernsthaft, ich helfe dir?«, fuhr sie ihn an und warf das Tuch aufs Sideboard. »Vergiss es!«

Er lächelte. Im Grunde hatte er genau diese Reaktion erwartet. Und aus einem unerklärlichen Grund freute es ihn, dass er sie inzwischen so gut kannte.

»Wenn du willst, dass ich dir sage, was aus Riley wird, dann …«, er deutete auf den Lappen, »… dann hilfst du mir hiermit.« Er zwinkerte ihr zu und setzte sich aufs Bett. »Und sei bitte zärtlich.«

»Du spinnst doch!« Sie zeigte ihm den Vogel, kam aber einen Schritt näher. »Das ist Erpressung!«

Lucien grinste. »Du hältst mich für ein Monster, da wird dich eine kleine Erpressung doch nicht überraschen.«

Mit einem Schnauben packte sie das Tuch und kam an seine Seite. Sie murrte etwas Unverständliches, als sie die Hand nach seiner Schwinge ausstreckte und anfing, mit mehr Druck als nötig das Blut abzutupfen.

»Und jetzt sag, was aus Riley wird!«, forderte sie, als Lucien unter ihrer groben Behandlung zusammenzuckte. Er sah sie schmunzelnd über die Schulter hinweg an.

»Das ist nicht zärtlich«, verbesserte er sie und erntete dafür gleich wieder eine etwas zu feste Berührung. »Zumindest rettest du das Parkett, wenn schon nicht meine Schwinge.«

»Vielleicht würde ich mir mehr Mühe geben, wenn ich wüsste, dass Riley nichts mehr geschieht«, erklärte ich, wobei ich versuchte, dem Kribbeln in meinen Fingern nicht zu viel Bedeutung beizumessen. Luciens Schwingen fühlten sich unfassbar weich an. Wie die zartesten Daunen eines Kükens, doch zugleich waren sie fest, beinahe wie eine funkelnde Fischschuppe. Die fedrigen Spitzen waren blutverschmiert, und ich sah einen Riss in der Haut unter dem Schuppenkleid. Überall dort, wo ich die Schwinge mit dem feuchten Tuch streifte, schillerte sie regenbogenfarben, wie Ölschlieren in einer Pfütze. Ich hatte zuvor schon Rileys Schwingen berührt, doch nie hatte es sich so besonders angefühlt wie in diesem Moment.

Ich sah auf und begegnete Luciens silbernem Blick. Der stählerne Glanz in seinen Augen machte es unmöglich, seine Gedanken zu lesen, dennoch beschleunigte sich mein Puls. Ich forderte ihn heraus, das wusste ich, doch in seiner Nähe konnte ich nicht anders, als mich kämpferisch zu geben.

»Wenn ich dir sage, dass ich höchstpersönlich für Rileys Sicherheit sorgen werde?«, fragte er leise, ohne wegzuschauen. »Wirst du dann etwas vorsichtiger sein?«

»Ich glaube dir nicht, Lucien.«

Er lachte. Dabei trafen sich unsere Schultern. Seine Haut war warm und glatt, und ich trat instinktiv näher.

»Riley hat seine Strafe bekommen. Er wird nach der Zeremonie, nachdem unsere Verbindung von den Oberen besiegelt wurde, freikommen. Darauf mein Wort.«

Ich wollte ihm glauben. Wollte darauf vertrauen, dass er hielt, was er mir versprach, damit ich endlich aufhören konnte, gegen ihn zu kämpfen.

»Und wenn dein Vater andere Pläne mit ihm hat?« Ich musste das fragen, denn inzwischen war mir klar, dass unser aller Schicksal in Kane Yorks Händen lag – nicht in denen seines Sohnes.

Luciens Blick verfinsterte sich, und er wollte die Schwinge schon zurückziehen. Aber so wenig ich ihm vorher helfen wollte, so wenig wollte ich jetzt, dass er sich wieder von mir abwandte. Das Thema gefiel ihm nicht, das war klar.

»Halt still!«, ermahnte ich ihn deshalb und hielt ihn fest. Lucien sah mich an. Er wirkte unsicherer als je zuvor.

»Es ist nicht leicht, sich meinem Vater zu widersetzen«, gestand er. »Und es ist besser, wenn alle Welt denkt, er allein würde herrschen. Doch ich kenne ihn gut und weiß genau, was ich tun muss, um … um ihn zu beeinflussen.«

Ich tupfte zaghaft über den Riss in seiner Haut und wusch dabei das Blut ab, ohne ihn anzusehen. Ich spürte, dass er mich beobachtete. Wusste, dass genau deshalb meine Finger zitterten.

»Du sagst, du kannst ihn beeinflussen …« Ich biss mir auf die Lippe, dann hob ich den Kopf und sah in sein Gesicht. Wenn er wie jetzt so friedlich neben mir saß, war er wirklich schön. Die dichten Brauen über den dunklen Augen verliehen ihm eine geheimnisvolle Aura, und seine vollen Lippen bildeten einen weichen Gegensatz dazu. »Und doch wurde ich dir gegen deinen Willen versprochen.«

Lucien lächelte leicht. Dann entzog er mir seine Schwinge und nahm mir den blutigen Lappen ab. »Weißt du, Thorn, manchmal …« Er stand auf und streckte sich, sodass ich nicht anders konnte, als seinen Körper zu bewundern. Seine Brust glänzte seidig, und seine Arme waren trainiert, so wie alles an ihm gestählt wirkte. Der dunkle Bluterguss an seinen Rippen tat mir schon beim Hinsehen weh, doch er schien das kaum zu bemerken. Er streifte sich ein frisches Shirt über und trat auf den Balkon.

»Weißt du«, wiederholte er und zwinkerte mir über die Schulter zu, als teilten wir ein Geheimnis. »Manchmal sind die Dinge nicht so, wie sie scheinen. Und manchmal treffe ich Entscheidungen, ohne dass jemand das bemerkt. Auch Kane nicht.«

Ich stand auf und ging zu ihm an die Balkontür. Gemeinsam blickten wir in Richtung London.

»Was willst du damit sagen? Wolltest du, dass ich dir versprochen werde?«

Seine Lippen wurden weich, und er schritt auf mich zu. Er ließ seine Hand in meinen Nacken gleiten und von dort aus langsam durch mein Haar. »Ich wollte nicht, dass etwas so … so Schönes … vernichtet wird. Der Rest … ist der Preis, den mich dieser Wunsch gekostet hat.« Er lächelte. »Wir werden sehen, was mich Rileys Sicherheit kosten wird.«

Mein Herz schlug so schnell, dass ich glaubte, es wolle die Schallmauer durchbrechen. Meine Haut stand in Flammen, dort wo er mich berührte. Ich schluckte, denn mein Mund war plötzlich so trocken wie nach einem Sprint beim Staffellauf.

»Warum solltest du ihm plötzlich helfen wollen?«, fragte ich mit schwacher Stimme, mir seiner Nähe in jeder Faser meines Seins bewusst. Sein Atem strich über meine Wange, als er antwortete.

»Ob du es glaubst oder nicht – ich bin nicht das Monster, für das du mich hältst. Riley wurde verurteilt und bestraft. Aber mehr hätte mit Gerechtigkeit nichts mehr zu tun.« Nun hob er die Hand an meine Wange, sein Blick hielt mich gefangen. »Und vielleicht zahle ich den Preis für seine Sicherheit auch nicht allein.«

So unerwartet er auf mich zugekommen war, so plötzlich drehte Lucien sich von mir weg. Er fuhr sich durchs Haar und trat bis vor an die Brüstung. Beinahe glaubte ich, er würde sich wieder in die Luft erheben, doch das tat er nicht. Er wandte mir seine dunklen Schwingen zu, seinen Rücken, als wollte er mich aus seinen Gedanken ausschließen, wo er doch gerade so offen, beinahe vertraut mit mir umgegangen war.

Lucien zwang sich, seine Gefühle unter Verschluss zu halten. Dieses Halbwesen ging ihm viel zu sehr unter die Haut. Er konnte sich dem Blick aus ihren großen grünen Augen nicht entziehen, obwohl er es besser wissen müsste. Er krallte die Finger in den Stein der Brüstung, um sich zu erden, um nicht zu vergessen, wo er war – und worin seine Aufgabe bestand.

Warum hatte er ihr versprochen, für Rileys Sicherheit zu sorgen? Wo er doch noch immer damit zu kämpfen hatte, sie in dessen Armen vorgefunden zu haben?

Er wusste warum. Es waren ihre Berührungen gewesen. Die Art, wie sie eben seine verletzte Schwinge behandelt hatte. Sie hatte absichtlich zu fest zugedrückt. Dennoch hatte er gespürt, dass unter dieser Grobheit echte Fürsorge in ihr steckte. Sie hatte ihm wehtun wollen, war dabei aber viel zu vorsichtig gewesen, als dass er ihr ihre Ablehnung abgekauft hätte.

Und dennoch, auch wenn er um ihretwillen für Rileys Schutz sorgen würde – für Garret, Conrad, Sam und all die anderen Rebellen konnte er ihr dies nicht versprechen. Er wusste, dass Kane Blut sehen wollte. Er würde auf Dauer nicht zufrieden damit sein, Schwingen zu brennen.

Selbst heute sollte er wieder mit seinen Männern durch London ziehen und nach den Rebellen Ausschau halten. Er wusste nicht, wie er das machen sollte. Er hatte das Gefühl, der Gestank von Rileys brennenden Schwingen würde ihm anhaften und jedem sofort verraten, was er getan hatte oder noch tun musste.

Natürlich war er im Recht – dennoch ließ ihn das Schicksal seiner ehemaligen Freunde nicht kalt.

Er warf einen Blick über die Schulter. Thorn wirkte verwirrt. Sie sah ihn an, ohne etwas zu sagen.

Sie hielt ihn für ein Monster. Dabei waren die einzigen Monster, die er kannte, allesamt Halbwesen. Welche Ironie! Vielleicht passten sie beide dann ja besser zusammen als angenommen.

»Was meinst du damit, dass du den Preis nicht allein zahlen musst?«, hakte sie nach einer ganzen Weile nach, ohne näher zu kommen. Sie hatte die Arme um sich geschlungen, als fröstelte sie, dabei war es ein milder Tag für britische Verhältnisse. Am liebsten wäre er zu ihr gegangen, um sie zu wärmen. Oder zu trösten – je nachdem, was sie mehr brauchte.

»Ich will damit sagen, dass … wenn du tust, was Kane von dir verlangt. Wenn *wir* tun, was er verlangt, dann wird ihm das wichtiger sein als Riley Scott.« Er zuckte mit den Schultern. »Wie hoch also der Preis sein wird, den du bezahlst, bleibt noch abzuwarten.«

»Und ich dachte, dir versprochen zu sein, wäre schon der Preis«, brummte sie.

Lucien lachte. Er griff nach ihrer Hand und zog sie neben sich an die Brüstung. Er wusste, dass er ihr fernbleiben sollte, doch das konnte er nicht. »Das war der Preis für *deine* Sicherheit, kleine Dorne.« Er legte ihre Hand an die Wunde, die sie ihm am Arm mit dem Brieföffner zugefügt hatte. »Und wenn du weniger kratzen würdest, weniger … dornig wärst, auch wenn dein Name das nicht erwarten lässt, dann …« Er schüttelte den Kopf über das drängende Bedürfnis, Frieden zwischen ihnen beiden herzustellen. »… dann kann ich dich morgen zu deiner Familie bringen. Magnus hat nämlich recht. Du musst dein Schuljahr abschließen, ehe du deine Verpflichtung an meiner Seite, an der Spitze des Clans der Silberschwingen von London, einnehmen wirst.«

»Du bringst mich heim?« Ihre Stimme überschlug sich fast vor Glück und Ungeduld, und es tat ihm leid, ihr vorerst noch einen Dämpfer versetzen zu müssen.

»Das tue ich, wenn …«

»Wenn was?« Sofort starrte sie ihn misstrauisch an.

»Wenn du versprichst, hier in meinen Gemächern zu bleiben, bis ich zurückkomme, um dich abzuholen. Kein Ausflug auf den Balkon, keine Gespräche mehr mit Nyx, keine sonstigen Dummheiten, die sowohl dir als auch mir Ärger bereiten würden.« Er drückte eindringlich ihre Hände. »Wenn das klappt, siehst du morgen deine Familie wieder.«

»Wohin gehst du denn? Und wie lange wirst du weg sein?«

Lucien schnaubte. Er hatte gehofft, sie würde nicht fragen. Er ließ ihre Hände los und fuhr sich durchs Haar. »Rebellen jagen«, presste er heraus. »Ich gehe weitere Rebellen jagen.«

»Was?« Er sah, wie ihr die Gesichtszüge entglitten. »Nein! Lucien, bitte!« Sie packte ihn am Arm. »Mach das nicht!«

»Ich muss. Kane verlässt sich auf mich. Ich habe nur zwei Aufgaben – dich auf deine Prüfung vorzubereiten und Londons Straßen von Rebellen zu säubern.« Er verzog den Mund. »Und in beidem komme ich nicht wirklich voran. Wenn ich also eine vernünftige Verhandlungsbasis für die nächste Konfrontation mit meinem Vater haben möchte, muss ich ihm Ergebnisse liefern.«

»Dann …« Er sah, wie sie sich den Kopf zermarterte. »Dann bleib hier und … und bereite mich vor. Du sagst, das ist Kane wichtig. Dann … lass uns das machen.«

Lucien lachte. Er bewunderte wirklich, wie sie für die Dinge kämpfte, die ihr wichtig waren. Ob sie wohl auch jemals für ihn so kämpfen würde? Irgendwann, wenn sie wirklich an seiner Seite stehen würde? Er runzelte die Stirn. Obwohl alles in ihm sich dagegen wehrte, ein Halbwesen zu akzeptieren, nahm das Bild von Thorn als seiner Partnerin doch immer klarere Konturen an. Verärgert über seine abschweifenden Gedanken schüttelte Lucien den Kopf. »Das werden wir machen, kleine Dorne. Nur nicht heute.« Er spreizte die Schwingen, um zu testen, ob ihn die Wunde beeinträchtigte. »Heute leiste ich Kanes Befehl Folge.« In ihren grünen Augen las er Enttäuschung. Doch das konnte er nicht ändern. »Und du folgst *meinem* Befehl und machst uns keinen Ärger.«

Kapitel 23

Ich hielt diese Ungewissheit kaum aus. Lucien war seit Stunden weg. Stunden, in denen ich mich fragte, ob Sam, Garret und Conrad in Sicherheit waren, oder ob es ihnen erging wie Riley. Waren sie längst gefangen genommen und von diesem Rat aus flügelschwingenden Spinnern verurteilt worden? Lagen sie auch in diesem finsteren Keller in Ketten? Blutend und verwundet? Der Gedanke an Riley ließ mich kaum los. Ich wünschte, ich könnte zu ihm, mich um seine Verletzungen kümmern, ihm irgendwie Trost spenden. Mehrfach war ich an die Tür geschlichen, hatte mein Ohr dagegengedrückt und gelauscht, ob ich im Flur irgendetwas hörte. Standen Wachen vor der Tür? Oder baute Lucien darauf, dass ich tat, was er verlangte? Was, wenn ich die Tür öffnen würde? Würde er mich dann nie zurück zu meinen Eltern bringen?

Ich presste meine Stirn gegen die kalte Glasscheibe der Balkontür, als würden sich dadurch meine Gedanken abkühlen lassen. Mein Atem beschlug die Scheibe und vernebelte mir die Sicht in die Nacht. Es wäre klüger, mich hinzulegen, zu schlafen, doch diese Ungewissheit hielt mich auf den Beinen.

Es musste doch einen Weg geben, meinen Freunden zu helfen. Ich musste ihn nur finden!

Wieder schlich ich zur Tür, lehnte meine Wange dagegen und

horchte. Es war nichts zu hören. Kein Laut drang an mein Ohr. Wie von selbst glitt meine Hand an die Türklinke. Mein Puls hämmerte so arg, dass ich ihn bis in die Haarspitzen zu fühlen glaubte.

»Was mach ich nur?«, flüsterte ich. Denn selbst wenn ich ungesehen in den Flur käme, hätte ich keinen Plan, was ich als Nächstes tun sollte. Von hier fliehen und die Polizei informieren, oder lieber versuchen Riley aus seiner Zelle zu befreien? Das war verrückt, ich hatte ja nicht mal einen Schlüssel zu seiner Zelle – oder den unüberwindbaren Ketten. Und wollte ich wirklich das Wiedersehen mit Mom, Dad und Jake aufs Spiel setzen für einen fragwürdigen und vermutlich ohnehin zum Scheitern verurteilten Fluchtplan?

Gerade als ich meine Hand zurückziehen wollte, ging die Tür auf, traf mich an der Schulter, sodass ich hart auf meinem Allerwertesten landete.

»Au!« Als ich aufsah, blickte Lucien misstrauisch auf mich herab.

»Wo wolltest du hin?«, fragte er streng, ohne seinen aufkeimenden Ärger zu unterdrücken. Die Art, wie sein Kiefer zuckte, wie seine Schwingen leicht abgewinkelt waren, zeigte mir, dass er wütend war.

»Nirgends. Ich …«

»Du stehst also grundlos direkt hinter der Tür herum?«

Ich kämpfte mich auf die Beine und rieb mir den Hintern. »Nein!«, verteidigte ich mich. »Ich hab gelauscht, wenn du es genau wissen willst. Ich wollte hören, was in diesem Haus, in dieser sonderbaren Villa los ist. Das hast du mir nicht verboten!«

Er entspannte sich sichtlich und legte die Schwingen an. »Nein, das habe ich nicht«, gab er zu und trat ein. »Ist bei dir alles okay?«, fragte er deutlich freundlicher und deutete auf meinen Po.

»Geht schon!«, brummte ich verstimmt und setzte mich auf die Bettkante. Dass er meine Flucht, so unmöglich sie mir auch vorgekommen war, durch seine Rückkehr vereitelte, ärgerte mich. Wenigstens hatte ich ihn von hier aus gut im Blick, egal wo im Raum er sich aufhielt. »Und bei dir? Warst du ... erfolgreich?«

Nicht dass ich es wirklich wissen wollte ...

Lucien neigte den Kopf und grinste. »Meinst du, ob ich Rebellen erwischt habe?«

Ich nickte.

»Nein. Heute nicht.« Sein Misserfolg machte ihm offenbar nicht viel aus, denn er schlüpfte aus den Stiefeln, ließ sich in den Sessel am Kamin fallen und schloss die Augen. »Vielleicht morgen.«

»Vielleicht morgen? Ist das jetzt deine Antwort? Was ... was machen wir nun?«

Lucien öffnete ein Auge, was beinahe lustig wirkte. »Wir?« Er grinste. »Ich muss mich echt daran gewöhnen, dich *wir* sagen zu hören.«

»Lucien!«, rief ich wütend und sprang vom Bett auf. »Sag jetzt, was du vorhast!«

Es machte mich wahnsinnig, wie er mich durch dieses eine verkniffene Auge ansah, so als würde ich ihn beim Schlafen stören. Dabei hatte er sich doch gerade erst hingesetzt!

»Ich weiß nicht, was du jetzt vorhast, kleine Dorne, aber ich schlafe eine Runde. Solltest du auch tun.«

»Nenn mich nicht so!« Ich verschränkte die Arme vor der Brust. »Und was heißt das, du willst schlafen? Hier? Im Sessel? Noch eine Nacht?«

Sein Grinsen wurde breiter. »Wusste nicht, dass du mich bei dir im Bett haben willst.«

»Will ich auch nicht!«

»Dann mach doch endlich das Licht aus und leg dich hin. Es ist spät!«

»Das ist doch nicht meine Schuld! Du wolltest ja unbedingt noch Rebellen jagen!«

Ich stampfte zum Lichtschalter, löschte das Licht und tastete mich möglichst unauffällig durch die Dunkelheit zurück zum Bett.

Ein leises Lachen war aus dem Sessel zu vernehmen.

»Was ist?«, brummte ich.

»Wir Silberschwingen sehen in der Dunkelheit sehr gut. Offenbar ist diese Fähigkeit bei dir noch nicht angekommen.«

»Und das freut dich, ja? Dass das verhasste Halbwesen nicht so gut ist wie du?«

Wieder lachte er, dann hörte ich seine Schwingen rascheln und spürte den Luftzug, ehe sich nur einen Wimpernschlag später seine Arme von hinten um mich legten.

»Denk doch nicht immer nur das Schlimmste von mir, kleine Dorne.« Seine Arme umfingen mich wie eine warme Decke, und seine Schwingen streiften meine Haut.

»Ich hab gesagt, du sollst mich nicht so nennen!« Ich wehrte mich gegen seine Umarmung, doch er lachte nur.

»Ich nenn dich, wie es mir gefällt, weil ich der Stärkere von uns beiden bin«, flüsterte er mir ins Ohr und legte behutsam seine Hände auf meine Augen.

»Was machst du? Lass mich los!« Wie immer, wenn er mir so nah kam, bemerkte ich, wie gut er roch. Verdammt, ich wollte seine Nähe nicht, doch zugleich löste sie Empfindungen aus, die ich bisher nicht kannte. Dieses Kribbeln, diese Spannung, die mich erfasste.

»Beruhige dich, Thorn«, flüsterte er. »Und vertrau mir.«

»Was hast du vor?«

Luciens Lachen vibrierte in meinem Körper. »Ich sagte doch: Vertrau mir.« Er hielt mir noch immer die Augen zu, was seine dunkle und zugleich sanfte Stimme intensivierte. »Ich bin ein guter Lehrer, und deine Fähigkeiten entwickeln sich schnell. Das habe ich heute im Keller gesehen, als du die Steinmetzarbeit berührt hast.«

Ich bekam eine Gänsehaut, als er mich an die Bilder erinnerte, die ich heute den ganzen Tag vergeblich versucht hatte zu vergessen. Die Bilder von Riley. Ich versteifte mich, wollte nicht noch mehr sehen, nicht noch mehr Wahnsinn zulassen.

»Lass mich los, bitte!«, flehte ich und wollte von ihm weg.

»Warte.« Seine Lippen streiften wie versehentlich meinen Hals. »Lass mich dir zeigen, was du kannst.«

Meine Welt stand still. Nur noch mein rasender Herzschlag war existent. Ich schluckte meine Ängste hinunter, überließ mich seiner Führung und öffnete mich dem, was er für mich bereithielt. Ich musste mit ihm zusammenarbeiten. Um Rileys willen. Und wenn ich ehrlich zu mir selbst war, wollte ich Lucien vertrauen. Wollte lernen, was er mir zeigen konnte, und vor allem wollte ich ihn in diesen langen Nächten der Ungewissheit und Einsamkeit bei mir haben. Er war ein Fremder und mein Feind. Und er ging mir unter die Haut. Es machte keinen Sinn, das zu leugnen.

Unsicher legte ich meine Hände auf seine, verdeckte damit meine Augen noch mehr. Ich genoss seine Finger unter meinen und lehnte mich sanft an ihn. Meine Stimme zitterte, so beherrscht war ich von meinen neuentdeckten Gefühlen. »Na gut, Lucien. Dann zeig mal, was du kannst.«

Er lachte, und wieder kam es mir so vor, als erschütterte ein Erdbeben meine Welt. »Nein, kleine Dorne, ich zeig dir, was *du* kannst!«

Lucien spürte ihre Unsicherheit. Als Silberschwinge erfasste er sehr viel mehr, als das, was ein Mensch erspüren konnte. Er registrierte ihren beschleunigten Puls, ihre veränderte Atmung, die Anspannung in ihren Muskeln und das Surren ihrer Nervenbahnen. Sie verströmte einen süßen, beinahe blumigen Duft, und ihre Haut war wärmer, als er erwartet hatte. Unabsichtlich hatte er mit den Lippen ihren Hals gestreift, doch nun rang er den Impuls nieder, das zu wiederholen. Er fühlte ihre Wimpern an seinen Handflächen vibrieren und die Weichheit ihrer Hände im Vergleich zu seinen. Dass sie sich leicht an ihn lehnte, ermutigte ihn, und er beugte sich näher über sie. Ihr seidenglänzendes Haar kitzelte seine Wange, und er spreizte die Schwingen, wie um sie beide darin einzuhüllen.

»Atme tief ein«, flüsterte er und machte es ihr vor. Ihr Geruch benebelte seine Sinne – ebenso wie ihr Gehorsam. Als sie tat, worum er sie bat, hätte er am liebsten gejubelt. Thorn Blackwell hatte einen starken eigenen Willen. Er wollte sie nicht brechen, auch wenn er keine Ahnung hatte, wie er sie auf die Prüfung vorbereiten konnte, sollte sie sich ihm weiterhin widersetzen. Doch wenn sie ihm vertraute, ihm und seinen Anweisungen folgte, dann musste er ihren Willen überhaupt nicht brechen. Dann konnte er sie in all ihrer Stärke und Schönheit bestehen lassen und mit ihr zusammen an ihren Fähigkeiten arbeiten. Wie jetzt.

»Und nun ... langsam wieder aus. Fühl, wie sich dein Brustkorb hebt und senkt, und versuch dabei, an nichts anderes zu denken.«

Er selbst konnte an nichts anderes denken als das sanfte Gewicht ihrer Brüste auf seinen Armen, als sie Atem holte. Diese unschuldige Berührung drang bis in sein Innerstes vor und zehrte an dem Hass, den er Halbwesen entgegenbrachte. Es kostete ihn immer mehr Mühe, nicht zu vergessen, was dieses Mädchen war, das sich so gut in seinen Armen anfühlte.

»Merkst du, wie deine Sinne sich schärfen?«

Ihr Nicken war schwach, so, als traute sie sich selbst nicht.

»Wenn ich die Hände von deinen Augen nehme, dann lass dir Zeit. Öffne sie erst, wenn du das Erbe des Lichts spürst, das sich von deinem Rücken aus immer weiter über deinen Körper erstreckt.«

»Das Erbe des Lichts?« Sie flüsterte, als wollte auch sie die Magie dieses unbeschreiblich intensiven Moments nicht brechen. Sie stand vor ihm in der bläulichen Dunkelheit des Zimmers, die für ihn gefüllt war mit silbernem Licht. Und er glaubte, nie etwas Schöneres gesehen zu haben. Durch den Rückenausschnitt ihres Oberteils sah er das Pulsieren ihrer Schwingenansätze. Sah den goldenen Schein wie eine sich windende glänzende Schlange unter ihrer Haut, spürte die Wölbung, als würde ihre Verwandlung schon bald vollzogen.

»Wenn wir unsere Schwingen bekommen …« Er breitete die Schwingen aus und wusste, dass sie es spürte. Dass sie die Kraft spürte, die damit einherging. »Wenn es so weit ist, dass sie sich zeigen, dass sie aus dir herausbrechen, dann …« Er gab seiner Schwäche nach und ließ noch einmal seine Lippen von ihrem Nacken zu ihrem Ohr gleiten. »… dann erbricht sich ein Strahlen aus dir, wie der Ausbruch eines Vulkans. Als stünde dein Rücken in goldenen Flammen, in flüssigen Flammen aus reinstem Licht.«

Sie erschauderte unter seiner Berührung, doch sie wich nicht vor ihm zurück. »Wir tragen das Erbe des Lichts in uns, Thorn. Darum sehen wir auch in der Dunkelheit. Und mit unseren Händen, indem wir bestimmte Dinge berühren. Wir sehen, und nichts bleibt uns verborgen.«

»Das Erbe des Lichts«, flüsterte sie ehrfürchtig.

»Du trägst es in dir, kleine Dorne. Vertrau darauf und öffne die Augen.«

Ein Zauber lag in der Luft, als ich mit angehaltenem Atem die Augen öffnete. Ich wusste nicht, was ich erwartete. Wusste nur, dass ich wollte, was Lucien mir beschrieb. Ich wollte das Erbe des Lichts spüren, es erleben, mich vielleicht darin verlieren und mich endlich wieder an etwas festhalten können. Vielleicht würde ich mich weniger verloren fühlen, wenn ich endlich wusste, was ich war und was mich ausmachte.

Durch die Wimpern spähte ich in die Dunkelheit, hob die Lider und …

Ich wandte den Kopf, versuchte, das Licht zu entdecken, die Finsternis zu durchbrechen, etwas zu sehen, das nicht nur aus erdrückender Schwärze bestand.

»Was siehst du?« Luciens Stimme an meinem Ohr war voller Erwartung, voller Spannung.

Ich blinzelte, atmete ein und aus, so wie er es mir gezeigt hatte, löste mich von all meinen Gedanken, ließ mich fallen und merkte, wie meine Pupillen sich weiteten, merkte, wie mir warm wurde, wie ich mich fester gegen Luciens Brust sinken ließ, um mich ganz auf mein Sehen konzentrieren zu können.

»Sprich mit mir, Thorn. Was siehst du? Wie … fühlt es sich an?«

Er drehte mich zu sich um, hielt mich, so nah, dass es mich beinahe um den Verstand brachte.

»Thorn?« Seine Stimme war kaum mehr als ein Lufthauch.

Ich blinzelte und hob ihm mein Gesicht entgegen. Ich wusste, dass er mich sah – trotz der Finsternis. Und vielleicht würde er erkennen, was ich nicht über mich brachte auszusprechen.

»Du siehst nichts?« Er klang enttäuscht.

»Nein. Nichts. Nur Dunkelheit.«

Er legte mir die Hände auf die Schultern. »Wir probieren es noch einmal. Das wird schon.«

Ich schüttelte den Kopf. Löste mich von ihm und trat zurück. »Nein. Ich kann nicht.«

»Du solltest nicht so schnell aufgeben. Es ist …«

»Ich will nicht!«, entgegnete ich entschlossen und streckte die Arme aus, um den Bettpfosten zu ertasten, der hier irgendwo in der Nähe sein musste. »Ich kann es nicht! Ich bin keine Erbin des Lichts! Ich bin nur ein Halbwesen, und Riley hat gesagt, dass niemand weiß, welche Fähigkeiten Halbwesen entwickeln. Vielleicht kann ich nicht so gut sehen wie du. Vielleicht … kann ich es nie!«

»Das ist Unsinn.« Lucien dirigierte mich zum Bett. »Nach einem Versuch kannst du unmöglich wissen, ob du diese Fähigkeit hast oder nicht.«

»Und wenn ich es weiter probiere? Und es doch nicht klappt?«

»Wir können das jede Nacht üben. Und irgendwann wird es klappen. Das weiß ich!«

Ich schüttelte den Kopf. »Nein, wir üben das nicht mehr!«

»Warum nicht?«

»Weil ich nicht will, dass du mir so nahe kommst. Ich will nicht … bei dir sein!«

»Warum? Was tue ich dir denn?«

»Du machst, dass …« Ich schüttelte den Kopf, rang nach Atem. »… dass ich dich mag!« Die Wahrheit hinauszupressen, die mir so schmerzlich im Magen lag, tat weh. »Dann vergesse ich, dass du mich hasst.«

»Ich hasse dich nicht.« Er fasste tröstend nach meiner Hand und streichelte sie.

Ich fühlte mich wie ein Verräter. Riley lag in Ketten, während mein Herz in Luciens Nähe Purzelbäume schlug. »Ich vergesse, dass du ein Monster bist!« Ich griff mir an die Kehle, um nicht laut zu schluchzen, als mir Tränen über die Wangen liefen.

Sekunden vergingen, ehe Lucien meine Hand losließ. Sekunden, die mir vorkamen wie Stunden.

»Das stimmt natürlich«, erwiderte er kalt. Ich spürte seinen Rückzug, auch wenn ich nichts sah. »Das solltest du wirklich nicht vergessen.«

KAPITEL 24

Als die ersten Sonnenstrahlen den Morgenhimmel in ein Farbenmeer verwandelten, lag ich noch immer wach. Luciens gleichmäßiger Atem aus Richtung des Sessels zeigte mir, dass wenigstens einer von uns Schlaf gefunden hatte. Und ich war das definitiv nicht gewesen. Ich war gerädert vom ständigen Herumwälzen und von einer schrecklichen inneren Unruhe ergriffen. Zum wohl tausendsten Mal in dieser Nacht fragte ich mich, was in mich gefahren war, Lucien zu sagen, ich würde ihn mögen. Und stimmte das überhaupt? War das, was ich in seiner Nähe empfand, wirklich Zuneigung?

Rastlos drehte ich mich auf den Rücken, als würde ich eine Antwort auf meine Fragen in den Bettvorhängen finden. Wie konnte es sein, dass ich Gefühle für Lucien entwickelt hatte? Lag es nur an seinem guten Aussehen? An seinen wunderschönen und zugleich geheimnisvollen Augen? Oder an der Art, wie er mich berührte?

Allein die Erinnerung an seine Lippen, die meinen Hals gestreift hatten, weckte die Schmetterlinge in meinem Bauch. So hatte mich wirklich noch nie jemand berührt!

Ich wälzte mich auf den Bauch zurück. Diese Schmetterlinge brauchten gar nicht erst abzuheben! Ich wollte mich auf keinen Fall in Lucien York verlieben. In ein Wesen, das nur zu gerne betonte, dass es stärker war als ich. In eine Silberschwinge, die so schwer zu durchschauen war wie das Dunkel der Nacht. Und zumindest für mich war die Nacht dunkel, das hatte mir der Versuch gestern ja deutlich gezeigt.

Frustriert zog ich die Decke über meinen Kopf. Ich verdrängte jeden Gedanken daran, was passiert wäre, hätte ich diese Fähigkeit entdeckt. Wie wäre es wohl gewesen, Lucien mit seinen ausgebreiteten Schwingen im Zwielicht zu sehen? So nah, so magisch, so unfassbar gewaltig, dass er meine ganze Welt aus den Angeln hob? Ich wusste nicht, was ich fühlen sollte. Ich dachte an Riley, an die Nähe zwischen uns. An den Abend in meinem Zimmer …

Ich mochte ihn gern. Fühlte mich sicher bei ihm. Ganz im Gegensatz zu Lucien. Bei ihm fühlte ich mich hilflos. Und ich war auch hilflos, was meine Gefühle für ihn anging. Zuvor hatte ich noch nie den Drang verspürt, einen Jungen zu küssen. Bisher war mir kaum bewusst gewesen, dass meine Mitschüler überhaupt Lippen besaßen. Aber Lucien, der hatte Lippen! Und was für welche! Weich und heiß spürte ich sie noch heute an meiner Halsbeuge. Und obwohl ich mit eigenen Augen gesehen hatte, wozu Lucien fähig war, wie hart und grausam er sein konnte, fragte ich mich doch, wie es gewesen wäre, ebendiese Lippen vor lauter Freude über meine Fähigkeit auf meinen zu finden.

»Ich bin so blöd!«, brummte ich und drehte mich noch einmal auf die andere Seite. Ich musste endlich schlafen! Draußen wurde es ja schon hell.

Als wäre das nun auch meinem geflügelten Zimmergenossen aufgefallen, reckte der sich in seinem Sessel. Wie schon am Tag zuvor stellte ich mich schlafend.

Ob Lucien wusste, dass ich wach war? Ob er wusste, dass ich ihn unter gesenkten Lidern heraus beobachtete? Vermutlich nicht, denn abgesehen von einem kurzen Blick in meine Richtung schien er mich nicht weiter zu beachten. Er stand auf, zog sein Shirt aus, verschwand ins Bad und kehrte kurze Zeit später nur mit einem Handtuch um die Hüften zurück. Sein Haar war nass, und seine Haut schimmerte feucht, als er an mir vorbei zu seinem Schrank ging. Seine nassen Schwingen hinterließen Wassertropfen auf dem Parkett.

Frei von jeglicher Scham legte Lucien das Handtuch ab und präsentierte mir seine frisch geduschte Kehrseite. Die nachtschwarzen Schwingen verbargen zwar das meiste, doch was ich sah, sprach durchaus für ihn.

»Ich muss mich heute um einige geschäftliche Angelegenheiten kümmern«, sagte Lucien, nahm einige Kleidungsstücke aus dem Schrank und fing an, sich anzuziehen.

Ich biss mir auf die Lippe. Wie peinlich! Er wusste tatsächlich, dass ich wach war. Ahnte er etwa, dass ich ihn beobachtete? Noch ehe ich in meiner Verlegenheit etwas antworten konnte, redete er weiter. »Ich werde Magnus aufsuchen und ihn bitten, dich zu deinen Eltern zu bringen. Er wird bei dir bleiben, bis ich ihn ablöse.«

Er drehte sich zu mir um. In Boxershorts und offenem Hemd stand er mir gegenüber. Ich war froh um die Decke über meinem Kopf, denn mir schoss bei seinem Anblick das Blut in die Wangen. Verdammt, sah der gut aus! Sein Bauch war das reinste Waschbrett, und der dunkle Bluterguss von seinem Kampf mit Riley verlieh ihm zusätzliche Härte. Es war nicht das erste Mal, dass ich seine Brust sah, auch nicht das erste Mal, dass sie mir auffiel, doch es war das erste Mal, dass ich sie berühren wollte. Die Finger unter meiner Bettdecke kribbelten regelrecht.

Ich überlegte, mich aufzusetzen, etwas auf seine knappen Worte zu erwidern, doch ich fühlte mich weder meiner eigenen Gefühlswelt noch seiner verführerischen Nähe gewachsen.

Er knöpfte sein Hemd zu, schlüpfte in eine Jeans und anstatt zur Tür in den Flur zu gehen, trat er auf den Balkon. Vorsichtig hob ich meine Decke etwas an, um zu sehen, was er tat. Ich sah den Schatten seiner Schwingen über den Marmorbelag gleiten, dann war der Balkon leer.

Als Magnus eine ganze Weile später kam, um mich abzuholen, hatte ich etwas von dem Essen verschlungen, das mir zwischenzeitlich gebracht worden war. Außerdem hatte ich mich gewaschen, auch wenn ich hier in diesem Haus voller Spinner auf eine Dusche verzichtet hatte. Ich war so frei gewesen, mir aus Luciens Schrank ein einfaches anthrazitfarbenes Shirt zu nehmen, das ich nun falsch herum trug. Da ich keine Schwingen hatte, die über den tiefen Ausschnitt hinwegtäuschen hätten können, musste ich ihn nach vorne nehmen. Bücken brauchte ich mich damit zwar nicht, aber im Grunde liefen hier in London manche noch offenherziger herum. Und für lange musste es ja nicht herhalten, denn Magnus würde mich jetzt endlich zurück nach Hause bringen. Dieser Gedanke und die unerwartete Fürsorge im entstellten Gesicht des Hünen machten meine Augen beinahe wässrig.

»Geht es dir gut?« Er klang ehrlich besorgt. Auch die Gründlichkeit, mit der er den Raum absuchte, drückte seine Sorge aus. »Lucien hält sich doch von dir fern, oder?«

Ich nickte und hoffte, dass meine roten Wangen nicht verrieten, wie gut sich Luciens Lippen auf meinem Hals angefühlt hatten. »Er hasst Halbwesen«, antwortete ich ausweichend, wenn auch nicht weniger wahrheitsgemäß.

»Er ist wütend. Wir haben ihn in eine Richtung gedrängt, die ihm nicht gefällt. Sein Bündnis mit Nyx war lange geplant. Es ist nicht verwunderlich, dass er verärgert ist.«

Ich biss die Zähne zusammen. Dass Lucien sehr an Nyx hing,

war mir schon aufgefallen. Schließlich hatte er nur deshalb Riley so grausam die Schwingen gebrannt. Und nun sollte ich ihren Platz einnehmen. An Luciens Seite, was immer das auch bedeuten mochte. Doch was war mit seinem Herz?

Gerade nach dem letzten Abend, nach dieser schlaflosen Nacht, fragte ich mich: Würde ich jemals auch einen Platz in seinem Herzen einnehmen?

Und sollte ich nicht alles daransetzen, *mein* Herz vor ihm zu schützen, anstatt zuzulassen, dass meine Gefühle für ihn wuchsen?

»Jedenfalls lehnt er sich ganz schön weit aus dem Fenster, indem er dich mir anvertraut. Kane wird es sicher nicht gefallen, dass ich dich zurück zu deinen Eltern bringe.«

»Warum lässt dich Lucien dann überhaupt in meine Nähe? Soweit ich weiß, bist du ein Rebell – und nicht gerade ein Freund der Familie.«

Magnus lachte. »Nein, das bin ich beileibe nicht. Und wir sind weit davon entfernt, dass Lucien oder ein anderes Mitglied der Familie York mir vertrauen würde. Doch wie ich das sehe, vertraut Lucien auch seinem Vater und dessen Männern nicht, sonst würde er dich nicht meiner Obhut überlassen. Er weiß, dass ich nicht zulassen werde, dass dir etwas geschieht.«

Ich rollte mit den Augen. »Du meinst, abgesehen von all dem Wahnsinn, der hier ohnehin gerade abgeht.«

Magnus' lautes Lachen ließ mich zusammenzucken. »Das trifft den Nagel auf den Kopf, meine Liebe!« Er hielt mir die Tür auf und ließ mir den Vortritt. »Und nun komm, deine Eltern wollen sicher nicht noch länger auf dich warten.«

»Sie wissen, dass ich komme? Und was passiert ist?«, fragte ich und trat in den Korridor. Zwei Silberschwingen mit versteinerten Mienen erwarteten uns und folgten uns in kurzem Abstand.

Magnus senkte seine Stimme und ging neben mir her die Treppen hinunter. »Sie sind halbwegs im Bilde. Nur solltest du besser nicht erwähnen, dass man dich töten wollte oder dass … man dich dem Sohn des Lairds versprochen hat.«

»Also wissen sie gar nichts!«

Magnus neigte den Kopf. »Sie wissen genug. Sag einfach … du hast in den Schoß deiner wahren Familie gefunden.«

Ich lachte bitter. Wenn Magnus damit den dunklen Kerker im Keller meinte, dann war das ja noch nicht mal eine Lüge.

»Apropos Familie. Hast du gesehen, was sie mit Riley machen? Sie halten ihn wie ein Tier in Ketten!«

Magnus runzelte die Stirn und führte mich durch eine breite Tür hinaus in den Garten. Ich hatte ihn schon vom Balkon aus bewundert, doch von hier unten sah er aus wie ein Park. Steinmetzarbeiten, kunstvoll getrimmte Hecken, bunte Rosenarrangements umgeben von duftendem Lavendel. Unsere Schritte knirschten auf dem Kies, als wir dem Weg folgten. »Ich habe es gehört. Aber ich sehe keine Möglichkeit, ihm zu helfen. Nicht im Moment. Warst du bei ihm?«

»Ja. Lucien hat mich hingebracht. Und dann haben er und Riley sich geprügelt.«

Magnus hob überrascht die Augenbrauen. »Vielleicht habe ich Lucien falsch eingeschätzt«, gab er nachdenklich zu und deutete auf eine dunkle Limousine, die vor der Villa auf uns und meine Bewacher zu warten schien. »Vielleicht … muss ich mir um dich wirklich keine Sorgen machen.«

»Hast du nicht gehört, was ich gesagt habe? Er ist ein Monster. Und brutal. Und … erbarmungslos.«

Magnus nickte. »Erbarmungslos eifersüchtig. Das war er schon immer. Lucien ist ein guter Mann, der aber sehr nach seiner Mutter kommt. Er ist kühn – und in seiner leidenschaftlichen Art sehr … besitzergreifend.«

Ich schnaubte. »Das habe ich schon bemerkt. Er tut gerade so, als gehöre ich ihm.«

Magnus öffnete die Tür des Wagens und hielt sie mir auf, während unsere Aufpasser das Steuer übernahmen. »Du gehörst ihm – zumindest nach den Gesetzen der Silberschwingen.«

Die Gesetze der Silberschwingen waren mir herzlich egal, als das Auto endlich bei uns in die Straße bog. Wir hatten das Haus noch nicht einmal erreicht, da riss Mom schon die Tür auf und rannte auf den Gehweg. Ich sprang aus dem Wagen, hastete ihr entgegen und warf mich in ihre Arme.

»Thorn!«, presste sie mit tränenschwerer Stimme immer wieder heraus und hielt mich so fest, dass ich kaum Luft bekam. »Meine kleine Thorn!«

Ich stimmte in ihr Weinen mit ein, unfähig, meine Gefühle auch nur noch eine Sekunde zurückzuhalten. Ich wollte ihr sagen, dass ich sie liebte, dass ich nicht wollte, was kommen würde, und dass ich niemandem gehörte außer ihr und Dad.

»Kommt, ins Haus«, bat Magnus uns und sah sich auf der Straße um. Unsere beiden Wachen waren im Auto geblieben. Es war offensichtlich, dass keiner von ihnen Aufmerksamkeit erregen wollte, doch das interessierte mich nicht. Ich hielt meine Mutter fest, weinte wie ein kleines Kind und fühlte mich großartig dabei. Bei allem, was in den letzten Tagen passiert war, schien mir dies das einzig Reale zu sein. Aus dem Augenwinkel sah ich auch Dad aus dem Haus kommen. Er wirkte alt. Hatte dunkle Ringe unter den Augen, und sein ansonsten so fröhliches Gesicht wirkte verhärmt.

Ich spürte Magnus' Hand auf meinem Rücken, den sanften Druck, mit dem er mich von der Straße schob.

»Dies ist wirklich nicht der richtige Ort«, erklärte er streng und deutete aufs Haus.

Mom fügte sich, ohne mich loszulassen. Sie fasste nach meiner Hand, drückte sie fest und sah mir in die Augen. Dann schaute sie Dad an und führte mich zu ihm.

»Dad!«, japste ich, als er mich mit all seiner Kraft hochhob und an sich presste.

»Meine Kleine! Wir hatten solche Angst!«

Magnus schloss die Tür hinter uns und rieb sich über die Narbe. »Brenda, Harry«, grüßte er knapp, dann nickte er in meine Richtung. »Wie ich euch gesagt habe, ist die Zeit nun gekommen, wo Thorn euch verlassen wird. Sie muss zu ihrer wahren Familie zurück.«

»Ich will nicht!«, heulte ich und klammerte mich fest an Dads Schulter. Ängstlich sah ich Magnus an, denn er hatte mir während der ganzen Fahrt eingetrichtert, dass ich Entschlossenheit demonstrieren musste. Dass ich tun musste, was man von mir verlangte. Aber wie konnte ich das? Dads Arme waren so warm, so sicher, so vertraut. Ich wollte nichts weiter, als sein Kind zu sein. Nichts mehr, als Moms Gutenachtkuss auf meiner Schläfe zu spüren – und zwar an jedem Abend. Meine Kehle schmerzte, so sehr kämpfte ich mit den Tränen.

»Ich lass dich nicht gehen, Thorn«, flüsterte Dad und rieb mir den Rücken, so wie damals, als ich mir auf Anhs Trampolin den Zeh gebrochen hatte. Nur war diesmal der Schmerz viel schlimmer.

Magnus baute sich zu seiner vollen Größe auf, die selbst für meine Eltern, obwohl sie ja seine Schwingen nicht sehen konnten, beeindruckend sein musste. Sein vernarbtes Gesicht wirkte finster und mehr als entschlossen.

»Ihr müsst vernünftig sein, Harry!«, ermahnte er meinen Vater. »Euch war immer klar, dass der Tag kommt, an dem ihre Verwandlung sie zwingen wird, sich von euch zu trennen.«

»Ich kann nicht glauben, dass unsere Tochter zu so einem Wesen werden wird!«, protestierte Mom und kam zu uns. Sie stellte sich vor mich, als würde sie mich mit ihrem Leben schützen.

Magnus zeigte sich unbeeindruckt. Er zog sich einen Stuhl heraus, öffnete den Knopf seines Jacketts und setzte sich. »Ich habe euch ausgewählt, weil ihr mit eigenen Augen gesehen habt, was eine Silberschwinge ist. Ihr habt selbst gesehen, was wir vor der Welt verbergen. Ihr wisst – was Thorn ist. Und, dass ihr sie nicht schützen könnt.«

Ich hob den Kopf und versuchte, mich zu beruhigen. Versuchte zu verstehen, was Magnus sagte. »Wie können sie das gesehen haben?«, fragte ich heiser von all den Tränen.

Magnus breitete seine Schwingen etwas aus, was natürlich nur ich bemerkte. »Wenn die Schwingen einer Silberschwinge nass werden, werden sie schwer. Regen ist noch zu ertragen, aber ein vollständiges Eintauchen in Wasser wäre ein echtes Problem. Fliegen ist dann unmöglich, und auch die Anpassung an die Umgebung leidet. Eine Silberschwinge, die ins Wasser stürzt – könnte ihr wahres Wesen nicht verbergen.«

Dad schob mich ein Stück von sich. Er sah mich an, als wüsste er selbst nicht, was er glauben sollte. »Vor fast zwanzig Jahren haben deine Mutter und ich ein solches Wesen am Ufer der Themse gefunden. Sein Name war Aric, und er war verwundet.«

Magnus nickte. »Aric hatte eine Auseinandersetzung mit Kane. Immer wieder haben sie gestritten. Um die Zukunft des Clans, um neue Gesetze, um … das Zusammenleben mit den Menschen. Aric wollte den Clan aus der Überherrschaft der Oberen herausführen.«

»Kane hat meinen Vater angegriffen?«, fragte ich verwirrt und spürte sofort, wie Dad zusammenzuckte. Mir wurde schlecht. Ich packte seine Hand, suchte nach Vergebung in seinen Augen, als mir bewusst wurde, was ich gesagt hatte. Mein Vater – bisher war er der einzige Vater gewesen, den ich gehabt hatte. Wie sehr musste es ihn schmerzen, dass das nun anders war? »Entschuldige, Dad. Ich habe das … nicht so …«

»Schon gut, meine Kleine. Ich … verstehe das.«

»Nein, ich meine wirklich nicht, dass …«

»Schluss jetzt!« Magnus ließ seine Faust auf den Küchentisch krachen. »Harry ist nun mal nicht dein Vater! Ihr fangt besser alle an, das zu begreifen.«

Mom presste sich die Hand vor den Mund, um ihr Weinen zu verbergen, aber Magnus ließ das kalt. »Ihr habt gesehen, was für ein Wesen in diesem Mädchen steckt. Sie gehört nicht zu euch.«

»Du hast sie hergebracht, weil sie bei ihrem Volk, wie du es ausgedrückt hast, nicht sicher war«, rief Dad. »Warum sollen wir glauben, dass dies nun anders ist?«

»Du hast mein Wort. Ihr wird nichts geschehen, und sie wird euch besuchen – wann immer sie kann.«

»Fragt mich denn niemand, was ich will?«, schrie ich verzweifelt, denn ich spürte, wie Dads Willenskraft schwächer wurde.

»Wenn du deine Familie in Sicherheit wissen willst, Thorn, dann fügst du dich. Kane verhandelt nicht. Du gehörst jetzt zu ihnen.«

»Und wenn ich das nicht will?«

Magnus rieb sich die Narbe. »Sie bekommen immer ihren Willen, Thorn. Aber du musst nicht sofort von hier weg. Lucien will, dass du das Schuljahr zu Ende bringst, dich normal verhältst. Und dann werden wir erzählen, dass du ein Jahr ins Ausland gehst oder dergleichen, um deine Abwesenheit zu erklären.«

Ich schüttelte den Kopf. »Das glaubt doch niemand! Anh wird mich anrufen wollen, mich besuchen. Wir sind wie Schwestern, sie wird wissen, dass etwas nicht stimmt. Wenn sie das nicht längst vermutet. Und was ist mit Jake? Wir können ihn nicht anlügen!«

Magnus gab nichts auf meinen Einwurf, sondern wandte sich an Dad. »Kümmert euch darum. Sorgt dafür, dass es keine Zweifel geben wird. Damit helft ihr Thorn am meisten.« Als wäre damit alles gesagt, erhob sich der Hüne. »Ich werde dich jetzt der Obhut deiner Eltern überlassen. Bleib hier, mach keine Dummheiten, denn ich muss die Zeit nutzen, um deine Freunde zu warnen. Lucien und seine Männer sind noch immer auf der Suche nach ihnen.«

»Das glaube ich nicht. Lucien hat gesagt, er hat Geschäftliches zu tun.«

Magnus lächelte bitter. »Sein Geschäft ist es, Rebellen aufzuspüren, Thorn. Was hast du denn gedacht?«

Was ich mir dachte? Das fragte ich mich auch Stunden später noch, als ich geduckt hinter der Hecke zum Nachbargrundstück in Richtung Straße schlich, um Luciens Aufpassern zu entkommen. *Mach keine Dummheiten,* hallte es in meinem Kopf wider, und ich war mir ziemlich sicher, dass dies eine Dummheit war. Trotzdem sah ich keine andere Möglichkeit. Magnus war seit Stunden weg, und ich hatte keine Ahnung, ob es ihm gelungen war, Sam, Garret und Conrad zu finden. Hatte er sie warnen können? Oder planten die drei womöglich immer noch, Riley zu befreien? Ich musste ihnen sagen, wie aussichtslos das wäre. Und ich musste ihnen sagen, dass Lucien mir geschworen hatte, Riley freizulassen. Dies zusammen würde die Freunde doch hoffentlich abhalten, sich selbst in Gefahr zu bringen. Aber dazu musste ich sie erst einmal finden.

Ich spähte vorsichtig über die Hecke. Die beiden Männer blickten nicht auf. Und tatsächlich sahen die zwei Silberschwingen gerade nur wie Männer aus. Ihre Schwingen waren unsichtbar für mich, und ich verfluchte meine instabilen Fähigkeiten. Gerade jetzt wäre es hilfreich, Freund von Feind unterscheiden zu können! Die zwei redeten leise miteinander, und ich verzog das Gesicht zu einer Grimasse, als ich ihnen entwischte.

»Von wegen Erbe des Lichts. Diese beiden Helden haben den Spürsinn einer Tasse Milch!«

Nicht dass ich mich beschweren wollte, so konnte ich mich wenigstens ungesehen davonschleichen. Und viel Zeit blieb mir auch nicht. Mom brachte Jake ins Bett, und Dad hatte einen Anruf aus seinem Büro bekommen. Würden die beiden merken, dass ich weg war, würde es sicher die Wachen auf den Plan rufen. Außerdem fürchtete ich Magnus' Rückkehr, oder noch schlimmer – die von Lucien. Ich musste also schnell sein.

Ich duckte mich trotz meines schmerzenden Rückens tief hinter die Sträucher und hastete weiter bis zur Straßenecke. Von dort über die Fahrbahn, hinter die Büsche und dann parallel zu den Häuserreihen immer weiter in Richtung Zentrum. Ich musste diesen Buchladen finden!

Kapitel 25

Mit leichtem Unglauben sah Lucien den Schatten über die Fahrbahn huschen. Gerade hatte er auf die beiden Wachmänner seines Vaters zugehen wollen, als er bemerkte, wie das, was die zwei hätten bewachen sollen, durch den Hintereingang des Hauses verschwand. Er spreizte die Schwingen und stieß sich in die Luft. Mit einem gedämpften Satz landete er auf dem Hausdach und sah ihr nach.

Ein Lächeln umspielte seine Lippen, und er merkte, wie sich sein Blut erhitzte. Seine Sinne schärften sich, er konnte das reizvolle Spiel kaum erwarten. Seine Jagd nach den Rebellen hatte er heute nur halbherzig betrieben, hatte früher als geplant aufgegeben, denn er hatte sich nicht auf seine Aufgabe konzentrieren können. Seit Thorn ihm gestanden hatte, dass sie ihn mochte, fiel es ihm schwer, an etwas anderes zu denken. Mögen!? So wie Zuneigung? Womöglich … Liebe?

In seinem Leben war kein Platz für derartige Gefühle. Seine Freunde waren zu Verrätern und Rebellen geworden, seine Versprochene ihm genommen und sein neues Bündnis war mit einem Mädchen geschlossen worden, deren Abstammung er verachtete.

Nein, romantische Gefühle gehörten nicht in seine Welt. Und dennoch war er dem Ruf seines Herzens, diesem Drängen, sie noch einmal über ihre Gefühle für ihn reden zu hören, gefolgt, hatte seine Jagd aufgegeben und war hergekommen.

Nur, um jetzt zu sehen, wie sie sich heimlich davonschlich.

»Wo willst du hin?«, murmelte er, ohne sie aus den Augen zu lassen. In sicherem Abstand folgte er ihr immer weiter durch die Straßen Londons, hinein ins Zentrum, das Herz dieser pulsierenden Stadt. Sie ging schnell, zielgerichtet, wenngleich er dennoch ihre Unsicherheit spürte. Nicht zum ersten Mal fragte er sich, wo Magnus steckte – und warum seine Versprochene ohne Begleitung hier unterwegs war.

Seine Versprochene.

Er ertappte sich dabei, wie ihm dieser Gedanke vollkommen natürlich vorkam. Dabei hatte doch in den letzten sechzehn Jahren Nyx diesen Titel innegehabt. Trotzdem fiel es ihm zugegebenermaßen nicht schwer, Thorn nun in dieser Position zu sehen.

Ihr dunkles Haar ließ sie hier am Tower Hill mit der Nacht verschmelzen, und Lucien schloss etwas weiter auf, um sie nicht zu verlieren. Mit einem misstrauischen Blick über die Schulter bog Thorn die Stufen hinunter in Richtung Tower. Der Fußweg führte direkt am tiefer gelegenen Tower vorbei, und obwohl Lucien in dieser Stadt aufgewachsen war, hatte er es nie gewagt, seine Hand auf die Mauern der Gefängnisfestung zu legen. Gebäude, die so monumental waren, brauchten keine Augen, um die Essenz dessen aufzunehmen, was sie ausmachte. Es wäre ein Leichtes für Lucien gewesen, die Mauern des Gebäudes zu erreichen. Ein Flügelschlag und er wäre dort, doch das Echo des Grauens hallte bis hier auf den Fußweg. So respektierte er den Ort – und dessen Vergangenheit – als etwas, das nicht für ihn bestimmt war.

Thorn legte an Tempo zu. Sie fühlte sich verfolgt, das spürte Lucien. Auch wenn es sicherlich nicht an ihm lag, sondern daran, dass sie nachts als hübsches Mädchen allein in dieser dunklen

Ecke Londons unterwegs war. Sie durchquerte den Park, näherte sich den Stufen, die wieder hinauf auf die Straße führten, den Blick schon in Richtung Tower Bridge gerichtet, als böte ihr diese in ihrer hellen Beleuchtung Sicherheit. Lucien zählte ihre Schritte und lauschte ihrem gehetzten Atem. Er kam sich vor wie ein Stalker, als er zusah, wie sie, eine Hand auf dem schwarzen Geländer, einen letzten Blick auf den grabenartigen Vorhof des Gefängnisses warf. Auf die sandsteinfarbenen Mauern und wackeren Türme. Sie fuhr sich durchs Haar, sah sich um, dann bog sie nach rechts in Richtung Brücke.

Lucien sparte sich die Treppe. Er breitete die Schwingen aus und hob sich über Thorns Kopf und den fließenden Verkehr hinweg auf das gläserne Dach des Tower Bridge House. Kurz verkniff er sich ein Schmunzeln, denn hier oben, über den filigranen und lichtdurchlässigen Strukturen des Gebäudes, kam er sich vor wie Spiderman in einem Netz aus Glas und Stahl. Er schlug die Schwingen um sich, wohlwissend, dass Spiderman nicht über die Fähigkeit verfügte, sich in seinem Netz ungesehen zu bewegen. Er trat an die gläserne Kante und spähte hinüber auf den Fußweg. Auf Thorn, die von seiner Gegenwart nichts zu ahnen schien. Sie passierte die ersten blauen Säulen, die den Weg zur Brücke wiesen, folgte dem massiven Geländer immer weiter Richtung Themse. Lucien verlor sie aus den Augen, als sie unter dem ersten Brückenbogen aus weißem Kalkstein verschwand und in eine Gruppe Touristen geriet, die sich den Anblick der weltbekannten Sehenswürdigkeit bei Nacht nicht entgehen lassen wollten. Lucien verstand sie, denn allein die Spiegelung der hell beleuchteten Brücke im glatten Wasser der Themse war jeden Besuch wert.

Er erblickte Thorn unter dem südlichen Brückenturm und schwang sich in die Luft. Er wusste, dass er gerade gegen die Gesetze seines Volkes verstieß. Aber die Nacht war auf seiner Seite und er sich sicher, nicht gesehen zu werden, als er die Brücke überflog. Das Gefühl der Macht, der Kraft, das ihn dabei durchströmte, ließ sich nicht leugnen. Und obwohl er damit ein Risiko einging, stieg er höher, um für einen Moment den freien Fall hinab zum Wasser zu genießen. Er riss die Schwingen nach oben, um schließlich am anderen Ende der Brücke erneut auf einem Dach zu landen.

Selbst aus der Entfernung konnte er erkennen, dass Thorn immer unruhiger wurde. Ihre Schritte wurden schneller, sie rannte beinahe, und sie sah sich immer öfter um. Direkt hinter dem südlichen Brückenbogen verlor er sie aus den Augen. Wo war sie hin? Eben hatte er sie noch gesehen.

Er schärfte seine Sinne, versuchte zu erspüren, wo sie steckte.

»Wo willst du hin, kleine Dorne?«, fragte er sich erneut, als er mit einem Satz vom Dach sprang und sich auf die Suche nach ihr machte.

Ich fühlte mich verfolgt. Das lag vermutlich an der langsam einsetzenden Erschöpfung. Ich war meilenweit gelaufen, und obwohl ich vom Staffellauf einiges gewohnt war, wurden meine Beine schwer. Die hell erleuchtete Tower Bridge hatte mir Mut gemacht, doch nun, zwischen den nächtlichen Häuserschatten gleich unterhalb der Brücke, zog Nebel auf, und das Klatschen der Themse war vom Ufer her gespenstisch zu vernehmen. Hier, in der Nähe des Theaters, am Shad, wie man diese Ecke nannte, kreuzten sich mehrere Gassen. Und in der Dunkelheit wirkte eine unheimlicher als die andere. Der Nebel kroch mir unter die Kleidung, und ich fror. Irgendwo hier musste ich abbiegen. Eine dieser Straßen führte zu dem Buchladen. Da war ich mir sicher. Doch welche? Gleich drei Straßen zweigten vor mir ab, und ich musste mich wohl oder übel entscheiden. Ich versuchte, mich an den Abend zu erinnern, an dem Riley Scott mir hier zum ersten Mal etwas über die Silberschwingen und mein Schicksal berichtet hatte. Es war ebenfalls Nacht gewesen, als ich mit ihm zusammen den Buchladen verlassen hatte. Und so dunkel wie jetzt, wo ich die Lücken im Kopfsteinpflaster erst sah, wenn ich schon stolperte, und wo die Mondschatten die verlassenen Ecken mit geisterhaften Schemen füllten. Irgendwo in der Ferne bellte ein Hund. Nicht ganz so weit weg hupte ein Auto.

Ich rieb mir die Arme gegen die Kälte – und um die Gänsehaut zu vertreiben, die meinen Körper überzog. Mein Rücken schmerzte. Ich musste weiter. Nur wohin?

Rechts!

Ich entschied mich für die rechte Abzweigung, vorbei an einem asiatischen Restaurant mit roten Fensterläden, den orangeleuchtenden Lampions im Fenster und einem goldenen Hahn auf dem Ladenschild. Nicht weil ich mich daran erinnerte, hier mit Riley vorbeigekommen zu sein, sondern einfach, weil ich mich hier in der Nähe von Menschen nicht ganz so sehr fürchtete. Meine Schritte klangen hohl, und ihr Echo scholl unnatürlich laut von den Hauswänden wider. Im fahlen Lichtkegel der Straßenlaternen wirkte die Stadt farblos. Ich hatte Mühe, mich zu orientieren. Irgendwo hier musste das Theater sein …

Ich bog um die nächste Ecke. Dieses Werbeplakat an der Hauswand – ich erinnerte mich daran. Auch an die abgeschrammte Hausecke, an der der Putz abbröckelte. Hier war ich schon vorbeigekommen. Mein Puls beschleunigte sich, und auch wenn der Schmerz in meinem Rücken von Minute zu Minute stärker wurde, wallte Erleichterung in mir auf. Ich war richtig. Irgendwo ganz in der Nähe war der Buchladen. Das Versteck der Shades. Irgendwo hier waren hoffentlich Garret, Sam und Conrad zu finden.

Ich eilte weiter, obwohl der Nebel in der Gasse sich regelrecht aufzutürmen schien. Aus einem Gullideckel in der Mitte der Straße quoll der Dunst und wand sich wie eine Schlange mit mehreren Köpfen in alle Richtungen. Wie von selbst hob ich die Beine höher, um dem unheimlichen Wabern zu entgehen. Feuchtigkeit drang kalt durch meine Kleidung, und es kam mir vor, als würden die finsteren Hauswände eisige Kälte abstrahlen. Als hätte diese Gasse noch nie die Sonne gesehen.

Neben mir raschelte es hinter einer Mülltonne, sodass ich erschrocken zusammenfuhr.

»Verdammt!«, flüsterte ich und wechselte die Straßenseite. Gute Entscheidung, denn endlich sah ich das quietschende Ladenschild mit dem verblichenen Bücherstapel darauf über dem Gehweg schwingen. Erleichtert schnappte ich nach Luft, rannte los und hämmerte mit den Fäusten gegen die Ladentür.

»Bitte«, murmelte ich, denn erst jetzt kam mir der Gedanke, dass die Shades womöglich gar nicht hier waren. Was wusste ich schon über sie? Ich presste die Handflächen gegen das Schaufenster und versuchte im Dunkel dahinter etwas zu erkennen. Eine Bewegung zwischen den Regalen wahrzunehmen …

»Conrad!«, rief ich halblaut, um die Geister der Nacht nicht aufzuschrecken. Ich drückte die Klinke, und zu meiner großen Überraschung öffnete sich die Tür. Die Glocke über dem Türstock klingelte leise, was meine Gänsehaut nur noch verstärkte. Warum war nicht abgeschlossen? Meine Nackenhärchen stellten sich auf, und meine Lunge schien zu schrumpfen, denn ich bekam kaum Luft. »Sam!«, rief ich in den Laden hinein. »Hallo? Ist hier jemand?«

»Thorn?«

Die Stimme neben mir ließ mich zusammenzucken, und ich schrie.

»Psst! Sei leise!« Eine Hand drückte sich auf meine Lippen. Ich schlug wild um mich. Panisch biss ich in die Hand und stieß den schmächtigen Angreifer von mir.

»Au! Sag mal, hast du sie noch alle?« In der Stille der Nacht, im Wispern des Geheimen kam mir die tiefe Stimme gleich noch viel lauter vor.

»Sam?« Ich schaute über seine Schulter. Jetzt sah ich auch die Umrisse von Garret und Conrad zwischen den Bücherregalen. »Ihr habt mich zu Tode erschreckt!«, fuhr ich sie an und wischte mir über den Mund.

»Das Gleiche könnten wir von dir sagen«, maulte Sam zurück und rieb sich die schmerzende Hand. »Was machst du hier? Bist du allein? Und wo ist … wo ist Riley?« Er fasste meine Hand und zog mich von der Tür weg in die Deckung der Regale und Stapel mit staubigen Büchern.

»Ihr wisst, was passiert ist, oder?« Sein Zögern hatte es mir gesagt.

»Ja, wir haben es gehört. Seitdem verstecken wir uns hier und warten darauf, dass er sich meldet«, ergriff Conrad das Wort. »Kanes Männer jagen uns.«

»Ich weiß.« Ich nickte. »Das alles hängt wohl mit dem Besuch der Oberen oder so zusammen. Der Laird will mit möglichst vielen gefangenen Rebellen angeben«, erklärte ich.

»Wie konntest du entkommen? Ich habe gehört, sie haben dich mit Riley zusammen festgenommen«, hakte Garret nach.

Ich winkte ab. »Das ist eine viel zu lange Geschichte. Ich bin nur hier, um euch zu warnen. Versucht nicht, Riley zu befreien. Es ist aussichtslos. Niemand kommt an ihn ran. Er liegt in Ketten in einem Kellerverlies. Und seine Schwingen …«

»Wir können aber nicht tatenlos zusehen, wie der Laird ihn vor den Oberen opfert!«, widersprach Sam und baute sich auf, was bei seiner schmächtigen Statur eher komisch wirkte.

»Lucien hat mir versprochen, dass Riley nichts mehr passieren wird. Er hat seine Strafe bekommen, also droht ihm vorerst keine Gefahr. Ihr müsst mir schwören, dass ihr euch weiterhin versteckt haltet. Dass ihr … verschwindet!«

»Was meinst du mit: Er hat seine Strafe bekommen?«, hakte Conrad irritiert nach.

»Ich …« Ich schluckte. Mein Rücken brannte wie Feuer, und mir wurde heiß. »Ich dachte, ihr habt davon gehört?«

»Wovon, Thorn?« Sam klang ungeduldig. »Wir wissen, dass er gefangen wurde. Mehr nicht. Also, was ist passiert? Was hat man ihm angetan?«

Das Leuten der Glocke über dem Eingang ließ alle herumfahren.

Wieder entstieg ein Schrei meiner Kehle. Auch ohne Schwingen wirkte Lucien York in der Dunkelheit wie ein Wesen der Nacht. Er sagte, er trüge das Erbe des Lichts in sich, doch ich sah nur Finsternis. Mit schmalen Augen und zusammengekniffenen Lippen starrte er uns an. Er durchquerte den Raum mit nur wenigen Schritten, und da links und rechts von ihm die Bücher wie durch Geisterhand von den Tischen fegten, wusste ich, dass er die für mich unsichtbaren Schwingen gefährlich ausgebreitet hatte.

Die Shades wichen vor ihm zurück. Zwar hob Conrad kampfbereit die Arme, doch sich Lucien wirklich entgegenzustellen, wagte auch er nicht.

Die Spannung im Raum war greifbar. Auch wenn ich die Schwingen der Shades ebenfalls nicht sah, hörte ich, wie sie gespreizt wurden. Das leise Rascheln der Schuppen war mir inzwischen vertraut.

»Was habt ihr Riley angetan?«, wiederholte Sam an Lucien gewandt.

Der reckte das Kinn vor. »Ich habe ihm die Schwingen gebrannt. Und jedem von euch droht das Gleiche.«

Obwohl keiner der Jungs etwas sagte, wusste ich, wie geschockt sie waren. Ihre Gesichter sprachen Bände. Garret fasste sich an den Rücken, als würde er sich Rileys Schmerz vorstellen.

»Thorn hat gesagt, du sorgst für seine Sicherheit«, rief Conrad. »In Wahrheit zerstörst du deinen besten Freund! Was hast du mit ihr gemacht, dass sie schon für dich lügt?«

Die Stimmung veränderte sich, und mir schlug nun kaltes Misstrauen entgegen.

»Ich lüge nicht!«, rief ich und sah sie flehend an.

»Bist du hier, um uns festzunehmen, Lucien? Hat Thorn dich zu unserem Versteck geführt?«

Ein Buch, von unsichtbaren Schwingen getroffen, flog krachend gegen die Wand neben mir.

»Seid ihr verrückt geworden?«, schrie ich erschrocken und funkelte alle zusammen böse an. »Ich habe niemanden zu euch geführt! Ich wollte euch warnen ...« Ich sah Lucien an, unsicher, weil ich ihn hintergangen hatte.

»Und doch hast du ihn hergeführt!«, knurrte Garret und ballte die Fäuste. »Was nun, Lucien? Stehen deine Männer draußen vor der Tür? Kämpfen wir? Denn freiwillig kriegst du uns nicht.«

Lucien ließ die Schultern kreisen. Sein Mundwinkel zuckte, doch ich konnte nicht erkennen, ob vor Wut oder vielleicht sogar Erheiterung.

»Ich bin allein hier. Doch sicher erinnert ihr euch, dass ich es locker mit euch dreien aufnehmen kann.«

»Als du es mit uns dreien aufgenommen hast, waren wir Kinder. Und wir hatten keinen Grund, bis ans Äußerste zu gehen. Das ist heute anders, Lucien.«

»Ist es nicht, Garret. Ich bin nicht wegen euch hier.« Er neigte den Kopf. »Auch wenn ich euch und euresgleichen den ganzen Tag gesucht habe«, gestand er. »Hätte ich euch vor zwei Stunden aufgespürt, lägt ihr ebenso wie Riley in Ketten.« Lucien trat auf mich zu und griff nach meiner Hand. Die Berührung war nicht so grob wie erwartet, doch sie ließ auch keinen Widerstand zu. »Jetzt bin ich nur wegen ihr hier, denn ich mag es nicht, wenn etwas … *verloren geht*, das mir gehört.« Eine deutliche Drohung lag in seinen dunklen stechenden Augen. »Und euch will ich mal ausnahmsweise nicht gesehen haben.«

Garret trat einen Schritt auf mich zu, fragend, ob er sich für mich mit Lucien anlegen sollte. Ich sah den Zwiespalt in seinem Gesicht. »Sie gehört dir nicht!«, knurrte er gefährlich, doch sein unsicherer Blick zerstörte die Wirkung.

»Du irrst dich, alter Freund. Thorn Blackwell ist meine Versprochene. Und bei allem, was mir heilig ist, Garret, ich vernichte euch, sollte ich euch noch einmal in ihrer Nähe sehen. Ihr seid Verräter, Rebellen – und in meiner Position kann ich darüber nicht länger hinwegsehen.«

Mir wurde ganz schlecht, wenn ich Lucien derartige Reden schwingen hörte. Mir wurde schlecht, weil ich wusste, dass er es ernst meinte! »Du wirst niemanden vernichten!«, rief ich und stieß ihm gegen die Brust. »Ich gehöre niemandem, egal was du glaubst, und du hast nicht zu entscheiden, wohin ich gehe oder wen ich treffe!«

Wie immer überraschte mich Luciens Schnelligkeit. Er packte mich am Arm, schob mich mit solcher Kraft gegen ein Bücherregal, dass ich den Boden unter den Füßen verlor und mir die Regalbretter hart gegen den Nacken schlugen.

»Begreifst du denn nicht!«, donnerte er, und kurz flackerten seine Schwingen auf. Ich kniff die Augen zusammen, um den Schwindel, der mit meiner fortschreitenden Verwandlung einherging, zu vertreiben. »Ich kann dich nicht schützen, wenn du dich mit Rebellen abgibst! Dann wird dich Kane mit ihnen zusammen dem Urteil der Oberen aussetzen.« Jede Gegenwehr war sinnlos, so fest war sein Griff. »Ich werde nicht tatenlos zusehen, wie du dich in Gefahr begibst.«

»Warum nicht?«, schleuderte ich ihm zornig entgegen. Mein Rücken brannte, meine Hilflosigkeit ihm gegenüber machte mich wütend, und seine Worte taten mir aus unerklärlichen Gründen weh. »Warum tust du das? Sei doch froh, wenn du mich los bist. Dann bekommst du Nyx zurück und musst dich nicht mit einem verhassten Halbwesen abgeben!«

Falls überhaupt möglich, dann verfinsterte sich sein Gesicht noch mehr. Er kam näher, sodass sich unsere Nasen fast berührten. Ich spürte seine Schwingen, so dicht war er vor mir. »Du verstehst wirklich gar nichts!«, knurrte er. »Du begreifst nicht, wie wichtig du mir bist!« Er stockte. »Ich meine … wie wichtig du für den Clan bist«, verbesserte er sich. »Und nun komm. Dein unerlaubter Ausflug hat uns schon viel zu viel Zeit gekostet.«

Er wandte sich um und zog mich mit sich, doch die Shades versperrten uns den Weg.

»Macht nicht den Fehler, mich herauszufordern«, warnte Lucien und stieß Sam beiseite. »Ihr habt mein Wort, dass sie bei mir sicher ist.«

»So sicher wie Riley?«, fragte Conrad sarkastisch.

Lucien sah ihm direkt ins Gesicht. »Es ist erst wenige Tage her, Conrad, da habe ich dich und deine Freunde gewarnt. Riley war unvorsichtig. Er hat dafür bezahlt. Mehr gibt es nicht zu sagen.«

»Sie werden ihn hinrichten!«, rief Sam uns nach, als Lucien mich schon zur Tür dirigierte. »Du weißt das!«

Lucien blieb stehen. Er drehte sich noch einmal zu den Shades um. Eine Traurigkeit, die ich zuvor noch nicht an ihm gesehen hatte, spiegelte sich in seinen Augen. »Verlasst die Stadt, wenn ihr nicht wollt, dass es euch ebenso ergeht.«

Er zog mich mit sich, doch Garret hielt mich fest. Er kam näher und schlang die Arme um mich. »Pass auf dich auf!«, verabschiedete er sich laut, ehe er mir ins Ohr flüsterte: »Sie werden Riley nicht verschonen, Thorn. Du musst ihn retten!«

Ich zitterte, als er mich freigab und sich Lucien sofort an meine Seite stellte. Ich wusste nicht, was er gehört hatte, wusste nicht, wie ich mit der Verantwortung klarkommen sollte, die Garret mir auflud, und wusste nicht, wie ich Luciens Vertrauen gewinnen sollte, um zu tun, was die Shades von mir erwarteten. Ich sah Lucien an. Kühle Distanz, die ich überwinden musste. Dann Garret. Verzweifelte Hoffnung, gepaart mit Angst. Ich streckte mich und drückte seine Hand. »Das mache ich!«, versicherte ich ihm in der Hoffnung, Lucien würde es auf das »Pass auf dich auf« beziehen. »Mach dir keine Sorgen. Alles wird gut.«

Kapitel 26

»Wo ist Magnus?«, fragte Lucien, nachdem er mich eine Weile schweigend durch London dirigiert hatte. Das Ufer der Themse war nicht weit weg, dennoch hatten wir einen anderen Weg eingeschlagen, als den, den ich gekommen war. Die Gassen waren hier noch dunkler, die Ecken noch unheimlicher, und obwohl ich diesmal nicht allein unterwegs war, verspürte ich Furcht. Furcht vor Luciens Reaktion auf mein Verschwinden. Ich bezweifelte stark, dass er vorhatte, es unter den Teppich zu kehren. Beinahe war ich erleichtert, als er endlich die Sprache darauf brachte.

»Weiß er von deinem nächtlichen Ausflug?«

»Nein«, gestand ich. »Ich habe mich weggeschlichen.«

»Dann bist du auch ihm gegenüber nicht loyal?« Er schüttelte den Kopf. »Ich weiß nicht, ob ich froh darüber sein soll, dass offenbar nicht nur ich dir nicht vertrauen kann.« Lucien stockte kurz, als würde er sich seine nächsten Worte genau überlegen. »Jeder weitere Alleingang oder jede weitere Dummheit von dir wird Konsequenzen haben, die weder dir … noch deiner Familie gefallen würden.«

»Drohst du mir jetzt etwa?« Zornig blieb ich stehen und stemmte die Hände in die Hüften. »Das ist ja wohl nicht fair!«, rief ich. »Du und dein Vater, ihr zwingt mich in eine Rolle, die ich nicht wollte. Ihr jagt meine Freunde und erwartet trotzdem, dass ich mich dabei verhalte wie ein treudoofes Schoßhündchen? Und nun bedrohst du auch noch meine Eltern?«

Lucien lachte leise, und seine Schwingen flirrten halb sichtbar hinter ihm. Ich fasste mir an die Stirn, um das Bild zu schärfen, und tatsächlich: Da waren sie wieder. Seine seidigen nachtschwarzen Schwingen.

»Na, wie ein Schoßhündchen verhältst du dich wirklich nicht.« Er sah mich an. »Du hast es ausgenutzt, dass ich dich nach Hause gelassen habe. Das solltest du in Zukunft lassen. Aber ich verstehe, was du sagen willst. Dir gefällt nicht, wie sich die Dinge für dich verändert haben. Trotzdem *musst* du anfangen, mit mir zusammenzuarbeiten, kleine Dorne. Glaub mir, das ist besser für dich.«

Seit Lucien beobachtet hatte, wie Thorn aus dem Haus ihrer Eltern geschlichen war, hatte er verschiedenste Szenarien durchgespielt, was er mit ihr tun würde, sobald er sie stellte. Und dass er sie wieder einfangen würde, stand nie außer Frage. Er hatte überlegt, sie zu bestrafen, hatte überlegt, sie zu Riley in den Keller zu sperren, doch im Grunde wollte er das nicht. Immer wenn er sie ansah, wünschte er sich zu sehen, was aus ihr werden konnte, würde er sie entsprechend vorbereiten. Er war gespannt auf ihre Fähigkeiten, nicht nur weil sie ein Halbwesen war. Er war gespannt, wie es sein würde, sie zu trainieren – wenn sie sich nicht immer gegen ihn wehrte. Und zuließ, von ihm zu lernen. Er hatte sie heute Abend beobachtet und sich ausgemalt, wie er mit ihr durch die sternenklare Nacht fliegen würde. Wie er ihr Vertrauen in ihn stärken würde, als erste Lektion auf ihrem Weg zur zeremoniellen Prüfung der Oberen. Vielleicht war es Strafe genug, ihr dieses Vertrauen heute noch abzuringen. Heute, wo sie sich ihm so bewusst widersetzt hatte.

»Nenn mich nicht so!«, murrte Thorn, nahm aber die Hände von den Hüften. »Und ich kann nicht mit dir zusammenarbeiten, solange du meine Freunde jagst und bedrohst.«

»Für heute bin ich damit ja fertig«, sagte Lucien. Dann trat er zu ihr, schlang die Arme um sie und spreizte die Schwingen. »Wir können also zum angenehmen Teil des Abends übergehen.«

Ihr erschrockener Schrei brachte ihn zum Lachen, und er genoss es, sie von den Beinen zu reißen und sich mit wenigen kräftigen Schwingenschlägen hoch über die Häuser zu erheben.

»Bist du wahnsinnig?«, kreischte Thorn und klammerte sich panisch an ihm fest. »Lass mich runter! Sofort!«

Es gefiel ihm, ihren Körper so verführerisch nah an seinem zu spüren. Er drehte eine Pirouette in der Luft, um sie dazu zu bringen, sich noch mehr an ihn zu schmiegen.

Mir wurde schwindelig. Ohne Boden unter den Füßen fühlte ich mich wieder genauso verloren wie bei Rileys Flucht durch die Luft. Ich würde den Halt verlieren, hinunterstürzen und sterben, das war klar. Vermutlich war das sogar Luciens Absicht. Seine Strafe für mich.

»Bitte!«, kreischte ich. Meine Arme zitterten vor Anstrengung, so fest klammerte ich mich an ihn.

Lucien beendete seinen wilden Flugtaumel und spreizte die Schwingen weit auseinander, sodass er scheinbar mühelos durch die Nacht glitt.

»Hab keine Angst!«, raunte er und gab mir mit seinem Körper Halt. »Ich will dir etwas zeigen.«

Zeigen? Ich traute mich ja kaum, meine Augen zu öffnen!

»Ich lass dich nicht fallen«, versicherte er mir weiter.

»Was tust du?«, krächzte ich, denn meine Stimme versagte. Ich wollte nichts weiter als zurück auf den Boden.

Lucien flog eine Kurve. Die Häuser unter uns wurden von der schillernden Oberfläche der Themse abgelöst. Er folgte dem Strom in luftiger Höhe, als würde das dunkle Wasser ihn leiten.

»Es ist Zeit für deine nächste Lektion«, erklärte er leise und sah mich an. »Hab Vertrauen zu mir, Thorn. Ich will dich vorbereiten. Du musst dich öffnen.«

»Ich kann nicht! Ich sterbe!«, presste ich heraus und deutete hinunter zum Wasser. »Ich habe keine Flügel!«, erinnerte ich ihn.

Lachend sank Lucien durch eine kaum spürbare Bewegung seiner Schwingenspitzen tiefer. Er steuerte genau auf die Tower Bridge zu.

»Pass auf!«, schrie ich, doch schon im nächsten Moment hatte ich wieder Boden unter den Füßen. Ich ging in die Knie, zitternd und geschockt, denn das Wort *Boden* traf es nicht wirklich gut. Wir befanden uns an der Spitze des südlichen Brückenturms, umgeben von niedrigen Zinnen und gotischen Ecktürmchen. »Spinnst du?«, fragte ich atemlos. »Das ist die Tower Bridge!«

»Ist mir gar nicht aufgefallen«, foppte Lucien mich und trat an den Rand der Turmspitze. Die Lichter der Brückenbeleuchtung reichten nicht bis hier hoch, und Lucien verschmolz beinahe mit dem Nachthimmel. »Warst du schon mal drinnen?«, fragte er und deutete auf den gläsernen Walkway, der den südlichen mit dem nördlichen Brückenturm verband und einen grandiosen Blick auf die darunterliegenden Fahrspuren der Hebebrücke bot.

»Ja«, presste ich hervor. »Gleich nach der Eröffnung.«

Lucien schüttelte den Kopf. »Die Menschen zahlen, um so hoch zu kommen, Thorn.« Er wandte den Kopf in meine Richtung, und auch wenn sein Gesicht im Dunkeln lag, wusste ich, dass er mich ansah. »Wir sind jetzt noch höher. Die Aussicht ist unbeschreiblich – und wir haben sie ganz für uns.«

Er winkte mich zu sich, doch meine Beine waren schwer wie

Blei. Ich würde mich so hoch oben, so ungesichert, nicht ein Stück bewegen.

»Trau dich«, forderte er mich auf und kam mir einen Schritt entgegen.

»Ich will nicht. Ich sehe gut von hier aus. Ist verdammt hoch«, brummte ich, auch wenn ich noch nicht mal einen Blick riskiert hatte.

Lucien kam noch näher. Er kniete sich neben mich und fasste meine Hand. »Komm her«, bat er und drehte mich, sodass er seine Handfläche auf meinen Rücken gleiten lassen konnte. Durch mein Shirt hindurch spürte ich seine Wärme. Sein Blick ermutigte mich, mich ihm anzuvertrauen. Dort, wo seine Hand lag, wurde mir heiß. Es war, als zentriere er mein Blut unter seinen Fingern, als erwecke er meine eigenen Schwingen damit zum Leben. Der Druck in meinem Rücken stieg an, wurde mächtiger, bis ich mich ihm schließlich entgegenbäumte.

»Was tust du?«, keuchte ich und biss mir auf die Lippe, um ihm nicht zu zeigen, wie der Schmerz mich packte.

»Ich leite dein Licht, kleine Dorne. Lass zu, dass es sich entfaltet. Akzeptiere deine Verwandlung.«

Es fühlte sich an, als würden die Wunden in meinem Rücken erneut aufbrechen, als sickerte Blut daraus hervor.

»Es tut so weh!«, keuchte ich, zu schwach, um ihn wegzustoßen.

»Ich weiß. Es liegt an der Höhe. Deine Sinne erkennen, dass du dich erhoben hast. Dass du die Ebene der Menschen verlassen hast und dich im Reich der Silberschwingen befindest. Dein Körper treibt deine Schwingen an, damit sie dich tragen und um dir die Höhe ... die Luft zu eigen zu machen.«

»Bekomme ich *jetzt* meine Schwingen?«, fragte ich. Die Angst schnürte mir beinahe die Kehle zu. Ich war nicht bereit! Nicht jetzt! Nicht hier!

Lucien lachte leise. »Nein. Keine Sorge. Wenn das Erbe des Lichts aus dir herausbricht … dann solltest du an einem ganz bestimmten Ort sein. Ein Ort, an dem du sicher bist.«

»Wo ist das?«

»Ich zeige es dir morgen. Jetzt ist nur wichtig, dass du zulässt, dass sich deine Schwingen weiter entfalten. Dir wird nichts geschehen, aber du musst dich jetzt meiner Führung überlassen.«

Ich nickte. Es war verrückt, ihm zu vertrauen. Und trotzdem trieb mich der Druck in meinem Rücken in seine Arme. Ich musste ihm glauben, denn allein konnte ich diese Veränderung nicht durchstehen. Und vielleicht konnte ich mir sein Vertrauen erschleichen, wenn ich die Nähe zuließ. Rileys Leben hing immerhin davon ab.

Behutsam zog Lucien mich auf die Beine, und sofort überkam mich Panik. Es war so hoch. Unter uns nur die Themse und die beleuchteten Streben der Brücke. Einige Schiffe unten im Wasser und ringsherum die niemals schlafende Stadt. Die nächtliche Skyline spiegelte sich in der glänzenden Oberfläche, obwohl der Nebel über die Ufer waberte. Es war eine mystische Stimmung, es fühlte sich an, als schlug das Herz Londons genau hier oben. Oder war es mein Herz, das so kräftig pumpte, dass ich glaubte, die Brücke könne darunter einbrechen?

»Komm näher an den Rand«, bat Lucien und stellte sich hinter mich. Er breitete meine Arme aus und verflocht seine Finger mit meinen.

»Ich hab Angst!«, gestand ich und lehnte mich Schutz suchend an ihn.

»Das ist in Ordnung, zumindest jetzt. Doch bei der Prüfung vor den Oberen ist kein Raum für Ängste. Darum stell dich ihnen jetzt. Hier. Mit mir.«

»Warum tust du das?« Ich wandte den Kopf, um in sein Gesicht zu sehen. Seine Lippen schimmerten weich im Mondlicht, und zum ersten Mal fiel mir auf, wie lang seine Wimpern waren.

»Die Gesetze der Silberschwingen sind alt. Sie gründen auf Ängsten … über die wir vielleicht besser längst hinausgewachsen wären. Ich …«, er zuckte mit den Schultern, »… allein das zu sagen, ist Verrat, und ich will mich nicht einmal im Ansatz politisch in die Nähe der Rebellen bewegen, aber einem Volk hat es noch nie geschadet, neue Blickwinkel zu eröffnen. Um das zu erreichen, muss ich die Nachfolge meines Vaters antreten. Und dazu ist es nötig, mir den Respekt der Oberen zu verschaffen.« Er streichelte meinen Handrücken. »Du kannst mir dabei helfen, kleine Dorne. Dann können die Rebellen vielleicht irgendwann zurückkehren und Gehör finden.«

»Du willst dein Volk vereinen?« Ich war überrascht, denn seine Behandlung Riley gegenüber ließ nicht gerade auf Verständnis für die Rebellen schließen.

Er lächelte. »Zuerst mal will ich deinen süßen Hintern vor den Oberen retten. Darum sollten wir uns jetzt wirklich auf das Wesentliche konzentrieren.«

»Mein Hintern …?« Hatte er das wirklich gerade gesagt?

»Ja, er ist süß, aber leider im Moment eher ablenkend.«

Er fasste meine Finger fester und deutete auf die Themse hinunter. »Du musst wissen, dass wir mit richtig nassen Schwingen nicht fliegen können«, erklärte er und wackelte mit den Schwingenspitzen. »Bei einem Flug über der Themse – oder einem anderen Gewässer – ist es also besonders wichtig, nicht den Auftrieb zu verlieren.«

Ich erinnerte mich, dass Magnus das schon erwähnt hatte. Darum nickte ich.

»Wir kontrollieren den Auftrieb durch Bewegungen hiermit.« Er führte meine Hand an den oberen Kranz seiner Schwingen.

Seine fedrigen Schuppen glitten durch meine Finger, und ein wohliger Schauer breitete sich in meinem Magen aus. »Und hiermit.« Nun führte er meine Hand an den unteren Rand seiner Schwingen. »Die Luft strömt hier aus, und schon die kleinste Bewegung verwirbelt sie, sodass wir ins Trudeln geraten.«

Lucien ließ mich los, und kurz glaubte ich zu fallen, doch schon stand er mit gespreizten Schwingen vor mir.

»Sieh dir an, wie ich die Muskeln einsetze, um die Schwingen zu bewegen.« Er führte vor, was er meinte. »Leg die Hände auf meinen Rücken.«

Ich tat, was er sagte, und war überrascht, dass ich selbst durch sein Shirt seine Muskeln genau spüren konnte.

In meinem Rücken rumorte es, und ich glaubte das Echo seiner Bewegungen mit meinem Körper wahrzunehmen. Als würden meine Schwingen es den seinen nachmachen.

»Wir können nicht warten, bis deine Verwandlung abgeschlossen ist, Thorn. Die Oberen werden dir keinen Aufschub geben. Darum musst du lernen, deine Schwingen einzusetzen, auch wenn du noch keine hast.«

»Wie soll das gehen?«

»Du wirst von mir lernen. Dein Körper wird meine Bewegungen spiegeln, sie speichern und dir vertraut machen … vorausgesetzt du bist bereit, dich auf mich einzulassen.«

»Ich bin dazu bereit, trotzdem glaube ich nicht, dass …«

Lucien zog mich wieder vor sich. Diesmal standen wir uns gegenüber, und ich wollte protestieren, als er meine Arme eng um seinen Brustkorb zog und meine Hände so wie bei einer Umarmung auf seinen Rücken legte.

»Keine Angst. Ich halte dich. Lass dich treiben und lerne, wie man Schwingen steuert. Öffne die Augen und stell dir vor, du würdest fliegen.«

Damit drängte er mich rückwärts an die kaum existente Brüstung und ließ sich gegen mich fallen, sodass wir wie ein Stein über die Kante stürzten.

Ich schnappte nach Luft, doch noch ehe ein Schrei aus meiner Kehle entweichen konnte, riss Lucien die Schwingen auseinander.

»Fühl die Bewegung meiner Muskeln«, forderte er, aber ich war überhaupt nicht in der Lage, irgendetwas anders zu fühlen als die vierzig Meter Tiefe bis zur Wasseroberfläche.

Ich klammerte mich an ihn, nicht fähig, meine Angst zu kontrollieren.

»Ich hab dich«, versicherte mir Lucien und verstärkte seinen Griff. Er hielt mich umschlungen, als würden wir tanzen. Seine Wade stützte meine Beine, sodass es gar nicht so schwer war, mich an ihm festzuhalten. »Leg deine Hände auf meinen Rücken, Thorn. Lerne, was du schon bald selbst können wirst.«

Ich wollte ihm widersprechen, ihm sagen, dass ich nie so fliegen können würde, weil mein Kopf einen derartigen Gedanken schlichtweg nicht zuließ, doch dazu kam ich nicht. Wie ein Lavastrom floss die Erkenntnis von meinen Fingerspitzen bis in meinen eigenen Rücken. Wissen, so alt wie das Geschlecht der Silberschwingen, breitete sich in mir aus, füllte meine Muskeln. Es war, als würde ich sie nun zum ersten Mal wirklich benutzen. Die Schwingenansätze in meinem Rücken stachen wie tausend Nadeln und reagierten wie von Geisterhand auf Luciens Bewegungen. Ich merkte, wie seine Muskeln hart wurden, als er die Schwingen kraftvoll durchzog, als er uns höher, immer höher in die Luft hob und die beinahe geisterhaft leuchtende verspiegelte Spitze des Shard-Wolkenkratzers umkreiste. Ich spürte das Echo dieser Bewegung in meinem eigenen Rücken. Kurz darauf legte Lucien die Schwingen näher an, was uns schneller werden ließ, uns aber zugleich Höhe kostete. Wir trieben zurück Richtung Themse.

»Leg deine Hände an meine Schwingenansätze, Thorn«, bat er und berührte mich an meinem Rücken, sodass ich verstand, was er meinte. »Fühle, wie die Neigung sich verändert und wo die Kraft hinfließt. Keine Sorge, du kannst mich überall anfassen.«

Überall? Seine so unschuldige Formulierung trieb mir die Röte in die Wangen. Merkte er denn nicht, dass ich ihn längst überall berührte? Mein Körper war so eng an seinen gepresst, dass ich glaubte, wir würden miteinander verschmelzen.

»Fühlst du die Bewegung?«, fragte Lucien und veränderte erneut die Ausrichtung der Schwingen unter meinen Händen. Nun hatten wir die nächtliche Silhouette der London Bridge vor Augen. Wie zuvor strömte mein Blut, angereichert mit Erfahrungen, die ich nie gemacht haben konnte, in meinen Rücken.

»Ja!«, presste ich heraus, fasziniert von dem, was hier geschah.

»Dann machen wir es nun andersherum«, erklärte er und legte seine Hände fest auf meinen Rücken, dorthin, wo das Blut aus meinen Wunden sickerte. Sofort durchfuhr mich ein Hitzestrahl, ein Licht, das mich innerlich in Flammen setzte. Ich keuchte und wölbte mich ihm entgegen, vergessend, in welch tödlicher Höhe wir uns befanden.

»Was meinst du damit?«

Er lachte und legte die Schwingen an wie zu Beginn, als wir über die Brüstung gestürzt waren.

»Du übernimmst die Führung – und ich übernehme die Bewegungen, die deine Muskeln mir vorgeben.«

»Was?« Ich kreischte, denn wir fielen immer noch ungehindert in die Tiefe.

»Beweg die Schwingen, Thorn!«

»Ich hab keine Schwingen!«

Lucien lachte wieder. »Sie sind nicht voll ausgebildet, aber du hast jetzt gelernt, wie sie funktionieren. Deine Muskeln, Thorn. Spann sie an, wie ich es dir gezeigt habe.«

Er blickte hinunter auf die rasch näher kommende Themse und verzog das Gesicht zu einer Grimasse. »Sonst werden wir ziemlich nass!«

Das war Wahnsinn! Ich konnte das nicht! Ich konnte ja kaum atmen, geschweige denn Körperteile bewegen, die ich nicht hatte! Panisch kniff ich die Augen zusammen und rechnete jeden Moment mit dem todbringenden Aufprall.

»Du kannst das, kleine Dorne«, raunte Lucien, ohne selbst die Kontrolle über seine Schwingen zu übernehmen. »Ich weiß es!«

Ich holte Luft, atmete tief ein, bis ich glaubte, meine Lunge würde platzen. Dann öffnete ich die Augen und sah in sein Gesicht. Er wirkte nicht im Mindesten beunruhigt. Das silbergraue Funkeln in seinem Blick machte mir Mut. Ich versuchte mich auf nichts anderes zu konzentrieren, als irgendwie in diesen Augen zu bestehen.

Ich spannte die Muskeln in meinem Rücken an, und sofort breitete Lucien die Schwingen aus, was unseren Fall deutlich bremste.

»Gut!« Sein Lob ließ mein Herz schneller schlagen. Sein Lob, und die Hoffnung, dass ich wohl doch nicht sofort auf der kalten Wasseroberfläche zerschellen würde.

Ich strengte mich an, spürte, wie meine Muskeln unter der ungewohnten Bewegung zitterten, probierte vergeblich, mich an einen Bewegungsablauf zu erinnern. Doch mehr als die Spannung zu halten, bekam ich nicht hin.

»Gib die Kontrolle ab, kleine Dorne. Dein Körper weiß, was zu tun ist. Lass locker und spüre, was dein Rücken dir sagt.«

Seine Augen waren so tief wie der Abgrund unter uns, und zugleich versprachen sie so viel Sicherheit. Ich zählte die silbernen Sprenkel in seiner Iris, als wären es Sterne am nächtlichen Himmel. Vielleicht würden wir abstürzen – doch mit Blick in diese Augen verlor selbst das seinen Schrecken.

»Gut!«, raunte Lucien, und ich merkte, wie er die Schwingenhaltung veränderte. »Das machst du super!«

Mein Rücken fühlte sich an, als würde er in Stücke gerissen. Blut benetzte Luciens Hände, dennoch hielt er mich fest. Ich spürte, wie meine Muskeln arbeiteten, wie sie zuckten und die Schwingenansätze unter meiner Haut sich bewegten.

»Geh tiefer!«, bat Lucien und verstärkte den Druck auf meine Schulterblätter, um mir zu zeigen, wie ich mich zu bewegen hatte. Als ich es versuchte, glitten wir tatsächlich tiefer. Wir schwebten unter der London Bridge hindurch, kaum noch Wind unter den Flügeln.

»Es klappt!«, jubelte ich, nur um im nächsten Moment die Kontrolle zu verlieren. Meine Muskeln entspannten sich, und sofort ließ auch Lucien seine Schwingen locker. Wir trudelten durch die Luft wie ein Blatt im Wind.

»Hilf mir!«, schrie ich, aber Lucien schüttelte den Kopf.

»Du kannst das! Streng dich an!«

Ich hörte das Wasser unter uns, hörte es ans nahe Ufer schwappen. Die Lichter der Fahrzeuge auf der Brücke waren über uns, und ich wusste, wir würden jeden Moment auf der Themse aufschlagen.

»Lucien!«, kreischte ich, doch er schüttelte erneut den Kopf.

»Ich vertraue dir!«, beschied er mir, als meine Füße schon das Wasser streiften.

»Scheiße!« Mein Schrei ging im Geräusch sich spreizender Schwingen unter. Die Muskeln in meinem Rücken brannten, so verzweifelt spannte ich sie an.

Wir erhielten Auftrieb, doch nicht genug, um erneut in die Lüfte zu steigen. Bestenfalls könnte man sagen, linderte ich den Aufprall.

Lucien lachte, als unsere Beine bis zu den Knien ins eisige Wasser eintauchten, ehe er uns mit einigen kraftvollen Flügelschlägen ans steinige Ufer rettete.

Er drehte sich noch während der Landung um, sodass nicht ich, sondern er grob mit dem Rücken über die Felsen schlitterte.

»Das nenne ich eine Bruchlandung!«, lachte er, ohne mich loszulassen. Ich lag auf ihm, auf seinem Körper und seinen Schwingen, die er wie eine Decke unter uns ausgebreitet hatte. »Bist du in Ordnung?«

»Ja, alles okay. Tut mir leid, ich …« Ich wollte aufstehen, ihn nicht länger auf den harten Boden drücken, doch Lucien York gab mich nicht frei. Noch immer waren seine Hände auf meinem blutenden Rücken, noch immer schlug sein Herz so nah an meinem, und noch immer verlor ich mich in seinem Blick.

»Du musst dich nicht entschuldigen, kleine Dorne«, unterbrach er mich, und seine Hand glitt von meinem Rücken in meinen Nacken. Er vergrub seine Finger in mein Haar und zog mich näher zu sich. »Du warst … unglaublich!«

Seine Stimme war sanft, seine Berührung ebenfalls, und sein Herz schlug mit meinem im Einklang. Das Adrenalin in meinem Blut machte mich zittrig, und ich war froh über die starken Arme, die mich hielten.

Luciens Lippen waren so nah. So verlockend wie das Leuchten in seinen Augen. Was für ein Moment! Was für eine Nacht! Ich atmete seinen Duft ein und genoss seine Wärme.

Lucien spürte die Veränderung. Thorn hatte aufgehört, gegen ihn anzukämpfen. Sie musterte ihn mit ihren grünen Augen, ihr Gesicht so ebenmäßig und schön vor dem nächtlichen Sternenhimmel und das sanfte Gewicht ihres Körpers auf seinem – all dies stieg ihm zu Kopf. Er spürte kaum die Steine unter sich oder das eisige Wasser, das an seinen Waden leckte. Er fühlte Thorns ungeborene Schwingen sanft unter seiner Hand, ihr seidiges Haar in der anderen. Sie hatte schnell gelernt, und ob er wollte oder nicht, er war mächtig stolz auf sie. Sie hatte gekämpft. Hatte in dieser Nacht all ihre Kraft aufgewendet, um zu zeigen, was in ihr steckte.

Er ließ seine Hand an ihre Wange gleiten, genoss ihre Sanftheit unter seinen Fingern. Sie war so schön, wie sie im Mondlicht über ihm aufragte, so schön in ihrer Freude und so einzigartig in dieser Mischung aus Angst und Tapferkeit.

Sie beugte sich über ihn, kam näher. Ihr Atem glitt über seine Lippen, und ihre Hände wanderten in seinen Nacken. Sie lag auf ihm, nur wenige Millimeter trennten ihre Lippen. Er wusste, was nun kam. Fieberte ihm entgegen, ja, sehnte sich regelrecht danach. Ihre Lippen streiften seine, zart wie eine Silberschwingenschuppe den Wind liebkoste. Lucien sog scharf den Atem ein. Mit letzter Kraft wandte er den Kopf ab und holte sie beide in die Realität zurück.

»Monster küsst man nicht!«, erinnerte er sie bitter und schob sie von sich.

KAPITEL 27

»Wo warst du nur?« Moms sorgenvolle Frage erwartete mich, kaum dass ich zur Tür hereinkam. »Weißt du, wie spät es ist? Wir sterben vor Sorge!«

Ich fuhr mir durchs Haar und versuchte meine Strähnen zu entwirren. Die Flugstunden und der Fußmarsch hatten ihre Spuren hinterlassen. Kurz stellte ich mich Moms Blick, aber ich war zu erschöpft, um mich schuldig zu fühlen.

»Tut mir leid, Mom. Ich ... musste etwas erledigen.«

Sie schüttelte missbilligend den Kopf. »Hängt es mit dem zusammen, was Magnus gesagt hat?«, verlangte sie zu erfahren und verstellte mir den Weg in mein Zimmer hinauf.

»Ja, Mom.« Nun sah ich sie doch an. »Alles in meinem Leben hat nur noch damit zu tun. Und du musst wirklich aufhören, dir Sorgen um mich zu machen. Ich habe mehr ... Wächter, als du dir vorstellen kannst!«

»Wächter?« Sie schien verwirrt.

»Ach, vergiss es, Mom. Ist ... nicht so schlimm.«

Ich ertappte mich dabei, ihr direkt ins Gesicht zu lügen, denn im Grunde war seit dem Moment, als Lucien mich von sich geschoben hatte, wirklich alles schlimm!

Das peinliche Schweigen während des Nachhausewegs, die Scham, die ich empfand, weil ich kurz davor gewesen war, ihn zu küssen! Einen Kerl, der in mir nicht mehr sah als seine lästige Pflicht, oder sein Eigentum! Einen Kerl, der grob, herzlos und – wie er mich ja selbst erinnert hatte – ein Monster war!

Doch wenn er wirklich so schrecklich war, wie ich mir einredete, warum schlug mein Herz dann so wild, sobald ich an ihn dachte? Und warum fühlte es sich dann so beschissen an, zurückgewiesen worden zu sein?

Ich drängelte mich an Mom vorbei die Treppe hinauf, denn ich wollte ihr nicht sagen, wie ich mich wirklich fühlte. Ich wollte mich in mein Bett verkriechen und höchstens noch analysieren, warum mein erster Kuss überhaupt so katastrophal geendet hatte. *Geendet* war das falsche Wort, denn im Grunde hatte er noch gar nicht angefangen gehabt.

»Thorn!« Moms Ruf klang verzweifelt. »Du kannst mich nicht einfach so stehen lassen!«

Sie hatte recht. Ich wandte mich zu ihr um, kniff die Tränen in meinen Augen zurück und klammerte mich Halt suchend ans Geländer, um mich ihr nicht wie ein kleines Kind heulend in die Arme zu werfen.

»Wir reden morgen, Mom, okay? Ich bin müde – und morgen ist Schule.«

»Du willst in die Schule gehen? Trotz allem, was hier gerade passiert?«

Ich schüttelte den Kopf.

»Nein, Mom. Das will ich nicht. Aber nicht zu gehen, würde Fragen aufwerfen. Fragen, auf die wir ja wohl so einfach keine Antwort geben können, oder täusche ich mich?«

Mom senkte verlegen den Kopf.

»Nicht zu gehen, ist also keine Alternative. Ich kann nicht einfach spurlos verschwinden. Ich muss Anh ja auch 'ne Erklärung liefern. Anh und all den anderen.«

Ich blieb stehen, als Mom auf mich zukam und mich in die Arme nahm.

»Mein Baby!«, flüsterte sie und strich mir übers Haar. »Du bist so vernünftig. Ich selbst kann nicht einen klaren Gedanken fassen, seit Magnus gegangen ist.« Ich spürte ihre Tränen an meiner Wange. »Aber dein Vater hat schon eine Idee. Eine Idee, die ... die dich schützen wird. Und dir den Raum gibt, den ... den diese Leute von uns fordern. Aber ich schwöre dir eines, meine Kleine: *Ich* werde dich nie gehen lassen. Sie sagen zwar, du würdest nicht zu uns gehören, aber mein Herz weiß, dass das eine Lüge ist, Thorn.« Sie legte ihre Hände um mein Gesicht und sah mir direkt in die Augen. »Du bist mein Kind, also versprich mir, auf dich achtzugeben. Denn schon ein Abend, an dem du nicht hier bist, an dem ich nicht weiß, wo du steckst und was du tust, macht mich krank vor Sorge.«

Sie presste mich an sich, wiegte mich wie ein Baby, und ich ließ es zu. Ließ den Tränen freien Lauf. Ich weinte um meine Familie. Um mein gewohntes Leben, um Anh und die Mädels aus meiner Stafette. Um Riley, die Shades und wegen der verwirrenden Gefühle, die Lucien York in mir weckte.

Es kam mir vor, als wären Stunden vergangen, bis schließlich mein Schluchzen leiser wurde, meine Tränen versiegten und mein Herz wieder leichter wurde. Mom küsste meine Schläfe, hielt mich fest, und die leisen Worte, die sie mir zuflüsterte, ergaben so langsam wieder einen Sinn.

»... sagen, dass du nach den Ferien ein Jahr im Ausland verbringst. Ein Auslandssemester. Harry wird das mit deiner Schule klären. Und Anh ... wird es verstehen. Du kannst ja wirklich eine Party zu deinem Geburtstag feiern. Eine ... Abschiedsparty.«

Ihre Stimme klang rau von den Tränen, die sie zurückhielt.

Ich lachte gequält und löste mich zaghaft aus ihrer Umarmung.

»Da müssen einem also erst Flügel wachsen, um die Erlaubnis für eine Party zu bekommen«, scherzte ich und wischte mir die Tränen aus dem Gesicht.

Am nächsten Morgen auf dem Weg zur Schule merkte ich deutlich den Schlafmangel. Meine Beine waren schwer, meine Muskeln verkrampft, und ich konnte kaum die Augen offen halten. Ich hatte Blutergüsse an den Armen, wo Lucien mich im Buchladen so fest gepackt hatte. Aber wenigstens hatten die Wunden an meinem Rücken aufgehört zu bluten, auch wenn die Risse in meiner Haut nun deutlich tiefer waren als noch am Vortag. Und ich bildete mir ein, meine Schwingenansätze schon ertasten zu können.

Doch das war ja nun wohl alles andere als eine gute Nachricht zum Start in den Tag! Diese ganze Verwandlungssache machte mir mehr Angst, als ich zugeben wollte. Beinahe mehr Angst als die Männer mit den silbergrauen Schwingen, die mir in großzügigem Abstand wie Wachhunde folgten. Luciens Männer. Ich machte mir keine Hoffnung, sie noch einmal abschütteln zu können, also beschloss ich, sie einfach nicht zu beachten.

Ich überquerte gerade die Straße vor der Schule, als mich Anh von hinten anstieß.

»Hey, du Ratte!«, rief sie und funkelte mich halb amüsiert, halb böse an. »Wir haben dich am Freitag beim Training vermisst!« Sie gesellte sich an meine Seite und strich sich den Rock glatt. »Du bist doch nicht wegen unserer Meinungsverschiedenheit in der Umkleide abgehauen, oder?« Sie zuckte leichthin mit den Schultern. »Ich wollte keinen Streit vom Zaun brechen.«

Freitag? Training? Ich brauchte einen Moment, um zu verstehen, was sie meinte. War es wirklich erst diese paar Tage her, dass Riley mich aus der Umkleide entführt hatte, um mir zu zeigen, was Silberschwingen so draufhatten? Es kam mir vor, als wären Jahre seitdem vergangen.

»Thorn?«, hakte Anh nach und wickelte sich ihre blau gefärbte Strähne um den Finger. »Sag, du bist doch nicht sauer, oder? Cassie und ich, wir … wir wollten dich nicht verärgern, aber die ganze Sache mit Riley hat uns ziemlich verwirrt.« Sie sah sich suchend auf dem Schulhof um. »Wo ist er überhaupt? Ich hätte schwören können, dass ihr gemeinsam herkommt. Hand in Hand oder so …«

Wie so oft fiel Anh in ihrem Redefluss nicht auf, dass ich ihr die Antworten auf ihre Fragen schuldig blieb.

»Ihr habt ja fast denselben Schulweg – du und Riley, oder? Ich weiß zwar gar nicht so genau, wo er wohnt, aber die Shades ziehen doch nach der Schule immer in deine Richtung ab.«

In meine Richtung …

Wie sollte ich ihr sagen, dass die Shades nur deshalb überhaupt hier zur Schule gingen, um mich im Auge zu haben? Dass vermutlich niemand wusste, wo sie wohnten, und die Anschrift in den Schulunterlagen ganz sicher nicht stimmte? Wie sollte ich ihr sagen, dass Riley vermutlich weder heute noch irgendwann in den nächsten Tagen zum Unterricht erscheinen würde, weil er in einem dunklen Kellerverlies in Ketten lag? Wenn ich das tat, konnte ich ihr auch gleich gestehen, dass die Männer dort schräg hinter mir meine Gefängniswärter waren, die jeden meiner Schritte überwachten.

»Hi ihr!«, wurde ich in meinen Gedanken gestört, als Cassie beinahe rennend auf uns zukam. Sie stieß Anh beiseite und schlang ihre Arme um mich, sodass ich in ihren rötlichen Locken beinahe ertrank.

»He!«, wehrte ich mich und schob sie zurück. »Was ist denn mit dir los?«

Cassie schien überrascht. Sie rümpfte die Nase, sodass ihre Sommersprossen wackelten.

»Ich dachte, du brauchst vielleicht etwas Trost«, erklärte sie und deutete zur Schule.

»Trost?« Ich runzelte die Stirn. Hatte ich etwas verpasst? Cassie schlug sich die Hand vor den Mund.

»Oh Gott! Sag jetzt nicht, dass du es noch gar nicht weißt!«

»Was meinst du denn? Was sollte ich wissen?«

Anh nickte hektisch. »Ja, Cassie! Wovon zum Teufel sprichst du? Was ist denn passiert?« Sie stellte sich auf Zehenspitzen, um sehen zu können, was uns entgangen war.

»Na, das mit Riley!« Cassie starrte uns an, als müssten wir mit dieser Aussage etwas anfangen können. Ich hätte sie am liebsten gewürgt, um endlich herauszubekommen, wovon sie sprach. Was war denn mit Riley? Hatte er fliehen können? Er war doch nicht etwa hier, oder? Hastig blickte ich mich nach Luciens Männern um. Was würde geschehen, wenn sie erneut auf ihn treffen würden? Meine Nerven flatterten, und ich rieb mir nervös die Finger.

»Na, ihr wisst doch, dass ich mit dem Bus immer schon etwas früher hier auf dem Schulgelände ankomme«, erklärte Cassie endlich. »Ich war also bereits hier, als dieser Wagen vorgefahren ist. Ein Mann – ein echt riesiger Kerl mit einem viel zu schicken Anzug für sein vernarbtes Gesicht – ist ausgestiegen und schnurstracks zum Büro der Direktorin marschiert.«

Ein Riese mit vernarbtem Gesicht? Das war doch nicht möglich!

»Als er wieder aus dem Büro kam, hat es nicht lange gedauert, bis sich die Nachricht, die Shades wären allesamt der Schule verwiesen worden, hier wie ein Lauffeuer verbreitet hat«, fuhr Cassie hastig fort. »Stellt euch das mal vor! Das ist doch der Hammer, oder?«

282

Anh schnappte nach Luft. »Das gibt's doch gar nicht!« Sie drehte sich zu mir um, als erwarte sie eine Reaktion.

»Der Schule verwiesen?«, hörte ich mich selbst ungläubig sagen.

Cassie nickte. »Ja. Der Typ – ich nehm an, der war von irgendeiner Schulaufsicht oder so – muss das wohl veranlasst haben.« Sie schüttelte den Kopf. »Ich kann's echt immer noch nicht glauben! Was wird denn nun aus dir und Riley?«

Beide sahen mich gespannt an. Ich musste irgendetwas sagen. Bloß was?

Offenbar hatte Magnus einen Weg gefunden, das Fernbleiben der Silberschwingen-Rebellen in der Schule zu erklären. Ich hatte mich schon gefragt, ob Garret, Sam und Conrad hier überhaupt noch länger sicher gewesen wären. Bestimmt nicht, wenn ich an Luciens Männer dachte. Zu diesem Schluss musste auch Magnus gekommen sein, denn sonst hätte er nie so eine drastische Maßnahme ergriffen. Nur nicht auffallen war schließlich die Devise der Silberschwingen. Und besonders die der Rebellen.

»Thorn? Sag doch was!«, forderte Anh besorgt.

Cassie nahm meine Hand und tätschelte sie. »Sie hat ganz klar einen Schock!«, stellte sie fest und musterte mich kritisch. »Ist ja verständlich! Mir zittern schließlich auch immer noch die Knie. Ein Schulverweis! Das ist echt krass. Wobei die Shades wirklich ganz schön oft gefehlt haben und auch sonst im Unterricht nie so ganz bei der Sache waren.«

»Du willst das jetzt ja wohl nicht rechtfertigen!«, empörte sich Anh und funkelte die Rothaarige warnend an.

»Quatsch! Ich versuch's nur zu verstehen.«

»Wusstest du das?«, wandte sich Anh wieder an mich. »Und denkst du, Riley wusste es?«

»Ja, also …« Ich war so perplex, dass sich selbst meine Gehirnwindungen in einer Schockstarre befanden. »… ja, ich … ich

wusste es. Riley hat es mir am … am Freitag gesagt. Darum …
bin ich …«

»Ach so! Deshalb hast du das Training geschwänzt!« Anh schlug
sich an die Stirn.

»Ja!«, griff ich dankbar ihre Erklärung auf. »Er ist wirklich …
am Ende!« Und das war ja nun nicht mal gelogen. »Ich bin ziemlich fertig deswegen.«

»Na siehst du!«, rief Cassie und schlang schon wieder ihre Arme
um mich. »Ich wusste es. Und deshalb wollte ich dich trösten!«

Energisch schob ich sie von mir. »Mensch, lass das endlich!«,
rief ich und griff nach der Tür zum Schulhaus, um einen erneuten
Überfall zu verhindern. »Ich glaube, ich komme besser damit klar,
wenn wir nicht mehr davon reden, okay?«

»Oh! Ja, sicher, das … das verstehe ich«, sagte Cassie und ging
vor mir ins Gebäude, als wollte sie mich vor den fragenden Blicken unserer Mitschüler schützen. Und tatsächlich starrten mich
einige an. Riley und ich hatten das Traumpaar der Schule wohl
recht überzeugend gespielt. Ich zwang mich zu einem Lächeln
und beeilte mich, zu meinem Spind zu kommen, um mich hinter
der metallenen Klapptür zu verkriechen.

»Sag mal, Thorn«, flüsterte Anh neben mir und spähte um die
Spindtür. »Du und Riley … was wird denn jetzt aus euch?«

Ich zuckte mit den Schultern und unterdrückte mit aller Mühe
die Tränen, die mir beim Gedanken an ihn und seine gebrannten
Schwingen kamen. *Du musst ihn retten!*, hallten Garrets Worte in
meinem Ohr.

»Ich …« Es fiel mir schwer, meine Stimme normal klingen zu
lassen. »Ich werde für ihn da sein«, flüsterte ich. »Das ist ja wohl
das Mindeste, oder?«

Anh nickte. »Auf jeden Fall. Wenn er dir etwas bedeutet, Thorn,
dann … dann solltest du auf jeden Fall zu ihm stehen!«

Zu ihm stehen … Gestern in Luciens Armen hatte ich Riley vollkommen vergessen. Dabei verließen sich Garret, Sam und Conrad auf mich.

Ich fasste nach Anhs Hand und zwang mich zu sagen, was Mom mir aufgetragen hatte. »Weißt du, Anh, viel Zeit bleibt Riley und mir nicht – egal ob ich will oder nicht. Denn meine Eltern haben entschieden, dass es besser für mich wäre, ein Auslandssemester zu machen.« Ich schluckte mein schlechtes Gewissen hinunter. Ich hatte keine Wahl. Anh anzulügen, war notwendig, auch wenn mich der Blick in ihr erstarrtes Gesicht beinahe zum Heulen brachte. »Aber wir feiern zum Abschied eine Party, versprochen!«, versuchte ich sie und vielleicht auch mich etwas zu trösten.

Kapitel 28

Lucien sah von den Papieren auf, die er studierte. Er spürte Nyx' Nähe, noch ehe sie an seine Tür klopfte.

»Komm rein«, forderte er sie auf und schob die Dokumente vor sich zu einem Stapel.

»Ganz allein?«, fragte Nyx und sah sich in seinem Arbeitszimmer um. »Wo steckt denn deine ... *Versprochene*?« Die Art, wie sie das Wort betonte, zeigte deutlich ihre Verachtung.

»Tu nicht so, als wärst du überrascht, Nyx. Du hast doch gespürt, dass ich allein bin. Was soll die Frage also?«

Nyx grinste und schlenderte zum Fenster. Ihre schillernden Schwingen reflektierten das Licht.

»Na, ich wundere mich nur. Ihr beide verbringt ja nun nicht gerade viel Zeit miteinander. Musst du sie nicht vorbereiten? Stattdessen schickst du sie mit Magnus Moore fort ...«

»Wer hat dir das erzählt?«, fragte Lucien verärgert und schob den Stuhl zurück. Er wollte sich nicht rechtfertigen – und analysieren lassen schon gar nicht.

»Niemand.« Nyx zwinkerte ihm zu. »Du weißt doch, hier bleibt nichts unbeobachtet.«

Lucien umrundete den Schreibtisch und stellte sich neben sie. Sie war so klein, dass sie ihm kaum bis zur Schulter reichte. Trotzdem griff sie einfach nach seiner Hand.

»Ich dachte, du findest es unheimlich, durch die Augen der Figuren zu sehen«, erinnerte Lucien sie.

»Das tue ich auch.« Sie legte den Kopf in den Nacken, um ihm ins Gesicht schauen zu können. »Aber dieses Halbwesen finde ich noch unheimlicher. Ich halte es für meine Pflicht, sie im Auge zu behalten.«

Lucien lachte. »Deine Pflicht?« Er schüttelte den Kopf und stieß Nyx liebevoll in die Seite. »Du bist eine schlechte Lügnerin. Vor mir brauchst du dich nicht zu verstellen. Ich weiß, dass es die blanke Neugier ist, die dich dazu treibt, Thorn auszuspionieren.«

»Idiot!«, fauchte Nyx und stampfte mit dem Fuß auf. »Mir kommt es beinahe so vor, als würdest du dieses Halbwesen in Schutz nehmen!«

Lucien grinste. »Ich halte es für *meine Pflicht*«, griff er ihre Erklärung scherzhaft auf. »Immerhin ist sie meine Versprochene. Was immer das auch bedeutet, zumindest mein Schutz ist ihr sicher.«

»Aber du kannst ihr nicht vertrauen, Lucien!«, warnte Nyx. Sie drückte seine Hand und hob sie an ihr Herz. »Du kennst sie nicht. Nicht so, wie du mich kennst. Ich spüre, dass sie dich unglücklich machen wird!«

Lucien legte nachdenklich den Kopf schief.

»Vielleicht stimmt das sogar, Nyx«, gestand er leise und sah in die Ferne. »Vielleicht hast du recht.«

»Wie meinst du das?«

Er schwieg. Er entzog ihr seine Hand und fuhr sich durchs Haar.

»Lucien? Sag schon! Oder hast du plötzlich Geheimnisse vor mir?«

»Nein, natürlich nicht. Vergiss einfach, was ich gesagt habe.«

»Schön. Wie du willst. Ich bin ja auch nicht hergekommen, um über dieses Mädchen zu reden.«

»Warum bist du dann gekommen?«

Nyx schwang sich die hellen Strähnen auf den Rücken und schenkte ihm ein strahlendes Lächeln. »Warum wohl? Wegen dir natürlich. Ich vermisse dich. Das muss dir doch klar sein. Fehle ich dir denn gar nicht?«

Lucien griff nach den Papieren. Er sortierte sie unnötigerweise noch einmal neu, um sein schlechtes Gewissen zu verbergen. Ehrlicherweise hatte er in den letzten Tagen kaum an Nyx gedacht. Thorn und die Rebellen beherrschten seine Gedanken, sodass kein Raum für andere Dinge gewesen war. Nun, wo Nyx bei ihm war, tat es ihm leid, sich nicht einmal nach ihr erkundigt zu haben. Er legte die Papiere beiseite und ging zu ihr.

»Du machst es uns schwer, Kanes Befehl zu befolgen«, stellte er fest und legte ihr vertraut die Hände auf die zarten Schultern.

»Und du machst es *mir* schwer, Lucien. Ich versuche zu akzeptieren, dass wir beide keine Zukunft haben werden. Doch als Freund, als Seelenverwandter … da fehlst du mir. Ich vermisse deine Gesellschaft. Können wir nicht einfach etwas zusammen unternehmen?«

Lucien schüttelte den Kopf. »So gerne ich das würde, aber das geht leider nicht. Ich muss in die Stadt.«

»Musst du zu *ihr*?«

»Ja. Ich muss sie herholen, um sie weiter vorzubereiten.«

»Kann ich dich nicht begleiten?« Nyx sah ihn flehend an. »Ich verspreche, ich werde nett zu ihr sein.«

Lucien zögerte. Er hatte ein erneutes Zusammentreffen zwischen den beiden eigentlich verhindern wollen. Andererseits wäre es vielleicht gerade nach dem gestrigen Abend und seinem katastrophalen Ende hilfreich, Thorn nicht allein gegenüberzutreten. Nyx konnte die Situation vielleicht entspannen. Und für sein schlechtes Gewissen ihr gegenüber wäre es ebenfalls hilfreich.

»Bitte, Lucien!« Sie klimperte mit den Wimpern. »Sei nicht so grausam, mich gleich wieder wegzuschicken!«

Ihr Schmollmund brachte ihn zum Lachen. »Na schön! Aber du wirst dich benehmen, verstanden?«

Ihr glockenhelles Lachen hallte von den Wänden wider, als sie hüpfend die Balkontür öffnete und ihre glänzenden Schwingen spreizte. »Das tue ich doch immer!«, rief sie und erhob sich elegant in die Luft, wo sie lachend auf ihn wartete.

Der Staffelstab in meiner Hand fühlte sich wunderbar vertraut an. Ich hatte die Augen geschlossen, so sicher fanden meine Beine ihren Weg auf der Laufbahn. Das Blut pumpte mir in den Adern, und der Wind trocknete den Schweiß, der mir auf der Stirn stand. Ich hörte meinen Atem stoßweiße mit jedem Schritt aus meiner Lunge kommen, lauschte auf die Geräusche meiner Mitläufer und wusste, dass ich den Vorsprung sicher ausgebaut hatte.

Das war mein Element. Laufen – nicht fliegen!

Ich öffnete die Augen und konzentrierte mich auf die Übergabe des Staffelstabs. Anh stand bereit. Sie hatte ihr gebleichtes Haar zu einem festen Pferdeschwanz gebunden, die blauen Strähnen darin passten gut zu ihrem metallic-blauen Laufdress. Sie streckte die Hand aus, lief an, und für einen kurzen Moment, ehe der Stab weitergegeben wurde, trafen sich unsere Blicke. Ich sah, wie unglücklich sie war. Unglücklich und ungläubig. Als ahnte sie, dass das Jahr im Ausland eine Lüge, genau wie alles andere, was ich ihr in den letzten Tagen gesagt hatte.

Ich drückte ihr den Staffelstab in die Hand, spürte die Sicherheit in ihrem Griff, ihr Vertrauen, dass ich den Stab erst loslassen würde, wenn sie bereit war, und doch rechtzeitig, um ihren Spurt nicht zu behindern. Ich löste die Finger und atmete keuchend aus, während sie sich mit dem Stab von mir entfernte. Mein Puls sackte ab, als ich mich nicht länger anstrengte, meine Beine nur noch wie von selbst den Schwung ausliefen und ich mir erschöpft den Schweiß von der Stirn wischte. Ich wurde langsamer und blieb schließlich stehen. Anh hatte schon fast ein Drittel ihrer Runde zurückgelegt. Sie sah aus wie ein blauer Blitz, auch wenn der durch mich herausgelaufene Vorsprung in ihrer Runde wieder etwas schrumpfte.

Ich drehte mich um, ließ meinen Blick über die beinahe leere Tribüne gleiten und erstarrte.

Lucien stand da, reglos, wie eine der steinernen Statuen aus seinem Garten. Ich wusste, dass die dunklen Schwingen für jedermann außer mir unsichtbar waren, dennoch erschreckte mich ihr Anblick. Oder waren es die deutlich helleren Schwingen seiner Begleiterin, die meinen Herzschlag zurück auf das Level hoben, das ich beim Lauf gehabt hatte? Die beiden Silberschwingen beobachteten mich, als ich zögernd zurück zu meiner Mannschaft ging.

»Sie ist schnell«, stellte Nyx mit einem Seitenblick auf Lucien fest.

Der nickte. »Sie hat Kraft. Und einen starken Willen.«

»Du klingst beeindruckt.«

Lucien setzte sich, ohne Thorn aus den Augen zu lassen. »Nein. Das beeindruckt mich an sich noch nicht. Aber da sie ein Halbwesen ist, frage ich mich, welche Kräfte sie sonst noch in sich trägt. Valon war praktisch nicht zu besiegen.«

Auch Nyx setzte sich wieder. Anders als Lucien hatte sie nach Thorns Lauf das Interesse an dem Halbwesen verloren. »Magnus Moore hat Valon getötet. Und Magnus ist eine Silberschwinge. Unsere Kräfte sind also auch nicht zu verachten«, überlegte sie.

»Er hat den Kampf nur gewonnen …« Lucien schluckte. »Er hat

nur gewonnen, weil der Schmerz über den Tod … meiner Mutter … ihn rasend gemacht hat.« Es fiel ihm schwer, Magnus ehrliche und tiefe Gefühle für seine Mutter zuzugestehen. Für ihn hatte sie Kane und ihn selbst schließlich verlassen. Und das konnte er Magnus nicht verzeihen, auch wenn der Sieg über Valon ihm die Achtung und den Respekt aller Silberschwingen eingebracht hatte. Damit war Magnus als einziger der Rebellen sicher vor jeglicher Verfolgung. Er war also jemand, der Kane keinen Gehorsam leisten musste – und dennoch keine Konsequenzen zu fürchten hatte. Für Lucien war das gerade im Hinblick auf Thorn besonders wichtig. Ob er wollte oder nicht, er war auf Magnus angewiesen.

»Trotzdem hat eine Silberschwinge ein Halbwesen besiegt. Für mich reicht das«, erklärte Nyx stur.

Lucien wollte nicht weiter darüber reden. Stattdessen beobachtete er seine Versprochene, die sich in der Gruppe ihrer Freundinnen mit mehr Selbstbewusstsein bewegte als in seiner Gegenwart.

»Du schmachtest sie ja regelrecht an!«, beschwerte sich Nyx schmollend und stieß ihm ihren Ellbogen in die Seite.

»Unsinn. Ich behalte sie nur im Auge.«

»Du kannst mir nichts vormachen, Lucien.«

Nachdenklich drehte er sich zu Nyx um. Ihr vorwurfsvoller Blick gefiel ihm nicht. Er fühlte sich ertappt, dabei verstand er doch selbst nicht, was er fühlte. Weder für Thorn noch für Nyx.

»Bist du sicher, dass du wissen willst, was in mir vorgeht, wenn ich Thorn betrachte? Bist du dir da wirklich sicher?«, fragte er leise. Er wollte sie nicht verletzen, aber belügen würde er sie auch nicht.

Er spürte ihr Zögern, sah, wie sie sich unsicher über die Lippen leckte.

»Ja. Ich bin mir sicher. Weil ich mir sicher bin, dass es einem Halbwesen nie gelingen wird, dein Herz zu erobern!«

Lucien lächelte traurig.

»Was mein Herz angeht, Nyx, magst du vielleicht recht haben. Doch wenn ich sie sehe – und davon haben wir ja gesprochen –, dann frage ich mich dennoch, wie es sein wird, sie vor den Oberen zu küssen.«

Nyx schnappte empört nach Luft. Sie versetzte ihm einen Hieb und verschränkte dann gekränkt die Arme vor der Brust.

»Du bist ein Arsch! Das sagst du jetzt nur, damit ich aufhöre, dich mit Fragen zu löchern!« Sie funkelte ihn böse an. »Dabei ist das echt nicht witzig!«

»Nein. Witzig ist das nicht, das kannst du mir glauben.«

»Gott, Thorn!« Anh fasste sich theatralisch ans Herz. »Schau mal da drüben!« Sie nickte möglichst unauffällig in Richtung Tribüne. »Ich sterbe, so gut sieht dieser Typ aus!« Sie prüfte den Sitz ihres Zopfs und zog den ohnehin flachen Bauch ein. »Wer ist denn das? Hast du den schon jemals zuvor gesehen?«

Ich kniff die Lippen zusammen, denn der *zum Sterben gut aussehende Typ*, von dem Anh sprach, hatte seinen Platz auf dem Zuschauerrang verlassen und kam in Begleitung von Nyx geradewegs auf uns zu.

»Ja. Leider«, entschlüpfte es mir.

»Was?« Anh sah aus, als stünde sie kurz vor einem Herzinfarkt. »Du kennst ihn?« Sie zupfte am Saum meines Laufshirts, denn auch sie bemerkte nun Luciens Näherkommen. Ich wusste, dass er auf sie nur halb so imposant wirken konnte, wie er es auf mich tat, einfach, weil sie die nachtschwarzen Schwingen nicht sehen konnte, die hinter ihm aufragten.

»Ja. Tue ich.« Ich musste irgendwie Zeit schinden. Welche Lüge auch immer ich meiner Freundin auftischen würde, Lucien würde sie garantiert mit einer unüberlegten Aussage auffliegen lassen.

Und was Nyx' Anwesenheit betraf, konnte ich ja selbst nur spekulieren.

Zum Glück verhinderte Luciens Gegenwart weitere Fragen, und ich blickte ihm ein wenig hilflos entgegen.

Was dachte er sich nur dabei, hier aufzutauchen?

»Hi Lucien!«, presste ich mit einem selbst in meinen Ohren hysterisch klingenden Lachen heraus. Ich drehte mich zu Anh, die meinen *Versprochenen* noch immer mit offenem Mund anstarrte. »Das …«, ich stieß sie mahnend an, »das ist meine Freundin Anh. Sie … sie hat mich eben gefragt, woher ich dich kenne«, rettete ich mich vor einer Antwort und gab das Problem an ihn weiter.

Doch anstatt beunruhigt zu wirken, lächelte er Anh zu. »Und? Hast du es ihr gesagt?«, fragte er mich und zwinkerte.

Dieser Arsch!

Er amüsierte sich auch noch über meine missliche Lage! Aber was er konnte, konnte ich schon lange!

»Nein. Ich habe gedacht, ich überlasse es dir, dich vorzustellen. Aber du sollst wissen, dass ich Anh schon von meinem Jahr im Ausland erzählt habe.« Ich sah ihn eindringlich an. »Und natürlich von der Party!«

Anh krallte die Finger in meinen Arm. »Er kommt zur Party?«, flüsterte sie ungläubig und mit panischer Begeisterung in der Stimme.

Lucien grinste. Offenbar gefiel es ihm, wie peinlich Anh ihn anhimmelte.

»Party? Klar komm ich!«, beantwortete er ihre indirekte Frage. »Schließlich müssen Thorn und ich uns noch ein wenig besser kennenlernen.« Diesmal ging sein Lächeln an mich. »Wir werden schon bald … viel Zeit miteinander verbringen.«

Anh starrte uns an, als wären wir Aliens.

»Ja, weil …«, versuchte ich einen Sinn in Luciens Worte zu legen, der einem normalsterblichen Menschen mit ein bisschen Verstand irgendwie plausibel wäre …

»Unsere Familien stehen sich nahe«, fuhr Lucien fort. »Und deshalb hat mein Vater … entschieden, dass ich dorthin gehe, wo auch Thorn hingeht.«

Kurz flackerte ein Bild vor meinem geistigen Auge auf.

Ich sah Luciens Blut neben mir auf den Boden tropfen. Spürte seine Hand auf den Wunden an meinem Rücken und spürte die Kraft der Schwingen, die über uns gebreitet waren.

Dieses Herz beherrscht diese Schwingen – so will es der Rat, so will es der Laird –, und so wird es geschehen!, hallte es in meiner Erinnerung nach.

»Ihr geht zusammen ins Ausland? Ein ganzes Semester?« Anh starrte mich ungläubig an. »Echt jetzt?«

»Klasse Story!«, brummte Nyx und hakte sich demonstrativ bei Lucien ein. »Ich bin Nyx und komme natürlich auch mit. Denn … *gute Freunde* … sollte *niemand* trennen!«, bemerkte sie spitz, was ich als klare Drohung verstand.

»Ihr alle?« Anh wirkte verwirrt. Sie hatte nur Augen für Lucien, was ich zwar irgendwie verstehen konnte, aber auch nervte. Zumindest ging ich davon aus, dass sie nicht so genau zuhörte, um später irgendein Detail dieser Lügengeschichte merkwürdig zu finden.

»Ja, klar. Das wird …«

»Super?«, schlug Lucien grinsend vor.

»Nein, nicht super!«, widersprach ich energisch. »Denn, wie du weißt, will ich überhaupt nicht mit!«

»Also, ich würde sofort mitkommen!«, fiel mir Anh in ihrem Liebestaumel in den Rücken.

»Von mir aus kann Thorn bleiben, wo der Pfeffer …«

»Nyx!«, mahnte Lucien und schob die hellhaarige Silberschwinge von sich. »Ihr wisst, dass längst alles entschieden ist!«, wandte er sich streng an uns beide.

»Dann …« Anh strich sich wieder über die Haare. »Dann sehen wir uns also auf Thorns Party?«, fragte sie und schien dabei total vergessen zu haben, dass ich neben ihr stand.

»Nein! Leider kann Lucien nicht …«

»Doch! Klar kann ich.« Er zwinkerte Anh zu und grinste mich schelmisch über ihren Kopf hinweg an. »Das würde ich mir nie entgehen lassen.«

»Wer würde das schon?«, lud sich auch gleich Nyx noch mit ein.

Na klasse! Meine Vorfreude auf die Party war schlagartig verpufft.

»Was wollt ihr überhaupt hier?«, fuhr ich Lucien an.

»Dich abholen. Wie du weißt, gibt es noch einiges vorzubereiten … für unser *Jahr im Ausland.*«

»Eine Party?«, fragte Lucien später, als wir zurück auf Darlighten Hall waren und die letzten Sonnenstrahlen die Blüten um uns herum in sanftes Pastell tauchten.

»Warum nicht? Ich werde gezwungen, meine Familie und meine Freunde zu verlassen, soll mich vor geflügelten Gestalten, die ich nicht mal kenne, in irgend so einer schrägen Prüfung beweisen und werde vielleicht – wenn es deinem Vater und Gebieter beliebt – sogar *vernichtet*, wie ihr immer so schön sagt. Denkst du nicht, eine Party ist da das Mindeste, das ich verlangen kann? Außerdem habe ich Geburtstag!«

»Eben deshalb finde ich eine Party keine so gute Idee«, gab Lucien zu bedenken. »Es könnte sein, dass deine Verwandlung fortschreitet.« Er wandte sich an Nyx, die uns seit dem Lauftraining begleitete. »Sie hat ihre Schwingen genau an ihrem Geburtstag bekommen.«

Nyx lächelte. »Ja, aber niemand weiß, wie das bei Halbwesen ist, Lucien. Vielleicht … bekommt sie nie welche.«

Lucien schüttelte den Kopf. »Ihre Schwingenansätze sind deutlich unter ihrer Haut zu spüren.« Er breitete die Finger aus, als würde er sie auf meinen Rücken legen wollen. »Man kann das Erbe des Lichts regelrecht strahlen sehen, wenn man …«

»Du musst ihr ja sehr nahe gekommen sein, um das zu wissen«, unterbrach Nyx ihn schroff und blieb stehen. »So viel Nähe ist ja nicht zu ertragen!«, murrte sie und funkelte Lucien böse an, ehe sie sich umdrehte, zwei schnelle Schritte machte und sich dann mit einem Schwingenschlag in die Luft erhob.

»Entschuldige.« Lucien schüttelte den Kopf. »Nyx hat das sicher nicht so gemeint.«

Ich lachte zynisch. »Ich wette, sie hat jedes Wort genau so gemeint.«

»Sie hat viel verloren!«

»Du meinst, sie hat *dich* verloren!«

»Richtig. Und im Gegensatz zu dir *wollte* sie mich. Ihre Gefühle für mich gehen tiefer, als du dir vorstellen kannst, also hab Verständnis für ihren Schmerz und ihre Enttäuschung.«

»Nyx ist mir egal«, stellte ich klar und schlenderte weiter. »Was sie sagt, ist mir egal, und was sie macht auch. Ich bin ganz sicher nicht hier, um mir eine Freundin zu suchen.«

»Davon hast du wohl schon genug«, mutmaßte Lucien und folgte mir in einigem Abstand. »Ich habe dich heute beobachtet. Du bist beliebt, richtig?«

Ich legte den Kopf schief und pflückte mir eine Blüte. »Beliebt? Keine Ahnung. Ich denke schon. Ich bin schnell – das hilft meiner Stafette.«

»Ich hatte nicht den Eindruck, dass sie dich nur wegen deiner Schnelligkeit mögen. Aber ja – du bist schnell.«

»Riley hat gesagt, das läge an meinem … Erbe.«

Lucien schwieg. Ich sah ihn an und stellte fest, dass seine Züge verhärtet wirkten. Vielleicht, weil ich Riley erwähnt hatte?

»Was tun wir eigentlich hier?«, wechselte ich das Thema in der Hoffnung, ihn wieder milder zu stimmen, und tatsächlich, er entspannte sich sichtlich und kam an meine Seite.

»Du hast mich nach einem sicheren Ort gefragt, um die Schwingen zu bekommen. Wir sind hier, weil ich ihn dir zeigen will.«

»Kann ich meine Schwingen nicht überall bekommen?«

»Doch. Aber dieser Ort ist etwas Besonderes. Alle Silberschwingen unseres Clans haben dort ihre Schwingen aus Licht geboren. Du wirst es spüren, wenn wir da sind.«

Am Zittern meiner Knie merkte ich, dass ich mir überhaupt nicht sicher war, ob ich wirklich mehr über die Geburt der Schwingen wissen wollte. Schon allein die Vorstellung steigerte den Druck in meinem Rücken und ließ mir den Schweiß ausbrechen.

Mit einem mulmigen Gefühl im Magen ließ ich mich von Lucien weiter in den Garten führen. Wir kamen an marmornen Engelstatuen vorbei, die auf magische Weise ihre Köpfe wandten und uns nachsahen. Ich nahm ihren steinernen Blick wahr, ihre Kraft, für immer zu speichern, was sie erhaschten.

»Willst du deine Kraft trainieren, die Seele der Dinge zu begreifen?«, fragte Lucien, der meinen Blick bemerkte.

»Nein. Lass uns nur schnell weitergehen. Irgendwie mag ich diese *Wächter* nicht.«

Lucien ließ seine Hand kurz auf den Stein gleiten. Er lächelte, ehe er die Hand wieder herunternahm.

»Was ist so lustig?«

»Nichts. Aber ich hatte gar nicht gemerkt, dass du dir für die Heimkehr zu deiner Familie eines meiner Shirts genommen hattest.«

Ich spürte, wie mir das Blut in die Wangen schoss, als ich an den viel zu tiefen V-Ausschnitt dachte, den mir sein Oberteil eingebracht hatte.

»Du bekommst es wieder«, verteidigte ich mich schnell, aber Lucien berührte beruhigend meine Hand.

»Schon okay. Ich wollte eigentlich sagen, dass es dir viel besser steht als mir.«

»Ich musste es wegen des Rückenausschnitts verkehrt herum tragen!«

Er lachte. »Hab ich gesehen. Und es sah bezaubernd aus!«

Weil ich nicht wusste, was ich auf dieses überraschende Kompliment sagen sollte, ging ich weiter. Ich ließ die weiß schimmernden Skulpturen hinter mir und folgte Luciens sanfter Führung weiter zum Seerosenteich. Der leuchtende Abendhimmel spiegelte sich in der schillernden Oberfläche. Dahinter die marmornen Säulen des Pavillons, den ich schon von Luciens Balkon aus erblickt hatte. Er war mit Wesen verziert, die ich vor wenigen Tagen noch für Engel gehalten hätte. Jetzt wusste ich, dass es Silberschwingen waren, die in größter Handwerkskunst aus dem Marmor geschlagen worden waren.

Luciens Schritte klangen hier unter der gewölbten Kuppel des Pavillons lauter als noch auf dem Kiesweg. Wilder Efeu wuchs wie ein königlicher Wandbehang zwischen den Säulen, sodass man kaum hindurchblicken konnte.

»Hier ist es auch im Hochsommer angenehm kühl«, erklärte Lucien und setzte sich auf die umlaufende Steinbank. »Das ist gut, denn wenn man seine Schwingen bekommt, fühlt es sich an, als stünde man in Flammen.«

»Na toll! Mach mir nur Mut!«, brummte ich, ohne mich zu ihm zu setzen. Ich war viel zu aufgewühlt. Wie Lucien gesagt hatte, spürte ich die Kraft dieses Ortes. Ich legte den Kopf in den

Nacken und bewunderte, wie sich die mächtigen marmornen Schwingen über meinem Kopf miteinander verwoben, als wären sie schützend über uns gebreitet.

Zwei Stufen führten hinunter zum Teich. Sanftes Gras wuchs am Ufer und lud mich ein, mich zu setzen. Ich schlüpfte aus meinen Schuhen und streckte die Füße ins Wasser.

»Das ist ein ganz besonderer Ort, kleine Dorne. Und du nutzt ihn für ein Fußbad!« Lucien klang amüsiert. Und tatsächlich, als er sich neben mich setzte, lächelte er. »Ich glaube nicht, dass sich das zuvor schon mal jemand getraut hat.«

»Wenn es verboten wäre, hätte man ein Schild aufstellen müssen!«, verteidigte ich mich.

Das kühle Nass schwappte leicht gegen meine Waden, und ich bewegte die Zehen, um kleine Kreise auf der Oberfläche zu erzeugen.

Ich musste Lucien nicht ansehen, denn wir spiegelten uns im Wasser. Seine Schwingen überragten ihn, und fast – es musste an der Kräuselung der Wasseroberfläche liegen – sah es aus, als würden sich auch hinter mir leuchtende Schwingen erheben.

Ich legte die Blüte, die ich zuvor gepflückt hatte, vorsichtig aufs Wasser und pustete sie davon.

»Wenn es so weit ist, bringe ich dich hierher«, erklärte Lucien leise. Auch er sah der Blüte nach, die sich immer weiter von uns entfernte. »Hier bist du ungestört – und sicher.«

»Wirst du dann bei mir sein?«

Luciens Blick war ernst – und zugleich sanft.

»Die Geburt der Schwingen ... ist etwas sehr Persönliches, Thorn. Es ist nicht üblich, währenddessen jemanden bei sich zu haben.«

»Aber was ist, wenn ich ... das nicht schaffe? Wenn Komplikationen auftreten?«

»Du schaffst das.«

Sein Vertrauen in meine Fähigkeiten war ja ganz reizend, aber ehrlich gesagt teilte ich dieses Vertrauen nicht. Was, wenn etwas schiefging? So was kam doch sicher vor? Mir wurde ja schließlich schon schlecht, wenn ich nur an die Schmerzen dachte, die ich bisher durchzustehen hatte.

»Kannst du nicht bei mir bleiben, wenn es so weit ist?« Lucien war vielleicht nicht meine erste Wahl, aber da meine Mom oder Anh, ja selbst Riley wohl keine Alternative waren, würde ich mich auch mit ihm begnügen. Zumindest wusste er, was auf mich zukommen würde.

»Das wäre sehr unüblich, Thorn.«

Das war doch verrückt! Gerade hatte er noch davon gesprochen, dass es sich anfühlen würde, als stünde man in Flammen. Und jetzt sollte ich das ganz allein schaffen? Wie sollte das gehen?

Ich griff nach seiner Hand und suchte seinen Blick.

»Es ist bestimmt auch unüblich, dass ein Halbwesen hier Schwingen bekommt, oder? Also bitte, Lucien! Ich habe Angst! Ich kann das nicht.«

Ermutigend drückte er meine Hände. »Unsinn. Du verfügst über erstaunliche Kräfte. Und das weißt du.«

»Ist mir egal! Ich will das nicht allein machen! Ich meine es ernst! Ich brauche dich!« Ich zog die Füße aus dem Wasser, denn mich fröstelte. Die Sonne war untergegangen, das bunte Schillern der Oberfläche hatte sich in das sanfte Glänzen blauen Samts verwandelt. Luciens Spiegelbild war kaum mehr als eine verwaschene Silhouette. Umso realer kam er mir vor, wie er so dicht neben mir saß. Automatisch beugte ich mich näher zu ihm. Seine Wärme fühlte sich gut an, doch es war der silberne Blick aus seinen Augen, der wie ein Feuer loderte.

Er hob seine Hand an meine Wange, und die Luft um uns herum veränderte sich. Das Zirpen der Grillen verstummte, nur der Wind wisperte leise durch das hohe Gras und durch Luciens Schwingen.

»Du musst dir mal langsam klar werden, ob du mich nun magst oder ...« Er rückte heran und ließ seine Hand in meinen Nacken wandern und rieb seine Wange an meiner, während er sich zu meinem Ohr beugte. »... oder, ob du mich für ein Monster hältst, das du hassen kannst«, raunte er. »Beides kannst du nicht haben, kleine Dorne.« Seine Lippen streiften meinen Hals.

Hasste ich ihn? Oder mochte ich ihn? Ich tat beides, und obwohl ich ihn fürchtete, sehnte ich mich auch nach ihm. Nach ihm und nach seiner Berührung.

Ich wollte nicht, dass der Moment endete.

»Lucien«, flüsterte ich seinen Namen, ehe er sich entschieden von mir löste.

Er fuhr sich durchs Haar und stand auf. »Was tust du nur mit mir?«, murmelte er. Dann wandte er sich um und kehrte in den Pavillon zurück.

Ich griff mir meine Schuhe und sprang auf. Mein Herz hämmerte. Wieder zog er sich von mir zurück. Das tat nicht nur weh, sondern zerstörte auch jede Hoffnung darauf, je sein Vertrauen gewinnen zu können. Wie sollte ich Riley retten, ohne dass Lucien mir vertraute?

»Was ist denn nur los mit dir?«, rief ich deshalb frustriert. »In der einen Sekunde denke ich, du magst mich, und in der nächsten ziehst du dich wieder zurück. Warum?«

»Warum?« Lucien kam mir entgegen und packte meine Schultern. Er zog mich mit sich in den Pavillon und drängte mich gegen eine der marmornen Säulen. Seine Schwingen waren gespreizt und sein Blick kälter als der Stein in meinem Rücken. »Du willst wissen, warum ich mich nicht wie ein verliebter Schuljunge verhalte und das Mädchen küsse, das ich hübsch finde?«, fragte er bitter. »Ganz einfach, Thorn. Ich kann dich nicht küssen. Nicht, ehe die Oberen unsere Verbindung billigen.«

»Brauchst du für alles eine Erlaubnis, Lucien? Tust du immer nur, was dein Vater oder sonst jemand dir erlaubt oder befiehlt?« Ich wusste, wie er zuletzt auf diesen Vorwurf reagiert hatte. Er hatte sich mit Riley geprügelt. Trotzdem konnte ich nicht anders, als ihn derart herauszufordern. Ich konnte nicht anders, weil ich nicht wusste, wie ich seine kühle Distanz sonst durchbrechen sollte. Mein Herz hämmerte mir bis zur Schädeldecke, und ich versuchte mich zu befreien, aber es war vergeblich. Lucien entkam man nicht.

»Du weißt nicht, was du da sagst!«, verteidigte er sich und drängte sich näher an mich. »Denk nicht, dass ich dich nicht küssen will, kleine Dorne. Denk nicht, dass ich es nicht tun würde, wärst du eine einfache Silberschwinge. Doch das bist du nicht!« Er presste seine Stirn gegen meine. »Du bist ein Halbwesen – du dürftest nicht existieren. Und wenn der Rat deshalb gegen dich entscheidet, dann wird es meine Pflicht sein, das Urteil zu vollstrecken.« Sein Blick brannte sich in meinen. »Man wird weder dich noch mich verschonen, Thorn. Ich werde es sein, der deine Schwingen brennt, der dich bestraft, auf welche Art auch immer der Rat dich bestraft sehen will. Und daran denke ich, wenn ich deine Lippen sehe. Wenn ich deinen Atem auf meinem Gesicht spüre. Dann erinnere ich mich besser daran, dass ich vielleicht dein schlimmster Feind bin. Deine absolute Verdammnis!«

So plötzlich, wie er mich gepackt hatte, ließ er mich los, machte einen Satz in die Luft und verschmolz mit der Dunkelheit.

Ich strengte mich an, ihm nachzusehen, doch das Sehen in der Dunkelheit war offenbar nicht meine Stärke.

»Mein schlimmster Feind«, flüsterte ich und wischte mir über die Augen, um zu verhindern, dass sich eine ungewollte Träne löste. Ich weinte nicht um Riley. Nicht um die schwindende Chance, einen Fluchtplan umsetzen zu können. Ich weinte einfach, weil mein Herz so schmerzte. »Und warum zum Teufel will ich dich dann trotzdem küssen?«

KAPITEL 29

In den nächsten Tagen ging mir Lucien aus dem Weg. Mein einziger Kontakt zu den Silberschwingen war Magnus, der mich gelegentlich im Haus meiner Eltern besuchte. Ansonsten lief eigentlich alles seinen gewohnten Gang. Wenn man von meinen Rückenschmerzen einmal absah. Beinahe fühlte es sich an, als hätte jemand die Zeit zurückgedreht. Zurück zur Normalität. Anh schwärmte in der Schule jeden Tag von Jungs – oder genauer gesagt von einem speziellen Jungen. Sie war total verschossen in Lucien. Mehrfach am Tag bekam ich zu hören, wie sehr sie mich beneidete, mit ihm ins Ausland zu gehen, und dass sie es natürlich verstehen würde, falls auch ich im Laufe der Zeit Gefühle für ihn entwickeln würde. Cassie, die Lucien nur aus der Ferne gesehen hatte, stimmte dem ebenfalls zu, und dass es egal sei, wer von uns dreien sich diesen tollen Typen schnappen würde – wir dürften ihn uns nur nicht entgehen lassen!

Wenn die wüssten ...

Um sie zu beruhigen, hörte ich mich nur allzu oft sagen, dass Luciens Herz ganz eindeutig für Nyx schlug.

Nyx, die – anders als mein Versprochener – seit Neuestem großes Interesse an mir zeigte. Ich entdeckte sie mehrfach bei unserem Sondertraining auf dem Zuschauerrang, auch wenn sie mich nie direkt ansprach.

Auch nicht am Morgen vor dem großen Wettkampf.

Ich sah sie aus dem Augenwinkel auf der Tribüne sitzen, als uns unser Trainer Mr Wright letzte Anweisungen gab. Ihre ständige Anwesenheit machte mich wahnsinnig. Zwar nahm nur ich sie wahr, denn sie hatte stets die Schwingen um sich geschlagen, doch das machte das ganze fast noch schlimmer. Es kam mir vor, als würde ich unter Verfolgungswahn leiden. Ständig sah ich in ihre Richtung – was allen, die Nyx nicht sehen konnten, sicher komisch vorkam. Deshalb versuchte ich mich so normal wie möglich zu verhalten, aber was war in meinem Leben schon noch normal.

Mr Wright hatte mich sogar zur Seite genommen, weil ich unbewusst langsamer gelaufen war, als ich es eigentlich konnte, nur weil ich nicht wollte, dass irgendwer dahinterkam, dass ich nichtmenschliche Fähigkeiten besaß.

Sogar Anh merkte, dass etwas mit mir nicht stimmte.

»Liegt es an Riley?«, fragte sie mitfühlend, als wir nach dem Training in der Umkleide standen. »Fehlt er dir?«

»Was meinst du?«

Anh schüttelte den Kopf, um ihre blau gesträhnten Haare aus dem strengen Zopf zu befreien. »Du schaust so fertig aus. Und heute beim Training – das war ja auch nicht dein bester Lauf, oder? Deshalb frage ich. Bist du unglücklich? Oder krank? Oder fehlt dir sonst irgendwas?«

Ihr Mitgefühl tat so gut, dass ich es nicht über mich brachte, sie anzulügen.

»Ich glaube, ich … ich habe Liebeskummer«, gestand ich ihr, auch wenn ich dabei nicht wie Anh nur an Riley dachte.

»Oje, Süße!«, rief sie und nahm mich in den Arm. »Sag schon, was ist los? Was bedrückt dich? War er fies zu dir? Dann … dann hau ich ihm eine rein! Echt! Ich schwöre es!«

Ich musste lachen, denn Anh war trotz ihrer Kampfsportausbildung der friedliebendste Mensch, den ich kannte.

»Das musst du nicht«, versicherte ich ihr. »Ich … ich weiß ja auch nicht, was mit mir los ist. Es ist einfach …« Ich sah ihr ins Gesicht und wünschte mich in die Zeit zurück, in der es zwischen uns keine Geheimnisse gab. »Ich bin so verwirrt«, gestand ich. »All diese neuen Gefühle …« Ich wusste selbst nicht, ob ich von meiner Verwandlung sprach oder davon, wie ich für Riley und Lucien empfand. Riley hatte sich mit seiner liebevollen Art und seinen Kaugummiblasen ganz zaghaft in mein Herz geschlichen. Ich mochte ihn wirklich, und dennoch beherrschte nur ein Junge meine Gedanken. Lucien York.

Anh nickte, so als wüsste sie genau, wovon ich sprach. Dabei war ich mir selbst nicht sicher, wen ich eigentlich meinte.

»Du kannst dir nicht vorstellen, wie gut er riecht, wie warm sich seine Umarmung anfühlt und wie … er mich manchmal ansieht.«

»Oh Thorn! Du weißt ja echt nicht, wie sehr ich dich gerade beneide!« Sie warf die Arme in die Luft und schüttelte den Kopf. »Klar ist es echt doof, dass du Riley erst jetzt kennengelernt hast – so kurz vor deinem Auslandstripp, aber ich würde lieber deinen Kummer haben, als so wie ich vollkommen ohne Freund oder auch nur einen bescheuerten Kuss auf meinen siebzehnten Geburtstag zuzusteuern!«

»Dein Geburtstag ist erst im November«, erinnerte ich sie grinsend, denn auch wenn sie mir natürlich nicht wirklich helfen konnte, lenkte mich das Gespräch von meinen Sorgen ab.

»Was denkst du, wie schnell November ist? Und dann wirst nicht mal du da sein. Keine Freundin, kein süßer Freund – und demnach auch keine Küsse. Wenn hier jemand Trübsal blasen sollte, dann ja wohl ich!«

Anh machte so ein künstlich unglückliches Gesicht, dass ich

ihr nur lachend zustimmen konnte. Und auch Cassie, die unser Gespräch mitbekommen hatte, hielt sich lachend die Hand vor den Mund.

»Du Arme«, gab sie sich mitfühlend, auch wenn ihr verschmitztes Zwinkern weit von echtem Mitgefühl entfernt war. »Ich habe eine Idee«, flüsterte sie verschwörerisch. »Wenn wir doch alle zurzeit so unglücklich sind, sollten wir die Party am Samstag – und deinen gut aussehenden Bekannten – nutzen, um daran etwas zu ändern.«

»Meinst du Lucien?«, hakte ich nach.

Cassie nickte, dass ihre roten Locken wippten. »Du darfst ihn auch gerne *Vater meiner Kinder* nennen«, scherzte sie.

»Ihr seid doof«, sagte ich so lässig wie möglich und versuchte die wirklich albtraumhafte Vorstellung zu verdrängen, mir Lucien mit Cassie oder Anh teilen zu müssen. »Könnten wir uns nicht erst mal auf den Wettkampf heute Nachmittag konzentrieren?«

Anh grinste mich an. »Als hinge der Sieg von uns ab«, meinte sie. »Krieg du mal deinen liebeskranken Arsch wieder hoch, dann ist uns der Titel ohnehin sicher.«

Ich streckte ihr die Zunge heraus. »Ist ja toll, dass hier so überhaupt kein Druck aufgebaut wird!«

Obwohl das mit dem Druck am Morgen nur ein Scherz gewesen war, fühlte ich mich jetzt so kurz vor dem Wettkampf doch sehr angespannt. Und das lag nicht an den hohen Erwartungen meiner Teamkolleginnen. Auch nicht an den anfeuernden Rufen meiner Eltern auf der Tribüne oder an Jake, der sich beinahe die Arme verrenkte, so wild winkte er mir zu. Es lag allein an dem Paar silbergrauer Augen, das jeder meiner Bewegungen folgte.

»Er schaut in unsere Richtung«, freute sich Anh und winkte Lucien begeistert. »Süß, dass er hier ist, oder?«

Ich fand das weniger süß. Eher beunruhigend. Er war sicher

nicht hier, nur weil er mich laufen sehen wollte. Da steckte doch bestimmt mehr dahinter …

»Darf ich mal um eure Aufmerksamkeit bitten?«, murrte Mr Wright und trieb uns, in die Hände klatschend, zusammen. »Konzentration, meine Damen!«, verlangte er. »Schließlich geht es um den Titel! Und den wollen wir uns holen!« Er blickte in die Runde und nickte zufrieden, als alle ihm zuhörten. »Wir starten auf der Außenbahn, was ein psychologischer Nachteil ist, weil sich die anderen in der ersten Kurve von uns absetzen werden. Aber da wir das wissen, werden wir uns davon nicht aus der Bahn werfen lassen.«

»Laufen wir in der gleichen Reihenfolge wie im Training heute Morgen?«, hakte Cassie nach.

»Ja. Wie im Training. Ihr macht alles wie im Training. Nur Thorn nicht.« Er sah mich an und hob den Finger. »Von dir erwarte ich deine gewohnte Leistung und nicht so eine mittelmäßige Darbietung wie vorhin. Wir zählen auf dich!«

»Sicher.« Was sollte ich sonst schon sagen. Ich würde also den Titel für meine Mannschaft holen und mich dann meinem Schicksal als wenig geliebtes Halbwesen mit Schwingen beugen, das seiner Familie und seinen Freunden rücksichtslos entrissen wurde. »Sicher«, murmelte ich erneut, als ich hinter Anh in der ersten Bahn Stellung bezog.

»Was?«, fragte die irritiert.

»Nichts. Holen wir uns einfach die Schulmeisterschaft«, brummte ich und versuchte mich zu fokussieren, während sich die Läuferinnen der anderen Schulen in den Nebenbahnen größte Mühe gaben, selbstbewusst und kämpferisch zu wirken.

Ich senkte den Blick, um mich nicht ablenken zu lassen. Lauschte auf meinen Puls und konzentrierte mich auf meine Atmung. Ich spürte, wie die Anspannung in mir anstieg, wie mein Blut sich erhitzte, meine Muskeln unter meinem Trikot warm wurden. Es hatte sich immer so angefühlt. Doch jetzt fragte ich mich, wie viel davon überhaupt menschlich war.

Der Startschuss fiel, und die ersten Läuferinnen drehten ihre Bahn. Unsere Mannschaft lag nach der Hälfte der Runde im guten Mittelfeld. Mr Wright gestikulierte so wild mit den Händen, dass sein Kopf ganz rot war. Er redete auf Cassie ein, die schon gleich den Staffelstab für die nächste Runde übernehmen würde. Dann machte er die Bahn frei, und sämtliche Läuferinnen bereiteten sich auf die Übergabe vor. Sie liefen an, manche früher, andere später, streckten den Arm, griffen nach dem Stab und starteten.

Der Applaus für die ersten Läuferinnen donnerte von den Zuschauerrängen, aber ich sah nicht auf. Ich versuchte ganz bei mir zu bleiben. Versuchte meine Sinne zu schärfen, meine Kräfte zu aktivieren, beinahe wie in der Nacht, als ich probiert hatte, in der Dunkelheit zu sehen. Es kam mir vor, als fühlte ich noch immer Luciens Arme um mich, seinen Atem auf meiner Haut und roch seinen Duft, der mich umhüllte. Ich hörte seine Worte, leise und sinnlich. Sie machten mir Mut, stärkten mich.

Ich hob den Kopf und suchte ihn in der Zuschauermenge. Es war leicht – er war der Einzige mit Schwingen. Er war der Einzige, der … von Bedeutung war. Unsere Blicke trafen sich, und ich fragte mich, ob Lucien nicht auch über die Fähigkeit verfügte, meine Gedanken zu lesen, denn ich fühlte mich wie ein offenes Buch. Als müsse er wissen, dass ich gerade dabei war, mich in ihn zu verlieben. Als müsse er ahnen, dass, was immer er mir auch antun musste, ich ihm verzeihen würde, solange er mich nur ebenso mochte wie ich ihn.

»Thorn!« Mr Wrights panischer Ruf riss mich aus meinen Gedanken. »Du bist dran! Mach dich startklar!«

Verwundert sah ich mich um. Anh war bereits in ihre Runde gestartet. Ich war wirklich gleich dran. Ich rieb mir die Schläfen, um meine Träumereien zu vertreiben, klopfte meine Oberschenkel und hüpfte auf der Stelle, um meine Bänder zu lockern. Noch einmal glitt mein Blick zu Lucien. Er war aufgestanden und überragte wie ein gefallener Engel die übrigen Zuschauer.

»Konzentrier dich!«, ermahnte ich mich und atmete tief durch. Ich blickte über die Schulter, sah Anh kommen und streckte die Hand aus. Noch zwei Schritte, dann würde ich loslaufen. Noch ein Atemzug.

Ich lief an, langsam, um sie näher kommen zu lassen, aber schnell genug, um Anh nicht auszubremsen. Es war Vertrauenssache, den Staffelstab zu übernehmen. Eine Angelegenheit von Millisekunden zuzugreifen und loszulaufen, ohne den Stab fallen zu lassen. Ich blickte Anh in die Augen, spürte den Moment, in dem sie mir zu sagen schien: Greif zu!

Meine Finger schlossen sich um den Holzstab, ich fühlte sein Gewicht, als Anh losließ und es in meiner Verantwortung lag, ihn heil durch diese Runde zu bringen. Ich atmete ein, rannte los und spürte, wie das Adrenalin regelrecht in mich hineinschoss. Ich lief auf die erste Kurve zu und überholte schon auf diesem kurzen Stück die Läuferin von Bahn vier. Immer schneller wurden meine Bewegungen, immer ruhiger mein Atem, während ich das Gefühl hatte, über die Bahn zu gleiten wie auf Kufen. Der Druck in meinem Rücken trieb mich immer weiter voran. Auf den Rängen jubelten die Zuschauer. Sie feuerten ihr Team an, klatschten und hüpften vor Begeisterung. Nur Lucien war zur Salzsäule erstarrt. Er blickte in die Ferne, irgendwo hinter mich, und der selbstsichere Ausdruck, den er immer zur Schau trug, war verschwunden.

All dies fiel mir auf, während ich in die letzte Kurve einbog. Ich atmete aus, füllte meine Lunge neu, und obwohl in diesem

Moment eigentlich nur mein Lauf zählte, versuchte ich herauszufinden, was Lucien so fesselte.

Ich war schnell gewesen, sehr schnell. Ich hatte die Führung für mein Team nicht nur übernommen, sondern ordentlich ausgebaut. Ich konnte es mir leisten, einen kurzen Blick über die Schulter zu werfen. Oder nicht?

Ich schaute nach vorne in Mr Wrights Gesicht, sah seine Freude, seinen Stolz. Anh neben ihm, noch rot von der Anstrengung ihres eigenen Laufs, feuerte mich an. Und dahinter die begeisterten Gesichter meiner Familie auf der Tribüne. Ihrer aller Erwartungen hingen an mir. Trotzdem drehte ich den Kopf, um Luciens Blick zu folgen.

Ich drehte den Kopf … und stolperte. Der Schreck fuhr mir in die Glieder, Panik erfasste mich, und ich umklammerte den Staffelstab, als wäre er eine Waffe.

»LAUF!«, schrie Anh. »Steh auf und lauf!«

Ich hörte ihren Ruf aus weiter Ferne. Die rot glühenden Schwingen des Jungen am Ende des Sportplatzes zogen meine gesamte Aufmerksamkeit auf sich. Er hatte sie gespreizt, wie Lucien, wenn er flog. Gespreizt, als wolle er damit angeben. Er musste Lucien sehen, seinen Blick auf sich spüren, und doch beobachtete er mich.

LAUF!, drang nun auch Luciens Ruf tief in meine Gedanken. Ich hörte ihn, als stünde er neben mir, als wären seine Worte plötzlich in mir. Ohne meine Augen von den flammend roten Schwingen zu nehmen, sprang ich auf und rannte. Ich rannte die Bahn entlang, getrieben von meiner Angst, von den Menschen um mich herum und dem Gefühl, zwischen zwei Welten zu taumeln.

Die Läuferin auf Bahn zwei hatte mich überholt, doch nun kam ich ihr mit jedem Schritt näher – nicht dass mich die Schulmeisterschaft in diesem Moment noch interessiert hätte. Ich lief einfach, um dem Blick des Fremden, des Flammenden zu entkommen.

Als ich die Ziellinie erreichte, brach tosender Jubel aus. Anh riss mich in ihre Arme, Mr Wright schrie, und bei all der Euphorie bemerkte niemand, dass aus der Mitte der Zuschauer jemand verschwand. Lucien schlug die Schwingen um sich und katapultierte sich mit einem mächtigen Satz in die Luft. Den dunklen Schatten seiner Schwingen nahm nur ich wahr, als er kaum eine Armeslänge neben der Laufbahn im Schutz der Tribüne landete.

Ich verlor ihn aus den Augen, als weitere Teammitglieder sich kreischend auf uns warfen. Wir hatten den Titel geholt – trotz meines Sturzes. Ich drehte den Kopf und kämpfte mich aus der Traube jubelnder Mädchen heraus.

Wo war der flammende Junge? Wo Lucien?

Unheil lag in der Luft, und mir kam es vor, als donnerte es in der Ferne. Es roch nach Regen, wie nach einem Sturm.

»Lucien!«, rief ich und lief zu der Stelle, wo ich ihn eben noch gesehen hatte. »Lucien!« Ich folgte dem schmalen Gang zwischen den erhöhten Sitzreihen hindurch zur Rückseite des Sportgeländes. Hier parkten Fahrzeuge, standen die Mülltonnen der Schule und lagerten irgendwelche Kisten.

Mein Herz schlug schneller als während meines Laufs, denn ich spürte die Spannung in der Luft. Meine Knie zitterten, und jeder Instinkt sagte mir, dass ich schnellstens von hier verschwinden sollte.

»Lucien!«, rief ich wieder, diesmal mit etwas gedämpfter Stimme. Ich duckte mich hinter eine der großen Holzkisten und spähte um die Ecke.

Da! Ich sah ihn!

Erleichtert wollte ich aufstehen und zu ihm gehen, doch seine kampfbereite Haltung warnte mich. Er stand breitbeinig auf einem Autodach, die Schwingen halb gespreizt, um – wie ich inzwischen wusste – die harten Kanten als Waffe zu verwenden. Ihm gegenüber hatte sich der Junge mit den flammend roten Schwingen auf einem Schulbus postiert. Er hatte sie wie schon zuvor weit gespreizt. Ihr rötlicher Schimmer blendete beinahe, und ihre Spannweite überragte die von Lucien um ein ganzes Stück.

Sein glühender Blick erfasste mich, als hätte er meine Nähe längst gespürt. Sein Mundwinkel zuckte kurz, das einzige Zeichen, dass er überhaupt real war.

»Was willst du hier, Halbwesen?«, rief Lucien ihm unbeeindruckt zu.

»Dieses Mädchen«, das Halbwesen erhob sich mit einem Flügelschlag in die Luft, landete dann auf einem Auto näher bei mir. »Sie gehört zu uns!«, erklärte er.

»Uns?« Auch Lucien kam näher. Er versuchte, mich mit seinen Schwingen vor dem Wesen abzuschirmen. »Ich hätte nicht gedacht, dass es nach Valon überhaupt noch Halbwesen hier in Europa gibt. Wer bist du, und wen meinst du mit ›uns‹?«

Der Junge legte seine Schwingen an. Er sprang vom Autodach und schlenderte in Luciens Richtung. »Ich bin Nicklas. Mein Vater schickt mich, dieses Mädchen zu holen.«

»Du wirst Thorn nicht anrühren!«, warnte Lucien und kam an meine Seite. »Sie ist meine Versprochene. Selbst du musst wissen, dass ich sie dir nie einfach überlassen würde.«

Der Fremde lachte. »Sie ist deine Versprochene?«, hakte er nach, ohne auf eine Antwort zu warten. »Nun, das hat für mich keine Bedeutung, denn sie ist meine Schwester!«

»Deine Schwester?« Meine und Luciens Frage klang wie aus einem Mund.

»Das ist unmöglich!«, behauptete Lucien und schob mich rückwärts. »Ihr Vater …«

»Ihr Vater ist mein Vater«, unterbrach der Flammende ihn. »Und sein Name ist Aric Chrome!« Der Junge lachte und erhob sich in die Luft, als sei es ihm egal, ob ihn jemand sah. »Ich und meine Brüder, wir werden kommen und dich holen, Schwester«, rief er und drehte gleitend eine Runde über unseren Köpfen. »Und dann werden wir die Familie vereinen und herrschen, so wie Aric es immer wollte.«

Kapitel 30

»Wer war das?«, rief ich und hastete hinter Lucien her. Nicht weil ich wollte, sondern weil er mich unnachgiebig festhielt, während er die Einfahrt von Darlighten Hall hinaufstürmte. »War das ein Halbwesen? Ich habe Riley gesagt, dass ich einen Jungen wie den schon vor Wochen an der Schule gesehen habe.« In meinem Kopf drehten sich die Fragen im Kreis.

»Ich weiß es nicht, Thorn. Aber wir bekommen große Probleme, wenn herauskommt, dass sich hier eine ganze Horde Halbwesen herumtreibt«, murrte Lucien. »Ausgerechnet jetzt!«

»Wieso? Was ist denn jetzt?«, fragte ich atemlos.

Lucien hielt mir die Tür auf und wurde langsamer. »Heute Morgen sind die Oberen in London angekommen«, erklärte er schlecht gelaunt und steuerte auf die Treppe zu. »Deswegen war ich bei deinem Wettkampf. Ich wollte dich abholen. Es ist Zeit für dich, deinen Platz hier einzunehmen und die Verbindungen zu den Menschen zu kappen.«

»Das kann ich nicht!«, widersprach ich. »Nicht so schnell. Du hast gesagt, ich kann das Schuljahr zu Ende bringen!«

»Tut mir leid, Thorn. Das geht nicht.«

Er führte mich in sein Zimmer und schloss die Tür hinter uns. »Besonders jetzt, wo diese Halbwesen einen Anspruch auf dich erheben. Du musst hierbleiben. Bei mir.«

Endlich ließ er mich los, und ich rieb mir das Handgelenk.

»Der Junge hat gesagt, er ist mein Bruder!«, erinnerte ich ihn. »Mein Bruder! Verstehst du das?« Ich sah ihm in die Augen. »Für mich ist gerade nichts mehr, wie es einmal war, Lucien. Und jetzt habe ich auch noch Brüder? Ich weiß überhaupt nicht, wohin ich noch gehöre. Wo mein Platz ist. Ich … bin vollkommen entwurzelt, und ihr alle zerrt an mir herum wie streunende Hunde an einem Knochen!«

Luciens Gesicht wurde sanfter. Er kam zu mir und legte mir die Hände auf die Schultern. »Du musst dich nicht fragen, wo dein Platz ist, kleine Dorne«, raunte er. »Du bist mir versprochen. Und obwohl zwischen uns vieles …«, er lächelte, »… kompliziert ist, dachte ich, dass wir beide uns mit dieser Tatsache abgefunden haben.«

Die angenehme Wärme seiner Hände drang durch mein dünnes Laufshirt.

»Das dachte ich auch«, gestand ich unsicher. »Aber …«

»Kein Aber. Wir bekommen das schon alles irgendwie hin. Mach dir keine Sorgen.«

»Du bist gut. Ich soll mir keine Sorgen machen? Wie soll das gehen? Die Oberen sind hier. Meine Henker, oder nicht?«

»Ich habe dir gesagt, dass ich für deine Sicherheit sorgen werde.« Er streichelte meine Wange, und sein Daumen kam meiner Lippe verführerisch nahe. »Ich muss dich schützen, schon um meiner selbst willen.« Zärtlichkeit wallte in seinem Blick auf. »Ich will dich sehen, mit deinen Schwingen, will wissen, ob sie von so flammendem Rot sind wie die deines angeblichen Bruders oder so silbern wie meine. Ich will sehen, wie du sie ausbreitest, sie benutzt. Und ich will sie ganz sicher nicht brennen oder dir sonst irgendwie wehtun müssen.«

»Gut zu hören!«, entgegnete ich sarkastisch, auch wenn seine

Worte ein Kribbeln durch meinen ganzen Körper sandten. Seine Worte – und seine zarte Berührung.

Lucien grinste. Dann beugte er sich vor und küsste mich sanft auf die Wange. »Ich habe schon eine Idee, wie wir dafür sorgen können«, erklärte er und ließ mich los. »Ich muss mit meinem Vater sprechen. Bleib du hier – und … und …«

»Und mach keine Dummheiten?«, schlug ich bissig vor.

Er zwinkerte mir lächelnd zu. »Wäre besser für uns alle.«

»Aric Chrome hat einen Sohn? Ein weiteres Halbwesen?« Kanes Zorn ließ beinahe die Wände der großen Halle erzittern. Der wegen dieser dringenden Neuigkeit einberufene Rat blickte mit versteinerten Mienen drein.

»Nicht einen, Vater. Dieses Halbwesen sprach von seinen Brüdern. Aric hat Söhne – und er will mit ihnen herrschen.«

»Wie ist das möglich? Und was hat sich Aric nur gedacht?«, fragte Kane in die Menge, ohne jemand bestimmten anzusprechen.

»Dieser Junge war älter als ich, Vater. Thorn ist also nicht das Ergebnis von Arics *erster* Verfehlung mit einem Menschen.«

Kane raufte sich die Haare. Von seiner üblichen kühlen Autorität war im Moment nicht viel übrig. Er schien ebenso aufgelöst wie sein Rat. »Bringt mir Magnus Moore! Wenn jemand weiß, was Aric getan hat, dann er! Also bringt mir diesen Verräter!«

Einige der Ratsmitglieder wollten sich erheben, um Kanes Befehl zu befolgen, doch Lucien gebot ihnen mit einer Armbewegung Einhalt.

»Ich weiß, wo Magnus ist. Ich werde Männer schicken, die ihn herbringen. Doch in der Zwischenzeit sollten wir überlegen, ob wir dieses unerwartete Auftauchen der Halbwesen nicht zu unserem Vorteil nutzen könnten.«

Kane runzelte die Stirn. Der Rat verfiel in uneiniges Murmeln.

»Was meinst du damit? Wie sollten wir diese Katastrophe für uns nutzen können?«

Lucien erhob sich von seinem Platz neben Kane und lief vor den Ratsmitgliedern auf und ab. »Wir könnten den Oberen nicht nur einen Rebellen wie Riley liefern …« Er wandte sich direkt an die Ratsmänner. »Habt ihr ihn euch einmal angesehen? Er sieht jämmerlich aus.« Er nahm sich Zeit, bedauernd den Kopf zu schütteln. »Nein, wir könnten mit etwas Glück die Oberen mit einem Halbwesen überraschen, welches sich in unserer Gewalt befindet.«

»Wir *haben bereits* ein Halbwesen in unserer Gewalt!«, erinnerte ihn Kane schroff. »Deine Versprochene!«

Lucien nickte. »Richtig, Vater. Und wir werden Thorn brauchen, um Arics Brut zu bezwingen.«

»Du denkst doch nicht, dass sie sich gegen ihr eigenes Blut stellen wird?« Kane schüttelte den Kopf. »Ganz sicher gehört sie zu ihnen – genau wie Magnus Moore!«

Lucien ballte die Hände zu Fäusten. Er hörte seinen Kiefer krachen, so fest biss er die Zähne zusammen. »Nein, Vater! Das tut sie nicht. Sie gehört zu mir! Und sie wird tun, was immer ich von ihr verlange!« Er war sich nicht sicher, ob er damit recht hatte, aber um Thorns willen musste er das hoffen. »Aric ist offenbar näher, als wir dachten. Wir wissen nicht, ob er auf Rache sinnt. Wir wissen nicht, ob er zornig ist, weil wir ihn in die Verbannung geschickt haben. Aber eines ist klar: Er will seine Tochter zurück.«

Eine Silberschwinge aus den Reihen der Ratsmitglieder trat hervor. »Wir könnten sie ihm geben – vielleicht ist dann Ruhe, niemand bekommt von den Halbwesen etwas mit, und die Oberen mischen sich nicht in unsere Belange ein«, schlug er vor.

»Unsinn!«, donnerte Kane und funkelte den Rat an. »Aric zu geben, was er will, käme einer Niederlage gleich!«

»Mein Vater hat recht!«, ergriff Lucien wieder das Wort. Thorn aufzugeben machte ihm mehr Angst, als er zugeben würde. Er umrundete die beiden thronähnlichen Stühle und stellte sich neben Kane. »Thorn ist wichtig für uns. Und mit ihr als Lockvogel werden wir den anderen Halbwesen eine Falle stellen können.« Lucien hob die Hand, als hätte er einen Einfall. »Und am besten eignet sich dafür die von Thorn geplante Abschiedsparty. Ihr seid über die Pläne dazu, wie ich annehme, im Bilde?«

Ein schwaches Nicken ging durch die Reihen. Sie hatten seinen Bericht über Thorns Fortschritte in Bezug auf ihre Kräfte und ihre Verwandlung und über ihre Einsicht, sich von den Menschen loszusagen, gelesen. Lucien konnte sich ein verächtliches Murren nicht verkneifen. Dass Kane überhaupt Berichte von ihm verlangte, ärgerte ihn. Doch für heute war es wohl ein Vorteil, denn so musste er nicht viel erklären.

»Ich gehe davon aus, dass sie versuchen werden, Thorn während der Party in ihre Fänge zu bekommen. Wir werden sie also erwarten.«

Kane nickte schweigend und rieb sich über den angegrauten Vollbart. »Wir werden sie erwarten. Wie wahr, Sohn.« Seine schwarzen Augen glänzten angriffslustig. »Und bei der Zeremonie übergeben wir sie den Oberen. Das wird unsere Position stärken, denn sie werden sehen, dass wir mit allem fertigwerden.«

»Ja, aber wie genau *wollen wir* mit den Halbwesen fertigwerden?«, kam erneut eine skeptische Stimme aus den Reihen der Räte. »Erinnert euch an den Kampf mit Valon. Die Kräfte dieser unnatürlichen Kreaturen sind nicht einzuschätzen.«

»Als Valon besiegt werden musste, hatten wir *die hier* noch nicht«, erklärte Lucien und hielt seinen Elektrostab in die Höhe. »Wir werden in der Mehrheit sein – und wir werden uns bewaffnen. Ohne die Kraft ihrer Schwingen können wir sie überwältigen.«

»Wann ist diese Abschiedsfeier?«, verlangte Kane zu erfahren.

»Hast du den Bericht nicht gelesen?«, fragte Lucien ungläubig.

»Was denkst du denn? Ich habe Wichtigeres zu tun. Ich habe ihn überflogen, und was ich herausgelesen habe, gefällt mir nicht!«

»Und was genau wäre das?«

»Jeder Narr kann zwischen den Zeilen lesen, dass dir dieses Mädchen, diese Thorn, etwas bedeutet. *Das* gefällt mir nicht.«

»Du wolltest ein Bündnis zwischen mir und ihr – was stört dich also daran?« Lucien leugnete seine Gefühle nicht. Sein Vater hätte sonst nur noch mehr darauf beharrt.

»Ich wollte ein Bündnis. Ein Geschäft!«, rief Kane kopfschüttelnd. »Etwas, das man auch zu einem Abschluss bringen oder aus dem man aussteigen kann, wenn es einem nichts mehr einbringt!«

Lucien versteifte sich. Er dachte an Thorns magisch-grüne Augen. An ihr Lächeln. An ihren Mut. »Ein Geschäft«, wiederholte er die Worte seines Vaters leise. Er stellte sich dessen anklagendem Blick, ohne die anderen im Raum zu beachten. »Dann hör mir zu, Vater: Thorn ist das beste Geschäft, das ich je gemacht habe. Und *du* wirst mir dabei nicht in die Quere kommen!« Er hob mahnend den Finger. »Sie ist wichtig für den Clan. Und für mich. In dieser Angelegenheit entscheide ich – ich allein, wann sie mir nichts mehr einbringt.« Er wandte sich ab und ging Richtung Tür. »Mach deine Männer bereit, Vater, denn in wenigen Tagen steigt eine Party.«

Kapitel 31

Ich stand vor dem Spiegel, und es war, als blickte mir eine Fremde entgegen. Ich hatte versucht, mein schwarzes Haar zur Feier des Tages am Hinterkopf hochzustecken, doch einige Strähnen fielen mir schon jetzt wieder in die Stirn. Ich trug meine Lieblingsjeans und ein dunkelgrünes Oberteil, das meine Augen wirklich gut zur Geltung brachte. Mom hatte es mir gekauft. Ich wollte ihr eine Freude machen, indem ich es trug, aber ich erkannte mich darin kaum wieder. Hatten mich die letzten Tage so verändert?

»Du siehst toll aus!« Anh rollte sich von meinem Bett. Wie so oft, wenn sie mich besuchte, hatte sie es sich auch heute bäuchlings auf meiner Matratze bequem gemacht. Nun kam sie auf mich zu und umarmte mich. »Ich kann kaum fassen, dass es schon morgen für dich losgeht. Das kommt doch total plötzlich!« Sie machte ein beleidigtes Gesicht. »Warum kannst du nicht wenigstens noch die Ferien hier verbringen?«

Ich zuckte mit den Schultern und befreite mich aus ihrer Umarmung. Sie anzulügen fiel mir schwer, selbst wenn sie mir nicht so nahe war wie eben. Ich hatte Angst, sie würde meine Lügen fühlen können. »Na, du weißt doch, wie das ist«, redete ich mich irgendwie heraus. »Wir suchen eine Unterkunft, kümmern uns um den ganzen Papierkram, dann eine Eingewöhnung … na, eben alles, was da sonst noch so dazugehört.«

Anh streckte mir im Spiegel die Zunge heraus. »Das ist jedenfalls Scheiße, wenn du mich fragst«, murrte sie. »Ich will dich doch nicht gehen lassen!«

»Mach es mir nicht schwerer, als es schon ist, okay? Heute Abend wird gefeiert, und wir denken nicht an den Abschied. Ich komme doch wieder – irgendwann.«

»Irgendwann?« Anh fuhr sich durch die blauen Strähnen. »Irgendwann ist mir auf jeden Fall zu spät!«, protestierte sie. »Wir sehen uns doch hoffentlich in den Ferien, oder nicht?«

Ich wusste es nicht. Konnte ich meine Familie oder meine Freunde überhaupt wiedersehen? Warum nicht? Für eine kurze Zeit würde es mir doch gelingen, bei ihnen zu sein, ohne mein Geheimnis auffliegen zu lassen. Schließlich hatten Riley und seine Shades jahrelang in unserer Nähe gelebt. Es musste also möglich sein!

»Klar!«, versicherte ich ihr. »Ich komm dich besuchen, wann immer ich kann!«

Anh lachte. »Von wegen! Du wirst mich vergessen, sobald du mit diesem traumhaften Lucien im Flugzeug sitzt!«

Allein sein Name ließ mein Herz schneller schlagen. Seit der Begegnung mit meinem Halbwesen-Bruder war Lucien mir gegenüber sehr distanziert. Überhaupt hatte ich ihn kaum zu Gesicht bekommen. Er versteckte mich vor den Oberen und ging seinen Plänen nach, für meine Sicherheit zu sorgen. Was das bedeutete, wusste ich nicht. Nun fühlte ich mich von Anh ertappt, denn es verging keine Minute, in der ich nicht an Lucien dachte. In der ich mich nicht fragte, was er tat – oder wo er war. Aber weil ich keine Lust hatte, mich ausgerechnet heute, wo ich ohnehin sehr emotional war, zu fragen, ob er noch immer Rebellen jagte oder sonstige Grausamkeiten für seinen Vater ausführte, wechselte ich schnell das Thema.

»Wir sollten runtergehen«, schlug ich vor und trat an die Tür. »Die ersten Gäste sind schon da.« Ohne auf ihre Zustimmung zu warten, ging ich die Treppe hinunter. Mom und Dad standen in der Küche. Ich bedeutete Anh, doch schon mal in den Garten vorzugehen. Da dies der Tag des Abschieds war, brauchte ich noch etwas Zeit mit meinen Eltern allein, auch wenn wir die letzten Tage genutzt hatten, uns darauf vorzubereiten.

»Mom?«, flüsterte ich und schloss die Tür hinter mir. Beide wandten sich zu mir um. Und beide sahen aus, als wäre jemand gestorben. Mom hatte tränennasse Augen, und Dad wirkte blass und eingefallen.

»Hey!«, versuchte ich sie aufzumuntern. »Das soll doch eine Party werden und keine Beerdigung.«

»Du hast gut reden, Thorn!«, schluchzte Mom. »Du weißt ja nicht, wie es ist, ein Kind loszulassen.«

Ihr Schmerz verursachte mir einen Kloß in der Kehle. »Zum Glück hast du jetzt nicht gesagt, ein Kind zu *verlieren* – denn du verlierst mich nicht, Mom. Versprochen. Ich werde nur … vorerst nicht hier bei euch leben können. Das alles … ist zu verrückt. Ich muss mich daran gewöhnen und sehen, was das überhaupt für meine Zukunft bedeutet. Aber verlassen werde ich euch nicht! Nicht für immer.« Das Schlucken schmerzte mich. »Ihr seid doch meine Familie.«

»Und du bist unsere Tochter!«, stimmte Dad mir zu und schlang seine Arme zugleich um mich und Mom. »Wir lassen dich heute nur gehen, weil wir dir nicht im Weg stehen wollen. Aber loslassen werden wir dich nie. Du hast hier immer einen Platz, Thorn. Was auch immer du brauchst – wir werden für dich da sein!«

»Ich weiß, Dad. Ich weiß. Aber jetzt müsst ihr euch um Jake kümmern. Ich will nicht, dass er denkt, ich hätte ihn leichten Herzens verlassen.«

»Das denkt er nicht. Er glaubt wie alle anderen auch, dass du das Jahr im Ausland verbringst. Und was danach kommt … das sehen wir dann.«

Ich nickte. »Er wird mir von allen am meisten fehlen«, gestand ich selbst ein wenig überrascht. »Er und seine Detektivspielchen.«

Mom lachte, auch wenn ihr noch immer ungehindert die Tränen über die Wangen liefen. »Er hat ja deine Fingerabdrücke – entkommen wirst du ihm auf Dauer also nicht, fürchte ich.«

»Thorn, die Gäste sind da!« Anh kam in die Küche gestürmt und hielt sich die Hand vor den Mund. »Ich will echt nicht stören, Mr Blackwell, aber … die Gäste warten!«

Dad ließ uns zögerlich los und rang um Fassung. »Natürlich. Geh, meine Große. Verabschiede dich von all deinen Freunden.« Er drückte mir einen bunt gemixten alkoholfreien Drink in die Hand, schob mich zur Tür und lächelte Anh an. »Habt eine schöne Party.«

Die packte mich am Arm und schleifte mich so hastig hinter sich her, dass ich beinahe meinen Cocktail verschüttete. »Deine Eltern heulen? Ich dachte, die Idee mit dem Auslandssemester wäre ihre Idee gewesen? Na, egal! Dieser Lucien ist jedenfalls da!« Es war so typisch, wie Anh Unterhaltungen im Alleingang führte. »Er hat zwar wieder diese hellblonde Tussi im Schlepptau, aber mit der werden wir doch fertig, oder?« Wie so oft wartete ich ab, ob sie wirklich eine Antwort von mir erwartete. »Du lenkst sie ab, und ich schmeiß mich an ihn ran!« Sie warf mir einen schmachtenden Blick zu. »Wir werden wunderschöne Kinder haben – Lucien und ich. Fast noch schöner als die, die ich mit Mr Penn im Chemiesaal hätte zeugen können!«

Ich rollte mit den Augen. »Anh!«, ermahnte ich sie streng. »Du bist sechzehn – und hast noch nicht mal einen Jungen geküsst. Komm mal runter, okay?« Vielleicht sollte ich ihr sagen, dass ein

Kind mit Lucien – vorausgesetzt, er würde das oberste Gesetz zur Reinheit des Blutes jemals brechen – ein verachtenswertes Halbwesen wie ich wäre, dem ein langes Leben nicht unbedingt garantiert war. Zumindest, wenn ich es aus meiner aktuellen Sichtweise beleuchtete.

Anh lachte. Sie zerrte mich durch den Garten hinter sich her, quer durch die eingetroffene Gästeschar. Wir blieben nur gelegentlich stehen, wenn mir jemand zum Geburtstag gratulieren wollte, doch auch das dauerte Anh schon zu lange. Sie schien ein ganz bestimmtes Ziel zu haben. »Ich weiß, ich weiß«, gab sie gut gelaunt zu. »Fürs Küssen seid ja bisher nur du und Riley zuständig.«

Lucien fühlte sich unwohl. Die Party kam so langsam in Schwung, aber von Thorn fehlte jede Spur. Zwar spürte er ihre Gegenwart, dennoch war er unruhig, solange er sie nicht mit eigenen Augen sah. Und das musste er dringend, denn er war ihr seit Tagen aus dem Weg gegangen. Tage, in denen er ihr nicht ins Gesicht hatte sehen wollen, weil er sie damit verbrachte, Pläne zur Ergreifung ihrer Brüder zu schmieden.

»Ich sterbe gleich vor Langeweile!«, stöhnte Nyx neben ihm und legte ihm den Arm um die Hüfte. »Wollen wir tanzen?« Sie deutete auf einige Mädchen, die auf der Terrasse zur Musik aus der Anlage wippten.

»Ich bin leider nicht zum Feiern hier«, erinnerte er sie und ließ seinen Blick über die Gäste schweifen. Einige nahmen sich von der Salatbar etwas zu essen, andere standen in Gruppen beisammen und lachten. Auf einem Tisch stapelten sich Geburtstagsgeschenke. Hier kannte offenbar jeder jeden. Doch für ihn waren es nur fremde Gesichter. Er musterte sie alle, dabei hätte er gar nicht so genau hinsehen müssen. Die rot glühenden Schwingen der

Halbwesen, wegen derer er hier war, würden ihm in der Dunkelheit nicht verborgen bleiben. Im Gegenteil, er und seine Männer, die sich im ganzen Stadtteil, in jeder Straße, die hier zum Haus führte, und auf sämtlichen Dächern ringsherum postiert hatten, waren dank ihrer dunkel-schattierten Schwingen klar im Vorteil. Die Halbwesen würden nicht wissen, wie ihnen geschah, bis seine Falle über ihnen zuschnappen würde.

Nyx schob schmollend die Unterlippe nach vorne. »Solange der Köder nicht an der Leine hängt, beißen die Fische aber nicht an«, flötete sie und begann sich verführerisch zur Musik zu bewegen.

»Thorn ist kein Köder!«, brummte Lucien ungeduldig. »Und sie weiß nichts von dem Plan. Also sei besser leise.«

»Sie weiß nichts davon?« Nyx wurde hellhörig, und Lucien fluchte im Geiste. Hätte er doch nichts gesagt.

»Diese Halbwesen behaupten, ihre Brüder zu sein«, erinnerte er Nyx mahnend. »Ich will sie nicht beunruhigen, solange wir keinen Erfolg hatten.«

Nyx hob die Augenbraue und tippte sich mit dem Finger nachdenklich gegen das Kinn. »Interessant. Und was wird sie sagen, wenn du dann am Ende des Tages ihre Brüder – oder einen davon – in deiner Gewalt haben wirst?« Sie legte den Kopf schief. »Was wird sie dann tun? Und … was wirst *du* dann tun?«

Luciens Kiefermuskeln zuckten. Nyx war manchmal eine echte Plage. Dennoch trafen ihre Fragen ins Schwarze. Er selbst suchte den ganzen Tag schon nach Antworten darauf.

»Sie wird tun, was ich ihr sage! Lass das einfach meine Sorge sein, Nyx.«

Nyx lachte. »Sie wird tun, was du verlangst?«

»Ja.« Lucien fuhr sich durchs Haar. Er hatte Nyx mitgenommen, weil er sich von ihr inmitten der Menschen Rückendeckung erhofft hatte. Doch nun verunsicherten ihre Fragen ihn.

»Hast du sie wirklich so gut im Griff?« Lucien hörte den Spott in Nyx' Stimme.

»Lass das meine Sorge sein!«, wiederholte er zähneknirschend und stellte erleichtert fest, dass Thorn zusammen mit ihrer Freundin Anh auf ihn zukam. Wenn er ehrlich war, sah es eher so aus, als würde Thorn zu ihm geschleift.

Auch Nyx hatte die beiden offenbar bemerkt, denn sie setzte ein künstliches Lächeln auf.

»Hi ihr!«, trällerte Anh. »Na, wie gefällt euch die Party?«

»Super!«, log Nyx mit ebensolcher Begeisterung in der Stimme. »Hab ich richtig gehört – habt ihr gerade übers Küssen gesprochen?«, hakte sie nach.

»Küssen?« Anh schien zu überlegen. »Ach so! Ja, nicht direkt«, wehrte sie mit einem verlegenen Blick in Luciens Richtung ab. »Wir haben nur darüber gesprochen … wie schade es ist, dass Thorns Freund Riley heute Abend nicht hier sein kann.«

Ich schnappte nach Luft. Ahn hatte doch wohl den Verstand verloren! Klar, sie wollte nicht zugeben, dass sie gerade noch davon gesprochen hatte, mit Lucien eine Familie zu gründen. Aber mich in die Sache mit hineinzuziehen, war ja wohl echt das Letzte!

»Ihr Freund? So, so, die liebe Thorn hat uns ja noch gar nichts von einem Freund erzählt, oder Lucien?« Nyx' unschuldiger Blick brachte mich zur Weißglut. Ich wusste genau, dass sie log. Sie hatte mich schließlich schon nach Riley gefragt. Trotzdem konnte ich sie jetzt vor Anh nicht auffliegen lassen, ohne unsere gesamte Lügenstory ins Wanken zu bringen.

Ich sah Lucien an, der meinem Blick kühl begegnete.

»Doch.« Kam er mir widerstrebend zu Hilfe. »Sie hat ihn beiläufig erwähnt.«

Ich wusste, dass das Gespräch über Riley schuld an seiner schlechten Stimmung war.

»Nur erwähnt?«, sprudelte Anh drauflos, glücklich, ein gemeinsames Thema mit Lucien gefunden zu haben. »Ja, Thorn macht schon fast ein Geheimnis aus ihrer Beziehung. Ich selbst wusste nichts davon, bis sich die beiden in der Schule knutschend in den Armen lagen!«, scherzte sie, nicht ohne mich den Seitenhieb spüren zu lassen.

»Wir lagen uns nicht in den Armen!«

Anh zwinkerte mir zu. »Sie konnten kaum die Finger voneinander lassen. Sind sogar zu spät in den Unterricht gekommen, weil sie beim Rummachen in dunklen Ecken die Zeit vergessen haben!«

»Das ist nicht …«

»Ach!« Nyx übertönte meine Erklärungsversuche. »Wie romantisch, Thorn. *Das* muss echte Liebe sein!«

Der Blick, den sie Lucien zuwarf, gefiel mir gar nicht. Und auch seine versteinerte Miene war nicht gerade ein gutes Zeichen.

»Unsinn! Das … war …« Ich suchte nach Worten, die Anhs Behauptungen irgendwie entkräften würden, als mir ein heißer Schmerz die Wirbelsäule hinabfuhr. »Ahh!«, keuchte ich erschrocken und fasste mir an die Schulter. Ich spürte die feuchte Wärme von Blut, und sofort beschleunigte sich mein Puls. Hilfe suchend sah ich Lucien an.

Der schien trotz seiner miesen Laune zu verstehen, was vorging. »Wir sollten tanzen!«, erklärte er mürrisch und griff fester als nötig nach meiner Hand.

Ahn und Nyx' verwunderte Blicke folgten uns, aber das war mir egal. Ich spürte nur den Schmerz, der sich von meinem Rücken aus in meinem ganzen Körper ausbreitete.

»Was ist?«, fragte Lucien, und obwohl er so aussah, als wäre er sauer auf mich, spürte ich seine Sorge.

»Mein Rücken!«, presste ich heraus. »Ich blute. Mehr als sonst.«

»Heute ist dein Geburtstag«, stellte er fest. »Die Verwandlung schreitet fort. Wenn es schlimmer wird, muss ich dich hier wegbringen.« Er zögerte und schaute durch den Garten. Weiter über die Dächer und schließlich zurück zu mir. »Aber vorerst bleiben wir noch eine Weile.«

Er schob mich auf die Terrasse, wo inzwischen einige das Tanzbein schwangen. Das langsame Lied erlaubte es ihm, seine Hand auf meinen Rücken zu legen, und sofort beruhigte die Wärme seiner Haut meinen Schmerz.

»Danke!«, flüsterte ich und versuchte, trotz seiner Nähe im Takt zu bleiben.

»Du musst mir nicht danken.« Seine Antwort war kühl, ebenso wie der Blick, mit dem er mich musterte.

»Du bist sauer, oder?«, hakte ich nach und presste mich fester gegen seine heilenden Hände.

»Nein.«

»Ich merke doch, dass etwas nicht stimmt.«

»Du bekommst deine Schwingen«, erklärte er tonlos. »Und wir sind mitten unter Menschen. Das beunruhigt mich.«

»Und das ist alles? Es hat nichts damit zu tun, was Anh über Riley gesagt hat?«

Lucien schluckte. Er reagierte wirklich allmählich allergisch auf den Namen Riley. Besonders wenn er ihn aus dem Mund seiner Versprochenen hörte. Er fragte sich dann zwangsweise, wie nah Riley ihr gekommen war. Hatte er seine Hände auf ihren Rücken gelegt, so wie Lucien selbst gerade? Hatte er ihren Körper so nah an seinem gespürt, wie er es bei diesem Tanz tat? Hatte Riley ihr ebenfalls in die unvergleichlich grünen Augen geblickt und sich dabei gefragt, wie es wäre, ihre Lippen mit Küssen zu überhäufen?

Er verstärkte seinen Griff, auch wenn er wusste, dass er Thorn damit vielleicht wehtat. Ihr leises Keuchen zuckte wie ein Blitz durch sein Gewissen. Dennoch konnte er nicht anders, als sie mit all seiner Kraft festzuhalten. Einige Strähnen ihres Haars lösten sich aus ihrer Frisur und streiften seinen Arm. Bei jedem Schritt berührte er ihre Schenkel, und der seidig-grüne Stoff ihres Oberteils umspielte ihre Brüste wie ein Wasserfall, sodass er kaum an etwas anderes denken konnte. Doch wenn er Anh Glauben schenken durfte, war Riley Thorn noch viel näher gewesen.

»Du tust mir weh!«, flüsterte Thorn und riss ihn damit aus seinen unschönen Gedanken.

»Entschuldige.« Sofort löste er seinen Griff und gab ihr mehr Raum, auch wenn er sie nicht ganz freigab.

»Warum reagierst du so empfindlich auf Riley?«, hakte Thorn nach, als das Lied endete. Für einen Moment der Stille standen sie sich reglos gegenüber.

»Ich will nichts mehr von ihm hören!«, erklärte Lucien ehrlich. »Ich will nicht an ihn denken«, fügte er leise hinzu und verdrängte die Fantasien von Riley und Thorn in inniger Umarmung. »Und was immer du für ihn fühlst, Thorn – es hat keine Zukunft, denn Riley Scott ist ein verurteilter Rebell … und du gehörst jetzt zu mir.«

Thorn versuchte sich loszureißen. Aus ihren Augen schossen zornige Blitze, während ihr Blut zwischen seinen Fingern hindurch ihren Rücken hinablief.

»Lass mich!«, knurrte sie. »Ich habe es dir schon einmal gesagt: Ich gehöre niemandem! Ich tue, was du verlangst, weil du mir dafür Rileys Sicherheit versprochen hast, doch je länger ich darüber nachdenke, umso weniger glaube ich, dass du dein Wort halten wirst. Du hasst ihn viel zu sehr!«

»Ich hasse Riley nicht!«, widersprach Lucien und betrachtete das Blut an seinen Händen. Es war zu viel, um keine Aufmerksamkeit zu erregen. »Riley war mein Freund. Doch das ist vorbei. Für ihn ist in unserem Leben kein Platz, Thorn. Du wirst *ihn* nie wieder küssen! Oder dich mit ihm in irgendwelchen Ecken herumtreiben, wie du es ja scheinbar bisher so gerne getan hast!« Er spürte, wie seine Schwingen sich spreizten, so zornig war er. »Und du solltest nicht vergessen, dass dein Gehorsam in *allen Dingen* die Voraussetzung ist, mich für sein jämmerliches Leben einzusetzen.«

Er sah, wie eine Welle des Schmerzes über Thorn brach, spürte ihr Zusammenzucken und hörte ihr Keuchen, als der Riss in ihrem Rücken weiter aufbrach.

»Du benutzt deine Macht, um mich zu erpressen!« Sie stieß ihn von sich. »Ich hasse, wie du mich behandelst! Ich hasse, was du Riley angetan hast. Ich hasse *dich*!«, presste sie zwischen ihren blutleeren Lippen heraus und stützte sich gequält vornüber auf ihre Oberschenkel.

Er knackte mit den Fingerknöcheln, um zu verhindern, dass er die Hände nach ihr ausstreckte. Wie leicht hätte er ihr Bild über ihn geraderücken können. Wie leicht ihr sein Handeln von damals erklären können, doch er brauchte ihren Hass, um sich selbst zu schützen. Die Eifersucht, die er empfand, war eine Warnung. Er war zu schwach, ihr allein zu widerstehen. Sie war so schön, so mutig, so verlockend … Er schüttelte diese Gedanken ab. Solange sie ihn hasste und verachtete, war er davor sicher, sich in seinen Gefühlen für sie zu verlieren. Gefühle, die er nicht zulassen durfte. Und auch nicht wollte …

Er sah, wie sie zitterte und das Blut schon ihr Oberteil tränkte. Es war Zeit. Zeit zu gehen. Auch wenn es bedeutete, die Jagd auf die Halbwesen vorerst abzubrechen. Er schloss die Augen und horchte auf seine Fähigkeiten. Seine Männer waren auf ihren Posten, Nyx ganz in der Nähe, doch von den Halbwesen erspürte er keines. Vielleicht würden sie heute nicht kommen. Vielleicht war zu gehen deshalb die einzig richtige Entscheidung.

Mit einem letzten Blick über die Feiernden, über Thorns Freunde und Familie, wandte er der Party den Rücken zu und spreizte im Schutz der Hausecke die Schwingen. »Du hasst mich?«, griff er ihre Aussage auf und schlang seine Arme um sie. »Nun, man hasst seine Feinde. Diejenigen, die die Macht besitzen, einen zu zerstören. So wie ich es mit Riley getan habe. Mich zu hassen, ist das Klügste, was du tun kannst, Thorn – die Party ist jetzt vorbei!«

Mit einem Satz katapultierte er sie beide in die Luft und spreizte die Schwingen. Die Nacht war klar, doch Lucien fühlte sich sicher. Wenn am Boden genug geboten war, dann achtete niemand auf den Himmel und seine Kreaturen.

Niemand, außer Jake mit seinem Spion 600 Nachtsichtgerät.

Kapitel 32

Während des gesamten Flugs zurück nach Darlighten Hall hielt ich die Augen geschlossen. Ich wollte nicht hinabblicken in die Tiefe. Wollte nicht noch mehr Angst zulassen, als ich ohnehin schon empfand. Mir war nicht einmal die Zeit geblieben, mich zu verabschieden. Das Leben, das ich kannte, war mir einfach entrissen worden. Von einem Mann, der glaubte, über mich zu herrschen. Meine Tränen liefen mir ungehindert über die Wange und fielen wie Regentropfen hinab. Ich hörte die sanften Schwingenschläge über mir, spürte Luciens Herzschlag und seine sichere Umarmung, doch ich wehrte mich gegen jedes Gefühl, das er in mir auslöste. Ihn zu hassen, war das Klügste, was ich tun konnte. In dieser Hinsicht hatte Lucien ausnahmsweise einmal recht. Er war mein Feind. Und jetzt war nicht der richtige Zeitpunkt, das infrage zu stellen. Nicht, solange ich so verwundbar war wie jetzt. Mein Rücken stand in Flammen, und dies schien das Einzige, das zählte.

Mein Rücken. Meine Schwingen. Mein neues Ich, das mit aller Macht aus mir herauszubrechen drohte.

Kein Wort des Trostes kam über Luciens Lippen, als er die Füße auf den Boden setzte und mich am Eingang des parkähnlichen Gartens vor sich abstellte.

»Lass mich los!«, forderte ich, denn noch immer lagen seine

Hände auf meinen Schultern. Ich riss mir die Haarnadeln aus der Frisur und fuhr hektisch durch meine Haare. Ich brauchte Luft. Nichts sollte mich einengen. Ich bekam ohnehin kaum genug Sauerstoff in meine Lunge. »Lass mich ... einfach in Ruhe, Lucien!« Ich rannte los, getrieben von dem Brennen in meinem Rücken. Suchte den nächtlichen Park nach dem richtigen Weg ab und verfluchte mich dafür, nicht im Dunkeln sehen zu können. Warum verfügte ich nicht über diese Fähigkeit?

An einer Weggabelung drehte ich mich im Kreis, wollte mich orientieren, doch all die steinernen Skulpturen ähnelten sich so sehr, dass ich nicht wusste, wo ich war. Ich streckte die Hand aus und legte sie auf den Marmor.

»Komm schon«, flüsterte ich, schloss die Augen und hoffte auf Bilder der Vergangenheit. Meine Fingerspitzen kribbelten, wurden heiß, doch sehen konnte ich nichts. Ich fluchte und rieb meine Hände aneinander. Dann atmete ich langsam aus und startete einen neuen Versuch. Ich blendete aus, dass mir das Blut schon in den Hosenbund lief, und ließ stattdessen meinem Geist freien Lauf. Obwohl ich meine Lider geschlossen hatte, erschienen unscharfe Bilder vor mir. Bunte Strudel miteinander verwaschener und längst vergangener Momente. Ich atmete durch. Versuchte meinen Blick zu schärfen, und tatsächlich klarten sich die Bilder. Nach einer Weile sah ich Silberschwingen, die mir bekannt vorkamen. Ratsmitglieder vielleicht. Dann hell und dunkel, Tage und Nächte, immer schneller liefen die Bilder vor mir ab. Ich sah die Knospen der Bäume sich wieder schließen, sah die Äste nach und nach kahl werden und den Frost, der an den blattlosen Ästen leckte. Die Zeit lief rückwärts, doch ich war weit davon entfernt zu sehen, was ich sehen wollte.

»Ich brauche doch nur den richtigen Weg!«, fluchte ich und löste die Verbindung zum Stein. Sofort umfing mich Finsternis. Ich hörte einen Frosch quaken und das leise Platschen, als er ins Wasser sprang. »Der Seerosenteich«, murmelte ich und folgte dem Geräusch. An der nächsten Säule legte ich erneut die Hand auf den Stein, nicht weil ich es wollte, sondern weil ich mich kaum noch auf den Beinen halten konnte. Ich strauchelte gegen die Skulptur, und diesmal stellten sich die Bilder sofort ein. Ich sah mich selbst vor wenigen Tagen an Luciens Seite hier entlangkommen, sah, wie er die Hand ausstreckte und mir den Weg zeigte.

»Na also!« Trotz der höllischen Qualen war ich erleichtert, als ich nach und nach vertraute Formen im nächtlichen Schwarz ausmachte. Nach Luft schnappend schleppte ich mich weiter und erreichte den Pavillon gerade rechtzeitig, denn die nächste Welle des Schmerzes spülte über mich hinweg und riss mich zu Boden. Ich sank auf die Knie, kaum in der Lage zu atmen. Ich konnte nicht dagegen ankämpfen. Nur in den wenigen Momenten, in denen der Schmerz abebbte, konnte ich, so wie jetzt, meine Umgebung wahrnehmen.

Wie nachtschwarzer Samt schillerte die Oberfläche des Seerosenteichs vor mir. Die Sterne spiegelten sich in den sanften Wogen wie flüssiges Gold. Es war eine Nacht gemacht für Magie, doch der Schmerz, der mich zu zerreißen drohte, hatte nichts Magisches an sich. Er war real. So real, dass es fast schon wieder unwirklich war. Es kam mir vor, als wären Stunden vergangen, seit ich in dem verwunschenen Pavillon Zuflucht gesucht hatte. Marmorne Säulen, verziert mit engelsgleichen Wesen, deren mächtige Schwingen sich über mir erstreckten, deren Augen mir folgten.

Ich krallte meine Finger in das von Tauperlen benetzte Gras. Und wieder löste sich ein Schrei wie der eines verwundeten Tieres aus meiner Kehle. Ich kauerte mich zitternd auf den Boden, zu schwach, um zu stehen, zu schwach, um zu gehen. Der Duft der Erde umgab mich, als würde ich aus ihr geboren. Und irgendwie war es auch so. Ich spürte das Blut, das mir warm über den Rücken lief, spürte den Druck, der mein Rückgrat zu brechen drohte, und die Todesangst, die mein Herz wie eine eisige Klaue zusammenpresste und mir den Atem nahm.

Ich hatte geglaubt, hier in Sicherheit zu sein, doch ich sah den Schatten über mir, noch ehe sich die Atmosphäre veränderte.

Ich war nicht länger allein.

Ein quälend heißer Blitz zuckte durch meinen Körper. Ich bäumte mich auf, wollte fliehen, nur fort von dem, was mir bevorstand, doch ich hatte keine Kontrolle mehr über meinen Körper.

»Hab keine Angst, Thorn.« Die geflüsterten Worte drangen kaum in meinen schmerzumnebelten Verstand. »Ich bin bei dir.«

Die Stimme, entschlossen, doch sanft für eine Männerstimme, umhüllte mich wärmend wie eine Decke. Der Schmerz war noch immer der Gleiche, und doch beruhigte mich seine Nähe auf unerklärliche Weise. Ich wusste, wie trügerisch das war, doch ich war zu schwach, um zu kämpfen. Ich war verloren.

»Ich bin hier, wenn du mich brauchst, Thorn«, wisperte es nah an meinem Ohr. Sein Atem strich über meine Wange, und seine Wärme übertrug sich auf mich.

Der silbergraue Glanz in seinen Augen lud mich ein, ihm zu vertrauen, doch wie sollte ich das? Er war mein Feind. Das hatte er mir oft genug gesagt.

Ich wandte mich zu ihm um, sah seine dämonische Schönheit und gab mich meiner Schwäche hin. Keuchend streckte ich die Hand nach ihm aus und klammerte mich an ihn. Ich wusste, die steinernen Engel an der Decke beobachteten jede meiner Bewegungen, dennoch hielt ich mich an ihm fest.

»Ich habe Angst«, gestand ich. »So schreckliche Angst!«

Lucien strich mir übers Haar, murmelte tröstende Worte und hob mich hoch, als wäre ich so leicht wie eine Feder.

»Ich bin hier, Thorn. Dir wird nichts geschehen. Ich bleibe bei dir … wenn du mich hierhaben willst.«

»Ich kann das nicht allein!«, stöhnte ich. »Ich sterbe!«

Sein dumpfes Lachen vibrierte in meinem Körper, so nah war ich ihm. Er setzte sich auf die Steinbank und hielt mich fest.

»Zieh dein Shirt aus«, bat er und schob die Hände am Rücken unter den Stoff. »Du willst doch nicht, dass sich deine Schwingen darin verfangen.«

»Nicht!« Ich hielt mir schützend die Hände vor die Brust. »Das … geht doch nicht.«

Ich spürte, wie er den Kopf schüttelte. »Ich habe dich schon im BH gesehen, Thorn. Außerdem hast du im selben Raum mit mir geschlafen, auf mir gelegen, bist mit mir geflogen … ich habe eine recht gute Vorstellung davon, wie du darunter aussiehst, kleine Dorne.«

Vielleicht hatte er recht. Trotzdem kam es mir komisch vor, mich vor einem Jungen auszuziehen. Das machte mich verletzlich. Noch verletzlicher, als ich es ohnehin schon war. Außerdem …

Ich dachte an die Skulpturen, an die steinernen Augen, die nie vergessen würden. »Ich weiß nicht … es …«

»Vielleicht ist es so leichter für dich.« Kurzerhand zog Lucien sich sein eigenes Shirt über den Kopf und warf es achtlos beiseite. Dann forderte er mich mit einem Nicken auf, es ihm nachzumachen. Ich zitterte. Der Anblick seiner Brust ließ mich beinahe meine Schmerzen vergessen. Er war so schön, als wäre er wie die Skulpturen über uns von einem Künstler aus Marmor gemeißelt. Jeder Muskel seines Körpers war definiert und reflektierte die bläulichen Schimmer der Nacht. Der Schorf von Nyx' Hieb mit der Flügelkante war verblasst, der Bluterguss von seinem Kampf mit Riley verschwunden, doch die Wunde von meinem Angriff mit dem Brieföffner hob sich noch immer dunkel von seiner ansonsten makellosen Schönheit ab.

»Lucien, ich …« Ich keuchte, als die nächste Schmerzwelle mein Rückgrat zu brechen drohte. Ich suchte seinen Blick. »… ich hasse dich nicht.«

»Ich habe es befürchtet«, raunte Lucien und kam an meine Seite. Er kniete sich neben mich und befreite mich aus dem blutgetränkten Oberteil. Sanft berührte er die Wunden an meinem Rücken und tupfte mir das Blut ab, ohne dabei meinen schwarzen BH auch nur zu beachten. Es fühlte sich an, als wäre es das Natürlichste der Welt, mich von ihm berühren zu lassen.

»Warum bist du hier?«, fragte ich. »Du warst so gemein zu mir … auf der Party.«

Lucien zögerte mit der Antwort. »Ich habe deine Schreie gehört«, gestand er. »Und sie haben mich beinahe den Verstand gekostet. Ich … habe vor dem Rat geschworen, meine Schwingen immer schützend über dich zu halten. Und das werde ich tun. Heute Nacht ist nicht wichtig, wer wir sind – oder was die Welt uns abverlangt. Heute gehöre ich einfach nur dir, kleine Dorne, denn ich glaube, dass du mich heute brauchst.«

Das glaubte ich auch, denn schon zerriss mein Fleisch weiter, und ich schrie meine Qual hinaus.

Sofort kam Lucien mir zu Hilfe. »Ist gut«, flüsterte er, als mein Zittern schließlich nachließ und ich mich schwach an ihn klammerte. »Die Wunden sind schon tief.« Er lächelte mich an. »Deine Schwingen, sie werden wunderschön sein. So, wie alles an dir.«

»Es tötet mich!«, keuchte ich und legte schwach meinen Kopf auf seine Oberschenkel.

Er streichelte meinen Rücken und wischte mir zaghaft die Haare aus der Stirn. »Es tötet dich nicht. Es macht dich noch stärker.«

»Ich fühle mich überhaupt nicht stark«, widersprach ich und
biss die Zähne zusammen, um den Schmerz irgendwie ertragen
zu können.

»Das würdest du aber, wenn du das Erbe des Lichts sehen
könntest, das aus dir herausbricht«, flüsterte Lucien ehrfürchtig.
»Dein Rücken glüht, als strömte Lava unter deiner Haut. Deine
Schwingenansätze pulsieren unter meinen Fingerspitzen …« Er
zeichnete nach, was er meinte, und plötzlich fühlte ich es. Ich
fühlte die Hitze. Nicht schmerzhaft, sondern heilend. Ich fühlte
das Kribbeln, dort wo er mich berührte, und die Wärme seiner
Fingerspitzen, als wären sie pure Medizin.

»Hör nicht auf!«, flehte ich und sah ihm in die Augen. »Bitte,
Lucien, hör nicht auf!«

Seine Hand auf meinem Rücken erstarrte. Er blinzelte. Herzschlag um Herzschlag verging. Schließlich zog er mich rittlings
auf seinen Schoß. Er umfasste mein Gesicht, und unsere Blicke
verschmolzen. »Das werde ich nicht, kleine Dorne.« Er beugte
den Kopf, und seine Lippen strichen über meine. »Ich werde niemals damit aufhören«, raunte er, dann küsste er mich. Erst ganz
sanft, sodass ich glaubte zu träumen. Doch als die Verwandlung
wie eine brennende Lanze in meinen Rücken fuhr, veränderte
sich sein Kuss. Er zog mich an sich, presste seine Handflächen auf
die Wunden in meinem Rücken, linderte den Schmerz, während
seine Zunge sanft zwischen meine Lippen glitt. Hungrig und
süchtig nach der Erlösung, die seine Nähe mir schenkte, verlor
ich mich in dem Kuss. Mein Herz hämmerte, doch nicht länger
vor Angst. Mein Puls flog nur so dahin, doch nicht länger aus
purer Qual, sondern aus reinstem Glück.

Ich schmiegte mich an ihn und legte ihm die Arme um den
Hals. Ließ meine Finger über seine Arme, seine Schultern gleiten.
Vorsichtig ertastete ich den Schnitt, den ich ihm zugefügt hatte,

fühlte die Weichheit seiner Schwingen, die hinter ihm aufragten, und ließ die Hände in die kurzen Strähnen in seinem Nacken gleiten. Vergessen war das Brennen in meinem Rücken. Vergessen die marmornen Beobachter, denen nichts entging.

Lucien York, mein Feind und der einzige Vertraute, den ich hatte. Er schien die Medizin zu sein, die ich brauchte, um diese Nacht zu überstehen.

»Ich fasse es nicht!«

Von ihrem Versteck in der Baumkrone aus beobachtete Nyx das Geschehen. Das goldene Leuchten aus Thorns Schwingenansätzen erhellte den ganzen Pavillon und ließ keinen Zweifel an dem, was dort passierte. Sie musste sich zusammenreißen, nicht die Schwingen zu spreizen und zu ihnen hinüberzufliegen. Nicht nur dass Lucien entgegen aller Bräuche bei diesem verachtenswerten Halbwesen war, während es ihre Schwingen bekam, nein, er küsste diese Kreatur auch noch! Dabei war er einst ihr selbst versprochen worden!

Nyx' Augen waren zu schmalen Schlitzen verengt, ihre Hände beinahe zu Klauen gekrümmt, denn sie malte sich aus, die beiden zu zerfleischen. Lucien gehörte ihr! Er hatte ihr immer gehört – und so würde es schon bald wieder sein. Es lag nicht in seiner Macht, ihr Bündnis zu zerschlagen, sondern in der Macht der Oberen. Sie waren die wahre Macht in ihrem Volk. Und da würde sie ansetzen. Sie würde dafür sorgen, dass die Oberen Thorn als das sehen würden, was sie war. Eine Bedrohung, die vernichtet werden musste!

Mit einem letzten verächtlichen Blick auf das sich noch immer küssende Paar erhob sie sich leise in die Luft und verschwand in der Nacht. Sie wusste, Lucien hätte sie bemerken können … wenn er seine Sinne auf sie ausgerichtet hätte – so wie früher, als er sie schon erspürt hatte, wenn sie das Haus noch nicht einmal betreten hatte.

Es war verrückt, Lucien zu küssen. Verrückt, seine Nähe gerade jetzt so einfach zuzulassen. Aber dies war nicht der Moment, um vernünftig zu sein. Ich brauchte seine Nähe. Ich brauchte *ihn*. So einfach war das. Luciens Lippen waren so weich, seine Zunge so zärtlich, und seine Berührungen nahmen meiner Verwandlung ein wenig den Schrecken, denn egal wo er mich mit seinen warmen Händen berührte, dort ebbte der Schmerz kurzzeitig ab. Dennoch keuchte ich, wann immer die nächste Woge der Veränderung meinen Körper überrollte. Ich klammerte mich an Luciens starke Brust und gab mich noch tiefer seinem Kuss hin. Er trank meine Schreie, bis ich heiser war, und ließ mich auch dann nicht los, als ich meine Fingernägel in sein Fleisch grub.

»Lass es geschehen, Thorn«, flüsterte er gegen meine Lippen und hielt mich fest, denn der Schmerz machte mich rasend.

»Ich sterbe!« Jedes Quäntchen meiner Kraft war aufgebraucht. Die Menge an Schmerz, die ich ertragen konnte, längst überschritten, und ohne Luciens Halt hätte ich mich vermutlich selbst verloren. Mein Herz gehörte ihm, als meine Schwingen mit einem erlösenden Bersten und einer Flut an goldenem Licht meine Haut durchstießen.

Gequält riss ich mich los, fiel zu Boden und presste meine Stirn gegen den kalten Stein. Ich schmeckte Kupfer, warmes Blut, als wäre jede einzelne Zelle meines Körpers aufgebrochen. Mein Schrei war kaum zu hören, denn meine Stimme brach, und meine Kehle wurde eng.

Ein ungewohntes Gewicht drückte auf meinen Rücken, drückte mich nieder und nahm mir den Atem. Das Gras unter meiner Wange war feucht von meinen Tränen, feucht von meinem Blut und schillerte dennoch golden unter dem Licht, welches aus mir herauszukommen schien.

Nur langsam hob ich den Kopf. Ich blickte auf die Wasseroberfläche und … da waren sie.

»Oh mein Gott!«, flüsterte ich in atemloser Ehrfurcht, als ich die Schwingen sah, die in schmaler Eleganz hinter mir aufragten. Flammend rot, überzogen mit einem goldenen Schimmer, strahlend wie die aufgehende Sonne. Ich blinzelte. War das echt? Konnte das wirklich sein? Ich versuchte mich aufzusetzen, fasste nach hinten und ließ meine Finger über die funkelnden Schuppen wandern. Sie fühlten sich heiß an. Wund. Meine eigene Berührung tat mir weh.

»Langsam, Thorn«, flüsterte Lucien und griff nach meiner Hand, um mich zu bremsen. Wortlos kniete er sich neben mich und sah mich an, wie er es noch nie getan hatte. Respekt, Bewunderung und tiefe Zärtlichkeit sprachen aus seinem Blick. »Lass sie trocknen. Sie müssen härten«, wisperte er. »Damit sie so kräftig werden, wie du es bist.«

Ich sah ihm in die Augen und spürte den Zauber, dem er gerade erlag. Auch für ihn war dieser Moment magisch. Langsam beugte er sich über mich, so langsam, als wäre er unsicher. »Sieh sie dir an, kleine Dorne. Sie sind … jetzt ein Teil von dir«, forderte er mich auf und deutete auf den Seerosenteich. »Breite sie aus, das lässt sie schneller trocknen.«

Er hob seine eigenen Schwingen ein wenig an, um mir zu zeigen, was er meinte, aber ich fühlte mich schon zu schwach, auch nur den Kopf zu heben. Ich spürte die Blicke der steinernen Statuen, der stummen Zeugen dieser Nacht. Sie sahen mich an, erwartungsvoll, beinahe fordernd drehten sie ihre Köpfe in meine Richtung.

»Ich kann nicht«, keuchte ich erschöpft, ohne es auch nur zu probieren. Ich wollte nur hier liegen. Den Schmerz verarbeiten, der noch immer meinen ganzen Körper beherrschte, und irgendwie begreifen, dass das hier – nun ich war.

»Du kannst!«, beharrte Lucien ernst. »Breite die Schwingen aus, dann wird ihre Kraft dich durchströmen. Tu es, und die Heilung kann beginnen.«

»Ich weiß nicht wie«, gab ich hilflos zu, nicht in der Lage, das Gewicht der Schwingen zu beherrschen. Ihr Strahlen blendete mich.

»Ich habe dir gezeigt, wie es geht, Thorn. Erinnere dich. Deine Schwingen wissen längst, was sie zu tun haben. Vertrau ihnen, und lass es geschehen.«

Ich schüttelte den Kopf. Das war so verrückt. Vergeblich versuchte ich, meinen Atem zu beruhigen. Irgendwie über den Schmerz zu atmen. Mit einem Keuchen bog ich den Rücken durch und richtete mich auf. Ich spürte den Wind übers Wasser wehen. Er streichelte meine Haut, blies mir die verschwitzten Strähnen aus dem Gesicht und fuhr mir ermutigend unter die Schwingen. Ich sah mich selbst in der Spiegelung des Wassers. Wie ein wildes Tier wirkte ich auf mich. Mein dunkles Haar blähte sich im Wind, das Blut auf meinem Körper war erschreckend, und das leuchtende Rot der Schwingen sah aus, als stünde die Welt hinter mir in Flammen. Sie waren kleiner, schlanker als Luciens Schwingen, aber nicht weniger eindrucksvoll. Mit einem Mal kostete es mich keine Mühe, sie zu tragen. Sie glitten auseinander, so leicht wie Federn, und spreizten sich weit in die Höhe. Wie Lucien gesagt hatte, fühlte ich mich gleich stärker. Neue Energie durchströmte mich. Ich atmete tief ein und genoss das Gefühl, den Wind mit den Schwingen zu fangen.

Das Leuchten ließ nach, das Rot verblasste in der Dunkelheit ein wenig, veränderte sich im Luftzug zu einem rotgoldenen Schimmern. Schwarze Spitzen zierten jede einzelne der fedrigen Schuppen, als wollten sie das Glühen eindämmen.

»Du bist wunderschön!« Luciens Stimme klang rau, beinahe gepresst. »Ich … ich habe nie …« Er trat hinter mich, und seine nachtschwarzen Schwingen bildeten einen perfekten Rahmen für unser Spiegelbild im Wasser. »… nie etwas Schöneres gesehen, kleine Dorne.«

»Wir sehen aus wie Dämonen«, widersprach ich ihm und fasste nach seiner Hand, um die Vertrautheit dieser Nacht noch etwas länger festzuhalten.

Er lachte und küsste meine Fingerspitzen. Der Glanz in seinen Augen machte mich ganz schwach. »Das Erbe des Lichts macht uns nicht zu Dämonen, Thorn. Es gibt uns die Macht zu tun, was immer wir wollen.«

»Und was wollen wir tun?«

Lucien grinste. Wieder ließ er seinen Blick über meinen Körper, über meine Schwingen wandern. Diesmal schien er meinen BH durchaus wahrzunehmen. »Was du willst, weiß ich nicht, aber ich will das hier tun«, erklärte er, ehe er mich zärtlich in seine Arme zog und seine Lippen auf meine senkte. »Happy Birthday, kleine Dorne«, murmelte er, und einen Flügelschlag später verloren wir den Boden unter den Füßen.

Kapitel 33

Ich stand auf dem Balkon von Luciens Gemächern und hatte die Schwingen zum Trocknen in der aufgehenden Sonne ausgebreitet. Nach der Dusche fühlten sie sich nass und schwer an. Doch wenigstens waren sie nun sauber. Befreit vom Blut und den Spuren der vergangenen Nacht. Jede Bewegung schmerzte, und noch immer kam es mir vollkommen unwirklich vor, dass sie nun für immer ein Teil meines Körpers sein sollten.

Zaghaft strichen meine Finger über die rötlichen Schuppen. Im Tageslicht wirkten sie beinahe kupfern, wohingegen sie gestern Nacht eher ein goldenes Glühen verströmt hatten. Ich trug ein Hemd von Lucien, dessen weiter Rückenausschnitt Luft an meine heilenden Wunden ließ. Meine Jeans war irgendwo in der Wäsche gelandet, mein Shirt nicht mehr zu retten. Ich war barfuß und genoss die Kühle der Marmorplatten unter meinen Füßen. Es erdete mich, machte mir deutlich, dass das alles kein Traum war.

Schritte kamen näher, aber ich brauchte mich nicht umzudrehen, um zu wissen, wer es war. Ich konnte es spüren. Mit einem Lächeln auf den Lippen wandte ich mich zu ihm um.

»Ich hätte nicht gedacht, dass du noch schöner sein könntest als gestern Nacht«, murmelte Lucien und kam an meine Seite. »Doch jetzt …«, er nahm meinen Arm und drehte mich im Kreis, um mich anzusehen, »… jetzt muss ich mich da korrigieren. Das

Hemd …«, fuhr er fort, während er grinsend meine nackten Beine betrachtete, »… steht dir wirklich gut. Und die Schwingen erst!«

Sein Kompliment trieb mir das Blut in die Wangen, und wie von selbst wollten sich die Schwingen schützend um mich legen.

Lucien lachte und hielt sie zurück. »Du musst dich nicht verstecken, Thorn. Ich meine das ernst. Du … haust mich regelrecht um!«

Ich entwand ihm meine Hand und sah ihn unsicher an. »Danke.« Ich wusste nicht, was er auf diese Worte erwartete. Bei Tageslicht kam es mir komisch vor, ihn einfach erneut zu küssen, selbst wenn es genau das war, was ich tun wollte. Auch er schien unsicher, denn obwohl er mir in die Augen sah, kam er mir nicht näher.

Die Sonne war über London aufgegangen und hatte die Vertrautheit zwischen uns vertrieben. Sie ließ mich zurück mit meinen Gefühlen. Mit dem Wissen, unsterblich verliebt zu sein, und der Angst, dass er nicht dasselbe fühlte.

Lucien lächelte. Er trat an die Brüstung und lehnte sich mit dem Rücken dagegen. Er gab sich lässig, auch wenn er alles andere als das war. Am liebsten hätte er Thorn in seine Arme gerissen und dort weitergemacht, wo er in den Morgenstunden aufgehört hatte. Noch immer spürte er ihre Lippen auf seiner Haut und sehnte sich danach, ihren Duft einzuatmen. Der Glanz ihrer Schwingen verzauberte ihn, und er stellte sich vor, wie es wäre, sie an seinem Körper zu fühlen. Diese Gedanken berauschten und erschreckten ihn. Was immer gestern Nacht geschehen war – es war nicht gut, ermahnte er sich selbst. Der erste Kuss zwischen Versprochenen hatte Bedeutung. Darum war er ein Teil der Zeremonie. Sie hätten sich beherrschen sollen. Außerdem war keiner von ihnen gestern Nacht er selbst gewesen. Thorn hatte sich schlicht in ihrem Schmerz an ihn geklammert, und sein Schwur, sie zu schützen und ihr beizustehen, hatte ihn wiederum dazu gebracht, die Nähe zu ihr zuzulassen, obwohl sie ein Halbwesen war.

»Was gestern Nacht geschehen ist …«, setzte er an, »… hätte nicht passieren dürfen, Thorn.«

Er las die Enttäuschung in ihren Augen, und das machte ihn wütend auf sich selbst. Warum log er sich und ihr eigentlich etwas vor? War nicht genau das passiert, was er sich gewünscht hatte?

Verletzt wandte sich Thorn von ihm ab. Mit einem Fluch auf den Lippen ging er ihr nach. »Thorn! Warte!«, bat er und fasste nach ihrer Schulter. »Was ich … sagen will …«

»Ist schon okay!«, fuhr sie ihn an und schlug seine Hand weg. »Es hat mir auch nichts bedeutet.«

Er sah, dass sie log. Und er sah den Schmerz, den er ihr zufügte. Mit einem Knurren, das seiner eigenen Dummheit galt, drängte er sie an die Hauswand und hielt sie mit seinem Körper gefangen.

»Hör mir zu!«, verlangte er energisch. »Was passiert ist, hätte nicht passieren dürfen«, wiederholte er. »Aber es ist passiert. Und zwar, weil ich es wollte«, fuhr er mit gesenkter Stimme fort. »Ich … weiß nicht, was mit mir los ist, Thorn. Du … zerreißt mich«, gestand er und schaute zu Boden, weil er die Enttäuschung in ihren grünen Augen nicht ertrug. »Ich will dich küssen. Seit ich dich zum ersten Mal gesehen habe. Ich will es, obwohl ich … dich hassen müsste.« Er schüttelte den Kopf und senkte dann seine Stirn an ihre. »Ich habe Angst vor dem, was kommt, Thorn, denn nur, wenn ich klar denken kann, kann ich dich schützen. Aber ich kann nicht klar denken!« Er suchte in ihren Zügen nach Verständnis. »Weil ich nur daran denken muss, wie gerne ich bei dir wäre, kleine Dorne. Weil ich mich frage, wie es wäre, wenn dein Herz für mich … statt für Riley schlagen würde.«

Mit einem sanften Lächeln hob Thorn ihm die Hände an die Wangen. »Das mit Riley … ist kompliziert. Ich muss wissen, dass er in Sicherheit ist. Und ich werde dir nie verzeihen, was du ihm angetan hast. Aber mein Herz schlägt trotzdem nicht für ihn – auch wenn das wirklich viel einfacher wäre«, flüsterte sie mit bebenden Lippen, die seinen so nahe waren, dass er ihr Zittern spürte.

»Aber deine Freundin hat gesagt …«

Thorn lachte und drängte sich an ihn. »Glaub mir, Lucien. Riley hat einen Platz in meinem Herzen. Aber es schlägt nicht für ihn!«

Er rückte etwas von ihr ab und sah ihr in die Augen. Sie funkelten erwartungsvoll. »Für wen schlägt es dann?«, fragte er rau und umfasste ihre Hüften.

Ihre Schwingen hoben sich, dann schloss sie sie wie einen schützenden Vorhang um sie beide. »Ich denke …«, sie presste ihre Lippen auf seine, »… da kommst du schon von selber drauf.«

Lucien erwiderte den Kuss. Es fühlte sich befreiend an, Thorn einfach im Arm zu halten und zu küssen. Doch er wusste, dass sie damit trotz allem ein hohes Risiko eingingen. So ungerne er es zugab: Sie mussten aufhören.

Widerstrebend beendete er den Kuss und zog Thorn mit sich zurück in sein Zimmer. »Wir dürfen das nicht«, raunte er, ohne sie loszulassen. Durch den Hemdstoff spürte er ihre Wärme. Die typische Wärme einer Silberschwinge. »Die Oberen sind hier. Und ich weiß nicht, was sie dazu sagen werden, dass du und ich …« Er ließ seine Hände unter ihr Hemd gleiten und umfasste ihre Taille. »… dass wir ein Bündnis eingehen wollen.«

»Du hast gesagt, dass sie mich vielleicht akzeptieren, wenn ich die Prüfung meistere.«

»Das habe ich. Aber du bist noch nicht bereit für die Prüfung.«

»Ich habe doch jetzt meine Schwingen!« Wie zum Beweis breitete Thorn diese aus. Der rote Glanz füllte den Raum. Lucien musste zugeben, dass allein die Farbe ihn verzauberte. Er wollte hineingreifen und sich davon überzeugen, dass sie nicht vielleicht doch in Flammen standen.

»Das hast du«, stimmte er lächelnd zu. »Aber in den nächsten Tagen sind sie möglicherweise noch nicht stark genug, dich auch zu tragen.« Er ließ seine Hände weiter ihren Rücken hinaufgleiten. Dabei beschleunigte sich sein Herzschlag. Ihre Haut fühlte sich seidig an, und er bemerkte, wie ihr Atem sich unter seiner Berührung veränderte. Sie öffnete die Lippen und sah ihn erwartungsvoll an. Zärtlich umfasste er die Wundränder, dort, wo die Schwingen aus ihrem Rücken ragten. »Die Verbindung der Knochen ist noch frisch. Sie können leicht brechen. Du solltest warten, ehe du versuchst, aus eigener Kraft zu fliegen.«

»Würde ich abstürzen?« Sie kam seinen Händen entgegen und stellte sich für einen Kuss auf die Zehenspitzen. Lucien hauchte ihn ihr grinsend auf die Nasenspitze.

»Du wirst nicht abstürzen, kleine Dorne, denn ich passe auf dich auf.« Er schob sie von sich und fuhr sich durchs Haar, als müsse er Ordnung in seine Gedanken bringen. »Und damit fange ich am besten gleich mal an. Ich muss mit Kane sprechen und hören, ob die Oberen schon einen Termin für die Zeremonie angesetzt haben. Wir sollten genau wissen, wie viel Zeit wir haben, dich vorzubereiten. Schließ ab, wenn ich fort bin.«

Als Lucien sich zu Thorn umdrehte, fiel es ihm schwer, sie zu verlassen. Sie sah wirklich verführerisch aus, nur mit seinem Hemd bekleidet, umgeben von diesen unglaublichen Schwingen und mit von seinen Küssen geröteten Lippen. Kurzerhand kehrte er zu ihr zurück, grub seine Hände in ihr dunkles Haar und stahl sich einen letzten leidenschaftlichen Kuss. »Warte hier auf mich.

Ich werde nicht lange weg sein«, versprach er und streichelte ihr Gesicht. »Und dann sprechen wir darüber … was es dich kostet, ständig meine Hemden zu tragen.«

Ich war müde. Unsäglich müde. Und doch fühlte ich mich so lebendig wie nie. Meine Lippen kribbelten von Luciens Küssen, und mein Körper war süchtig nach seiner Nähe.

Es war später Nachmittag, und ich lag bäuchlings auf dem Bett, atmete tief den Duft seiner Kissen ein und träumte vor mich hin. Meine Schwingen fühlten sich schwer an, was vermutlich an meiner Erschöpfung lag. Eine bequeme Position zu finden, in der ich mit ihnen liegen konnte, war gar nicht so einfach. Dabei sah es bei Lucien so einfach aus. Aber er hatte ja schließlich schon Zeit gehabt, sich daran zu gewöhnen.

Ich wackelte kraftlos mit den Flügelspitzen und seufzte. Würde ich mich auch daran gewöhnen? Bestimmt. Und zumindest Lucien schien von meinen Schwingen ja total beeindruckt. Mir war sein bewundernder Blick durchaus aufgefallen. Überhaupt konnte ich nicht fassen, wie sich die Dinge zwischen uns entwickelt hatten. Die letzte Nacht – war magisch gewesen. In mehr als einer Hinsicht. Vorsichtig berührte ich meine Lippen, als könne ich damit Luciens Kuss festhalten.

»Ich bin echt verliebt!«, flüsterte ich und unterdrückte ein glückliches Glucksen. »Scheiße, wenn Anh das wüsste!«

Ein Klopfen beendete meine Selbstgespräche.

Zögernd stand ich auf und trat an die Tür. Lucien hatte mich gewarnt, mich mit meinen Schwingen nicht den falschen Leuten zu zeigen.

»Wer ist da?«, rief ich, ohne den Schlüssel zu drehen.

»Ich bin es. Nyx. Ich bringe *deine Hose.*«

Kam es mir nur so vor, oder klang sie verbittert? Sofort kam ich mir schuldig vor, schließlich hatten Lucien und ich sie gestern auf der Party einfach stehen gelassen. Das fühlte sich vermutlich nicht gerade toll an. Ganz zu schweigen davon, dass Lucien und ich uns geküsst hatten, wo sie ihm doch ursprünglich versprochen worden war. Zum Glück wusste sie das nicht.

Um mein Gewissen nicht noch mehr zu belasten, beeilte ich mich, ihr zu öffnen.

»Danke, komm rein«, bat ich sie und hielt ihr die Tür auf, darauf bedacht, mir nicht anmerken zu lassen, was in der Nacht passiert war. Also – was zwischen mir und ihm passiert war, denn das mit den Schwingen war ja nun mal offensichtlich.

»Wow, Thorn!« Nyx trat staunend ein. »Sehr beeindruckend!«, lobte sie und kam näher an meine Schwingen heran. »Gratuliere! Du bist nun offiziell und unverkennbar – ein Halbwesen!«

Sie reichte mir meine Jeans und schlenderte zu einem der Sessel, die am Kamin standen. Ohne Einladung setzte sie sich auf die Armlehne und musterte mich. »Ich hoffe, Lucien lässt dich seine Verachtung nicht allzu deutlich spüren.«

»Er verachtet mich nicht!«, widersprach ich und bereute es schon, sie hereingelassen zu haben.

»Natürlich nicht dich persönlich«, ruderte Nyx zurück. »Du bist hübsch. Und nett. Wer würde dich nicht mögen. Dennoch ...« Sie lächelte mitfühlend. »Dennoch werden ihn deine roten Schwingen sicher immer daran erinnern, wie Valon seine Mutter getötet hat.« Sie ließ sich ganz in den Sessel gleiten. »Valon mit den roten Schwingen – so rot wie deine.«

Ich runzelte die Stirn. Hatte ich Luciens Blick auf meine Schwingen womöglich falsch gedeutet? Das glaubte ich nicht. Er hatte mich schließlich geküsst. Und ... und mir beigestanden. Zwischen uns ... da entwickelte sich doch gerade etwas. Etwas wirklich Tolles!

»Lucien hat kein Problem mit mir«, versicherte ich Nyx und schlüpfte in die Jeans. Ihr gegenüber fühlte ich mich nur im Hemd zu verletzlich.

»Gut zu hören, Thorn, denn soweit ich mitbekommen habe – du weißt, mein Vater ist Mitglied des Rats.« Sie ließ ihre silbernen Strähnen durch die Finger gleiten. »Jedenfalls hat er berichtet, dass Kane sich vor den Oberen damit gebrüstet hat, ihnen ein Halbwesen zum Geschenk zu machen.«

»Was?« Ich sog erschrocken die Luft ein und starrte sie an. »Ein Halbwesen?«, hakte ich ungläubig nach, und wie von selbst spreizten sich meine Schwingen leicht ab. Die ungewohnte Bewegung verursachte noch Schmerzen, und ich zuckte zusammen.

»Sei vorsichtig, Thorn«, warnte mich Nyx und stand auf. Sie kam näher und ließ ihre Hand über meine Schwingen gleiten. »Mute ihnen zu Beginn nicht zu viel zu.«

»Es ist okay!«, tat ich es ab und kam auf das ursprüngliche Thema zurück. »Was hat Kane vor? Wen meint er damit? Mich?« Ich schüttelte den Kopf. »Das würde Lucien nie zulassen.«

Nyx lachte. »Ach du meine Güte, Thorn!«, rief sie. »Dich doch nicht!« Sie hielt inne und dachte nach. »Wobei wir ja beide aus Erfahrung wissen, dass Luciens Wort bei Kane keinerlei Gewicht hat – und Kane durchaus wankelmütig ist.« Sie winkte ab. »Aber ich will dich nicht beunruhigen! Lucien wird schon noch ein Halbwesen auftreiben.«

»Wo will er denn ein Halbwesen finden?« Ich war verwirrt.

»Finden?« Nyx runzelte die Stirn, was ihre spitze Nase noch härter wirken ließ. »Er muss sie doch nicht finden! Er muss doch nur seine Männer postieren und darauf warten, dass sie *dich* finden – so wie gestern auf deiner Party.« Sie neigte den Kopf schief. »Sag nur, du hast das nicht gewusst? Wo es doch quasi um deine Familie geht … Ich war mir sicher, Lucien hätte dich informiert.«

»Er will meine … Brüder in seine Gewalt bekommen? Und mich als Lockvogel benutzen?«, hakte ich nach, kaum in der Lage, Nyx' Worten zu folgen. Das war doch verrückt.

»Kane will unbedingt vor den Oberen gut dastehen. Wenn Lucien versagt, wird Kane den Rebellen opfern.«

»Riley? Er will Riley opfern? Was meinst du damit? Was hat er vor?« Ich ging auf Nyx zu. Sie musste mir sagen, was sie wusste!

Die hob ergeben die Hände. »Ich weiß es nicht, Thorn. Wirklich. Sonst würde ich es dir doch sagen, schließlich hat deine Freundin Anh ja verraten, wie … unglaublich verliebt du in Riley bist.«

»Er ist nur ein Freund!«, versuchte ich ein weiteres Mal meine Beziehung zu Riley ins richtige Licht zu rücken, auch wenn ich tief in meinem Innersten wusste, dass daraus durchaus mehr hätte werden können. Zumindest bis sich Lucien in mein Herz gestohlen hatte. »Ich liebe Riley nicht!«

Nyx lächelte. »Na, Gott sei Dank. Dann trifft dich sein Verlust ja nicht ganz so hart.« Sie schlenderte zur Tür zurück, drehte sich aber noch einmal zu mir um. »Du musst verstehen, Lucien hat nur begrenzte Mittel, dich zu schützen – falls er das möchte.« Sie lächelte mich an und senkte die Stimme, als wären wir Vertraute. »Weißt du, Thorn. Für uns alle wäre es so viel einfacher – und schmerzloser –, wenn wir an den Punkt zurückkönnten, bevor du und dein Rebell hier alles auf den Kopf gestellt habt.« Sie schluckte und blinzelte eine Träne fort, die in ihrem Wimpernkranz hing. »Ich fühle mich dir verbunden, Thorn. Du bist ein Mädchen wie ich. Und als Silberschwingen-Mädchen ist man sehr einsam. Ich will dir eine Freundin sein. Das würde nämlich bedeuten, dass ich in Luciens Nähe bleiben darf und auch weiterhin ein Stück weit unter seinem Schutz stehen könnte, selbst wenn man mich einem anderen verspricht. Trotzdem muss ich gestehen, dass ich in manchen Nächten davon träume, wie du mit Riley fliehst. Wie du den Zellenschlüssel an dem Haken hinter der Skulptur im Kellerflur findest und damit den Rebellen aus seinem Loch holst. Ich träume das manchmal, Thorn, denn in diesem Traum, wenn ihr dann den Moment um Mitternacht nutzt, während die Schwingen ihre Schicht wechseln, ihr davonlauft und nie wieder zurückkommt ...« – Nyx wischte sich die Tränen fort – »... dann kann ich zurück an meinen Platz, zurück in mein altes Leben.« Sie schüttelte den Kopf. »Ich gebe dir keine Schuld, Thorn. Ich bin nur ehrlich. So ehrlich, wie Freundinnen nur sein können. Denkst du ... wir könnten Freunde sein, auch wenn wir nie wissen werden, für wen von uns Luciens Herz wirklich schlägt?«

Für wen sein Herz wirklich schlägt? Die Frage trieb meinen Puls auf jeden Fall in die Höhe.

»Sag, Thorn, denkst du, trotz meiner Ehrlichkeit ... könnten wir Freunde sein? Vertraute, wenn du magst?«

Ich schüttelte den Kopf. Nicht weil ich ihre Bitte ablehnte, sondern weil ich einfach nicht mehr wusste, was ich glauben sollte. Nyx kam mir falsch vor, gemein und hinterhältig, dennoch kaufte ich ihr den Schmerz ab. Ich glaubte ihr. Und ihre Worte hatten Ängste geweckt.

»Sicher, Nyx«, flüsterte ich gedankenverloren. »Lass uns Freunde sein.« Es würde mich nichts kosten, ihr das jetzt zu versprechen, auch wenn ich mir nicht sicher war, was sie vorhatte. Sie hatte mir immerhin, ohne zu wissen, einen riesigen Gefallen getan.

Nyx lächelte erleichtert. »Danke, Thorn. Weißt du, ich war nicht immer nett zu dir. Ich ... wollte Lucien nicht aufgeben, doch jetzt ... bin ich froh, nicht länger das einzige Mädchen hier zu sein.«

Ich konnte mir durchaus vorstellen, wie einsam Nyx manchmal

in dieser Männerwelt gewesen sein musste. Vielleicht hatte ich ihr zu Beginn mit meinem Misstrauen unrecht getan.

»Wir Mädchen müssen schließlich immer um unser Recht kämpfen«, raunte Nyx verschwörerisch, ehe sie schließlich durch die Tür trat und verschwand.

Kaum war ich allein, konnte ich meine Aufregung nicht mehr zurückhalten. Ein versteckter Zellenschlüssel zu Rileys Verlies, Wachablösung um Mitternacht ... Nyx' Traum ... war daran irgendetwas wahr? Wäre eine Flucht tatsächlich möglich? Und kam eine Flucht überhaupt infrage?

Die Shades hatten mich quasi beauftragt, Riley zu retten. Sie waren überzeugt, dass es böse für ihn enden würde. Selbst Lucien hatte nicht zu hundert Prozent für Rileys Sicherheit bürgen können – vorausgesetzt, er wollte meinen Freund überhaupt retten. Obwohl ich ihm versichert hatte, dass ich den Rebellen nicht liebte, wusste ich nicht, ob Lucien dies genügte. Seinen Anspruch auf mich hatte er ja mehrfach deutlich gemacht. Wenn er in Riley also eine Bedrohung sah?

Und Kane war ebenfalls unberechenbar. Reichte es ihm nicht, mich durch die Zeremonie an Lucien und damit auch an seinen Clan zu binden? Reichte es ihm nicht, Riley mit seinen gebrannten Schwingen den Oberen vorzuführen, um seine Stärke zu demonstrieren? Musste er nun auch noch einen meiner mir unbekannten Brüder in diese Sache hineinziehen?

Der Gedanke an meine Halbwesen-Brüder war merkwürdig. Jake war mein Bruder. Nicht diese Fremden. Dennoch verspürte ich Neugier. Wie waren sie? Wo und wie waren sie aufgewachsen? Hatten sie immer gewusst, was sie waren? Kannten sie meinen Vater persönlich? Und konnten sie mich womöglich zu ihm bringen?

Ich lief unruhig in Luciens Zimmer auf und ab. Durch die

Schwingen an meinem Rücken kam mir der Raum kleiner vor, und ich musste aufpassen, nicht irgendwo anzustoßen. Mich zog es hinaus auf den Balkon, hinaus an die frische Luft, doch ich fürchtete, mit meinen roten Schwingen unliebsame Aufmerksamkeit zu erregen. Deshalb blieb ich, wo ich war, auch wenn ich mich dabei wie ein Tier im Käfig fühlte.

Die Fragen hämmerten in meinen Schläfen, und je mehr Zeit verging, ohne dass Lucien zurückkam, umso nervöser wurde ich. Ich hörte gelegentlich Schritte vor meiner Tür, Stimmen, die ich nicht kannte. Doch irgendwann endeten die Gespräche, die Schritte verklangen, und ich blieb zurück in dieser nervenaufreibenden Stille. Beinahe hätte ich mir Nyx herbeigesehnt, nur um überhaupt mit jemandem sprechen zu können. Nyx und ihr Traum! Dabei war doch dieses ganze Chaos in mir allein ihre Schuld. Warum hatte sie mir auch davon erzählen müssen? Als gäbe es versteckte Schlüssel zum Öffnen des Verlieses … Das war doch absurd!

Wenn es aber nicht absurd war, sondern Wirklichkeit, dann … dann konnte ich Riley womöglich vor Schlimmerem bewahren. Dann war das vielleicht die Gelegenheit, auf die ich die ganze Zeit gewartet hatte.

Bei der nächsten Drehung stieß ich versehentlich eine Karaffe mit Wasser von einem Tischchen. Sie fiel zu Boden und zerbarst in tausend glänzende Splitter.

»Verdammt!« Schnell lief ich ins Bad, um ein Tuch zum Aufwischen zu holen. Ich kniete mich hin und wischte die Scherben zusammen. Dabei riss ich mir eine Scherbe in den Handballen.

»Scheiße!« Ich ließ den Lappen fallen und sah auf meine zitternden Hände hinab. Blut quoll aus dem Schnitt und troff auf den Boden.

Mir wurde schwindelig, Bilder blitzten vor meinem geistigen Auge auf.

Ich roch Rauch, den Gestank verbrannter Schwingen und fühlte Luciens Hand auf meinem blutenden Rücken. Das Blut aus seinem Arm tropfte neben mir aufs Parkett wie eine düstere Prophezeiung.

»Dieses Herz beherrscht diese Schwingen – so will es der Rat, so will es der Laird –, und so wird es geschehen!«, hörte ich den Ratsmann sagen.

Ich schüttelte den Kopf, um die Erinnerung zu vertreiben. Schnell presste ich meine Lippen auf den Schnitt und kam auf die Beine. »Mich beherrscht niemand«, murmelte ich gegen die Wunde und ging zögerlich zur Tür. Das Blut auf meinen Lippen schien mich anzutreiben, obwohl ich mit jedem Herzschlag spürte, dass ich dabei war, einen Fehler zu machen.

Ich drehte den Schlüssel, lauschte, und als nichts zu hören war, öffnete ich die Tür. Ich zuckte vor Schmerz zusammen, als meine Schwingen sich ganz flach anlegten, als wüssten sie, dass ich ungesehen bleiben wollte.

Ich hastete geduckt die Stufen hinunter, durchquerte mit laut klopfendem Herzen die Eingangshalle und schlich in den Gang, der zur Kellertreppe führte. Ich kam an Türen vorbei, hinter denen Stimmen zu hören waren, darum beeilte ich mich, immer weiter voranzugehen. Durch eine geöffnete Tür sah ich Männer stehen. Große Silberschwingen, allesamt mit ergrautem Haar und dunklen Roben, ähnlich denen eines Richters. Neugierig drückte ich mich an die Wand und beobachtete sie. Es waren sieben. Ihre Schwingen waren mit Gold geschmückt, schwere Ketten hingen ihnen um den Hals. Obwohl ich niemanden von ihnen erkannte, wusste ich doch, wen ich da vor mir hatte: die Oberen. Meine Richter und Henker. Die Männer, die über mein Schicksal entscheiden würden. Über meines und Rileys.

»Nicht stehen bleiben!«, ermahnte ich mich und rieb mir über die Arme, um die Gänsehaut zu vertreiben. Wenn ich jetzt zögerte, würde mich die Angst lähmen. Ich bog um eine Ecke, an die ich mich überhaupt nicht erinnern konnte, und presste mich atemlos an die Wand.

»Mist!«, keuchte ich. »Wo bin ich hier?« Ich sah mich um, versuchte mich an den richtigen Weg zu erinnern, aber meine Wahrnehmung wurde irgendwie gestört. Ich spürte Silberschwingen. Sie waren überall um mich herum. Ich spürte ihre Aura, wie Farbkleckse, die mein Sichtfeld verdeckten. Diese Fähigkeit hatte ich ganz offensichtlich noch überhaupt nicht im Griff. Bisher hatte ich nur Lucien erspürt – und er sandte so beruhigende Wellen aus, dass ich sie nie als hinderlich empfunden hatte. Doch nun überdeckten diese Empfindungen jeden anderen Sinn. Ich presste mir die Hände auf die Schläfen und schloss die Augen.

»Ordnung!«, raunte ich. »Ich brauche hier drinnen Ordnung!« Langsam atmete ich ein, hielt die Luft an, und allmählich verblassten die farbähnlichen Schwingungen. Ich fing an, sie zu sortieren, zu ergründen, und mit einem Mal riss ich die Augen auf. »Riley!«, keuchte ich und drehte mich um mich selbst. »Verdammt, wo steckst du? Ich habe dich doch gerade gespürt!«

Ich rannte den Flur zurück, den ich gekommen war, und folgte dabei nur dem Gefühl in meinem Bauch. Ich öffnete eine Tür, erreichte einen weiteren Korridor. Wenigstens kam mir der bekannt vor, und tatsächlich erblickte ich nun auch den Treppenabsatz hinab in das burgähnliche Verlies. Ich erinnerte mich an die eng gewundenen Stufen, an die Kälte, die vom Boden aufstieg, und an die Gewölbedecke, die jeden Laut, jeden Atemzug dumpf widerhallen ließ. Die Kälte vom Boden kroch mir unters Hemd wie eine feuchte Schlange. Es war dunkler als bei meinem letzten Besuch, denn es brannte nur eine einzige Lampe am Ende des langen Gangs.

Ich fragte mich, welche Schrecken in der ehemaligen Waffenkammer lauern mochten, denn ein kalter Lufthauch schlug mir daraus entgegen. Zitternd duckte ich mich unter den Mauerbögen hindurch und tastete mich an der Wand entlang weiter. Dann streckte ich die Hand nach der Skulptur aus, von der Nyx gesprochen haben musste. Dabei war ich sorgfältig darauf bedacht, sie nicht zu berühren. Die grauenhaften Bilder vom letzten Mal standen mir noch zu deutlich vor Augen. Als ich wirklich hinter dem Stein einen Haken an der Wand ertastete, an dem ein Eisenring mit mehreren Schlüsseln hing, hätte ich vor Erleichterung beinahe gejubelt. Ich presste mir die Hand auf den Mund und starrte die Tür an, von der ich wusste, dass sich Riley dahinter befand. Der Schlüssel war hier, genau wie Nyx gesagt hatte. Ich konnte jederzeit …

Dumpfe Schritte kamen näher, und mir blieb beinahe das Herz stehen.

»Shit!« Ich wirbelte herum, rannte den Gang zurück, in der Hoffnung, es irgendwie bis in die ehemalige Waffenkammer zu schaffen. Mein Herz schlug wie beim Staffellauf, und meine Muskeln wurden schlagartig heiß. Ich hielt den Atem an, näherte mich den Schritten auf den Stufen und bog gerade in dem Moment in die dunkle Kammer ein, als ein kräftig gebauter Wachmann den Gang betrat. Ich presste mich an die Wand, versuchte, mit der Dunkelheit zu verschmelzen und keinen Laut von mir zu geben. Trotzdem spürte ich sein Zögern. Ich hörte das leise Knacksen des einsatzbereiten Elektrostabs an seiner Hüfte und sein lautes Schnaufen.

Blind tastete ich mich tiefer in die Finsternis, auf der Suche nach etwas, das ich als Waffe verwenden konnte. Auf der Suche nach Schutz.

Eine ganze Weile kauerte ich in der Dunkelheit, ehe der pochende Schmerz in meinem Handballen mich daran erinnerte, wo ich war. Und weshalb. Ich hatte Luciens Zimmer schon viel zu lange verlassen. Was, wenn er schon zurück war? Was, wenn man mich hier fand? Ich dachte an den Schlüssel. An die Wachablösung. Ich durfte mich nicht von meiner Angst beherrschen lassen. Ich musste einen kühlen Kopf bewahren, um Riley zu retten – sollte dies nötig werden.

KAPITEL 34

Lucien stand auf der Dachterrasse des Wasserturms und ließ seinen Blick über die Dächer Londons schweifen. Er spürte den Wind, der heute in rauen Böen blies und ruppig an seinen Schwingen riss.

»Sie hat also ihre Schwingen bekommen«, fasste Kane nachdenklich ihr Gespräch zusammen. »Und sie sind so rot wie die von Valon damals.«

Lucien nickte. »Sie sind einzigartig.«

Kanes Blick verfinsterte sich. »Sei kein Narr, Sohn, dein Herz an dieses Mädchen zu verlieren. Du weißt nicht, ob die Oberen nicht doch ihre Vernichtung fordern. Ihre Schwingen lassen schließlich keinen Zweifel an ihrer ... Unrechtmäßigkeit.«

Lucien ballte die Fäuste. »In solchen Momenten, Vater, da verstehe ich die Rebellen. Ich verstehe sie nur zu gut. Warum müssen wir uns dem Urteil dieser verstaubten Kreaturen beugen, die glauben, unseren Clan besser zu verstehen, als wir es tun?«

»Führe nicht solche Reden!«, fuhr Kane ihn streng an. »Dem Urteil der Oberen haben wir es zu verdanken, dass wir, nach Arics Verbannung, die Herrschaft über den Clan übernommen haben. Du weißt, sie hätten auch Magnus Moore an die Spitze der Silberschwingen in London setzen können.«

Luciens Kiefermuskeln zuckten. »Sie wussten von seiner Ehrlosigkeit dir gegenüber. Indem er uns Mutter geraubt hat, hat er seinen Anspruch verspielt. Die Oberen haben richtig gehandelt. Damals.« Lucien neigte den Kopf. »Aber werden sie das auch diesmal tun? Die abtrünnigen Rebellen könnten den Eindruck vermitteln, wir hätten die Kontrolle verloren. Könnten die Gesetze nicht länger durchsetzen«, gab Lucien zu bedenken.

»Ich weiß.« Auch Kane wirkte besorgt. Er rieb sich den Bart und blickte in die Ferne. »Es wäre wirklich gut gewesen, ein Halbwesen auf dieser Party in die Hände zu bekommen. Nicht nur für die Oberen, sondern auch um zu erfahren, was Arics Absicht ist.« Kane blickte seinen Sohn streng an. »Du wolltest ein Halbwesen liefern. Und hast versagt.«

»Ich kann sie nicht herbeizaubern!«, verteidigte sich Lucien und funkelte seinen Vater unbeugsam an. »Länger zwischen den Menschen auszuharren, um eines dieser Halbwesen zu schnappen, wäre gefährlich gewesen. Thorn musste sich zurückziehen, oder hätte sie ihre Schwingen neben dem Salatbuffet und vor den Augen all ihrer Freunde bekommen sollen?«

Kane sparte sich eine Antwort. Stattdessen fing er an, auf der Terrasse auf und ab zu gehen. »Aric Chrome ist also zurück. Er ist in der Nähe – und hat Verstärkung mitgebracht. Glaubst du, es ist ein Zufall, dass er sich gerade jetzt zurückmeldet, wo die erste Zeremonie seit fünf Jahren bevorsteht? Denkst du, die Oberen sind in Gefahr?«

Lucien runzelte die Stirn. »Darüber habe ich nicht nachgedacht«, gestand er. »Aber man würde uns jegliche Herrschaft aberkennen, wenn auch nur einem von ihnen hier bei uns etwas zustoßen sollte.«

Kane nickte. »Das fürchte ich auch.« Wieder strich er sich über den Bart. »Und ich frage mich, ob Magnus Moore nicht viel mehr weiß, als er zugibt. Erscheint es dir nicht ein zu großer Zufall, dass dieser Rebell – dieser Riley – ausgerechnet jetzt zusammen mit einem von Arics verfluchten Kindern hier auftaucht? Was, wenn man uns mit diesem Mädchen einen Kuckuck ins Nest gelegt hat? Was, wenn sie die ganze Zeit mit ihnen zusammenarbeitet?«

Lucien schüttelte den Kopf. »Das tut sie sicher nicht, Vater. Sie … ist in allen Belangen unschuldig, das versichere ich dir.«

»Wie kannst du dir da so sicher sein?«

Lucien schloss die Augen. Er spürte noch immer ihren Kuss auf seinen Lippen. »Ich bin ihr nahe, Vater«, flüsterte er. »Glaub mir, ich wüsste, wenn sie gegen uns arbeiten würde.«

Kane schien ihn mit seinem Blick zu durchleuchten. Obwohl sein mürrisches Gesicht deutlich sein Missfallen zeigte, nickte er schließlich und setzte seine ziellose Wanderung fort. Dabei fuhr ihm der Wind unter die Schwingen und ließ sie leise säuseln. »Na schön. Dann müssen wir uns jetzt wirklich mit Magnus unterhalten. Wir müssen uns sicher sein, was ihn angeht. Wir können keinen Verräter unter unserem Dach gebrauchen, während die Oberen bei uns ein und aus gehen.«

Lucien nickte. »Wie du willst, Vater. Ich mache mich sofort auf die Suche nach ihm.« Er breitete die Schwingen aus und sprang mit einem Satz auf die Brüstung. »Ach, und Vater …«, fiel ihm noch ein. »Danke, dass du meiner Bitte gefolgt bist und Riley Scott Milde gewährst, indem du seine Zelle etwas aufmöbeln hast lassen. Ich schulde dir etwas.«

»Das tust du, Sohn. Und ich werde nicht zögern, dich daran zu erinnern.«

»Darf ich fragen, woher diese plötzliche Milde kommt?«, hakte Lucien nach und sah seinen Vater an. Der begegnete seinem Blick gewohnt kühl.

»Magnus sagt, dieser Riley hätte immer nach unseren Gesetzen gelebt. Er hätte sich den Rebellen nicht angeschlossen, hätte er bei uns die Aussicht auf eine Versprochene gehabt.« Kane deutete auf Lucien. »Ihr Burschen macht Fehler – wegen der dummen Vorstellung von Romantik und Liebe. Vielleicht hat Magnus bei deinem Jugendfreund gar nicht so unrecht. Vielleicht müssen wir ihm ein Mädchen geben.« Kane triumphierte. »Stell dir das Spektakel vor, wenn Riley Scott, ein gebrannter Rebell, vor den Oberen schwört, sich wieder in unsere Gesellschaft und unsere Regeln einzugliedern.« Kane applaudierte sich selbst. »Sie wären beeindruckt!«

Lucien schüttelte den Kopf. »Du willst ihn wieder eingliedern? Wie soll das gehen? Denkst du, ein Mädchen macht wieder gut, was wir ihm angetan haben? Denkst du, er könnte das je vergessen?«

Kane nickte. »Er wird es vergessen, wenn die Alternative ist, hingerichtet zu werden. Er wird es vergessen … wenn er sieht, welches Mädchen wir ihm geben. Wir ehren ihn damit, das wird ihm klar sein!«

Die Härchen in Luciens Nacken stellten sich auf, als wittere er Gefahr. In seinem Magen krampfte sich alles zusammen, und er wagte es kaum, zu fragen: »Von welchem Mädchen sprichst du?«

Kane würde es doch nicht wagen, ihm Thorn zu nehmen, oder?

»Nyx«, entgegnete Kane entschlossen. »Sie gehört praktisch zur Familie. Riley wird wissen, was für eine Ehre es ist, sie zur Versprochenen zu bekommen. Er wird mit dem Schwanz denken – und sein Schicksal annehmen.«

Lucien fühlte sich, als würde er fallen. Die Erleichterung, ihren und nicht Thorns Namen aus dem Mund seines Vaters gehört zu haben, vermischte sich mit Schuld. Nyx hatte das nicht verdient. Er konnte sich nicht vorstellen, dass sie sich so leicht in die ihr zugedachte Rolle fügen würde. Für Riley konnte es eine Ehre sein – für Nyx wäre es die größtmögliche Strafe.

»Weiß sie es schon?«, fragte er und überlegte, wie sie darauf wohl reagieren würde.

»Nein. Sie wird es bei der Zeremonie erfahren. Wozu schon jetzt die Pferde scheu machen?« Auch Kane kam mit einem Flügelschlag auf der Brüstung zum Stehen. »Und nun kümmere dich endlich um Magnus.« Er breitete die Schwingen aus und lehnte sich gegen den Wind. »Es wäre besser, Sohn, wenn du diesmal nicht wieder versagst!«

Kapitel 35

Beinahe hatte ich es schon zurück in Luciens Gemächer geschafft. Ich war die Stufen hinaufgekommen, ohne jemandem in die Arme zu laufen, doch nun bekam ich ein Problem. Gestützt von mehreren fremden Silberschwingen hinkte Lucien mir auf dem Weg zu seinem Zimmer entgegen. Kraftlos hing sein Kopf vornüber, seine Beine schleiften mehr über den Boden, als dass sie wirklich gingen. Ohne die Hilfe seiner Begleiter hätte er keinen Schritt getan, das stand fest. Am liebsten wäre ich zu ihm gerannt, um zu sehen, was passiert war. Doch stattdessen presste ich mich flach an die Wand und hoffte, dass der schwere Samtvorhang, der einen Mauervorsprung kaschierte, mir ausreichend Deckung gab, um von Luciens Männern nicht entdeckt zu werden. Rote Schwingen waren echt lästig, wenn man versuchte, sich zu verstecken!

Der muffige Geruch der Vorhänge stieg mir in die Nase, während ich beobachtete, wie man Lucien in sein Zimmer schaffte. Seine Tür stand offen, und ich schlich hastig näher. Vielleicht konnte ich unbemerkt hineinschlüpfen und vorgeben, im angrenzenden Badezimmer gewesen zu sein? Vorsichtig spähte ich um die Ecke. Luciens Helfer hatten mir den Rücken zugewandt, also nahm ich meinen Mut zusammen, schlich durch die Tür und schloss diese laut und deutlich vernehmbar von innen. Das Herz schlug mir bis zum Hals, als sich alle nach mir umdrehten.

»Lucien wollte nicht, dass mich jemand sieht«, erklärte ich möglichst überheblich und deutete auf die nun geschlossene Tür, um keinen Zweifel daran aufkommen zu lassen, dass ich die ganze Zeit über hier gewesen war.

Die Silberschwingen sahen sich unsicher an, aber es war Lucien, der sich nun keuchend aufrichtete. Er schaute mich misstrauisch an. »Ich habe dir auch gesagt, du sollst hierbleiben!«, erinnerte er mich. »Wo warst du?«

»Im Bad. Ich war nur im Bad«, log ich und hob meine Hand. »Ich habe mich verletzt und wollte das Blut abwaschen.« Selbstsicher ging ich ihm entgegen, auch wenn mich seine Männer skeptisch musterten. Ihr Blick hing gebannt an meinen rötlichen Schwingen, und ich spürte ihre eisige Ablehnung. Trotzdem ging ich an ihnen vorbei. Ich musste die Aufmerksamkeit zurück auf Lucien lenken.

»Aber meine kleine Wunde ist ja neben deinen Verletzungen kaum der Rede wert. Was ist denn passiert?«

Meine Sorge musste ich nicht vortäuschen, denn je näher ich kam, umso deutlicher wurde, dass Lucien in einen Kampf verwickelt gewesen sein musste.

Er ließ sich von seinen Helfern zum Sessel begleiten, dann schickte er sie mit einer Handbewegung fort. Eine Weile starrte er aus dem Fenster in die hereinbrechende Dunkelheit. Ohne mir zu antworten, sah er mich schließlich an. Er fuhr sich durchs Haar, was ihm Schmerzen zu bereiten schien, denn er keuchte. Ich ging zu ihm, wusste nicht, wie ich mich verhalten sollte.

Als Lucien am Morgen gegangen war, hatte er mich zum Abschied geküsst. Nun war die Stimmung gänzlich anders. Misstrauen und Geheinisse bildeten eine Kluft zwischen uns.

»Warum bist du verletzt?«, fragte ich.

Blut sickerte aus einer Wunde an der Schläfe, seine Schwinge blutete ebenfalls, und ein tiefer Riss spreizte die nachtschwarzen Schuppen ungesund vom knöchernen Schwingengerüst ab. Ihn so zu sehen, war kaum zu ertragen. Ich streckte die Hand nach ihm aus, doch er kam mir kein bisschen entgegen.

»Wo warst du?«, wiederholte er, und ein gefährlicher Glanz trat in seine Augen. »Ich habe dich gespürt«, erklärte er. »Und du warst nicht im Badezimmer. Also, wo warst du?« Er sah nicht so aus, als würde er Ausflüchte gelten lassen.

Ich schüttelte den Kopf. Wie sollte ich ihn anlügen? Ihn? Wo ich mich doch nur danach sehnte, ihn noch einmal zu küssen. Noch ein letztes Mal, ehe ich mit Riley fliehen würde. »Ich weiß nicht, was du glaubst, gesehen oder gespürt zu haben. Ich war hier. Wie du es wolltest. Ich habe mich an der zerbrochenen Karaffe geschnitten, bin ins Bad und wollte das Blut abwaschen, da seid ihr hereingekommen.«

Lucien glaubte ihr nicht. Sie stand nur eine Armeslänge von ihm entfernt, doch er fühlte, wie sie sich innerlich vor ihm zurückzog. Kanes Gedankenspiel machte ihn ganz wahnsinnig. Was, wenn er recht hatte? Was, wenn Aric, Magnus oder sonst jemand geplant hatte, Thorn in ihre Mitte zu bringen? Was, wenn nichts von dem, was sie ihm sagte, der Wahrheit entsprach?

»Als ich gegangen bin, hast du dir Tür hinter mir abgeschlossen. Gerade eben war sie allerdings unverschlossen«, erinnerte er sie, kaum in der Lage, die Klaue der Skepsis um sein Herz zu lockern. Er hatte sich ihr geöffnet, Gefühle zugelassen, die ihn nun beherrschten. Und nun zweifelte er an ihrer Aufrichtigkeit. Das schmerzte beinahe mehr als seine Wunden. Er hatte heute schon einmal versagt und wollte besser gar nicht wissen, was sein Vater dazu sagen würde, wenn nun Thorn auch noch gegen ihn spielen würde …

Er sah, wie ihre Hände schwitzten. Sie rieb sie an ihrer Jeans ab, ehe sie seine Frage beantwortete. Zeigte das ihr Schuldbewusstsein? Wenn doch bloß sein Kopf nicht so hämmern würde, könnte er sicher klarer denken.

»Nyx war hier. Sie hat meine Hose gebracht. Offenbar habe ich vergessen, danach wieder abzuschließen.«

Thorn kniete sich vor ihn auf den Boden und nahm seine Hand. Sie schaute ihm in die Augen, und wie so oft schien er in der grünen Tiefe zu ertrinken. Vielleicht irrte er sich. Würde er nicht sehen, wenn sie log? Würde er es nicht spüren?

Ich musste sein Vertrauen zurückgewinnen. Ich sah ihm direkt in die Augen und betete, dass er darin meine Lügen nicht erkennen würde. »Ich war die ganze Zeit hier. Das musst du mir glauben. Sag mir lieber, was dir fehlt. Du bist verletzt, Lucien.«

Er atmete tief durch. Dann fuhr er sich erneut unter Schmerzen durchs Haar und rieb sich die Schläfen. Sein Blick wurde milder. »Entschuldige, ich bin … etwas verwirrt«, gestand er und drückte meine Hand. »Es war ein langer Tag, und ich hab ordentlich was einstecken müssen.« Ächzend kam er aus dem Sessel hoch und versuchte, die Schwingen zu spreizen. »Hölle!«, fluchte er und verzog das Gesicht.

»Sei vorsichtig!«, warnte ich ihn, denn seine rechte Schwinge sah nicht besonders gut aus. Sie hatte mehrere tiefe Risse, und es kam mir so vor, als hätte Lucien einige Schuppen verloren. »Hast du gekämpft?« Anders konnte ich mir diese schweren Verletzungen nicht erklären.

Er nickte schwach, als er sich das Hemd über den Kopf zog. Erst jetzt sah ich die vielen dunklen Prellungen und Schwellungen an seinem Oberkörper. Entsetzt schnappte ich nach Luft.

»Sag mir jetzt sofort, was passiert ist!«, verlangte ich. »Du …

hast dich doch nicht wieder mit Riley geprügelt, oder?« Es war dumm, das zu fragen, das wusste ich, schließlich war ich bei Rileys Zelle gewesen und hatte nichts von einem Kampf mitbekommen. Trotzdem erinnerten mich seine Wunden an die Auseinandersetzung zwischen den beiden.

Lucien schnitt eine Grimasse und hielt sich die dunkel gefärbten Rippen. »Du glaubst doch nicht, dass Riley mich so zurichten könnte«, stöhnte er und schleppte sich vor den Spiegel. Er tastete seine Schwingen ab und kniff verärgert die Lippen zusammen. »Ich werde tagelang nicht fliegen können!«

Obwohl ich mit ihm litt, verlor ich allmählich die Geduld. »Wenn du mir nicht auf der Stelle sagst, wer dich so zugerichtet hat, dann wirst du nie wieder fliegen, Lucien, denn dann rupfe ich dich wie ein Hühnchen!« Ich trat hinter ihn und streichelte die Schwellung an seinem Rücken. Ich lehnte mich an ihn und küsste seinen Hals. »Wer hat dir das angetan?«, flüsterte ich leise. Ich war kurz davor loszuheulen. Den Mann, in den ich mich verliebt hatte, so zu sehen, war kaum auszuhalten. Aber schlimmer noch war das Gefühl, dass er mir nicht sagen wollte, was geschehen war. Mein Herz schlug für ihn, doch zwischen uns gab es nur Geheimnisse.

Lucien drehte sich zu mir und schloss seine Arme um mich. Obwohl er noch immer misstrauisch wirkte, küsste er meinen Scheitel, meine Stirn und schließlich meinen Mund. Seine Hände wanderten auf meine Hüften, sie streichelten meine Taille, bewegten sich weiter und glitten sanft über meine Schwingen. Ich wusste nicht, dass sie so empfindlich waren, aber seine Berührung fühlte sich wunderbar an. Vertraut und doch so neu, dass kleine wohlige Schauer durch meinen gesamten Körper rieselten. Ich spürte, dass er mir nicht sagen wollte, was vorgefallen war. Ich spürte, dass sein Kuss ein Versuch war, sich selbst oder auch mir vorzumachen, zwischen uns wäre alles in Ordnung. Doch das war es nicht.

Meine Gedanken schweiften zu Riley. Zu der Wachablösung und dem versteckten Schlüssel. Zu all dem, was Nyx mir über meine Brüder, die Halbwesen, berichtet hatte. Und mit einem Mal ergab alles einen Sinn. Lucien musste mit einem meiner Brüder gekämpft haben. Er war stark. Aber er hatte selbst gesagt, Halbwesen waren mächtiger. Lucien hob die Hand an meine Wange und umfasste zärtlich mein Gesicht. Seine Zunge glitt behutsam in meinen Mund, und ich drängte mich sanft an ihn.

Nichts war zwischen uns in Ordnung – das stand fest. Trotzdem war dieser Kuss das Einzige, was zählte. Ich ließ zu, dass Lucien mich mit sich zum Bett zog. Wir sanken in die Kissen, ohne unseren Kuss zu unterbrechen. Lucien stöhnte, als er dabei an seine verletzte Schwinge stieß, doch als ich ihm Raum geben wollte, zog er mich nur noch näher an sich.

»Vergiss die Schrammen«, raunte er und küsste mich erneut. Dann fasste er nach meiner Hand und küsste zärtlich den Schnitt in meinem Handballen. »Der Tag ist wohl für keinen von uns besonders gut gelaufen«, stellte er fest, und seine Zunge folgte der Spur meines getrockneten Blutes.

Ich schloss die Augen und legte mich neben ihn, meine Hand auf seinem Herz. »Was ist passiert?«, versuchte ich es erneut. Die Bettvorhänge schienen die Welt auszuschließen, und das abendliche Zwielicht malte lange Schattenbilder an die Wände.

Lucien atmete gleichmäßig. Sein Herz schlug im Einklang mit meinem. Dann bedeckte er meine Hand mit seiner, als wolle er mich festhalten. »Ich habe heute Morgen mit Kane gesprochen. In zwei Tagen findet die Zeremonie statt. Die Oberen scheinen von unserem Bündnis nicht gerade begeistert zu sein, aber das bekommen wir schon in den Griff.«

Zwei Tage. In zwei Tagen würde sich mein Schicksal entscheiden. Und nicht nur meines …

»Bin ich in Gefahr?« Ich rollte mich auf die Seite und stützte den Kopf auf den Arm, um ihn ansehen zu können. Die Schatten ließen ihn noch dunkler, noch geheimnisvoller wirken. Die Prellungen auf seiner Brust schillerten beinahe schwarz. Sein Anblick hätte mir Angst machen müssen. Stattdessen streckte ich die Hand nach ihm aus. Ich hatte einmal gesehen, wozu Lucien fähig war, wenn er für etwas kämpfte, das ihm wichtig war. Riley Scott trug nun die Spuren dieses Kampfes. Doch würde Lucien sich auch für mich einsetzen?

»Nein, kleine Dorne. Bist du nicht«, flüsterte er, während sich unsere Blicke trafen. »Kane hat Pläne, die Oberen von unserer Stärke zu überzeugen. Und wer an dich ranwill, muss es erst mit mir aufnehmen.« Er grinste schief und hob leicht seine verletzte Schwinge an. »Ich habe heute hart daran gearbeitet, Kanes Pläne zu verwirklichen.«

»Ich verstehe nicht? Wer war das? Wer … hat das getan?«

Lucien schüttelte den Kopf. »Das ist nicht wichtig, Thorn. Vertrau mir einfach, wenn ich sage, dass ich nicht zulassen werde, dass dir etwas geschieht.« Seine Augen verfinsterten sich. »Ich schütze dich – um jeden Preis!«

Sein Kuss war sanft. Wie ein Versprechen. Als besiegelte er damit einen Eid, und obwohl ich den Kuss genoss, spürte ich eine unheilvolle Anspannung in mir erwachen. *Um jeden Preis.* Wer würde diesen Preis zahlen? Lucien? Riley? Oder einer meiner Halbwesen-Brüder? Und wie hoch würde dieser Preis für meine Sicherheit sein? Was würde es uns alle kosten? Mir blieben nur zwei Tage, um zu entscheiden, ob ich bereit war, diesen Preis in Kauf zu nehmen.

Ich schmiegte mich an Lucien, legte meine Wange an seine Brust und ließ es zu, dass er meine Schwingen streichelte.

»Sie sind so weich«, murmelte er und glitt mit seinen Fingern behutsam über die fedrigen Schuppen. »Und so leuchtend. Selbst in der Dunkelheit stehst du in Flammen.«

Ich lachte. »Ganz im Gegensatz zu dir, meinst du wohl? Du scheinst mit deinen schwarzen Schwingen die lebendig gewordene Dunkelheit zu sein!«

Sein raues Lachen vibrierte unter meiner Wange. Er grub seine Hände in mein Haar und ließ meine Strähnen durch seine Finger gleiten. »Und fürchtest du die Dunkelheit, kleine Dorne?« Er wickelte sich die Strähnen um die Faust und zog mich zu sich heran, um mich erneut zu küssen.

Ich grinste ihn an, legte mich zu ihm und breitete meine Schwingen über uns aus. Wir waren verborgen wie unter einem flammenden Baldachin. »Nein. Ich glaube, ich liebe die Dunkelheit.«

KAPITEL 36

Ich schreckte aus dem Schlaf hoch. Verdammt! Ich hatte überhaupt nicht einschlafen wollen. Luciens Arm lag über meiner Hüfte, sein Bein drückte meines in die Matratze, und meine Schwingen fühlten sich irgendwie zerknautscht an. Es war finster, kaum ein Stern erhellte den Nachthimmel, in Luciens Zimmer sah ich nicht mal meine eigene Hand. Vorsichtig rückte ich etwas von ihm ab. Wie viel Uhr war es? War es schon zu spät, um Riley …

Ich erstarrte in der Bewegung. Was tat ich denn da eigentlich? Obwohl ich kaum etwas wahrnahm, wandte ich mich zu Lucien um. Ich spürte seinen gleichmäßigen Atem und ließ meine Hand an seine Brust gleiten. War ich verrückt? Ihn im Schlaf zu beobachten, versetzte mir einen Stich. Am liebsten hätte ich mich wieder hingelegt, zurück in seine wohlige Umarmung, zurück zu den Küssen, die mein Herz so stürmisch und gegen jede Vernunft erobert hatten.

Wenn das Leben nur einfacher wäre, hätte ich genau das getan. Doch das Leben war nicht einfach. Und ich konnte nicht nur auf mein Herz hören.

Ohne einen Laut zu machen, rollte ich mich aus dem Bett und faltete meine Schwingen schmal auf den Rücken. Sie waren ähnlich zerzaust wie meine Frisur, und ich strich sie automatisch mit den Fingern glatt. Mein Herz schlug so laut, dass ich nur darauf wartete, dass Lucien davon aufwachen würde. Ich durchquerte den Raum, als mir der Elektrostab auf dem Sideboard auffiel. Die bläulichen Lichtbögen an seiner Spitze ließen mir die Haare zu Berge stehen, dennoch streckte ich die Hand danach aus. Ich konnte bei meinem Vorhaben nichts dem Zufall überlassen, wenn ich erfolgreich sein wollte. Auf Zehenspitzen schlich ich zur Tür und lauschte, aber allein mein Gefühl sagte mir, dass der Gang leer war. Meine neuen Sinne machten sich so allmählich bezahlt!

Leise drückte ich die Klinke herunter und tastete mich hinaus. Ich war nun schon oft genug hier gewesen, um den Weg auch im Dunkeln zu finden. Die einzige Sorge, die ich hatte, war, einer Wache in die Arme zu laufen. Als ich die Treppe hinab ins Erdgeschoss gelangt war, schlug die große Standuhr drei Mal. Ich versuchte die Zeiger trotz der Schwärze des Raums zu erkennen. Konnte das sein? In einer Viertelstunde war Mitternacht? Nur noch fünfzehn Minuten bis zur Wachablösung? Obwohl ich noch lange nicht überzeugt davon war, das Richtige zu tun, hastete ich weiter, den Weg entlang, den ich heute schon einmal genommen hatte. Der Gedanke, Riley zu retten, trieb mich an, und ich hoffte irgendwie, danach einfach zurückkehren und mit Lucien dort weitermachen zu können, wo wir aufgehört hatten. Vielleicht musste niemand erfahren, dass *ich* Riley befreit hatte? Wenn ich nur einfach danach wieder zurück in Luciens Zimmer …

Ich schlich die Stufen hinunter, hörte den Hall der Gewölbedecke und entdeckte die steinerne Skulptur in der Ferne. Ihre Augen starrten mich an, und ein Lächeln schien auf den tierischen Zügen zu erscheinen. Zurück? Nein. Ein Zurück gab es nicht. Dieses Haus hatte Augen. Was immer ich tat – jeder würde es erfahren. Lucien würde es erfahren.

Mir wurde schlecht, und ich holte zitternd Luft. Schritte ertönten aus der Richtung von Rileys Zelle, und wie schon am

Nachmittag suchte ich in der alten Waffenkammer Zuflucht. Ich umklammerte den Elektrostab, bereit, ihn notfalls einzusetzen. Atemlos wartete ich, bis der Wachmann vorbei und die Stufen hinaufgegangen war. Ich wusste nicht, wie viel Zeit mir blieb. Ich wusste nur: Für Zweifel war jetzt der falsche Zeitpunkt.

»Es tut mir leid, Lucien«, flüsterte ich, hoffte aber, dass er die Botschaft verstehen würde, wenn er irgendwann seine Hand auf die Skulptur legen und Zeuge meines Verrats werden würde. »Ich ... will das alles nicht.« Ich lachte traurig und schüttelte den Kopf. »Wirklich. Aber ich bin dir ähnlich. Und ich trete genau wie du für die ein, die mir wichtig sind.« Ich hatte die Skulptur erreicht und sah ihr direkt in die Augen, als blickte ich Lucien ins Gesicht. »Ich glaube, ich liebe dich – aber Riley ist mir auch wichtig. Ich kann ihn euch nicht überlassen.« Ich griff an der Steinmetzarbeit vorbei nach dem versteckten Schlüssel und rannte dann den Gang hinab. Mit wild klopfendem Herzen rammte ich den Schlüssel ins Schloss und öffnete schwungvoll die quietschende Metalltür.

»Thorn?« Ich hörte Rileys raue Stimme aus der Dunkelheit. Zwar konnte ich kaum etwas erkennen, trotzdem bemerkte ich, dass sich der Raum verändert hatte. Wo vorher nur feuchter Stein und Ketten gewesen waren, standen nun einzelne Möbel, sogar ein einfaches Bett und eine Lampe, die jetzt entzündet wurde. Mehrere Kaugummipapiere lagen auf dem Tisch, und ich hätte beinahe gelacht.

»Verdammt, Thorn, was machst du hier?« Riley sprang aus dem Bett und kam mir entgegen. Er sah besser aus als zuletzt, stand aufrecht, und seine Verletzungen schienen bis auf die Überreste seiner Schwingen ausgeheilt. Die verbrannte Haut sah aus wie schwarzes Leder, auch wenn vereinzelt einige silber-schimmernde Federschuppen nachgewachsen waren. Lucien hatte die Wahrheit gesagt. Mit Riley hatte er sich nicht noch einmal geschlagen.

»Du musst sofort von hier verschwinden, Thorn, ehe man dich bei mir sieht«, beschwor Riley mich und packte meine Schultern. Er starrte meine Schwingen an. »Sie werden ... dich ...« Er berührte sie neugierig, als hätten sie ihn aus dem Konzept gebracht. »Leck mich am Arsch, Thorn, das nenn ich mal Schwingen!«

»Du musst hier raus, Riley!«, unterbrach ich ihn und zerrte an seinem Arm. »Komm schon. In zwei Tagen ist diese komische Zeremonie mit den Oberen – und ich will nicht, dass dir noch mehr geschieht. Conrad, Garret und Sam – sie verlassen sich auf mich!«

Ich hatte irgendwie erwartet, dass Riley eifriger bei der Sache wäre. Statt sofort durch die Tür in die Freiheit zu stürmen, stand er immer noch wie angewurzelt da. Er sah sich in seiner spärlich möblierten Zelle um.

»Ist nicht so, dass ich es hier besonders toll finde«, gestand er ernst. »Aber man behandelt mich zumindest nicht mehr wie einen Hund. Bist du sicher, dass du weißt, was du tust?«, fragte er und blickte mich an. »Sie werden uns jagen, Thorn!«, beschwor er mich unter seinen etwas zu langen Strähnen hervor. »Wenn du mir hilfst, werden sie uns beide jagen. Noch stehst du unter Luciens Schutz. Das aufzugeben ... *ihn* aufzugeben – für mich – bist du dir sicher, dass du das willst?«

Lucien schlug die Augen auf. Er spürte, dass Thorn sich von ihm entfernte. Sie war nicht mehr in seinen Gemächern, nicht mehr auf diesem Stockwerk. Sofort kehrte das Misstrauen zurück, das sich in ihm ausgebreitet hatte, seit er am Abend hierher zurückgekommen war. Er schloss die Lider, versuchte sie zu orten. Thorn war noch in Darlighten Hall. Aber wo? Er schwang die Beine aus dem Bett und stöhnte. Seine verwundete Schwinge schmerzte. Vorsichtig legte er sie an, um sie zu schonen, doch schon diese kleine Bewegung war eine Qual. Er kreiste die Schultern, um seine verkrampfte Muskulatur zu lockern. Es ärgerte ihn, dass er den Angriff nicht hatte kommen sehen. Blind war er in sein Verderben gelaufen. Er schloss kurz die Augen und ließ die Bilder in seinem Geiste vorbeiziehen.

Magnus stand vor ihm, blickte ihn schuldbewusst an. Er hatte ihn aufgefordert, mit zu Kane zu kommen, sich dem Rat und seinen Fragen zu stellen. Er hatte ihn nach Arics Söhnen gefragt – und nach dessen Absicht. Magnus hatte nicht geantwortet. Er hatte geschwiegen. Bis zu dem Moment, als er seine Schwingen gespreizt hatte, um zu fliehen. Lucien war ihm nach. Er erinnerte sich, wie er Höhe gutgemacht hatte, wie er Magnus immer näher gekommen war. Der Hüne war groß, aber bei Weitem nicht so schnell wie Lucien. Er hatte ihn fast erreicht, als …

Unbewusst fasste Lucien sich an die Schläfe. Der Schlag hallte noch immer in seinem Körper nach, und er erinnerte sich, wie es ihm die Luft unter den Schwingen entzog. Ein weiterer Treffer ließ ihn taumelnd in die Tiefe stürzen. Dabei sah er Schwingen über sich, dunkelrot, wie getrocknetes Blut. Dunkelrot und schwarz, wie verbrannte Erde. Er sah kein Gesicht, nur Schwingen. Halbwesen-Schwingen.

Ein Halbwesen hatte Magnus zur Flucht verholfen. Was das bedeutete, würde er herausfinden müssen.

Lucien ballte die Hände zu Fäusten. Im Moment war nur ein Halbwesen wichtig. Eines mit rot-goldenen Schwingen und teuflisch grünen Augen. Und dieses Halbwesen hatte es sich offenbar zur Gewohnheit gemacht, sich davonzuschleichen!

Mit gerunzelter Stirn folgte Lucien ihr. Seine Sinne arbeiteten, um ihre Spur zu wittern, und schon nach wenigen Metern hatte er eine Ahnung, wohin es seine Versprochene gezogen haben könnte. All seine Zweifel kehrten zurück, ja, verstärkten sich, und seine schlimmsten Befürchtungen bewahrheiten sich.

Mit einem Fluch auf den Lippen eilte er, immer zwei Stufen auf einmal nehmend, in die Eingangshalle hinab. Er verwarf den Gedanken, Kanes Wachmänner dazuzuholen. Das war eine Sache zwischen Thorn und ihm. Er musste herausfinden, was für ein Spiel sie spielte. Außerdem traute er Kanes Männern nicht. Thorn war nun mal ein Halbwesen – und unter Silberschwingen alles andere als sicher.

Dumm nur, dass sie daran selbst nicht zu denken schien! Verärgert über ihre Leichtfertigkeit und ihre Heimlichtuerei durchquerte er die Halle und stieg die eng gewundene Treppe in den Gewölbekeller hinab. Sie war nun nicht mehr weit, er fühlte sie deutlich. Und er spürte ihre Angst.

Sein eigener Herzschlag beschleunigte sich. Ihre Angst machte ihn unruhig. Seit er in seinem leeren Bett aufgewacht war, quälte ihn die Frage, warum Thorn mitten in der Nacht zu Riley schlich. Die banale Erklärung, dass sie ihren alten Freund nur durch das kleine Gitterfenster der Eisentür ihre Schwingen zeigen wollte, passte nicht zu der Anspannung, die in der Luft lag. Außerdem stand die Tür zu Rileys Zelle weit offen.

Lucien erstarrte. Er kniff die Lippen zu einem schmalen Strich zusammen, dann streckte er die Hand nach der Skulptur aus.

»*Es tut mir leid, Lucien*«, hörte er ihre ängstlich geflüsterten Worte durch deren marmorne Augen. »*Ich ... will das alles nicht.*« Sie schüttelte den Kopf, als glaube sie das selbst kaum. »*Wirklich. Aber ich bin dir ähnlich. Und ich trete genau wie du für die ein, die mir wichtig sind.*« Lucien blickte ihr direkt in die grünen Augen, die ihn zu beschwören schienen, ihr zu vergeben. Doch das konnte er nicht. »*Ich glaube, ich liebe dich – aber Riley ist mir auch wichtig. Ich kann ihn euch nicht überlassen.*«

Mit einem Knurren riss Lucien die Hand zurück. Seine Schwingen spreizten sich angriffslustig, auch wenn seine rechte Schwinge dabei vor Schmerz pochte.

»Du kannst ihn uns nicht überlassen?«, raunte Lucien ungläubig und donnerte seine Faust gegen die Wand. Zorn wallte in ihm auf. Obwohl er heute beinahe gestorben wäre, tat nichts so sehr weh wie ihr Verrat. Mit wenigen schnellen Schritten erreichte er die Zelle und hörte ihre Stimme. Er lauschte Rileys Worten: »Sie werden uns jagen, Thorn!«, beschwor er sie. »Wenn du mir hilfst, werden sie uns beide jagen. Noch stehst du unter Luciens Schutz. Das aufzugeben … *ihn* aufzugeben – für mich – bist du dir sicher, dass du das willst?«

Lucien trat in die Türöffnung. Er zwang sich zur Ruhe, anderenfalls hätte er sich auf Riley gestürzt, der seine Hände schon wieder an seiner Versprochenen hatte.

Ein dunkler Schatten in der Tür tauchte die Zelle in Dunkelheit. Ich fuhr herum und erstarrte.

»Riley hat recht!«, knurrte Lucien kalt und breitete drohend die Schwingen aus. »Ich werde euch jagen.« Er sah von mir zu Riley und wieder zurück. Kein Gefühl war in seinen Zügen zu erkennen. »Bist du sicher, dass du das willst, Thorn?« Er trat näher, umfasste meinen Nacken und zwang mich, ihn anzusehen. »Willst du das, kleine Dorne?«, flüsterte er und küsste mich hart. Er nahm mir den Atem, so fest lag sein Daumen auf meiner Kehle, so bedrohlich war seine Nähe. Der silberne Glanz in seinen Augen erinnerte mich an all die schönen Stunden mit ihm. An seine Zärtlichkeit und seine Küsse. Und zugleich zeigte es mir all das, was ich immer an ihm gefürchtet hatte.

»Willst du das?«

Ich schüttelte den Kopf. Presste mich an ihn und atmete seinen mir inzwischen so vertrauten Duft ein. »Nein, Lucien«, wisperte ich zittrig. »Nein, das will ich nicht.« Ich schloss die Augen und bat ihn im Geiste um Verzeihung. Dann rammte ich ihm den Elektrostab unter die ohnehin schon verletzte Schwinge. »Aber ich kann nicht anders!«

Überraschung und Schmerz trübten Luciens Blick. Er ging keuchend in die Knie, ohne mich loszulassen. »Du …!« Er japste nach Luft und krallte sich in meine Schulter.

»Ich liebe dich«, flüsterte ich und wiederholte zitternd meinen Angriff, bis ich spürte, dass seine Hand von meiner Schulter glitt. »Verzeih mir!« Dann griff ich nach Rileys Hand, und wir stürmten durch den Gewölbegang. Unsere Schritte hallten laut von der Decke und den kahlen Wänden wider. Die Skulptur wandte sich neugierig nach uns um. Wie von selbst spreizten sich meine Schwingen ein Stück ab, als wären sie bereit, mich zu schützen.

»Komm!«, rief Riley und hastete schon die gewundene Treppe hinauf, während ich einen letzten Blick zurückwarf. Lucien blutete, dort wo der Strom in seinen Körper gefahren war. Dennoch kämpfte er sich schon auf die Beine. Sein Schmerz fraß sich in meine Seele. Ich hasste mich selbst – ebenso wie er mich hassen musste. Ich hatte ihn wütend gemacht. Hatte die Bestie entfesselt. Mein Herz hämmerte, und voller Angst taumelte ich rückwärts die Stufen hoch.

Was hatte ich getan?

»Komm weiter, Thorn!«, brüllte Riley und riss an meiner Hand. »Schnell!«

»Wo sollen wir hin?«, fragte ich panisch, denn erst jetzt wurde mir klar, wie wenig ich diese ganze Aktion durchdacht hatte. Riley saß nicht länger in seiner Zelle, aber frei war er deshalb noch lange nicht. Der Lärm, den wir verursachten, würde schon bald weitere Silberschwingen auf uns aufmerksam machen. Außerdem

konnte Riley seine Schwingen nicht benutzen. Einfach davon-
fliegen war unmöglich.

»Wo wir hinsollen?« Riley sah mich ungläubig an. »Was war
denn dein Plan?«

»Ich hatte keinen!«, verteidigte ich mich atemlos und hastete
ihm in die große Halle nach.

Riley presste mich hinter einen Mauervorsprung und sah mir
in die Augen. »Du holst mich raus, ohne einen Plan? Bist du verrückt?«

»Vielleicht! Ich wollte doch nur …«

»Du ahnst ja nicht, wozu Kane fähig ist«, flüsterte Riley und
strich sich die zotteligen langen Strähnen aus dem Gesicht. »Wir
brauchen einen Ort … wo uns niemand suchen würde …«

Meine Gedanken rasten. Mein Herz hämmerte so laut, dass ich
nicht hören konnte, ob Lucien uns schon folgte. Wir hatten keine
Zeit, lange zu überlegen.

»Anh!«, presste ich heraus. »In ihrem Garten ist ein Baumhaus.
Wir haben dort als Kinder gespielt. Es wird seit Jahren nicht benutzt.«

»Nicht perfekt, aber vorerst wird es genügen!« Riley nickte und
zerrte mich weiter. »Also los!«

Wir hatten die große Eingangstür gerade erreicht, als Lucien
sich zähnefletschend auf Riley warf. Seine Schwingen hingen
schlaff an seinem Rücken, doch deshalb war er nicht weniger gefährlich. Er schleuderte Riley durch die Luft und setzte ihm nach,
als der über den Boden schlitternd gegen eine der Säulen krachte.

»Nein!«, schrie ich und kauerte mich an die Wand, die Schwingen wie einen Schild um mich geschlagen. Die Wucht, mit der
die Männer aufeinanderprallten, ließ beinahe den Boden erzittern.
Da Rileys Verletzungen inzwischen gut verheilt waren, Lucien aber
noch unter den Wunden seiner heutigen Auseinandersetzung litt,

war die Kräfteverteilung relativ ausgewogen. Keinem von beiden gelang es, den anderen zu überwältigen. Es war ein eindrucksvoller Anblick, und trotz meiner Angst konnte ich nicht anders, als den Kampf zu bewundern. Die beiden Silberschwingen, die sich gegenüberstanden, konnten kaum unterschiedlicher sein.

Riley war trotz seiner sportlichen Figur schlank. Ihm fehlten die Muskeln, die Luciens Körper überzogen. Sein langes Haar war strähnig, ebenso wie die wenigen quecksilberfarbenen Federschuppen, die auf seinen verstümmelten Schwingen nachwuchsen. Luciens Schwingen machten trotz ihrer aktuellen Kraftlosigkeit durch den Stromschlag ordentlich was her. Nachtschwarz und dicht schienen sie Rileys kümmerliche Überreste regelrecht zu verspotten. Das fahle Mondlicht, das durch die deckenhohen Fenster fiel, tauchte die Szene in blasses Silber. Jede Bewegung passierte wie in Zeitlupe, jeder Atemzug klang so laut wie ein Donnergrollen.

Luciens Schritte waren kraftvoll, als er Riley umkreiste, sein Kiefer zuckte vor Anspannung, und doch spürte ich, dass sein schmerzgeplagter Blick immer wieder zu mir huschte. Eisige Kälte schlug mir entgegen, und das knappe Lächeln, kurz bevor er sich erneut auf Riley warf, flüsterte mir zu, dass ich es ja so gewollt hatte. Unter der Wucht seines Angriffs ging Riley in die Knie, und mein Schrei wurde von seinem Keuchen übertönt. Ich schlug mir die Hand vor den Mund, doch es war zu spät. Ich hörte, wie im Haus Stimmen laut wurden. Die Zeit lief uns davon! Ich musste etwas tun, ehe sämtliche Silberschwingen aus ihren Betten und Lucien zu Hilfe kamen.

»Tu etwas!«, ermahnte ich mich selbst und stellte mich auf. Meine Beine fühlten sich taub an. Kraftlos vor lauter Angst. Wie von selbst spreizten sich plötzlich meine Schwingen leicht ab, und ich spürte, wie die Hitze meiner Kräfte durch meinen Körper floss.

Ich war mächtig! Lucien selbst hatte mich das gelehrt. Ich musste mir das nur immer wieder vor Augen halten. Ich war ein Halbwesen – und man würde mich töten, wenn man mich erwischte! Ich hatte nichts zu verlieren.

Entschlossen umklammerte ich den Elektrostab, atmete tief ein und fokussierte mich ganz auf meine Schwingen. Lucien hatte es mir beigebracht. Ich musste nur darauf vertrauen, dass ich es auch konnte. Mit einem Satz, der kaum mehr als ein etwas höherer Sprung war, versuchte ich mich in die Luft zu erheben, ehe ich die Schwingen spreizte. Sie breiteten sich aus, und ihr flammender Glanz ließ die beiden Kämpfer den Kopf in meine Richtung wenden. Schmerz fuhr mir in den Rücken, und mit einem Gefühl, als würde man einen Regenschirm zusammenfalten, gaben meine Schwingen nach, sodass ich vor Lucien auf den Boden krachte.

Ich stützte mich auf mein Knie, auf die Hände, ähnlich wie ein Läufer beim Start, und meine Schwingen streiften zitternd die Marmorplatten. Sie waren nicht stark genug, mich zu tragen. Und Lucien schien das zu wissen. Er umkreiste mich, kam näher, auch wenn er dabei den Elektrostab in meiner Hand genau im Auge behielt.

»Thorn!« Rileys warnender Ruf kam aus meinem Rücken. »Verschwinde!«, rief er und stieß die große Eingangstür auf, um mir einen Ausweg anzubieten.

»Ja, Thorn … lauf«, raunte auch Lucien und kam noch näher. »Denn wenn ich dich in die Finger bekomme …«

Der Schmerz in meinen Schwingen ließ etwas nach, meine Kraft kehrte langsam zurück. Ich spähte zur Tür. Ich wusste, ich war schnell. Schnell genug, um ihm womöglich zu entkommen. Doch was war mit Riley? Wenn ich jetzt zuließ, dass er sich für mich opferte, dann wäre alles umsonst gewesen.

Ich atmete ein, zählte im Geiste bis drei und stellte mich Lucien gegenüber. Langsam, um die größtmögliche Wirkung zu erzielen, spreizte ich die Schwingen, auch wenn es sich anfühlte, als würde ich jeden einzelnen Wirbel in meinem Rücken sprengen. Kämpferisch blies ich mir die Haare aus dem Gesicht und stellte mich mutig Luciens hasserfülltem Blick.

Ein bitteres Lächeln umspielte seine Lippen. »Es wird mir leidtun, diese … wirklich wunderschönen Schwingen zu brennen, Thorn«, flüsterte er mit samtweicher Stimme.

»Das wirst du nicht tun«, entgegnete ich laut und reckte ihm den Elektrostab mit seiner blau zuckenden Spitze entgegen. »Heute …«, erklärte ich entschlossen, »wirst du tun … was ich sage, Lucien.« Ich ging einen Schritt auf ihn zu, doch er wich nicht zurück. »Denn heute … bin ich die Stärkere!« Ich stürzte mit dem Stab auf ihn los, wollte seine Brust treffen, doch er drehte sich geschickt zur Seite, sodass ich ihn nur an der Hüfte streifte. Dennoch keuchte er und wich nach hinten.

»Lauf, Riley!«, schrie ich über die Schulter und versperrte Lucien mit ausgebreiteten Schwingen die Sicht auf ihn. »Warte nicht auf mich!«, rief ich und hieb erneut mit dem Stab nach Lucien. Diesmal verfehlte ich ihn ganz, und er trieb mich mit dem Rücken in Richtung Treppe.

»Ich hoffe, er ist es wert, dafür zu sterben, Thorn«, raunte Lucien und sah zur Tür, wo nun niemand mehr zu sehen war. Stattdessen beugten sich etliche neugierige Silberschwingen über die Geländer der Emporen. Ihre Blicke durchbohrten mich, und mir sackte das Herz in die Hose. Gehetzt floh ich die Stufen hinauf. Rannte, doch mit einem Satz war Lucien schon hinter mir. Er packte meine Schulter, doch ich wehrte ihn mit dem Stab ab.

»Tut mir leid«, flüsterte ich mit Tränen in den Augen, als er zuckend von mir abließ.

Trotz der Schmerzen, die ich ihm zufügte, kam er mir lachend nach. Er hielt sich den Arm, wo eine blutrote Linie den Stromeintritt zeigte. »Die Zeit der Reue ist vorüber, kleine Dorne.« Er packte mich, entwand mir den Stab und zwang mir einen Kuss auf die Lippen. Ich spürte seinen Schweiß, sein Blut und schmeckte seinen Zorn. »Die Zeit der Gnade ist vorbei«, fuhr er fort und drängte mich weiter und weiter die Stufen hinauf. »Eigentlich schlage ich keine Mädchen, Thorn«, erklärte er und ließ den Elektrostab achtlos fallen. »Also sag mir, wie beenden wir diese Sache?«

Die Angst schnürte mir die Kehle zu. In meinem Magen rumorte es. Eine Spirale der Kraft, der Hitze und der Energie drehte sich in mir, bereit auszubrechen, doch ich wusste nicht wie. Wie konnte ich diese Kraft entladen? Was … würde geschehen? Ich war nicht vorbereitet auf all das. Auf das Zucken meiner Schwingen, auf das Gefühl, sie würden die Kontrolle übernehmen, um mich zu schützen. Sollte ich es beherrschen – oder loslassen?

Nur wenige Schritte trennten Lucien von mir, und ich wusste, er war gefährlich schnell. Besonders, wenn wie jetzt dieses Funkeln in seine Augen trat.

»Wie soll es enden, kleine Dorne? Sag es mir, denn ein gutes Ende nimmt es sicher nicht.« Er neigte bedauernd den Kopf. »Du wirst wieder bluten – doch diesmal werde ich nicht da sein, um dich zu halten. Um deinen Schmerz fortzuküssen. Diesmal werde ich der Ursprung deines Schmerzes sein!«

Ich glaubte ihm. Jede Faser meines Seins glaubte diesen düsteren Worten. Lucien York war mein Untergang. Und schon jetzt war er der Ursprung meiner Qual. Mein Herz brach, und ich schluckte die bitteren Tränen hinunter, die in meiner Kehle brannten. Ohne es zu merken, hatte mich meine Flucht wieder in seine Gemächer geführt. Ich nahm nur ihn wahr, dabei folgten uns Dutzende Silberschwingen. Sie lechzten nach meinem Blut. Brannten darauf, das Halbwesen vernichtet zu sehen.

Doch noch war ich nicht vernichtet. Noch brodelte meine neu entdeckte Kraft in mir und gab mir Mut.

Ich umrundete das Bett, dicht gefolgt von Lucien. Ob er auch daran dachte, wie wir uns darin geküsst hatten? Ob seine Lippen auch noch kribbelten?

»Du schweigst doch sonst nie, kleine Dorne. Was ist los? Hat dich dein Kampfgeist verlassen?«

Ich schüttelte den Kopf und spürte, wie diese Macht aus dem Bauch bis in meine Brust strömte. Ich erreichte die Tür zum Balkon, stand an der Schwelle.

»Du willst wissen, wie das hier ausgeht?«, fragte ich kaum hörbar für all jene, die uns beobachteten. »Vielleicht endet es auf meine Weise«, schlug ich vor, riss die Schwingen auseinander und spürte die Energie, die sich wie eine Feuerwand durch den Raum ausbreitete. Eine Druckwelle riss die Bettvorhänge beiseite und schlug die Tür zum Flur mit einem lauten Knall zu. Der Spiegel an der Wand barst, und die Silberschwingen, die uns gefolgt waren, duckten sich erschrocken zu Boden. Nur Lucien stand mir noch immer aufrecht gegenüber. Dunkles Blut sickerte aus seinen Wunden. Dennoch sprach Ehrfurcht aus seinem Blick. Ehrfurcht und Bewunderung. Und eine Zärtlichkeit, die mir mehr Angst machte als alles zuvor.

»Du bist … wundervoll, Thorn. Diese Macht … sie … passt zu dir.« Er lächelte traurig. »Ich mochte die Vorstellung, dir versprochen zu sein – so, wie du mir versprochen warst.«

Die Silberschwingen hinter ihm rappelten sich auf, kamen näher, als wollten sie mich umkreisen. Lucien hob die Hand, um sie aufzuhalten. Er bedeutete ihnen, sich herauszuhalten.

»Ich weiß«, flüsterte ich und presste mir die Hand auf mein

brechendes Herz. »Du hast mich gerettet. Mehr als einmal. Und dafür liebe ich dich.«

Mit vor Tränen verschleiertem Blick stieg ich auf die Brüstung. Hinter mir der Abgrund. Vor mir … all das, was ich verspielt hatte.

»Nicht!« Lucien machte einen Satz in meine Richtung. »Deine Schwingen … sie können dich noch nicht …«

Ich breitete sie aus, spürte den Wind, der sofort darunterfuhr, als würde er mich einladen, ihm zu folgen.

»Thorn!« Lucien reckte mir rettend die Hand entgegen. »Tu das nicht! Sie werden dich nicht tragen!«

Ich sah über die Schulter. Von Riley war nichts mehr zu sehen. Er war fort. In Sicherheit. Ich hatte ihn gerettet. Doch wer würde mich retten? Lucien nicht. Seine Schwingen waren gelähmt von dem Strom. Er konnte mir nicht folgen und retten konnte er mich auch nicht.

Er packte meine Hand. So fest, dass der Schnitt in meinem Handballen aufplatzte und Blut heraussickerte. Ungehindert lief es über seine Hand und tropfte auf die Brüstung – wie eine düstere Prophezeiung. Bilder tauchten vor meinem geistigen Auge auf. Meine Familie, meine Freunde, die Shades und Magnus. Meine Mutter und die unwirklich grünen Augen eines Mannes, den ich noch nie gesehen hatte. Ich sah flammende Schwingen und silberne noch dazu.

»Dein Herz beherrscht meine Schwingen, hat der Ratsmann damals gesagt«, flüsterte ich und riss mich von dem Mann los, den ich liebte. Ich schenkte ihm ein Lächeln und lehnte mich in den Wind. »Ich glaube eher, du beherrschst mein Herz. Denn über meine Schwingen … herrsche ich selbst!« Mit all der Kraft, die ich aufbringen konnte, hob ich sie in den Wind und stürzte mich umgeben von einem rotgoldenen Leuchten in die Tiefe.

EPILOG

Lucien warf sich an die Brüstung. Er griff ins Leere, und sein Schrei folgte ihr in die Tiefe. Sie hatte es wirklich getan!

Er wollte die Schwingen spreizen, ihr nachsetzen, doch die gehorchten ihm nicht. Nutzlos und ohne jede Kraft hingen sie an ihm herunter und zwangen ihn, untätig zuzusehen, wie das Mädchen mit den grünen Augen, das Mädchen mit den flammend roten Schwingen, das Mädchen, das ihm versprochen war, unkontrolliert in den sicheren Tod stürzte. Die Nacht war dunkel, die Lichter der Stadt in der Ferne kaum auszumachen. Doch Thorn sah er ganz deutlich. Er sah sie fallen.

Sie hatte die glühenden Schwingen gespreizt, dennoch wirbelte sie umher wie ein Blatt im Wind.

»Versuch es«, flehte er leise und krallte sich an die Brüstung. Der Stein unter seinen Fingern war ebenso kalt wie die Klaue der Angst, die ihn umklammerte. »Ich weiß, dass du es kannst!«

Als würde Thorn seine Worte hören, veränderte sie ihre Flügelhaltung und bekam auf der Stelle Auftrieb. Sie schrie, und er konnte sich den Schmerz vorstellen, den ihre ungeübten Schwingen ihr verursachten. Sie war stärker, als er gedacht hatte. Stärker und mächtiger, als er hatte annehmen können. Und deshalb war die Wunde, die sie seinem Herz zugefügt hatte, vermutlich auch so tief.

Stumm beobachtete er, wie sie ganz knapp über dem Boden endlich die Kontrolle übernahm und wieder an Höhe gewann. Wie ein brennender Schmetterling stieg sie in den Nachthimmel und hinterließ ein Glühen, dem ein Funkenregen folgte. Er schmunzelte. Unauffällig ging definitiv anders. Schon wieder eine Regel der Silberschwingen, gegen die sie verstieß.

»Lucien!« Nyx sank neben ihm auf den Boden und fasste nach seiner Hand. Sie betrachtete seine Wunden mit großen Augen. »Geht es dir gut? Himmel, was hat sie dir angetan? Soll ich … sollen wir ihr nach?«

Schon hatte sie ihre filigranen platinfarbenen Schwingen gespreizt und stand auf der Brüstung, aber Lucien hielt sie fest.

»Nein. Lasst sie.« Er musste sich nicht umdrehen, um zu spüren, dass alle Blicke auf ihm ruhten.

»Aber … was hast du vor? Soll es das gewesen sein? Ist es … vorbei?«

Lucien erhob sich vom Boden. Er ließ die Schultern kreisen und strich sich das Haar aus der Stirn, ohne den Blick von dem roten Glühen in der Ferne zu nehmen. Erst als sie mit der Nacht verschmolz, drehte er sich langsam zu den Silberschwingen um, die ihn beobachteten. Wütend ballte er die Hände zu Fäusten. Es war ganz sicher noch nicht vorbei – und Thorn würde das wissen. Sie würde auch wissen, was nun kam.

»Was ich vorhabe?«, flüsterte er gefährlich leise. »Ich hole mir zurück, was mir gehört.«

Dies ist eine fiktive Geschichte.
Ähnlichkeiten mit lebenden oder verstorbenen Personen
sind rein zufällig und nicht beabsichtigt.

Bold, Emily:
Silberschwingen
Erbin des Lichts
ISBN 978 3 522 50577 2

Umschlaggestaltung: Carolin Liepins unter
Verwendung von Bildern von shutterstock.com
Satz und Innentypografie: Angelika Schön
Druck und Bindung: CPI Books GmbH, Leck
Reproduktion: Digitalprint GmbH, Stuttgart

Copyright © 2018 by Emily Bold
Copyright Deutsche Erstausgabe © 2018 Planet!
in der Thienemann-Esslinger Verlag GmbH, Stuttgart
Dieses Werk wurde vermittelt durch
die Michael Meller Literary Agency GmbH, München.
Printed in Germany. Alle Rechte vorbehalten.
2. Auflage 2018

Wenn die Macht der Gefühle töten kann ...

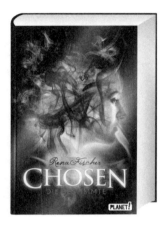

Rena Fischer
Chosen
Die Bestimmte

464 Seiten · Gebunden
ISBN 978-3-522-50510-9

Ein Eliteinternat für Hochbegabte – nicht gerade Emmas Traum! Doch dieses Internat ist nicht das, was es zu sein scheint. Alle Schüler haben paranormale Fähigkeiten: Der charismatische Aidan kann Feuer und Wasser tanzen lassen, und Emma findet heraus, dass sie die Gefühle anderer Menschen erspüren kann – sie ist eine Emotionentaucherin. Gerade als sich Emma und Aidan annähern, taucht plötzlich Jared auf, ein ehemaliger Internatsschüler, und weiht sie in ein düsteres Geheimnis des Internats ein. Emma weiß nicht mehr, wem sie trauen kann. Auf einmal bricht eine Rebellion los, und für Emma geht es dabei nicht nur um die große Liebe, sondern um Leben und Tod!

www.planet-verlag.de

VERTRAUE DEINER GABE

Rena Fischer
Chosen
Das Erwachen

496 Seiten · Gebunden
ISBN 978-3-522-50556-7

Emmas Vater Jacob ist tot – ermordet von ihrer großen Liebe Aidan. Glaubt Emma. Doch das stimmt nicht. Emmas Erinnerungen wurden nämlich von Farran, dem Schulleiter des Elite-Internats, manipuliert. Jacob ist nicht tot, im Gegenteil, er will Emma aus Farrans Fängen befreien. Wird es ihm gelingen? Kann er Emma, die in die Emotionen anderer eintauchen kann, dazu bringen, die dunklen Machenschaften ihres vermeintlichen Mentors zu durchschauen?

Das fulminante Finale zu „Chosen – Die Bestimmte".

www.planet-verlag.de

Ein dunkles *Geheimnis*, ein mysteriöser *Fluch* und eine Liebe, die *Leben* rettet

Anja Ukpai
Rabenherz

368 Seiten · Gebunden
ISBN 978-3-522-50492-8

Als June ein Stipendium für die Saint Gilberts High School erhält, geht ihr sehnlichster Wunsch in Erfüllung. Nur ihre Tante ist nicht begeistert. Sie warnt vor einem uralten Fluch und sieht eine dunkle Gefahr über Saint Gilberts aufsteigen. Doch June hat andere Sorgen: Sie hat sich Hals über Kopf in Jacob verliebt, was alles andere als unkompliziert ist. Außerdem taucht immer wieder ein unheimlicher Rabe in ihrer Nähe auf und verfolgt sie sogar bis in ihre Träume. Und plötzlich geschehen tatsächlich merkwürdige Dinge in dem alten Schulgemäuer. Hatte Tante Phoebe etwa recht damit, dass ausgerechnet June die Bestimmte ist, die den Fluch auf Saint Gilberts aufheben wird? Und zwar im Tausch gegen ihre große Liebe ...

www.planet-verlag.de

Wenn der König der Raben wieder erwacht ...

Anja Ukpai
Rabenkuss

304 Seiten · Gebunden
ISBN 978-3-522-50524-6

June ist bis über beide Ohren in Jacob verliebt und kann es gar nicht abwarten, ihn endlich wieder in die Arme zu schließen. Als sie aber erneut von geisterhaften Erscheinungen heimgesucht wird, ist sie sich sicher, dass der Rabenlord wiedererwacht ist. Wie zornig er ist, zeigt sich, als einer von Junes Mitschülern sich plötzlich in Luft auflöst – nur eine Handvoll Federn bleibt zurück. June bekommt es mit der Angst zu tun. Sie muss herausfinden, wer der Rabenlord ist, bevor noch Schlimmeres geschieht. Doch welche Rolle spielt Jacob dabei? Ist er vielleicht sogar selbst in Gefahr?

www.planet-verlag.de

Sie kann nur einen retten:
ihren Bruder
oder ihre
große Liebe!

Katja Ammon
Herz aus Gold und Asche

336 Seiten · Gebunden
ISBN 978-3-522-50532-1

Elin kann es nicht fassen! Ohne große Anstrengung ergattert sie ihren Traumjob in einem der weltweit größten Pharmaunternehmen. Nicht nur, dass sie in die Fußstapfen ihres verstorbenen Vaters tritt, nein, mit der Forschung kann sie möglicherweise ihrem schwerkranken Bruder helfen. Allerdings ist es nicht einfach, sich auf die Arbeit zu konzentrieren, seit sie dort Esra begegnet ist. Er sieht umwerfend aus und ist unglaublich charmant, aber irgendetwas scheint er vor ihr zu verbergen. Und jeder Schritt in seine Richtung treibt Elin mehr in die faszinierende sowie gefährliche Welt einer längst vergessenen Legende. Bis sie sich entscheiden muss: Wen soll sie retten – ihren Bruder oder ihre große Liebe?

www.planet-verlag.de

DIE DUNKLE MACHT DES SCHNEES

Danielle Paige
Snow
Die Prophezeiung von
Feuer und Eis

400 Seiten · Gebunden
ISBN 978-3-522-20237-4

Algid, ein Reich aus Eis und Schnee, ist Snows wahres Zuhause. Hier soll sie ihre eigentliche Bestimmung annehmen und das Land aus den frostigen Ketten König Lazars befreien. Snow, jahrelang in der Menschenwelt festgehalten, fällt es schwer, ihren Auftrag und ihre magischen Fähigkeiten zu akzeptieren. Durch Jagger und Kai, die sich beide um sie bemühen, erfährt sie die Geheimnisse von Algid und seinen Bewohnern. Doch Snows Herz gehört eigentlich schon ihrem Freund Bale – dem sie ihre Flucht verdankt und den sie jetzt verzweifelt sucht …

www.thienemann.de